TROVARE ELODIE

Forze Speciali alle Hawaii, Libro 1

SUSAN STOKER

Questo libro è un'opera di fantasia. Nomi, personaggi, luoghi ed eventi sono il prodotto dell'immaginazione dell'autrice o sono rappresentati in modo immaginario. Qualunque riferimento a eventi, luoghi o persone reali (presenti o passate) è puramente casuale.

Quest'opera non può essere sfruttata, riprodotta o trasmessa, in tutto o in parte, senza il permesso scritto dell'editore, con l'eccezione di brevi estratti a scopo di recensione, secondo quanto permesso dalla legge.

Questo libro è concesso in licenza per uso esclusivamente personale, non può essere rivenduto o ceduto a terzi. Per condividere questo libro con altri, si prega di acquistare una copia per ciascun ricevente. Se stai leggendo questo libro e non lo hai comprato, oppure questa copia non è stata acquistata per il tuo utilizzo, dovresti acquistare la tua copia personale.

Grazie per aver rispettato il duro lavoro di questa autrice.

Copyright© 2021 di Susan Stoker
Titolo originale: Finding Elodie
Traduzione dall'inglese di Emanuele Mazzola per Well Read Translations
http://wellreadtranslations.com
Design di copertina: AURA Design Group
Prodotto negli Stati Uniti

Also by Susan Stoker

Forze Speciali alle Hawaii

Trovare Elodie

Trovare Lexie (10 Aug 2021)

Trovare Kenna (Oct 2021)

Trovare Monica

Trovare Carly

Trovare Ashlyn

Trovare Jodelle

Mercenari di Montagna

Difendere Allye

Difendere Chloe

Difendere Morgan

Difendere Harlow

Difendere Everly

Difendere Zara

Difendere Raven

Delta Force Heroes

Salvare Rayne

Salvare Emily

Salvare Harley

Il Matrimonio di Emily

Salvare Kassie

Salvare Bryn

Salvare Casey

Salvare Sadie

Salvare Wendy

Salvare Mary

Salvare Macie

Salvare Annie

Armi e Amori

Proteggere Caroline

Proteggere Alabama

Proteggere Fiona

Il Matrimonio di Caroline

Proteggere Summer

Proteggere Cheyenne

Proteggere Jessyka

Proteggere Julie

Proteggere Melody

Proteggere il Futuro

Proteggere Kiera

Proteggere i figli di Alabama

Proteggere Dakota

Ace Security

Il riscatto di Grace

Il riscatto di Alexis

Il riscatto di Bailey

Il riscatto di Felicity

Il riscatto di Sarah

CAPITOLO UNO

*A*TTENZIONE*, attenzione, parla il capitano Conger. La nave è sotto attacco, siamo assaliti dai pirati. Non è un'esercitazione, ripeto, non è un'esercitazione. Fate tutto il possibile per nascondervi, non mettetevi in pericolo, non rischiate. Le autorità sono state avvertite. Se avete accesso a una radio e potete usarla senza pericolo, usate la frequenza di emergenza per parlare a chiunque sia in ascolto, per chiedere aiuto. Conosciamo questa nave meglio di loro. Rintanatevi dove potete e se siate prudenti... pregate.*

Elodie Winters, conosciuta dall'equipaggio dell'*Asaka Express* come Rachel Walters (o semplicemente come Chef) si stava già muovendo prima ancora che il capitano terminasse il suo annuncio agli altoparlanti. Tutto l'equipaggio era stato avvertito qualche giorno prima: stavano per entrare nelle acque pericolose del golfo di Aden, tra la Somalia e lo Yemen. Elodie era così preoccupata che andava a dormire vestita. Ma in fondo non credeva che fosse un vero e proprio pericolo.

La nave mercantile su cui lavorava era dotata di pompe d'acqua sul ponte principale, poteva sparare una quantità incredibile di acqua su chiunque fosse così fesso da cercare di abbordare la nave; erano passati anni dall'ultima volta che una nave così grande era stata dirottata dai pirati. Elodie non aveva capito se le pompe non avessero funzionato, non sapeva come avessero fatto i pirati a salire a bordo.

Eppure ce l'avevano fatta.

Il suo cuore batteva a mille all'ora mentre Elodie si muoveva vicino alla sua stanza, nei meandri della nave. Gli ingegneri e gli ufficiali superiori avevano cabine ai piani alti, mentre a lei non dispiaceva alloggiare nei ponti inferiori della nave. Le piaceva rimanere vicina alla sua cucina.

La prima volta che era salita a bordo, aveva scoperto con sorpresa che ognuno aveva una propria stanza... mentre lei si aspettava di essere costretta a condividere la cabina con qualcuno. Era pur vero che, a differenza delle navi da crociera, su questa nave mercantile c'erano solo ventidue persone di servizio, e non centinaia di persone, con migliaia di ospiti.

In teoria, Elodie conosceva il motivo per cui i pirati attaccavano le grandi navi che attraversavano il golfo di Aden, ma la realtà le sembrava impossibile da accettare. Aveva visto il film sul dirottamento della nave mercantile *Maersk Alabama*, era rimasta sorpresa della facilità con cui i pirati erano saliti a bordo. L'*Asaka Express* aveva all'incirca la stessa stazza della *Maersk Alabama*, ma il capitano Conger aveva rassicurato tutti che le misure di sicurezza poste in atto da quel dirottamento erano state molto migliorate.

Evidentemente c'era spazio per *ulteriori* miglioramenti.

Elodie si prese il tempo di indossare gli stivaletti che aveva di fianco al letto e di prendere la radio di emergenza. Tutti gli operatori a bordo ne avevano una. Con la radio poteva parlare col ponte di comando e collegarsi ad altre frequenze, in caso di necessità.

Afferrando la radio come uno strumento di salvezza, aprì rapidamente la porta e si lasciò scappare un gridolino di spavento, per poco andava a sbattere contro qualcuno nel corridoio.

"Venivo proprio ad assicurarmi che ti fossi svegliata," le disse Manuel, con un tono di voce che lasciava intuire facilmente il suo terrore.

Elodie era lo chef di bordo. Aveva un assistente, il cuoco in seconda. Manuel dipendeva da lei, era responsabile dei dolci e del servizio al personale e agli ufficiali. Il resto del personale impiegato dall'azienda di trasporti era composto da ingegneri e ufficiali. Lei era l'unica donna a bordo; all'inizio aveva pensato che fosse un po' strano, ma tutti gli uomini la rispettavano e non le prestavano troppa attenzione.

C'era un ufficiale, Valentino, convinto che Elodie non aspettasse altro che di andare a letto con lui, ma quando lei aveva rifiutato educatamente, lui si era offeso; ora lei aveva imparato a evitarlo.

"Rachel?" chiese Manuel; Elodie fece un cenno con la testa, cercando di concentrarsi sulla tragedia incombente. "Cosa dobbiamo fare?"

"Dobbiamo mettere in pratica il nostro addestramento," gli rispose Elodie. In quel momento rimpianse di non aver scelto un nome più simile al proprio, del resto non aveva avuto molta scelta: si era dovuta adattare alla finta identità dei documenti falsi che aveva comprato.

Il motivo per cui usava un nome falso era tutta un'altra storia. In quel momento doveva recarsi in un posto sicuro, la sua stanza senz'altro non lo era. Durante le sessioni di addestramento di sicurezza, gli istruttori avevano spiegato che i pirati molto probabilmente avrebbero fatto razzia nelle singole stanze in cerca di oggetti di valore e di denaro. L'ultima cosa che voleva era che la trovassero. Si sentiva piuttosto al sicuro tra gli uomini a bordo della nave, ma non aveva idea di cosa potessero farle i pirati, se avessero trovato una donna a bordo.

"Vai giù nella sala macchine," disse Elodie a Manuel.

"E tu?" le chiese lui.

"Io vado in cambusa. Se necessario, posso infilarmi in un armadietto, per te invece è impossibile. Inoltre, tra i frigo delle verdure, i congelatori e le varie stanze isolate, ci sono molti posti dove nascondermi. Poi non sappiamo quanto durerà questa emergenza, se i pirati decidono di rimanere a lungo, vi servirà del cibo. Posso sempre usare il montavivande per mandare giù qualcosa da mangiare nella sala macchine, se serve. È più sicuro, ci evita di andare a zonzo per la nave con i pirati a bordo."

"Ma se i pirati restano a bordo davvero a lungo, decideranno di venire anche quaggiù. Anche a loro serviranno acqua e cibo," rispose Manuel, ragionevolmente.

Elodie sapeva che Manuel aveva ragione, ma il posto in cui si sentiva più sicura era comunque la sua cucina. Poi il capitano aveva detto che le autorità erano già state contattate. Anche se lei non sapeva con precisione chi avesse contattato il capitano, era certa che il dirottamento non sarebbe durato settimane.

"Per un po' saranno comunque impegnati altrove," disse Elodie al suo assistente.

Manuel sembrava quasi voler protestare, voler insistere perché lei lo seguisse, ma il suono di una porta che si chiudeva dalla rampa di scale vicina risuonò forte nel corridoio, così Manuel si guardò alle spalle con gli occhi pieni di terrore.

"Vai," gli ordinò Elodie.

Lui si mosse senza più esitare, andò di corsa nella direzione opposta a quella da cui sembrava provenire il rumore. Elodie non aveva idea se i pirati stessero già scorrazzando per la nave, non sapeva quanti potessero essere, ma non aveva certo intenzione di rimanere lì impalata nel corridoio ad aspettare che la trovassero.

Di sicuro non era arrivata così lontano, fuggendo dai pericoli di New York City, solo per cadere preda di un pirata qualunque, proprio in quel momento. Sempre con la radio in pugno, si mise a correre verso la rampa di scale. La sala macchine si trovava quattro ponti più sotto, c'era un ingresso a quel livello, ma la cambusa si trovava solo due piani sopra la sua stanza. Doveva sbrigarsi.

"Manuel starà bene," si disse a bassa voce. Aveva sempre avuto l'abitudine di parlare da sola, aveva cercato di perderla, senza riuscirci. Aveva passato gran parte della vita da sola, così aveva cominciato a parlare con se stessa per interrompere la monotonia.

"Walter ha tutto sotto controllo," mormorò, mentre apriva con cautela la porta della rampa di scale. Il capitano aveva chiesto a tutti di chiamarlo per nome, anche se all'inizio le era sembrato un po' strano, ormai si era abituata. Aveva una cinquantina d'anni, i capelli bianchi, era sempre sorridente. Era una persona molto alla mano, trattava tutti col massimo rispetto. Anche lei lo rispettava e con lui al comando si sentiva del tutto sicura.

John e Troy le comparvero sulle scale, ma le passarono accanto di corsa degnandola appena di uno sguardo. Erano ingegneri, evidentemente si stavano dirigendo verso la sala macchine.

Elodie sentì il rumore di altri passi che si dirigevano ai ponti superiori, immaginò fossero gli ufficiali che salivano sul ponte di comando. Corse più forte che poteva verso il piano in cui si trovava la cambusa.

Quello che aveva detto a Manuel era vero, nella struttura delle cucine c'erano molti posti in cui poteva nascondersi. Ne aveva già scoperti parecchi, ma non perché avesse paura dei pirati.

Aveva paura di Paul Columbus.

Quel tipo aveva detto in più di un'occasione che l'unico modo per smettere di lavorare alle sue dipendenze era in una cassa di legno, e lei gli aveva creduto. Quando aveva accettato di lavorare per lui, diventando il suo chef personale, Elodie non sapeva che Paul era il capo di una delle famiglie mafiose più pericolose di New York. Si era solo entusiasmata per l'opportunità di uscire dai soliti impieghi nei ristoranti. Poi era stato difficile rifiutare quell'offerta economica.

All'inizio era completamente all'oscuro di come la famiglia Columbus guadagnasse milioni. Era felice di occuparsi della cucina, si faceva i fatti suoi, creava dei pasti deliziosi per Paul e per gli ospiti che gli facevano visita di frequente. Ma aveva finito per intuire che l'uomo per cui lavorava era malvagio oltre ogni aspettativa. Non gli importava di far del male a chiunque, pur di continuare a produrre guadagni illeciti.

Tutto ciò che la circondava in quella casa era stato comprato con denaro sporco, anche il cibo che lei preparava con tanta soddisfazione.

Elodie sapeva di non avere il tempo per ricordare tutti gli errori che aveva commesso nella vita, con quel pensiero entrò nella sala della mensa ufficiali. Tutti i locali di quella parte della nave erano collegati come in un'unica linea orizzontale. Prima c'era la mensa ufficiali, poi la dispensa degli ufficiali, la cambusa, la dispensa dell'equipaggio, infine la mensa dell'equipaggio. Nella cambusa, c'era una porta che collegava al corridoio in cui si trovavano gli ambienti in cui si conservava il cibo. C'era un congelatore generale, un freezer per il pesce, tre frigoriferi e varie dispense per gli ingredienti a temperatura ambiente.

Lei aveva già esplorato tutti i locali in cui si poteva nascondere, sapeva come raggiungere gli ascensori e le scale senza farsi sentire, in caso di necessità. Nella sala macchine, non avrebbe avuto la minima idea di dove nascondersi, un altro motivo per cui aveva deciso di rifugiarsi nella zona delle cucine. Era il suo ambiente, dove si trovava a proprio agio.

Sapeva bene che, se i pirati decidevano di rimanere per tanto tempo, sarebbero di sicuro venuti anche in cambusa, come aveva detto Manuel. Era senz'altro un pericolo in più per lei, ma avrebbe fatto tutto il possibile per mantenere i suoi spostamenti all'interno della cambusa estremamente brevi.

Tenendo la radio in una tasca grande dei suoi pantaloni da lavoro modello cargo, Elodie si mosse più veloce che poté. Spostò tre pacchi di bottiglie d'acqua nella zona principale della cucina, in modo che fossero facilmente visibili. Poi prese varie confezioni di cracker, alcune forme di pane, delle confezioni di patatine, mettendo tutto strategicamente in giro per la cambusa e nelle dispense. Di solito, il cibo veniva tenuto in dispensa dentro armadi chiusi, con le scatole ben fissate per evitare che le lattine cominciassero a volare a destra e a manca, con il mare mosso, ma lei voleva che i pirati avessero accesso facilmente a quegli alimenti, senza però dare l'impressione che qualcosa fosse stato lasciato apposta a loro disposizione. Sperava che i pirati pensassero di aver avuto molta fortuna nel trovare facilmente il cibo, senza curarsi di ispezionare troppo a fondo.

Elodie si passò un braccio sulla fronte. Era sudata, odiava non sapere cosa stesse succedendo più in alto, sul ponte principale. I pirati erano saliti a bordo? Erano riusciti a entrare nel ponte di comando? Stavano facendo del male al capitano o agli altri ufficiali?

Ma soprattutto, cosa volevano?

La radio che si era infilata nei pantaloni cominciò a fare rumore, spaventando Elodie a morte.

“Porca vacca!” esclamò, mettendosi una mano sul cuore che batteva all’impazzata, mentre con l’altra tirava fuori la radio. Sentì delle voci confuse, con un pesante accento straniero, erano degli uomini che urlavano, mentre Walter cercava di calmarli.

Confusa su quanto stava sentendo, Elodie rimase immobile in mezzo alla cambusa, cercando di decifrare quelle comunicazioni caotiche per capire cosa stava succedendo. Le servì poco più di un minuto per capire infine che qualcuno sul ponte di comando aveva attivato la radio e stava trasmettendo tutto ciò che avveniva alle altre persone a bordo.

Sentì un brivido alla spina dorsale, mentre ascoltava Walter che si impegnava per calmare i pirati. Era difficile capire quanti ce ne fossero, ma sembravano ben più di una manciata. Sentì lo stomaco che si stringeva dalla paura. Più erano i pirati, più facile sarebbe stato per loro prendere il controllo della nave, qualcuno poteva rimanere sul ponte di comando con il capitano e con gli ufficiali, mentre gli altri potevano andare a ispezionare i vari ponti, cercando gli altri del personale e tutti i valori che potevano rubare. L'ultima cosa che Elodie poteva permettersi era essere tenuta prigioniera per un riscatto. La sua faccia sarebbe finita su tutti i giornali... così Paul Columbus avrebbe sfruttato le sue conoscenze mafiose, soldati e associati, per trovarla.

"Dov'è la cassaforte?" chiese ad alta voce uno dei pirati.

"Non è qui. È più giù, in una delle stanze di navigazione," gli rispose Walter.

"Potete prendere tutti i soldi che abbiamo, poi andatevene via," proseguì Walter.

"No via," disse secco un altro uomo. "Portate la nave dove diciamo noi. I nostri uomini salgono. Aprite i container."

"Quella... non è la cassaforte," ribatté Walter.

"Frega niente. Apriamo. Voi guidate!" urlò quell'uomo.

Poi Elodie sentì dei tafferugli e delle altre urla. Si sentì un colpo di arma da fuoco, Elodie trattenne il fiato, in attesa di sentire se qualcuno fosse rimasto ferito.

"Basta! Va bene, va bene! Apriremo tutti i container che volete, ma smettete di spararci addosso!" urlò Walter disperato.

I pirati scoppiarono in una sonora risata.

"Spariamo quando e come vogliamo. Spareremo anche a *te*, se non ci dai quello che vogliamo. Niente ostaggi, prendere i soldi è troppo difficile. Ma se non fate come diciamo, uccidiamo," disse uno dei pirati.

"Non potete sparare a Walter," sussurrò Elodie, "ci serve per portare avanti questa dannata baracca."

Quasi come se l'avesse sentita, il capitano disse: "Se uccidete me e i miei ufficiali, questa nave finirà per incagliarsi. Lo stretto di Bab el-Mandeb è terribilmente difficile da attraversare."

"Io sono un pescatore, so portare una nave," rispose uno dei pirati, senza alcuna preoccupazione.

Elodie sbuffò. Governare una nave grande e pesante come quella era tutt'altra cosa rispetto a governare un peschereccio, imbarcazione a cui molto probabilmente i pirati erano abituati.

"Sappiamo che ci sono delle altre persone a bordo," intervenne qualcun altro. "Se non fate come diciamo, cominceremo a trovare e uccidere tutti *loro*."

"Non c'è bisogno di far del male a nessuno," intervenne subito Walter. "Faremo come volete, però non fate del male ai miei uomini."

Si sentirono altri tafferugli, poi i pirati cominciarono a parlare tra loro in una lingua che Elodie non riusciva a capire.

La situazione stava sfuggendo di mano, lei era terrorizzata. Ma Walter aveva detto di aver già contattato le autorità. Qualcuno sarebbe arrivato presto ad aiutarli, vero? La marina degli Stati Uniti non aveva delle navi, in quell'angolo del mondo? Come i pirati potessero abbordare e rubare una nave commerciale enorme come quella era davvero imperscrutabile.

Elodie decise che la cosa migliore da fare per il momento era rimanere nascosta, quindi uscì dalla cambusa ed entrò in una dispensa. In fondo a quella stanza c'era un armadio in cui sapeva di poter entrare. Si strinse in quello spazio angusto, spostando degli enormi sacchi di patate e di altre provviste, mettendoseli davanti. Non sarebbe riuscita a ingannare qualcuno che cercava delle persone nascoste, ma pensò potesse bastare per ingannare qualcuno che avesse aperto solo per dare un'occhiata all'interno.

Elodie tenne la radio sulle ginocchia, fissandola. Non riusciva a vedere bene al buio, ma le lucine dell'apparecchio radio la tranquillizzavano. Cominciò a memorizzare ciò che sentiva, non era sicura che potesse servire a qualcosa, ma magari così sarebbe riuscita a ricostruire gli eventi, dopo il salvataggio.

Non amava i drammi, in fin dei conti era solo una cuoca. Come poteva una persona crearsi così tanti problemi nella vita? Paul Columbus si era già ripromesso di ucciderla, perché si era rifiutata di stare al suo gioco, adesso si nascondeva dai pirati, in alto mare.

Eppure aveva sempre desiderato una vita tranquilla, magari con un uomo che l'avrebbe sposata, con uno, magari due figli, mantenendosi cucinando. Ora aveva trentacinque anni, chissà come, a un certo punto il suo ideale di vita tranquilla era andato gradualmente a farsi benedire.

Quel lavoro su una nave commerciale le era sembrato una benedizione. Poteva andarsene all'estero, via da Columbus e dalla sua gang, evitando di essere eliminata. Quale soluzione migliore dell'isolamento su una nave, nel bel mezzo dell'oceano? Sarebbe stata perfettamente al sicuro.

"Sì, certo, perfettamente al sicuro," mormorò, chiudendo gli occhi e appoggiando una tempia alla parete dell'armadio. Doveva credere che tutta quella faccenda sarebbe finita presto. Walter avrebbe eseguito gli ordini di quegli uomini, i quali stavano per rubare tutti gli oggetti di valore trovati nei container che sarebbero riusciti a raggiungere e ad aprire, poi se ne sarebbero andati. Sarebbero tornati da dove erano venuti, così lei e gli altri dell'equipaggio sarebbero andati avanti con la loro vita, sani e salvi.

Ottimo. Almeno così andavano le cose nei film di Hollywood, ma quella non era la vita reale. Da come sembravano andare le cose in quel momento, probabilmente sarebbe finita ostaggio e l'avrebbero costretta a sposare un qualche capo tribù in Africa.

Scott "Mustang" Webber lanciò un'occhiata alla sua squadra di SEAL. Midas, Aleck, Pid, Jag e Slate erano totalmente concentrati sui documenti che avevano davanti. Erano appena stati in missione in Pakistan ed erano stati avvertiti di un cambio di programma. Li avevano tirati fuori dal deserto per farli volare in elicottero sulla *USS Paul Hamilton*, un incrociatore lanciamissili in quel momento impegnato in esercitazioni navali congiunte nel mar Arabico. Nella zona erano presenti anche molte altre navi:*USS Lewis B. Puller*, *USS Firebolt*, *USCGC Wrangell* e *USCGC Maui.* La sua squadra era arrivata a bordo e si era trovata subito in una sala riunioni, dove l'ammiraglio al comando li aveva convocati per accelerare la missione in corso.

Sembrava che una nave mercantile di medie dimensioni fosse stata abbordata dai pirati nel golfo di Aden. Il capitano aveva lanciato un segnale di allarme, dicendo che la nave era sotto attacco, i pirati si stavano avvicinando pericolosamente in numero imprecisato, serviva un intervento il prima possibile. Da allora non c'erano state altre comunicazioni, né col capitano né con i pirati.

La *USS Paul Hamilton*, insieme alle altre navi, si stava dirigendo proprio in quella zona, ma in quel momento non avevano alcuna informazione su cui costruire un piano.

Mustang si ricordava dell'incidente alla *Maersk Alabama*, in cui i tiratori scelti della marina avevano eliminato i pirati che avevano preso in ostaggio il capitano, costringendolo a seguirli in una scialuppa di salvataggio della nave mercantile. Mustang e gli altri della squadra non erano tiratori scelti, anzi, francamente odiavano i salvataggi come quello, in cui dovevano muoversi in ambienti tanto ristretti, come una scialuppa di salvataggio. Lui preferiva senz'altro intervenire sulla nave mercantile, su cui c'era un sacco di spazio per nascondersi e per eliminare i pirati a uno a uno.

"In che direzione stanno andando?" chiese Midas.

"In questo momento sembra che stiano seguendo la rotta prevista," rispose l'ammiraglio. "Verso ovest, in direzione di Gibuti. Dovrebbero virare verso nord e proseguire per lo stretto di Bab el-Mandeb Strait, attraccando a Port Sudan."

"Uno stretto piuttosto complicato da attraversare," osservò Aleck.

"Proprio così," commentò l'ammiraglio.

"Abbiamo qualche indizio sulla nazionalità dei pirati? Conosciamo il loro piano?" chiese Pid.

"Purtroppo no, almeno per ora. Abbiamo cercato ripetutamente di contattarli, di trovare qualcuno con cui parlare, ma i casi sono due, o le loro linee di comunicazione sono spente, oppure ci ignorano deliberatamente."

"Merda!" Jag imprecò sottovoce.

Mustang era d'accordo. Senza alcuna informazione era quasi impossibile preparare un piano.

Quasi.

"Allora che si fa, andiamo alla cieca?" domandò Slate.

Mustang non poté trattenere un sorriso. Slate era sempre il primo a offrirsi volontario per una missione pericolosa. Voleva sempre mettersi al centro della scena, per così dire.

"A meno che non riusciamo a parlare con qualcuno... sì," rispose Mustang, prima ancora che l'ammiraglio potesse intervenire.

Era stata una fortuna che si trovassero già nella zona e che potessero essere tolti dalla missione precedente. La squadra era già intervenuta in passato su altre navi mercantili, sapevano tutti che erano imbarcazioni piene di corridoi, di nicchie e di anfratti. Per quanto fosse detestabile che l'equipaggio a bordo della *Asaka Express* fosse spaventato a morte, Mustang non vedeva l'ora di affrontare, isolare ed eliminare i pirati uno a uno.

"Scusi se la interrompo, signore," intervenne un tenente, facendo capolino dalla porta.

"Che c'è?" rispose l'ammiraglio.

"Ci è arrivata una comunicazione dalla *Asaka Express*."

"Grazie al cazzo," commentò Midas.

"La potete collegare direttamente?" chiese l'ammiraglio.

"Sissignore, solo un momento." Il tenente sparì dietro l'uscio.

Mustang e gli altri della sua squadra attendevano con impazienza che venisse completato il collegamento con la nave mercantile. Quando infine la complicata radio in mezzo al tavolo cominciò a funzionare, Mustang sgranò gli occhi nel sentire la voce che proveniva dalla nave.

"Pronto? C'è nessuno?"

"Sì, signora, siamo collegati. La prego dica all'ammiraglio quel che mi ha appena detto."

"Sì, va bene. Mi trovo sull'*Asaka Express* e ci sono dei pirati a bordo. Abbiamo bisogno di aiuto." La voce di quella donna tremava, ovviamente era spaventata, ma riusciva comunque a mantenere il controllo.

"Sono l'ammiraglio Light, al comando della *USS Paul Hamilton*. Ci stiamo dirigendo verso di voi. Come si chiama?"

"El... ehm, Rachel Walters."

Mustang guardò Jag, che a quella risposta aveva inarcato un sopracciglio. Non era normale balbettare e sbagliare il proprio nome. Anche in situazioni estremamente tese come quella in cui si trovava la signora Walters.

"Qual è il suo ruolo a bordo?"

"Il mio lavoro? Sono la cuoca."

Non era così insolito che a bordo di grandi navi mercantili che navigavano costantemente nelle acque del Medio Oriente ci fossero anche delle donne, ma era comunque una circostanza ancora rara e interessante.

"Cosa può dirci della situazione?" domandò l'ammiraglio Light.

"Sì, dunque, beh, posso solo dirvi quello che ho sentito. Io..."

"Cosa vuol dire, quello che ha sentito?" domandò Mustang interrompendola.

"Ah, eh... ci sono altre persone oltre all'ammiraglio?" chiese lei.

"Sì," rispose Mustang. "Sono qui con la mia squadra di SEAL, stiamo per intervenire in vostro soccorso, ma ci serve il maggior numero di informazioni possibile, tutto quello che ci può dire è utile, prima del nostro intervento. Quanti pirati ci sono a bordo?"

"Il fatto è questo," disse Rachel. "Io non ho *visto* ancora nessuno. Parlano con un accento molto marcato, è difficile per me capire cosa dicono. Walter... cioè il capitano Conger ha detto a tutte le persone a bordo di nascondersi, Ed è proprio quello che ho fatto. Mi trovo nella cambusa... insomma, non proprio nella cambusa, in una delle dispense vicine. Ho con me un apparecchio radio, uno degli ufficiali deve aver acceso la radio sul ponte di comando, perché si sente tutto ciò che succede. Sento tutto quello che dicono, ma è molto difficile capire. Poi non posso vedere cosa succede."

"Quante persone lavorano a bordo della nave?" chiese Aleck.

"Ventidue, me compresa," rispose Rachel senza esitare.

"Su che canale sta ascoltando le comunicazioni dal ponte della nave?" chiese Pid.

"Canale dieci."

"Su che canale sta trasmettendo adesso?" domandò Pid.

"Eh... sul cinque, credo. Stavo solo provando tutti i canali per vedere se qualcuno poteva sentirmi, quando voi avete risposto."

Pid afferrò il suo zaino dal pavimento e cominciò a frugare. Era l'esperto di elettronica della squadra, Mustang sapeva che avrebbe cercato di intercettare la frequenza radio che Rachel aveva usato per ascoltare lui stesso cosa stava succedendo sul ponte di comando dell'*Asaka Express*.

"Secondo il suo intuito, quante persone pensa siano salite a bordo della nave?" chiese l'ammiraglio.

Mustang sentì Rachel che sospirava. "Non lo so," rispose lei. "Stavamo tutti dormendo quando è successo, mi sono svegliata con l'annuncio del capitano, che ci stava comunicando la notizia dell'abbordaggio. Ma penso siano più di una manciata. Prima stavano parlando di fare ricerche sulla nave, non credo che lo farebbero se fossero solo in tre o in quattro, ma non sono un'esperta di pirateria navale, quindi non sono sicura. Vogliono dei soldi e vogliono che il capitano apra i container. Hanno detto anche qualcosa riguardo all'arrivo di altri uomini a bordo, una volta arrivati da qualche parte, hanno detto che non volevano ostaggi."

Il fatto che non volessero ostaggi poteva essere un indicatore positivo o negativo. Poteva significare che i pirati volevano solo denaro e oggetti di valore. Dopo l'incidente della *Maersk Alabama*, in cui il capo dei pirati era stato catturato e trasferito negli Stati Uniti, per essere chiuso in prigione, mentre i suoi compagni erano stati uccisi, il numero di rapimenti da parte di pirati era notevolmente calato. Però, non volere ostaggi poteva anche significare che la vita di ogni persona a bordo della nave era in pericolo. Era più facile sparare per uccidere tutti che non cercare di tenere a bada una ventina di persone.

Mustang non voleva nemmeno immaginare cosa potessero fare a una donna, se l'avessero trovata a bordo.

"Oh cazzo... ho sentito qualcosa!" disse Rachel.

"Stia zitta, abbassi il volume della radio, ma non si scolleghi," ordinò Mustang.

"Sì, va bene... posso chiedere come si chiama? È solo che... così mi sembra più diretto."

"Mi chiamo Mustang," le rispose. "Qua c'è tutta la mia squadra: Midas, Aleck, Pid, Jag e Slate."

Passò qualche secondo di silenzio, poi si sentì il leggero rumore di un respiro. "Dovevo chiedere," mormorò.

Mustang non ci aveva pensato due volte e aveva subito condiviso i soprannomi dei suoi compagni di squadra, dimenticandosi quanto potessero sembrare strani a una persona non avvezza all'ambiente militare. "Scott," proseguì tranquillamente. "Mi chiamo Scott."

"Scott. Va bene," sussurrò lei, per poi inspirare bruscamente, quando dal collegamento si sentì un colpo forte.

Tutti sei i SEAL si avvicinarono alla radio al centro del tavolo, come se così potessero in qualche modo tenere al sicuro la donna che si trovava dall'altra parte della radio, proteggendola da ciò che le stava succedendo. Anche l'ammiraglio Light si sedette sulla sua poltroncina, molto teso, ad ascoltare.

Sentirono tutti delle voci sempre più forti sullo sfondo. Mustang chiuse gli occhi cercando di capire che lingua parlassero i pirati. Non era un esperto di lingue, gli sembrava un misto di arabo e francese.

"Smettetela di spingermi!" Si sentì una voce maschile che parlava inglese.

Il respiro di Rachel si fece più sonoro e veloce. Mustang

voleva darle conforto, dirle di rallentare la sua respirazione prima di svenire, ma non osò dire una parola, per paura di svelare il suo nascondiglio.

"Qua non c'è nessuno," disse l'uomo che parlava inglese.

"Chi non si fa vedere lo rimpiangerà," disse un altro uomo, chiaramente uno dei pirati, a giudicare dall'accento.

"Dove troviamo qualcos'altro da mangiare?" chiese un altro uomo.

"Ci sono dei congelatori in questo corridoio," disse il membro dell'equipaggio. "Ci sono altre scorte, ma per essere sicuri di trovare qualcosa da mangiare subito, senza dover cucinare, bisogna andare nelle dispense, dall'altra parte della cambusa. Nella cambusa ci sono diversi spuntini e molte altre cose da mangiare. Qua ci sono soprattutto farina, zucchero, cose così. Sono gli ingredienti che utilizza il cuoco per preparare da mangiare."

"Facci vedere la dispensa. E niente scherzi."

"Va bene," disse l'ufficiale. "Faccio solo quello che mi dite."

"Torniamo dopo per l'acqua e il mangiare," disse uno dei pirati. "Adesso cerchiamo i soldi."

Tutte le persone presenti nella sala riunioni si sforzavano di ascoltare bene il rumore dei passi che si allontanavano, cercando di capire se veniva detto qualcos'altro, ma sentirono solo il respiro di Rachel, terrorizzata.

"Va tutto bene," disse sottovoce Mustang, dopo un lungo momento di attesa, non riuscendo più a stare in silenzio. "Non ti hanno trovata."

"Lo so," rispose lei sussurrando, così a bassa voce che tutti fecero fatica a sentirla.

"Chi era quello?" domandò Midas.

"Penso fosse Bryce... è uno degli ufficiali, lavora con il capitano sul ponte di comando."

Mustang vide che l'ammiraglio si appuntava quel nome,

anche se sicuramente qualcuno stava già recuperando l'elenco dei membri dell'equipaggio a bordo dell'*Asaka Express*.

"Aveva mai sentito uno di quei pirati, prima?" chiese Aleck.

"Non lo so. Mi dispiace. Oddio, vorrei tanto essere più brava," si lamentò.

"Sta andando bene," la rassicurò Mustang.

"Non lo so. Finora non vi ho detto nulla che non sapeste già," rispose lei.

"Dopo la prima chiamata con la richiesta di soccorso, questa è la prima comunicazione che riceviamo dalla nave," le spiegò Mustang.

"Davvero?" chiese Rachel. "Che strano. Cioè, siamo tutti addestrati per utilizzare le radio, per chiedere soccorso."

"Gli altri sono in sala macchine o sono nascosti altrove, nella nave?" domandò Pid.

"Probabilmente un po' dappertutto, ma immagino che molti siano in sala macchine. È un ambiente rumoroso, dove è facile nascondersi. Il rumore dei motori può nascondere facilmente un colpo di tosse o un altro movimento," spiegò Rachel.

"Però è una zona più bassa della nave, circondata di metallo, da cui è più difficile lanciare dei segnali radio, specialmente da un apparecchio portatile," commentò Pid.

"Immagino sia così," reagì Rachel.

"Perché *lei* non è in sala macchine?" Mustang non riuscì a trattenere quella domanda.

"Perché io sono la cuoca," gli rispose Rachel, come se quella risposta spiegasse tutto.

"E allora?" chiese Slate.

"Dipende da quanto tempo rimarranno i pirati, ma tutti avranno bisogno di acqua e di viveri."

Mustang scosse la testa. Era impressionato dalla dedizione di Rachel per il suo lavoro, anche se così si metteva in pericolo. A nessuno era venuto in mente che, dopo il capitano, Rachel era probabilmente la persona più vulnerabile su quella nave. I pirati potevano usarla per costringere gli altri membri dell'equipaggio a obbedire ai loro ordini.

Non voleva nemmeno immaginare a quali altri rischi si stava esponendo, poteva essere sfruttata e molestata.

"Ci sono," disse Pid con entusiasmo, annuendo alla radio che aveva davanti.

"Di già?" chiese l'ammiraglio.

"Vuol dire, come mai ci hai messo così tanto?" Aleck corresse il tiro con una risata.

"Ci sono?" chiese Rachel.

"Ho intercettato la frequenza radio di bordo. Ora stiamo ascoltando il canale dieci."

"Davvero? Ottimo, bene," commentò Rachel. "Allora... significa che state comunque arrivando?"

"Sì," le rispose Mustang. Avrebbe tanto voluto dirle che sarebbero arrivati presto, ma purtroppo la marina non si muoveva mai così alla svelta. Dovevano preparare un piano, attrezzare il gommone Zodiac per l'arrembaggio, e soprattutto aspettare il favore della notte... che era ancora troppo lontana.

"Il canale dell'equipaggio è il tre," disse Rachel. "Quando siete arrivati e avete ucciso tutti i pirati, potete avvertirci che la nave è sicura su quel canale."

"Che sete di sangue, non vi sembra?" commentò sottovoce Jag. "Mi piace."

"Grazie per avercelo detto," rispose Mustang, ignorando il commento del suo compagno. Lui non era così sorpreso; per lavorare su una nave mercantile bisognava essere piuttosto scafati e pronti a tutto. Si immaginava il tipico cuoco di una nave... una donna di mezza età, alta e sovrappeso, con indosso un grembiule macchiato, una donna tutta tatuata, capelli corti e caratteraccio.

Poi si sentì un cretino anche solo per aver pensato a quale poteva essere il suo aspetto esteriore. In fondo non aveva la minima importanza. Poi, dal suono della sua voce, si immaginava che avesse probabilmente all'incirca la sua stessa età, sui trentacinque, forse un po' meno. Inoltre non dava l'impressione di avere un caratteraccio. Si stava impegnando a rimanere calma per comunicare tutte le informazioni che poteva. "Lei rimanga ben nascosta a prescindere, va bene?"

"Va bene, ma... Scott?"

Sentirsi chiamare per nome gli sembrò un po' strano. Era passato molto tempo da quando qualcuno l'aveva chiamato così, ma Mustang rispose: "Sì?"

"Cosa faccio se minacciano di uccidere qualcuno degli ufficiali, se ci chiedono di uscire, cosa facciamo?"

"Cazzo," commentò Slate sottovoce.

"Rimanete dove siete," disse fermamente l'ammiraglio. "In nessun caso dovrete mettervi in pericolo, nessuno di voi."

"Non sono sicura di potermene rimanere qui ferma ad ascoltarli, mentre uccidono gli uomini con cui ho fatto amicizia," rispose Rachel.

"Vorrei poter avere una risposta migliore," le disse Mustang. "Vorrei poterle dire che i pirati non andranno fino in fondo, che non uccideranno davvero nessuno. Vorrei poter dire che, se lei o qualcun altro salirà sul ponte di comando, smetteranno di minacciare, ma non c'è modo di predire *cosa* faranno realmente quegli uomini."

"E poi io sono una donna," sussurrò Rachel.

"E lei è una donna," ripeté Mustang. "Stiamo arrivando," cercò di rassicurarla.

"Non so come abbiano fatto i pirati a salire a bordo," disse Rachel, "ma c'è una falla a prua della nave. Non proprio un foro, sembra più... un'apertura. Cavolo, non so come si dica tecnicamente. Ci passano le catene e altre cose, senza doverle mettere sulle ringhiere. Quando abbiamo fatto il giro della nave, Walter ha scherzato dicendo che era abbastanza grande perché qualcuno ci passasse. Il ponte di comando si trova a poppa della nave, i container sono messi uno sopra l'altro in pile molto alte, così nessuno potrebbe vedere se qualcuno sale da quell'apertura."

Mustang vide i suoi compagni di squadra che sorridevano. Non si stavano prendendo gioco di lei, anche se quella donna era spaventata, stava chiaramente facendo del suo meglio per cercare di aiutare, un impegno molto apprezzato. Ma era ovvio che Rachel non aveva pensato fino in fondo alla logica di quanto stava suggerendo. Salire a bordo di una nave in movimento proprio dalla prua era pericolosissimo, e poi sul ponte di prua non c'era modo di nascondersi.

"Grazie per il suggerimento," le disse diplomaticamente Midas.

"Non c'è di che."

"Rimanga su questa frequenza," le disse Pid, "così potremo continuare a comunicare."

"Ma così non potrò sentire cosa succede a Walter e agli altri sul ponte di comando," rispose Rachel.

Mustang annuì al suo compagno. Era un'ottima osservazione. Se la situazione si faceva disperata, nessuno voleva che lei ne fosse testimone. "Ma noi sì," le rispose.

"Ah, giusto, mi ero dimenticata. Va bene. Per caso potreste... no, non importa."

"Cosa?" le chiese Mustang.

"Era un'idea stupida."

"Ma cosa?" le chiese con più insistenza.

"Volevo solo chiedervi se potete collegarvi ogni tanto per farmi sapere che ci siete, che state arrivando per aiutarci. Sono terrorizzata, almeno se so che qualcuno sta arrivando mi sento molto meglio."

"Sì," rispose Mustang. "Rimarremo in contatto costante, perché dobbiamo sapere anche cosa sta succedendo nei ponti inferiori, dove si trova lei." Era vero solo in parte. Dato che Pid era riuscito a intercettare il canale che uno degli ufficiali aveva aperto, per trasmettere dal ponte di comando, avevano una linea diretta con la stanza più importante della nave. Ma non sarebbe bastato, qualora i pirati si dividessero.

"Va bene. Grazie per essere intervenuti. Fate attenzione. Questi tipi sembrano davvero... incazzati."

Chissà quand'era stata l'ultima volta che qualcuno aveva detto loro, una famigerata squadra di SEAL della marina, di fare attenzione? Probabilmente mai? "Faremo attenzione," le rispose Mustang. "Ora cerchi di stare calma, faccia attenzione anche *lei*."

"Cercherò." Ci fu una leggera pausa, poi Rachel chiese: "È adesso? Ci diciamo 'passo e chiudo' o qualcos'altro?"

Midas trattenne una risata sommessa.

"Non c'è bisogno. Ci teniamo in contatto," le rispose Mustang.

"Ottimo. Va bene. Allora... insomma, a dopo."

Mustang scosse la testa. Cavoli, che persona adorabile. Era del tutto incasinato, stava ancora pensando a quella donna, nel bel mezzo di una dannata operazione.

Poi però non ebbe più molto tempo di pensare a Rachel Walters, perché Pid alzò il volume del canale radio che aveva intercettato, le trasmissioni provenienti dal ponte di comando. Dovevano raccogliere informazioni, approntare un piano, salvare una nave con oltre venti persone a bordo.

CAPITOLO DUE

ELODIE SI SENTIVA GIÀ MEGLIO dopo aver parlato con Scott. Non aveva mai conosciuto prima un SEAL della marina, non sapeva cosa aspettarsi, però le era sembrato... proprio normale.

Si concentrò sull'ascolto, ma non sentì nulla, fuori dal suo nascondiglio. Le gambe le facevano male, era rimasta appollaiata in quell'armadio per tanto tempo. Non era altissima, col suo metro e sessantacinque, ma non era nemmeno abbastanza minuta da nascondersi in posti angusti come quello senza il minimo disagio.

Il suo cuore batteva molto forte, quando prese la decisione di avventurarsi all'esterno. Muovendosi lentamente, nel caso uno dei pirati fosse rimasto nei paraggi di sentinella, fece capolino fuori dall'armadio.

Le luci della dispensa erano ancora accese, ma non vide nessuno nel magazzino. Uscì e si alzò in piedi goffamente, stiracchiando i muscoli nella speranza che funzionassero bene, qualora fosse stata costretta a scappare alla svelta.

Elodie mise di nuovo la radio in una tasca dei suoi pantaloni da lavoro modello cargo, poi si avvicinò di sottecchi alla porta. Si fermò ad ascoltare, ma non sentì nulla, al di là del proprio battito cardiaco, quindi aprì lentamente la porta, appena di una fessura.

Il corridoio era vuoto. Non si sentiva nient'altro che il ronzio dei congelatori vicini e il tremore dei piatti, smossi dalle vibrazioni della nave. Le era servito un po' di tempo per abituarcisi, quando era salita a bordo la prima volta, ma ora appena notava quei rumori.

Non era certa di dove andare o di cosa fare, ma le bastava sapere che qualcuno stava arrivando in soccorso per stare un po' meglio, per sentirsi un po' più coraggiosa. Si incamminò lentamente e senza far rumore nella cambusa e notò che una delle confezioni di acqua che aveva lasciato in bella vista su un bancone ora non c'era più; anche parte del cibo era sparita. Ottimo. Il suo piano aveva funzionato... almeno per il momento.

Per un attimo, Elodie pensò di fare ciò che aveva fatto Steven Seagal nel film *Trappola in alto mare*, cioè preparare una bomba col microonde, ma scartò subito quell'idea. Prima di tutto, era impossibile regolare correttamente il timer perché la bomba scoppiasse proprio quando uno dei pirati si trovava nelle vicinanze. Non aveva mai capito come funzionavano quelle cose nei film. In secondo luogo, ma molto più importante... non aveva idea di come si preparasse una bomba col microonde.

Si chiese se Scott lo sapesse.

"Forse sì, ma non è qui," si disse Elodie sottovoce.

Stava attraversando la cambusa, quando qualcosa catturò la sua attenzione. Il blocco di coltelli che usava per cucinare.

Nessuno a bordo poteva portare armi da fuoco. Era stata sollevata, quando aveva letto questa regola tra le varie condizioni contrattuali che aveva ricevuto dalla società di trasporti. Ora capiva anche che così i pirati avevano un netto vantaggio, ma solo perché nessuno poteva avere armi da fuoco, non significava che non potessero comunque armarsi.

I suoi coltelli erano affilati. Molto affilati. Si assicurava di tenerli sempre in perfette condizioni. Il solo pensiero di usarne veramente uno contro una persona la faceva sentire fisicamente male, ma se l'alternativa era accoltellare qualcuno o essere torturata e violentata, avrebbe scelto senz'altro di proteggersi.

Paul Columbus le passò per un attimo in mente. Quel-l'uomo era davvero squilibrato, non c'era alcuna logica nella sua decisione di farla morire, solo perché si era rifiutata di fare esattamente ciò che le aveva chiesto. *Chi* si comporta così? Ancora una volta, pensò, la scelta era tra rimanere viva o essere preda di Paul, di uno dei suoi aguzzini, dei pirati... e lei avrebbe scelto la vita. Se ciò significava usare uno dei suoi coltelli da cucina per guadagnare tempo, l'avrebbe fatto.

Elodie non sapeva bene come trasportare il coltello, non aveva una fondina, ma capì subito che, se avesse scelto uno dei coltelli con la lama più sottile, avrebbe potuto infilarlo facilmente in un passante della cintura dei suoi pantaloni; l'impugnatura avrebbe evitato che cadesse per terra. Non era la soluzione ideale; se quel coltello fosse caduto, poteva anche farle molto male... ma di sicuro non voleva rimanere disarmata.

Camminando molto lentamente, Elodie andò nella cambusa dell'equipaggio e vide che era stata saccheggiata. Le provviste erano state tirate fuori dagli armadi e versate sul pavimento e sui piani di lavoro. Non capiva se i pirati cercassero oggetti di valore o qualcosa da mangiare. Era ridicolo anche solo pensare che nelle dispense ci fosse qualcosa di un certo valore. In fondo era una cucina, non un nascondiglio segreto per una cassaforte o qualcosa del genere.

Provando disgusto per quella stupidità, Elodie attraversò la mensa dell'equipaggio fino in fondo, aprendo la porta appena di un centimetro. Non sentendo rumori strani, fuori dall'ordinario, fece capolino nel corridoio. Non sapeva nemmeno cosa cercare. I pirati? Qualcuno del personale che lavorava sulla nave? Il capitano?

All'improvviso si sentì completamente da sola. Era una sensazione un po' stupida, perché sapeva bene che a bordo c'erano molte altre persone. Non era mai stata un'appassionata del nascondino, temeva sempre che chi cercava si annoiasse e abbandonasse il gioco, dimenticandosela nel suo nascondiglio, mentre lei aspettava invano di essere trovata. Per un momento, considerò di scendere in sala macchine per trovare gli altri. Forse Ari o Troy l'avrebbero aiutata a nascondersi. Quel pensiero la tentava un po'.

La curiosità ebbe il sopravvento su di lei, così Elodie tiro fuori la radio dalla tasca. Non aveva più sentito né Scott né gli altri della nave americana che aveva risposto alla sua chiamata disperata di aiuto. Dopo aver controllato che il volume fosse abbassato al minimo, cambiò il canale portandolo sul dieci e avvicinò la radio all'orecchio.

Sentiva il bisogno di sapere cosa stesse succedendo sul ponte di comando. Forse Walter e gli altri ufficiali erano riusciti a mettere fuori gioco i pirati e lei si stava ancora nascondendo senza motivo.

Invece, ciò che senti le gelò il sangue nelle vene.

"Ci farai incagliare," disse Walter; anche dalla radio si sentiva chiaramente dal suo tono di voce che era agitato. "Ma almeno sai cosa stai facendo?"

"Sono un pescatore. Conosco le barche," affermò uno dei pirati.

"Comando io!" sbraitò un altro, spaventando a morte Elodie.

Si sentì di nuovo della confusione... poi l'inconfondibile suono di un fucile semiautomatico che faceva fuoco.

Alcuni uomini gridarono, altre urla di terrore, altri spari.

Elodie rimase ferma immobile e pregò per gli ufficiali sul ponte di comando.

Poi i pirati cominciarono a urlare qualcosa nella loro lingua, sembrava che stessero discutendo tra loro.

All'improvviso, le luci si spensero senza alcun preavviso.

Elodie si ritrovò nel buio più totale. Non poteva vedere nemmeno la sua mano, davanti alla faccia. L'unica luce della stanza proveniva dal puntino rosso lampeggiante della radio che aveva in mano.

Si sentirono altre imprecazioni provenire dagli uomini sul ponte di comando.

"Cos'è successo alle luci?" chiese uno dei pirati.

"Non sono sicuro." Elodie riconobbe Bo, uno degli ufficiali, la voce gli tremava.

"Ripara!" gli ordinò il pirata.

"Non posso!" esclamò Bo. "Prima di tutto hai appena ucciso Danny, che era l'esperto di comandi e altre cazzate di indicatori. Era lui che conosceva ogni singolo pulsante e ogni singola spia, lui sapeva cosa fare quando succedeva qualcosa. E poi i controlli sono tutti in sala macchine!"

Elodie inspirò bruscamente. Danny era morto? "No," sussurrò tra sé. Danny era sposato e aveva due figli a casa, nel Wyoming. Non poteva essere morto. Tutto il suo corpo cominciò a tremare.

"Vai giù e fai accendere le luci!" ordinò uno dei pirati a Bo.

"Se vogliamo superare lo stretto di Bab el-Mandeb senza far incagliare la nave nell'isola di Perim da una parte, o a Gibuti dall'altra, vi servo qua sul ponte. Senza l'aiuto esperto del capitano, non sono comunque sicuro di potercela fare, ma conosco questa nave molto meglio di voi," disse Bo sempre con la voce che tremava.

Una lacrima scese dagli occhi di Elodie. Non le piaceva ciò che stava sentendo, avevano ucciso anche Walter? Quanti altri ufficiali erano stati uccisi?

Subito dopo sentì un altro colpo di arma da fuoco molto potente e un tonfo.

Ansimò e si mise una mano contro la bocca, premendo forte.

I pirati cominciavano di nuovo a parlare tra loro nella loro lingua.

Elodie non sapeva con certezza per quanto tempo era rimasta immobile al buio, ma alla fine la sua tristezza e il suo trauma si trasformarono in rabbia. Come osavano quegli uomini salire a bordo della sua nave e cominciare a uccidere i suoi amici? Se Bo non era convinto di poter condurre la nave attraverso lo stretto canale che portava al mar Rosso, se la loro destinazione era un porto nel Sudan, come diamine pensavano i pirati di poterci arrivare?

Così le venne un altro pensiero: i pirati ovviamente non avevano alcun rispetto per la vita delle persone a bordo della nave. Quindi se la nave si fosse incagliata nell'isola di cui parlava Bo, a loro non sarebbe interessato un fico secco. Loro volevano solo i soldi, oppure qualcosa da poter vendere.

Improvvisamente si sentì l'interfono della nave e uno dei pirati cominciò a parlare; la sua voce riecheggiava in tutta la cambusa e nelle stanze della mensa, intorno a lei.

"Parla Hamza. Sono al comando della nave. Fate come dico o siete morti. Il vostro capitano non ascolta, è morto. Gli altri non ascoltano, anche loro morti! Anche voi siete morti se non si accendono le luci. Avete dieci minuti per accendere le luci, altrimenti scendiamo e vi troviamo. Vogliamo solo i soldi. Non ci importa di voi. Salvatevi."

Elodie strinse gli occhi. Che bastardi! Avrebbe davvero voluto sapere come preparare quella bomba col microonde, in quel momento. Quei tipi pensavano di poter uccidere tutti gli ufficiali e gli ingegneri, e di riuscire comunque chissà come a portare quella nave enorme dove volevano? Erano dei poveri illusi.

Elodie si voltò. Era contenta per tutto il tempo che aveva passato nella cambusa, conosceva quel posto meglio delle sue tasche. Portando le braccia davanti a sé, nel caso una sedia fosse stata spostata, riuscì ad arrivare alla mensa dell'equipaggio, poi proseguì con cautela attraversando la dispensa dell'equipaggio, avanzando dritta verso la parete opposta della cambusa. Le servirono diversi secondi per trovare ciò che stava cercando, ma quando la sua mano sfiorò la torcia attaccata alla parete, la impugnò trionfante.

C'era anche una luce di emergenza che poteva essere attivata, ma lei scosse la testa. "Perché rendere la loro vita più facile?" mormorò tra sé. Poi rimase in piedi in mezzo alla cambusa, con il fascio di luce della torcia puntato verso il pavimento, dubbiosa sul da farsi.

"Potrei sabotare i locali," pensò a voce alta. "Potrei rompere dei bicchieri e spargere i cocci tutto intorno, oppure potrei versare qualche litro d'olio... ma così quei bastardi saprebbero senza dubbio che qui c'è qualcuno. Però non posso starmene qui con le mani in mano a fare nulla! Come un pulcino impaurito! El, non sei certo Wonder Woman, cosa puoi fare veramente, contro degli stronzi a mano armata? Beh, una cosa che puoi fare è cercare di fare in modo che non trovino delle altre armi."

Sentire il suono della propria voce, per quanto sussurrata e quasi impercettibile, la faceva star meglio. Anche avere un piano la rincuorava. Così Elodie cominciò rapidamente a cercare in cambusa qualunque oggetto contundente. Non voleva che fosse così evidente la sparizione di tutti i coltelli. Non voleva nemmeno che i pirati li trovassero così facilmente, qualora li avessero cercati. Così fece scivolare un grande coltello da carne sotto un frigorifero, un altro finì in un forno, e così via. Nascose la coltelleria sparpagliandola per tutta la cambusa.

Fatto questo, si guardò attorno, chiedendosi cos'altro potesse fare.

La nave ondeggiò all'improvviso sotto di lei, facendo quasi schiantare Elodie sul pavimento.

Le vibrazioni a cui si era così abituata si fermarono all'improvviso, lasciandola in un silenzio inquietante. L'inconfondibile suono delle porte a tenuta stagna che si abbassavano riempì l'atmosfera. Lei conosceva vari modi per muoversi nella nave anche con quelle paratie chiuse, ma diventava molto più difficile. Odiava non sapere se le porte fossero state chiuse dagli ingegneri, nascosti nei meandri della nave, oppure se si erano attivate automaticamente, perché la nave si era incagliata o aveva colpito qualcosa, aprendo una falla.

Tirando fuori di nuovo la radio dalla tasca, Elodie vide che chissà come aveva spostato il selettore dal canale dieci. Così lo spostò indietro su quel canale e sentì i pirati che parlavano nella loro lingua. Sapendo che non poteva capire nulla di quanto stavano dicendo, tornò a collegarsi sul canale che aveva utilizzato per comunicare con la nave militare americana.

"...Mustang, passo. Dannazione, Rachel, dove sei finita?"

Elodie non era mai stata così contenta in vita sua di sentire una voce, quanto in quel momento, sentendo quella di Scott. "Sono qui," gli rispose a bassa voce.

"Grazie al cazzo," sospirò Scott. "Sto cercando di comunicare con te da almeno una ventina di minuti. Ci sono degli aggiornamenti sulla tua situazione."

"Lo so," ammise lei. "Lo so che mi avevate detto di non farlo, ma dovevo scoprire cosa stava succedendo. Hanno sparato a Walter, anche a qualcun altro."

"Mi dispiace molto."

"Erano tutte brave persone," disse Elodie a Scott. "Forse qualcuno era un po' scontroso, qualche ufficiale era un po' fuori di testa, ma non meritavano questa fine."

"No, non la meritavano," concordò Scott. "Ma adesso ci sono dei problemi più gravi."

"Sì, non sanno come gestire questa nave, poi vogliono ucciderci tutti appena ci trovano."

"Esatto. Adesso devi tornare a nasconderti e stare ferma."

"Le paratie ermetiche di sicurezza si sono appena chiuse," gli disse Elodie.

"Cosa?"

"Le paratie ermetiche. Stiamo affondando? O sono stati i ragazzi nascosti nella nave?" gli chiese.

"Non state affondando," le disse Scott.

Elodie lasciò andare un sospiro di sollievo. "Meno male."

"La navigazione si farà molto azzardata, quando tenteranno di attraversare quello stretto."

"State per arrivare?" Non riuscì a trattenere quella domanda.

"Sì. Ma è troppo pericoloso intervenire alla luce del giorno."

"Merda!" commentò Elodie.

"Andrà tutto bene," le disse Scott.

Lei apprezzava i suoi tentativi di confortarla, ma in quel momento non si sentiva molto rassicurata. "Gli ingegneri hanno anche staccato le luci, quindi qua c'è davvero molto buio."

"Ci pensiamo noi."

"Va bene. Scott?"

"Sì, Rachel?"

Dannazione. Si era dimenticata *di nuovo* che tutti pensavano si chiamasse Rachel. "Se mi succede qualcosa... non ho nessuno da contattare. Fatemi pure riposare nel mare e va bene così. Siamo d'accordo?" Non era sicura di quanto bene avrebbe retto la sua falsa identità... comunque non aveva davvero nessuno, una famiglia da contattare.

"Vedrai che andrà tutto bene," le disse Scott con tono sicuro.

"Ma comunque..." riprese lei.

"Devi continuare a pensare positivo. La peggior reazione che puoi avere in una situazione come quella è arrenderti."

"Non mi sto arrendendo," gli rispose lei. "In questo momento sono arrabbiata. Sono proprio incazzata, perché Walter e gli altri sono stati uccisi senza motivo. Molti di quegli uomini avevano moglie e figli. Che situazione *di merda*."

"Proprio vero," concordò Scott.

"E tu?"

"E io cosa?" domandò Scott.

Elodie sapeva che avrebbe dovuto smettere di usare la radio. Continuando a parlare con lui rischiava la vita. E poi probabilmente lui aveva altre cose di cui occuparsi... come preparare un piano per salire sulla nave e uccidere i pirati. Eppure non riusciva a convincersi, non se la sentiva di interrompere quel collegamento. Scott era per lei una vera e propria voce di speranza nell'oscurità, non la faceva più sentire troppo sola. "Tu hai moglie e figli?" gli chiese.

"No, nessuno dei due."

"Meglio così, immagino."

"Sì. Resisti, Rachel, ti stai comportando molto bene."

"Ho nascosto i coltelli," sbottò lei.

"Cosa?"

"Ho pensato anche di rompere qualche cianfrusaglia per creare degli ostacoli qui in cambusa, ma poi ho immaginato che così avrebbero scoperto che qualcuno si nascondeva in questi locali e avrebbero messo tutto sottosopra per trovarmi. Così ho deciso che era meglio tenere tutto al suo posto, come l'ultima volta che sono stati qui. Forse non si fermeranno comunque molto a lungo, magari non cercheranno qualcuno con tanto accanimento, ma non volevo che trovassero delle altre armi, quindi ho nascosto i coltelli."

"Intelligente."

Elodie non ne era certa. "Però ne ho tenuto uno. Si infila bene nel passante della cintura dei miei pantaloni."

"Stai attenta. Una sparatoria non si vince con un coltello," le disse Scott.

Sorprendentemente, Elodie reagì ridacchiando. "Per caso è un proverbio antico, o qualcosa del genere?"

"No, è solo un ragionamento di buon senso," le rispose.

Elodie poté sentire l'umorismo che si celava nel suo tono di voce. Anche solo per un secondo, si sentì... normale. Come se lei e Scott fossero due persone che si erano incontrate online, o in qualche altro modo, due persone che si stavano conoscendo. Ma le parole che le disse subito dopo la fecero tornare all'improvviso alla realtà.

"Fai tutto il necessario per rimanere nascosta," le disse Scott. "*Non* farti trovare, Rachel, hai capito?"

"Va bene," sussurrò lei.

"Presto sarà tutto finito."

"Lo spero proprio."

"Lo so."

"Ho sempre sentito dire che voi siete dei tipi cazzuti, ma devo dire che in questo momento mi fa star meglio, proprio come una ventata d'aria fresca."

"Non vuol dire essere cazzuti, è solo vero." Poi abbassò la voce. "Mi dispiace per i tuoi amici."

"Grazie."

"Ci risentiamo presto... e ci *vediamo* presto, anche. Però cerca solo di non accoltellare me o uno della mia squadra, ti sembra?"

Elodie ridacchiò di nuovo. "Cercherò."

"Mustang, passo e chiudo."

Elodie si mise di nuovo la radio in tasca e cercò di sentire se i pirati stavano scendendo nella sua zona. Quando sentì solo lo stesso vuoto inquietante dei motori silenziati, tornò indietro nel corridoio che portava alle stanze di magazzino. Conosceva il posto perfetto per nascondersi. Ci aveva pensato qualche settimana prima, ma nel frattempo se ne era dimenticata.

Si recò nella dispensa più piccola, fece un respiro profondo, prima di allungare una mano verso gli scaffali. Si arrampicò con attenzione fino allo scaffale superiore, era alto quasi due metri e mezzo, profondo circa un metro. Spostò degli scatoloni sul davanti, rannicchiandosi dietro di essi. Era un'ottima posizione difensiva, qualora qualcuno la trovasse, anche se quegli scaffali di legno non potevano certo fermare un proiettile. Sperava davvero che i pirati non scoprissero mai la sua presenza, anche perlustrando quella stanza; era ben nascosta, al buio.

Si mise la testa tra le mani, chiuse gli occhi e pregò che il giorno si concludesse rapidamente. Prima arrivava la notte, meglio era, perché finalmente sarebbero arrivati i soccorsi.

CAPITOLO TRE

MUSTANG STAVA RILEGGENDO l'elenco delle persone che lavoravano a bordo dell'*Asaka Express*. Slate aveva evidenziato il personale che riteneva essere sul ponte di comando, uomini che probabilmente erano stati uccisi, rimanevano fuori solo un paio di ufficiali e gli ingegneri. Oltre a Rachel Walters.

Avevano ricevuto anche un elenco delle famiglie di tutte le persone a bordo, oltre alle copie dei controlli di sicurezza che avevano effettuato su ciascuno di loro. Erano tutte fedine immacolate... eccetto quella di Rachel.

"Il suo controllo non ha riportato nulla che vada oltre tre anni fa," disse Pid.

Mustang annuì.

I documenti su di lei erano molto generici, l'anno in cui si era diplomata, il fatto che entrambi i genitori fossero deceduti e che non aveva fratelli o sorelle. Aveva lavorato in un ristorante di Los Angeles prima di assumere l'incarico a bordo dell'*Asaka Express*. C'era anche una lettera di raccomandazioni molto fiorita, probabilmente dal proprietario del ristorante in cui aveva lavorato, ma quando Pid aveva fatto una ricerca usando il nome di quell'uomo, non era riuscito a trovare alcuna informazione su di lui, non risultava proprietario di alcun ristorante, da nessuna parte negli Stati Uniti.

"Ti ricordi quando le abbiamo chiesto come si chiamava e lei ha balbettato?" domandò Midas.

"Non è chi dice di essere," affermò Aleck.

"Ma questo non significa che sia complice di quello che sta succedendo adesso," ribatté Jag.

"Per favore, possiamo smettere di parlare di lei come se fosse in combutta con quei dannati pirati?" chiese Mustang in preda alla frustrazione.

"Guarda che nessuno di noi pensa che li abbia aiutati," commentò Aleck con tono assennato. "Ma tutto ciò che abbiamo scoperto finora ci porta a pensare che abbia qualche segreto pesante."

"Sarebbe logico pensare che abbia trovato lavoro su una nave mercantile perché sta cercando di nascondersi da qualcuno," disse Slate.

"Come un ex che la perseguita," Midas intervenne.

"Potrebbe aver cambiato nome perché è piena di debiti," ipotizzò Jag.

"Che importanza ha tutto ciò, adesso?" domandò Mustang.

"No, nessuna," rispose subito Midas. "Per quanto ci riguarda, in questo momento lei è una vittima tanto quanto chiunque altro sulla nave, ma tutto potrebbe cambiare, quando avremo preso il controllo della situazione."

Mustang sospirò. Lo sapeva anche lui. Se era una persona in fuga, se cercava di nascondersi da qualcuno, questo incidente le avrebbe reso molto difficile tenersi lontana dai riflettori. Le autorità avrebbero dovuto intervistarla, i giornalisti le avrebbero chiesto di raccontare la sua storia, per non parlare della marina, che le avrebbe chiesto una deposizione.

"Sembra che abbia avuto un certo effetto su di te," disse Midas. "Penso che, quando saremo a bordo, dovresti essere tu a cercarla. Se si fida di te, potrebbe aprirsi e raccontarti meglio la sua situazione."

"E se possiamo aiutarla, lo faremo," aggiunse Aleck.

"Odio gli stalker," mormorò Pid. "Se si sta nascondendo da una persona del genere, allora sono d'accordo, faremo di tutto per *tenerla* nascosta."

"Sembra che l'ultima cosa che vuole sia essere al centro dei riflettori, se supera questa tragedia," concordò Jag.

"Non c'è nessun se," intervenne Slate. "Se la notte si sbrigasse ad arrivare, potremmo mettere fine a questa merda di situazione."

Per questo Mustang amava lavorare con quegli uomini, erano dei veri difensori di chi aveva bisogno di aiuto. Per questo motivo erano diventati SEAL, per cercare di porre rimedio ai tanti mali del mondo, ovunque potessero trovarsi.

Mustang non aveva alcun problema ad andare in prima persona a cercare Rachel, per tenerla al sicuro. Cavolo, il solo pensiero di affidarla a uno qualunque dei suoi amici lo... destabilizzava. Quella donna aveva qualcosa che lo intrigava, qualcosa che gli faceva venir voglia di conoscerla meglio, di proteggerla da qualunque pericolo corresse su quella nave mercantile.

Non conosceva la storia di Rachel, non sapeva nemmeno se Rachel fosse il suo vero nome, ma era curioso di scoprirlo. Non la conosceva da tanto tempo, ma sapeva interpretare bene il carattere delle persone. Il modo in cui qualcuno reagisce quando affronta una crisi importante la dice lunga sul carattere di una persona, e Rachel Walters sembrava avere un carattere d'acciaio.

Mustang era seduto a poppa del gommone Zodiac, si teneva stretto, mentre il pilota si avvicinava sempre più all'enorme nave mercantile.

Durante l'intera giornata, gli ufficiali della *USS Paul Hamilton* avevano fatto di tutto per parlare con i pirati, ma senza alcun risultato. I pirati non rispondevano ai vari segnali provenienti dalle navi militari americane che li circondavano. Ormai dovevano aver capito che per loro era finita. Dovevano aver visto sul radar la flotta di navi che circondava il mercantile che avevano assalito, tuttavia non avevano comunicato con nessuno.

L'*Asaka Express* sembrava una nave deserta che galleggiava liberamente in mare. La corrente stava spingendo quell'enorme imbarcazione sempre più vicina alle coste di Gibuti. I rappresentanti del governo erano stati contattati, ma avevano rifiutato di farsi coinvolgere, dicendo che non avrebbero fatto nulla, se non quando la nave fosse stata ufficialmente nella loro giurisdizione.

Era una situazione frustrante, faceva infuriare, ma non c'era niente che Mustang, la sua squadra o gli altri ufficiali americani potessero fare. Se i pirati non rispondevano ai loro appelli, non facendo così capire quale fosse il loro piano o cosa volessero, diventava impossibile trattare con loro per salvare la vita delle altre persone a bordo.

Alla fine era calata la notte, così i SEAL potevano finalmente fare la loro mossa. Era giunta notizia che una quindicina di piccole imbarcazioni si stavano avvicinando alla *Asaka Express* alla deriva, provenivano dalla parte settentrionale di Gibuti. Gli esperti dei servizi segreti avevano suggerito che fossero altri pirati, che venivano a saccheggiare quante più merci potevano dai container a bordo della nave.

Mustang e il resto della sua squadra si stavano affrettando per arrivare prima di loro. Una volta messa in sicurezza la nave mercantile, la marina avrebbe fatto avvicinare i suoi incrociatori per proteggere l'imbarcazione, fino al momento in cui questa poteva tornare a navigare da sola. Se possibile, l'idea era anche di intercettare le piccole imbarcazioni, per evitare che aggiungessero caos a quello già esistente a bordo dell'*Asaka Express*.

Il piano era semplice: salire a bordo, giocare a nascondino con i pirati, eliminandoli uno alla volta. La squadra aveva ricevuto il permesso di sparare per uccidere chiunque fosse salito a bordo della nave illegalmente, la marina non aveva certo intenzione di scherzare.

Il pilota del gommone da arrembaggio rallentò l'imbarcazione, che si avvicinava in silenzio alla nave mercantile, in un buio inquietante. Sul ponte di comando brillavano alcune luci, la squadra si era avvicinata al lato di babordo, quello più vicino alla riva, senza farsi notare. Con grande sorpresa, trovarono la scala che i pirati avevano utilizzato per salire a bordo, era ancora appesa a un corrimano della nave.

"Di sicuro è così che vogliono far salire a bordo anche gli altri," disse Midas.

"Molto probabilmente," concordò Slate. "La stacchiamo dopo che siamo saliti, non ha alcun senso facilitare l'accesso agli altri pirati che si vogliono unire alla festa."

Nessuno pensò minimamente di utilizzare quella scala per salire a bordo, poteva essere controllata, potevano esserci delle trappole. Mustang ordinò al pilota dello Zodiac di portarsi a circa una quindicina di metri dal punto in cui la scala oscillava avanti e indietro, per il movimento delle onde.

"Pensate che saranno così scemi da cercare di raggiungere i loro amici a bordo?" chiese il pilota.

"Ci proveranno," rispose Aleck, annuendo.

"La loro unica motivazione è arrivare all'obiettivo," concordò Pid, "ma la marina non lo permetterà, se possibile."

"Meno parole, più fatti," disse Mustang, guardando in alto. Per fortuna, quella nave mercantile non era così enorme, altrimenti non sarebbe stato affatto facile scalare la fiancata dell'imbarcazione per salire a bordo. Jag si spostò sul lato del gommone e respirò profondamente, poi entrò in azione.

Usando delle attrezzature top secret modello spionaggio, Jag riusciti a risalire la fiancata della nave in pochi minuti. Come previsto dal piano, gettò una fune che aveva fissato sul ponte, poi gli uomini della squadra salirono dalla fune uno alla volta sulla nave mercantile. Il gommone si allontanò in silenzio così come era arrivato, nel momento stesso in cui gli stivali di Slate si appoggiarono alla fune per risalirla.

Mustang e gli altri della squadra si nascosero dietro ai container, confondendosi con essi. A un gesto della testa di Mustang verso la poppa della nave, Midas e Aleck si diressero rapidamente in quella direzione. Pid e Jag cominciarono il lungo tragitto verso la prua della nave. Avevano ricevuto i dettagli tecnici e le mappe dell'*Asaka Express* già a bordo della *USS Paul Hamilton*. Era una nave lunga oltre cento metri, per arrivare da poppa a prua a passo normale servivano circa tre minuti.

Sulla nave c'erano anche quindici ponti di carico, cinque stive, la sala macchine era quattro ponti più in basso. Il capitano aveva ragione, c'erano un'infinità di posti in cui l'equipaggio si poteva nascondere; Mustang pregò che tutti fossero riusciti a farlo. Ovviamente stavano facendo tutto ciò che potevano per rendere la vita difficile ai pirati, avevano chiuso le paratie ermetiche nei ponti inferiori, spento il motore, tolto la luce.

Il buio era senz'altro uno svantaggio per i pirati, ma non lo era per la squadra di SEAL. Grazie agli occhiali dotati di visione notturna, i militari delle squadre speciali potevano vedere molto bene, quasi quanto durante il giorno. Mustang e gli altri erano pronti a dare la caccia ai pirati. Li avrebbero eliminati; speravano che questo dirottamento terminasse rapidamente con un solo risultato: la morte dei pirati.

Mustang di solito non era così assetato di sangue, ma quell'intervento era una vera e propria guerra. Se i pirati non avessero ucciso nessuno, i loro ordini avrebbero anche potuto essere diversi... catturare e interrogare. Ma dato che avevano alzato la posta in gioco uccidendo il capitano e degli altri ufficiali, il loro destino era ormai segnato.

Tutti gli uomini della squadra indossavano auricolari per le comunicazioni radio, i microfoni si attivavano vocalmente, quindi era molto semplice poter comunicare rapidamente con gli altri.

"Scala eliminata," disse Midas, informando gli altri.

Il piano prevedeva di mettere in sicurezza i ponti esterni, per poi andare dritti verso il ponte di comando. Eliminando la scala che i pirati avevano usato per salire a bordo, sarebbe stato molto più difficile per gli altri pirati fare lo stesso. Inoltre, quella scala poteva essere una rapida via di fuga per i pirati già a bordo.

Il piano prevedeva di mettere fuori gioco chiunque fosse ancora sul ponte di comando, per poi perlustrare il resto della nave. Nessuno sapeva quanti pirati ci fossero ancora sulla nave, ma prima o poi avrebbero trovato tutti, annientando la minaccia che metteva in pericolo tutte le altre persone a bordo.

Midas e Aleck dovevano perlustrare la poppa della nave, mentre Pid e Jag avrebbero controllato la prua, per poi raggiungerli a poppa. Mustang e Slate avrebbero preso il controllo della parte centrale della nave, per poi dirigersi con gli altri verso il ponte di comando.

Dalle trasmissioni radio che gli provenivano nell'auricolare, Mustang sentì gli altri uomini della squadra che facevano rapporto, man mano che perlustravano le varie zone della nave. Sui ponti esterni non c'era nessuno, la perlustrazione fu rapida e silenziosa. Mentre lui e Slate si avvicinavano alla poppa della nave, videro Midas e Aleck già accovacciati che li aspettavano. Loro quattro avrebbero fatto irruzione da tribordo, mentre Pid e Jag sarebbero rimasti sul lato di babordo, fuori dalla linea di fuoco. Qualora i pirati decidessero di tentare la fuga dal ponte di comando, li avrebbero intercettati dall'altra parte.

Mustang si spostò tra i suoi commilitoni, non mostrò alcuna esitazione a prendere il comando dell'assalto. Alzò la mano e cominciò il conto alla rovescia dal tre. Sentì Slate dire alla radio "via" mentre faceva oscillare il pesante ariete di metallo che si erano trascinati a bordo al solo proposito di sfondare la porta di accesso al ponte di comando.

La porta si aprì al primo colpo, così tutti e quattro fecero irruzione in quell'ambiente, sopraffacendo i due pirati che trovarono all'interno.

Il primo pirata cercò di prendere il fucile che portava a tracolla, ma non fece in tempo ad afferrarlo. Il proiettile sparato da Mustang gli traforò la testa, facendolo cadere per terra senza nemmeno troppo rumore.

L'altro pirata si girò immediatamente, cercando di raggiungere il lato opposto della stanza, sparando alla cieca dietro la schiena mentre correva. Mustang e gli altri della squadra si misero al coperto dove potevano. Appena il pirata uscì da quella porta, si sentirono due colpi di arma da fuoco, Pid e Jag avevano completato il loro compito.

Tutta l'operazione terminò nel giro di pochi secondi.

Mustang si alzò in piedi e perlustrò il ponte di comando. I corpi di sei uomini evidentemente morti giacevano ammassati contro la parete posteriore. Anche se non indossavano alcuna uniforme, era chiaro che si trattava del capitano e dei suoi ufficiali. Ciò significava che a bordo della nave c'erano ancora sedici membri dell'equipaggio dell'*Asaka Express*.

"Solo due?" domandò Midas, entrando con Aleck nel ponte di comando.

"Sì," confermò Mustang.

"Cazzo. Allora probabilmente ce n'è ancora una manciata in giro," disse Midas.

Mustang si sentì rivoltare lo stomaco. Normalmente non gli sarebbe interessato così tanto, anzi, avrebbe cominciato con entusiasmo la ricerca degli obiettivi, come un gatto col topo. Ma ora era diverso, sapeva che a bordo c'era anche Rachel. Il pensiero che qualcuno potesse farle del male, o perfino ucciderla, era inaccettabile. L'aveva risentita brevemente prima del tramonto un paio di volte, in tutto avevano conversato probabilmente meno di un'oretta, dalla sua prima chiamata di soccorso. Tuttavia, era riuscita chissà come a rendere questa missione più personale per lui, una sensazione che Mustang non aveva mai provato prima. Voleva conoscerla meglio, voleva sapere qual era la sua storia.

"Usiamo l'interfono di bordo per informare l'equipaggio che stiamo arrivando?" chiese Jag.

Mustang strinse le labbra. Da un lato, sarebbe stata una grossa spinta per il morale di tutti, sapere che il loro soccorso era imminente, ma dall'altro non voleva informare i pirati che la squadra era a bordo... inoltre, non voleva che qualcuno abbassasse la guardia e si facesse sparare, prima che tutti i pirati fossero messi fuori gioco.

"Penso sia meglio di no," rispose Mustang dopo un attimo.

"Possiamo usare il canale tre, Rachel ci ha detto che è quello che usa l'equipaggio per comunicare," suggerì Slate.

Mustang annuì. Non era la soluzione perfetta, ma poteva evitare che qualcuno dell'equipaggio li scambiasse per sbaglio per i pirati. Era impossibile sapere se qualcuno era in ascolto oppure no, ma era l'unico modo che avevano per comunicare con l'equipaggio, senza dare indizi ai pirati.

Così Mustang tirò fuori la sua radio e passò al canale tre. "Equipaggio dell'*Asaka Express*, vi parla un militare della marina degli Stati Uniti. Abbiamo messo in sicurezza il ponte di comando, ora perlustriamo la nave per trovare gli obiettivi.

Per il momento rimanete dove siete, ripeto, rimanete dove siete."

Mustang annuì verso Slate, che nel frattempo aveva fatto rapporto alla *USS Paul Hamilton*. Sapevano bene che, una volta ripulito il ponte di comando e i ponti esterni, il piano prevedeva che delle altre squadre salissero a bordo per contribuire a liberare tutta la nave. Non solo, ma dato che la nave mercantile stava andando alla deriva, sarebbero arrivati alcuni piloti in grado di manovrare quell'enorme imbarcazione, nella speranza che non si incagliasse. Slate e Jag sarebbero rimasti sul ponte di comando per tenerlo al sicuro. Nel caso qualcuno dei pirati fosse tornato, l'avrebbero messo fuori gioco.

Pid e Aleck avrebbero pattugliato i ponti esterni nell'attesa che arrivassero le altre squadre a dar loro il cambio. All'inizio, solo Midas e Mustang avrebbero perlustrato i ponti inferiori. Avrebbero lavorato in tandem, cercando i pirati rimasti locale dopo locale. Non sapere quanti uomini stavano cercando poteva innervosire, ma in fin dei conti non importava: li avrebbero trovati tutti, eliminando ogni minaccia.

"Rimanete in contatto," disse Mustang al resto della squadra, anche se non era necessario.

Annuirono tutti. Il loro capo squadra non stava dicendo loro nulla che non sapessero già.

Mustang ancora una volta prese l'iniziativa, dirigendosi con Midas verso la porta che collegava a una rampa di scale all'esterno del ponte di comando. Nel momento stesso in cui quella porta si chiuse alle loro spalle, si ritrovarono nel buio più totale. Era buio anche sul ponte di comando e sui ponti esterni, ma con la luna e le stelle che brillavano nel cielo riuscivano comunque a vedere qualcosa. All'interno della nave, invece, non c'era nessunissima luce ambientale.

Indossando gli occhiali a visione notturna, Mustang si prese un attimo per abituarsi alla realtà color verde che improvvisamente gli appariva. Poi cominciò lentamente a scendere le scale, per raggiungere il primo ponte che dovevano perlustrare.

Era chiaramente il ponte in cui si trovavano le cabine del capitano e degli ufficiali. Le porte erano tutte aperte, le cabine erano state saccheggiate; i cassetti erano stati svuotati, tutti gli effetti personali erano stati sparpagliati sul pavimento delle stanze. I pirati avevano cercato tutto ciò che valeva la pena di rubare.

Mustang si sentì assalire dalla rabbia. In tutti gli anni di servizio nei SEAL aveva visto un sacco di situazioni terribili, ma niente gli stava più sui nervi della violenza inutile che portava a morti inutili. I pirati non dovevano necessariamente uccidere gli uomini sul ponte di comando. Potevano benissimo chiuderli in una di quelle cabine, se volevano evitare che ostacolassero la loro missione; invece avevano annientato crudelmente delle vite innocenti.

Midas e Mustang non trovarono tracce dei pirati nel primo ponte, si assicurarono di chiudere e di bloccare tutte le porte, dopo aver ispezionato locale dopo locale. L'ultima cosa che volevano era che qualcuno si intrufolasse di nuovo in quegli ambienti, nascondendosi e costringendo così i SEAL a perlustrare di nuovo la stessa zona.

Il ponte successivo sembrava grosso modo come il primo, le cabine del personale erano state saccheggiate. Mustang e Midas ispezionarono scrupolosamente ogni ambiente, controllando in ogni anfratto per trovare chiunque si potesse nascondere, informando regolarmente gli altri dei loro progressi.

Mustang desiderava contattare Rachel, ma non osava. Era concentrato sulla missione del momento, poteva solo sperare che fosse ancora nascosta, al sicuro, ovunque avesse deciso di rintanarsi.

Elodie imprecò tra sé. Perché mai aveva lasciato il suo nascondiglio? Perché era stupida, ecco il perché. Non aveva sentito nulla per molto tempo e aveva bisogno di andare al bagno. Credeva di essere abbastanza al sicuro, ma si sbagliava. Nel momento stesso in cui era uscita dal piccolo bagno vicino alla mensa degli ufficiali, aveva sentito dei rumori provenire dalla cambusa.

Anche se solo per un attimo, aveva sperato che fosse Scott con la sua squadra, che i SEAL della marina fossero finalmente arrivati a liberare tutti. Subito dopo però aveva sentito un uomo che parlava in una lingua straniera e aveva capito di essere in guai grossi.

Si era fermata sul posto, guardandosi intorno in cerca di un luogo dove nascondersi. Ma nella mensa degli ufficiali c'erano solo un tavolo lungo, con delle sedie. Non c'erano armadi, niente nascondigli. Poteva tornare nel bagno, dove però sarebbe stata un facile bersaglio, senza via di fuga. Si riteneva già molto fortunata, perché la persona che si trovava in cucina, chiunque fosse, sembrava non averla sentita uscire dal bagno.

Se fosse riuscita ad arrivare alla dispensa degli ufficiali, magari sarebbe riuscita a entrare in uno degli armadi bassi, ma il pirata l'avrebbe senz'altro sentita muoversi.

Elodie fu presa dal panico. Poteva essere vista da un momento all'altro. Quell'uomo poteva entrare e trovarla, il suo unico vantaggio era il buio. Fu presa da enorme gratitudine verso l'ingegnere che aveva avuto la geniale idea di staccare la luce dai ponti inferiori.

Poi le venne un'idea. Era rischiosissima; se avesse fatto per sbaglio anche il minimo rumore l'avrebbero catturata di sicuro, ma in quel momento non aveva proprio altra scelta.

Muovendosi molto lentamente, Elodie si fece strada tastoni intorno al grande tavolo ovale in mezzo alla stanza. Spostò le sedie sul lato più lungo in modo che fossero un po' più vicine tra loro, cercando di non far rumore trascinando le gambe delle sedie contro il pavimento. Quando credette di averle posizionate esattamente dove voleva, si abbassò per terra, mettendosi carponi sotto al tavolo. Non avrebbe mai pensato di dover ringraziare chi aveva fornito la nave di sedie così economiche, senza braccioli.

Quando l'uomo nell'altra stanza sembrò aver terminato ciò che stava facendo in cambusa, Elodie lo sentì entrare nella dispensa ufficiali. Era l'unica stanza che li separava, era chiaro che se fosse andata in quella stanza per cercare di nascondersi, quell'uomo l'avrebbe trovata.

Respirando appena, Elodie si infilò sulla fila di sedie che aveva spinte insieme sotto al tavolo. Aveva la pancia appoggiata su una sedia, il torso su un'altra, le gambe su una terza sedia. Rimanendo così, sdraiata sulle sedie, trattenne il fiato mentre sentiva il pirata che saccheggiava gli armadi. Non aveva idea di cosa stesse cercando, in quell'ambiente c'erano solo dei viveri, ma sembrava che quell'uomo si divertisse molto a gettare tutto per terra, rompendo le bottiglie.

Elodie sperava che, entrando in quella stanza, quell'uomo riuscisse solo a vedere il tavolo e le sedie, nulla da saccheggiare, passando oltre. Il pirata aveva una torcia. Dal finestrino rotondo nella porta, Elodie poteva vedere quella luce che si muoveva rapidamente a destra e a manca. Pregò che non decidesse di illuminare sotto al tavolo, per un qualche motivo.

Trattenne il fiato, allungando una mano lentamente verso il coltello che teneva ancora infilato in un anello della cintura dei pantaloni. Lo estrasse e lo impugnò stretto, poi attese di scoprire cosa avrebbe fatto l'uomo che si trovava nella dispensa.

I minuti scorrevano lentamente. Elodie non sapeva minimamente per quanto tempo era rimasta infilata sotto al tavolo, appoggiata scomodamente su quelle sedie, ma se quell'uomo non faceva nulla e presto, il suo cuore non avrebbe retto a tanto stress. Il cuore le batteva a mille all'ora, le sembrava quasi di sentirlo ad ogni colpo.

Quando la radio cominciò all'improvviso a fare rumore e uno degli altri pirati cominciò a parlare, Elodie si sentì quasi il cuore in gola dallo spavento. Sussultò in modo incontrollato e fece quasi cadere il coltello che stava impugnando... sarebbe stato un vero e proprio disastro.

L'uomo che si sentiva parlare alla radio sembrava agitato, Elodie avrebbe tanto voluto sapere cosa stava dicendo. L'uomo nella stanza accanto imprecò... o almeno così sembrava, a giudicare dal tono.

Poi lo sentì urlare: "Se c'è qualcuno, vieni fuori adesso. Non ti uccido!"

Elodie non osò muovere un muscolo.

"Se ti nascondi, morirai!"

Elodie continuò a non muoversi; si chiese brevemente chi fosse quell'uomo, prima di sentire una raffica di spari provenire dal suo fucile. Sussultò e ansimò. Per fortuna, il suono di quegli spari fu leggermente attutito, perché il pirata aveva sparato nella dispensa, dietro una porta chiusa.

"Questo era solo un avvertimento!" urlò di nuovo quell'uomo.

Quella raffica di spari non le fece affatto cambiare idea sull'abbandonare il suo nascondiglio.

Poi lo sentì mormorare qualcosa sottovoce, prima di parlare di nuovo alla radio.

Stava ancora parlando, quando la porta della mensa ufficiali si aprì.

Se Elodie non avesse girato la testa in quel preciso momento, non avrebbe visto le due paia di gambe che entravano nella stanza. Un bagliore di luce proveniente dalla torcia del pirata illuminò la finestra che dava sulla dispensa, facendo luce per un attimo su quelle figure. La porta si chiuse senza fare rumore, Elodie si sentì quasi male per la paura, quando perse di vista quegli uomini.

Erano degli altri pirati? Allora perché non stavano chiamando il loro amico? Era confusa, non osò muoversi, men che meno respirare. Non poteva vedere cosa stesse accadendo, ma poteva sentire a malapena il rumore del tessuto dei pantaloni di quei due uomini, che camminarono oltre il tavolo, oltre il suo nascondiglio.

Il pirata nella dispensa ora sembrava discutere con qualcuno alla radio. Sembrava irritato, arrabbiato. Poi smise di parlare... il suono di qualcosa di grosso gettato contro una parete fece di nuovo sussultare Elodie dallo spavento.

Evidentemente, mentre il pirata sfogava la sua ira scagliando qualcosa contro il muro, chi era entrato nella mensa ufficiali aveva aperto la porta che dava sulla dispensa. Il suono degli spari le fece sfuggire dalle labbra un versolino. Quegli spari furono molto più potenti, dato che l'arma che li aveva prodotti era nella stessa stanza in cui si nascondeva lei. Ora non riusciva più a sentire nulla, se non il ronzio che le risuonava nelle orecchie. Elodie si sforzò di sentire cosa stesse succedendo, ma per diversi secondi poté sentire solo il suo cuore che correva all'impazzata.

"Bersaglio colpito in cambusa."

Tra il ronzio nelle orecchie e le palpitazioni, Elodie non era sicura di aver sentito bene.

Le sembrava avessero parlato *inglese*. Senza alcun accento straniero. Era anche piuttosto certa che i suoi compagni dell'equipaggio dell'*Asaka Express* non avrebbero usato un termine come "bersaglio" per riferirsi ai pirati. Inoltre non pensava si potessero muovere con passo così felpato, come quei due uomini.

Aveva atteso per quella che le era sembrata un'eternità che Scott e gli altri della sua squadra arrivassero... sembrava proprio che finalmente fosse giunto quel momento.

Erano passate un paio d'ore dall'ultima volta che era entrata in contatto con Scott, del resto era comprensibile: era stato senz'altro impegnato a organizzare il piano per salire a bordo, non poteva certo prendersi sempre il tempo per rassicurarla ogni cinque minuti. Ogni volta che l'aveva contattata, però, l'aveva sempre fatta stare molto meglio. Meno sola.

"Dobbiamo trovare Rachel," disse uno degli uomini. Lei capì subito che era Scott, ne riconobbe la voce.

"Forse dovremmo lasciarla dov'è," disse l'altro uomo.

"No. Se ha sentito gli spari a quest'ora sarà terrorizzata," spiegò Scott.

L'ultima cosa che voleva era che qualcuno le sparasse, quindi Elodie pensò bene di fare capolino dal suo nascondiglio, ma senza prendere i due di sorpresa... di sicuro non voleva rimanere lì dov'era.

"Sono qui," disse a bassa voce, sperando di non spaventarli al punto da farli girare per spararle.

Avrebbe dovuto capire che erano dei veri professionisti, troppo bravi per fare un errore del genere.

"Rachel?"

Elodie fu scossa dal sentire il proprio nome uscire dalle labbra di lui.

Avrebbe voluto dirgli che quello non era il suo vero nome... ma non poteva. Aveva cambiato nome soprattutto perché Elodie era un nome troppo unico, originale: se l'avesse tenuto, non sarebbe stato affatto difficile per Paul trovarla. Il problema era che delle volte si dimenticava di rispondere, quando qualcuno la chiamava Rachel.

"Sono io," rispose.

"Dove sei?" le chiese Scott.

"Sono sdraiata sulle sedie, sotto al tavolo."

Pur senza vederli, sentì i due muoversi dall'altra parte del tavolo.

"Dannazione, proprio intelligente," disse l'altro uomo. "Ti

sei infilata proprio bene, lì sotto. Con questo buio, anche se qualcuno guardava sotto al tavolo, probabilmente non ti vedeva."

"Allora come fai *tu* a vedermi?" sbottò Elodie. Non era stata accecata da alcun fascio di luce.

"Abbiamo gli occhiali per la visione notturna," le disse Scott.

Elodie sussultò, la voce che aveva sentito proveniva proprio da vicino.

"Calma. Come posso aiutarti per uscire da lì?" le chiese.

"Ci penso io," gli rispose, meravigliata di non averlo sentito avvicinarsi al tavolo. Tenne un tono di voce molto basso, mentre si districava dalle sedie. "Ho dovuto improvvisare. Sono venuta fuori dalla dispensa nell'altra stanza per andare in bagno, poi quando sono uscita c'era quel tipo nella cambusa. Non avevo proprio altro posto in cui nascondermi, se non questo."

Uscì gattonando da sotto al tavolo e si alzò in piedi, spingendosi contro il tavolo come sostegno. Le gambe le tremavano per la scarica di adrenalina.

"Stai attenta con quel coltello," le disse Scott.

Elodie non si ricordava nemmeno di avere ancora il coltello in mano. In quel momento capì che le faceva male la mano, tanto lo teneva stretto. Alzò lo sguardo verso il punto da cui sentiva provenire la voce di Scott, sentendosi frustrata perché non poteva vederlo. La torcia che il pirata aveva impugnato ora giaceva a terra nella stanza vicino, ma non faceva abbastanza luce per rendere i due uomini visibili.

"Sono morti tutti?" chiese Elodie, orgogliosa di sentire che la sua voce tremava solo un poco. Le sembrava irreale riuscire a parlare dell'uccisione di tante persone con nonchalance, ma date le circostanze immaginò di poter essere perdonata.

"No," le rispose Scott, deludendo le sue speranze di poter

entrare in contatto con gli altri uomini dell'equipaggio e di far riattivare l'impianto elettrico di bordo.

"Questo è il primo pirata in cui ci siamo imbattuti," le disse l'altro uomo.

"Tu chi sei?" sbottò Elodie.

Lui ridacchiò. "Io sono Midas."

"Ciao."

Proprio in quel momento, la radio che aveva usato il pirata riprese a comunicare, si sentì la voce di un uomo che parlava in tutta fretta nella lingua che usavano i pirati tra di loro.

"Merda," mormorò Scott.

Elodie sentì un filo d'aria muoversi, mentre lui si allontanava.

"Immagino tu non sia un'esperta di lingue, non riesci a capire cosa stanno dicendo, vero?" le chiese Midas.

Lei aveva già detto agli altri ragazzi della squadra che non riusciva a capire i pirati, ma apprezzò comunque il suo tentativo di alleggerire un po' la situazione. "Mi dispiace, non li capisco," gli rispose. "Ma poco prima che entraste, stava parlando con i suoi compari e nessuno sembrava particolarmente entusiasta. Si è messo a gettare cose per terra, rompendole."

"Sì, penso abbia rotto un vaso con della salsa al pomodoro," disse Midas, affatto preoccupato.

Elodie sentì altri rumori provenire dalla camera adiacente, ma non osò muoversi dal punto in cui era, vicino al tavolo. Poi sentì Scott che tornava. Chissà come faceva a sapere che lui era lì, eppure lo sapeva.

Poi lui parlò, confermandole la sua posizione. "Va bene, dobbiamo continuare a perlustrare la nave. Tu devi salire sul ponte di comando..."

Elodie non lo lasciò proseguire. "No!" gli disse, tutta agitata.

"Sì," ribatté lui.

"Rimango con voi," insisté lei.

"Abbiamo già controllato i piani superiori a questo. È un passaggio sicuro, puoi tornare su sul ponte. Ci troverai altri due della mia squadra, ti terranno al sicuro."

Elodie stava facendo cenno di no con la testa. Sapeva di essere completamente irrazionale, ma il pensiero di rimanere da sola, anche se solo per il breve tragitto fino al ponte di comando, la terrorizzava. "Non sapete dove sono gli altri pirati, avete detto che dovete ancora perlustrare la nave, io invece penso di sapere dove sono, almeno a giudicare dalla conversazione che ho origliato."

La radio che Scott aveva preso dal corpo esanime del pirata tornò ad attivarsi. "Djama?"

Poi si sentirono alcune altre parole. Era ovvio che i suoi compari stavano cercando di mettersi in contatto con lui.

"Verranno a cercarlo," disse Elodie. "Se me ne vado sul ponte di comando, potrei incontrarne qualcuno. Ma voi non avete tempo di scortarmi. Potrebbero fare del male ai miei amici, anche ucciderli; se mi trovano, non esiteranno a uccidere anche me. Il posto più sicuro su questa nave, in questo momento, è stare con voi, ragazzi, ed è proprio quello che farò."

Trattenne il fiato, aspettando un loro commento. La stava mettendo giù piuttosto dura, lo sapeva; sapeva anche che probabilmente si sbagliava, dicendo che stare con loro era la scelta più sicura. In fondo, stavano *cercando* i pirati. Appena li avessero trovati, sarebbero stati bersaglio di colpi di arma da fuoco. Ma qualcosa diceva a Elodie di rimanere con Scott. Lui era stato la sua ancora di salvezza tutto il giorno, quando si sentiva spaventata; era calmo e sicuro di sé. Ora che l'aveva trovata, lei non si sentiva a suo agio a lasciarlo andare, perdendolo di vista.

Dato che non si dissero subito né d'accordo né in disaccordo, lei proseguì: "Ho visto il film *Trappola in alto mare*... se non rimango con voi mi succederà qualcosa di brutto."

Sentì Midas soffocare una risata, mentre Scott non si curò nemmeno di trattenersi. Non fu una risata sonora, ma stava decisamente ridendo per quel che aveva detto lei.

"Va bene. Allora, prima di tutto io non sono Steven Seagal e tu non sei... come si chiamava la donna del film?"

"Jordan Tate," intervenne Elodie per aiutarlo. A lei quel film un po' dozzinale era piaciuto molto, non si vergognava di ammetterlo.

"Sì, esatto. Comunque non vorrei urtare la tua sensibilità, Rachel, ma ci rallenteresti. Non abbiamo con noi un altro paio di occhiali per la visione notturna, e questa non è esattamente una passeggiata al chiaro di luna," le disse Scott.

"Lo so. Ma posso tenermi aggrappata alla tua cintura, o qualcosa del genere. So che posso essere un peso, ma posso essere anche utile: conosco questa nave, posso aiutarvi ad aggirare le paratie. Se qualcuno dell'equipaggio mi vedrà con voi, capirà subito che siete dalla parte giusta."

Scott e il suo compagno non dissero nulla per un lungo momento, così Elodie andò nel pallone."

"Giuro che non mi metterò a urlare se uccidete qualcuno. Posso portare tutta la roba che avete addosso, per alleggerirvi." Capì di nuovo di aver detto una cosa ridicola. Quegli uomini non avevano certo bisogno che lei si mettesse a portare in giro qualcosa, e senza gli occhiali per la visione notturna, si sarebbe dovuta aggrappare a loro come una scimmietta inerme. "Farò tutto ciò che dite senza esitare," disse disperata.

"Come andare sul ponte di comando?" ribatté secco Midas.

Elodie si morse nervosamente le labbra e fissò nel punto in cui credeva fosse la faccia di Scott. Dovevano consentirle di seguirli, *doveva* proprio. Non si sentiva sicura con nessun altro.

Lo sentì sospirare, poi Scott le disse. “Va bene, ma se succede qualcosa, ti butti a terra. Intendo dire proprio con la pancia a terra, capito?”

Lei annuì. “Senz’altro. Sì, pancia a terra, capito.”

Elodie sentì una mano che le sfiorava il braccio, trasalì prima ancora di potersi trattenere.

“Scusa, avrei dovuto avvertirti,” le disse Scott.

“No, va bene,” gli rispose lei.

“Dammi la mano,” le disse Scott.

Elodie tese la mano alla cieca, deglutendo a fatica quando Scott la prese tra le sue. Indossava dei guanti, ma le sue mani erano comunque calde. Elodie non aveva capito quanto freddo avesse fino a quel momento.

Senza dire una parola, Scott la tirò dietro di sé, dirigendosi verso la dispensa degli ufficiali. “Stai qui un attimino,” le ordinò.

Elodie annuì e rimase ferma immobile. Sentì frugare, poi lui tornò davanti a lei. “Hai mai sparato con un’arma da fuoco?”

“Qualche volta, al poligono. Mi è venuto un occhio nero, quando ho cercato di usare un fucile per la prima volta.”

Sentì ridere da dietro le spalle, non poteva certo biasimare Midas per quella risata. Del resto, *era* proprio divertente. A quel tempo, mentre cercava di sparare con quell'aggeggio, non aveva capito che non doveva attaccare l'occhio direttamente al mirino. Il rinculo dell’arma aveva spinto il mirino dritto nella sua cavità orbitale e le era venuto un occhio nero che le era rimasto per una settimana.

“Ottimo. Questa non ha una sicura, quindi *non* puntarla a nessuno se non vuoi uccidere... specialmente a me o agli uomini della mia squadra, va bene?”

“Va bene,” confermò Elodie, probabilmente con un po’

meno convinzione di quella che la situazione richiedeva. Non aveva affatto intenzione di sparare a qualcuno, ma avrebbe preso quell'arma, se ciò significava poter rimanere con i SEAL.

"Descrivimi questo ponte, come è distribuito?" le chiese Scott, dopo che Elodie si era messa il fucile a tracolla. "Abbiamo già studiato le piantine della nave, ma dimmi tutto ciò che sai su questo livello. Dove portano queste porte?"

Elodie ebbe la sensazione che Scott non avesse bisogno di sentirsi dire nulla da lei, che stesse solo cercando di tenerle la mente occupata, facendola concentrare su qualcosa di diverso dal fatto che stavano andando in giro di soppiatto in cerca di qualcuno che li avrebbe uccisi senza nemmeno esitare. Ricordandosi che era stata lei a chiedere di seguirli, *pregandoli*, si ripromise di non essere per loro un peso eccessivo, non più di quanto già non lo fosse.

Per fortuna conosceva bene la cambusa e tutti i locali di quel ponte, li conosceva meglio delle proprie tasche; infatti Midas aveva spento la torcia che il pirata aveva lasciato cadere a terra poco prima di essere ucciso. Era tutto *davvero* buio pesto. Per quanto cercasse di sforzare gli occhi, Elodie non vedeva altro che l'oscurità che la circondava.

"Mentre parli andiamo avanti," le disse Scott. Lei sentì che le prendeva la mano, portandogliela sul retro dei suoi pantaloni. Poi Scott si voltò dall'altra parte, mentre Elodie si teneva ben stretta. Non l'avrebbe lasciato andare per nessun motivo.

"Cammina con attenzione," la avvertì Midas.

Elodie sapeva che probabilmente sembrava una stupida, ma non le interessava, perché oltre a quei SEAL non c'era nessun altro che la potesse vedere. Così procedette camminando goffamente, sempre seguendo Scott e Midas, che si fecero strada lentamente e con attenzione verso la cambusa, attraversando la dispensa degli ufficiali. Elodie disse loro tutto ciò che sapeva sulla disposizione dei locali e fece del suo meglio per camminare nel modo più silenzioso possibile. Poteva anche arrivare al punto di pentirsi, per aver pregato di seguirli, ma fino a quel momento si sentiva sollevata perché non doveva girovagare al buio per la nave da sola.

CAPITOLO QUATTRO

Mustang non riusciva a togliersi di mente l'immagine di Rachel che stringeva i denti a testa bassa, coraggiosamente. Arrivati sul ponte della cambusa, sperava davvero di trovare la cuoca viva e vegeta; lei lo aveva preso di sorpresa spaventandolo, quando aveva parlato. Perfino con gli occhiali a visione notturna, sia lui che Midas l'avevano superata senza accorgersi della sua presenza. Era riuscita a trovare l'unico nascondiglio in quella sala mensa, un posto assolutamente perfetto.

Rachel Walters non sembrava affatto come se l'era immaginata.

Dovette ammettere che, quando aveva provato a immaginarsela, si era rifugiato in uno stereotipo ingiusto, ma vedendola di persona, per quanto attraverso gli occhiali a visione notturna, gli era venuto un colpo dalla sorpresa.

Aveva i capelli lunghi che le cadevano sulle spalle in modo disordinato. Probabilmente doveva tirarli su, quando cucinava, ma dato che erano stati tutti svegliati nel bel mezzo della notte dall'arrivo dei pirati, ovviamente Rachel non aveva avuto il tempo di preoccuparsene. Con la visione notturna, non riusciva a capire di che colore fossero i suoi capelli, o i suoi occhi. Era di corporatura minuta, almeno una quindicina di centimetri più bassa del suo metro e ottantatré.

Ma l'attenzione di Mustang era stata catturata dal viso di Rachel. Perfino in quegli ambienti bui, con gli occhiali, riusciva a intravedere ogni pensiero che le passava per la mente, dall'espressione del suo viso. Quando si era tirata in piedi la prima volta, era spaventata, ma determinata a cercare di essere coraggiosa. Era sollevata, felice di non essere più da sola, poi terrorizzata quando le avevano detto di tornare sul ponte di comando. Aveva corrucciato le sopracciglia con decisione, quando aveva proposto di rimanere con loro, pur mordendosi le labbra.

Lui era abituato a stare con i suoi commilitoni, con altri soldati e marinai che mantenevano un'espressione dura a prescindere da ciò che succedeva. Poter leggere così facilmente l'espressione del suo viso era molto rassicurante... quasi seducente.

Mustang poteva sentire le dita che Rachel stringeva intorno a un passacintura dei suoi pantaloni, dietro la schiena; mentre lei sistemava la sua presa, sfiorandolo, lui sentì sorpreso la pelle d'oca che gli invadeva le braccia.

Non riusciva a credere alla velocità con cui si stava affiatando con Rachel. Gli era mai successo in passato? No, credeva proprio di no.

Mustang aveva mandato avanti Midas, che stava perlustrando il corridoio collegato alla cambusa, prima di mettersi in movimento. Capito che era un passaggio libero, Midas fece loro un cenno perché lo seguissero.

"La porta più in fondo a sinistra collega a una rampa di scale," sussurrò Rachel. "Salendo, ci si ritrova a un altro piano con le cabine dell'equipaggio, mentre scendendo c'è un corridoio con dei magazzini. Carta igienica, cose così, poi c'è la lavanderia. Sotto c'è un altro ponte con delle cabine personali, la mia stanza è in quel ponte, poi c'è la sala macchine.

Cioè, la parte superiore. La sala macchine è enorme, è distribuita su quattro livelli. Di solito fa molto caldo e c'è molto rumore, ma con l'energia elettrica staccata, non ho idea di come possa essere."

Mustang annuì. Aveva studiato insieme agli altri con molta attenzione le mappe della sala macchine. Si immaginavano di trovarci un gran numero di pirati a caccia del resto dell'equipaggio.

In quel momento gli vennero dei ripensamenti, quasi rimpianse di aver portato con sé Rachel. Una volta arrivati in sala macchine, la situazione si sarebbe fatta estremamente bollente e pericolosa. Avrebbe preferito nascondere Rachel in un posto sicuro, ma sapeva anche molto bene che in teoria nessun posto era sicuro, con i pirati in giro. Bisognava presumere che i pirati avessero capito che c'era qualcosa di strano, perché i loro amici non rispondevano alle chiamate radio, quindi sarebbero stati ancor più pronti a sparare.

Terminarono rapidamente di perlustrare il ponte sotto le cucine e si diressero al ponte inferiore, dove c'erano altre cabine dell'equipaggio. Fino a quel momento, Rachel aveva fatto tutto ciò che le aveva chiesto: era rimasta in silenzio, si stava muovendo senza fare alcun rumore. Il suo passo non era certo felpato come il suo, o come quello di Midas, ma per essere una civile era davvero brava, impressionante.

"A questo livello ci sono cinque stanze, ci dormiamo io, il mio assistente, l'ingegnere capo e altri due tizi. Loro preferiscono stare vicini alla sala macchine," sussurrò Rachel.

I pirati non avevano risparmiato quel ponte, ormai saccheggiato. Facendo capolino nella prima camera, Mustang poté vedere vestiti sparsi sul pavimento, i mobili erano stati tutti aperti, alcuni perfino rovesciati.

Arrivati all'ultima camera del corridoio, Mustang fu contento che Rachel non potesse vedere ciò che lui vedeva, dagli occhiali a visione notturna.

La sua camera era stata devastata... ma i suoi reggiseni e le sue mutandine erano sul letto, come se chi li aveva scoperti li avesse messi in mostra, per godersi quella vista. Ora sapevano che a bordo c'era anche una donna. Ma Mustang non era sicuro se Rachel potesse diventare o meno un loro bersaglio.

"Questa è la mia camera," disse Rachel sottovoce. "È messa male come le altre?"

"Hanno saccheggiato anche questa, se è questo che intendi," rispose Mustang.

"Capito."

Il suo tono di voce era... strano. Sembrava risentita, il che non era insolito: ogni persona che subisce una rapina si sente come violata. Quando Mustang si girò per guardarla, vide che aveva gli occhi strabuzzati e si stava mordendo di nuovo le labbra.

Voleva chiederle se c'era qualcosa nella sua camera che le interessava in particolare, qualcosa che sperava non fosse stato rubato, ma quello non era il momento giusto. Dovevano procedere.

Mustang sentì Slate comunicare alla squadra che le prime squadre di rinforzo erano a circa trenta minuti dalla nave. Li aveva già contattati in precedenza per spiegare che i rinforzi erano stati ritardati da varie barche piene di nazionalisti di Gibuti, catturati mentre si dirigevano verso l'*Asaka Express*. Avevano affermato di essere in mare per pescare, ma data la quantità di armi trovate a bordo di ciascuna nave, con tutte quelle scale con le estremità ad arpione, le autorità americane presunsero che si trattasse di compatrioti dei pirati che andavano in loro soccorso, per fare razzia delle merci e degli altri valori sulla nave mercantile.

Gli ultimi di quegli uomini erano stati fermati pochi minuti prima, ormai intorno alla nave mercantile c'era una copiosa flotta di navi statunitensi, Quindi non c'era più da preoccuparsi che altri pirati potessero salire a bordo, ma bisognava comunque trovare ed eliminare il resto dei pirati che si stavano ancora nascondendo nei meandri e negli anfratti della nave.

"La nave si sta avvicinando pericolosamente alle secche," Slate informò tutti. "Dobbiamo far tornare assolutamente l'elettricità, ora o mai più. Dovrebbe arrivare un pilota con la prima ondata di rinforzi, ma dobbiamo ripristinare le comunicazioni con la sala macchine per portare la nave fuori pericolo."

"Dieci-quattro," rispose Midas tranquillamente. "Tra due minuti vi raggiungiamo. Passo."

"Guardati le spalle," intervenne Pid. "Ho trovato un uomo sui ponti esterni, sembrava più preoccupato delle merci nel container che era riuscito ad aprire, di quanto non lo fosse che qualcuno lo raggiungesse alle spalle, ma nel momento stesso in cui mi ha visto si è messo a sparare. Ovviamente era troppo tardi, ma questi tipi pensano prima a sparare che a fare domande."

"Capito," disse Mustang. "Abbiamo idea di quanti altri bersagli dobbiamo cercare?"

"No," rispose Jag.

"Dannazione," bisbigliò Midas.

Rachel poteva sentire solo metà della conversazione, perché non aveva l'auricolare, ma rimase in silenzio e non chiese altre informazioni. Nel frattempo il suo rispetto nei confronti di Mustang cresceva.

Lui si voltò per chiederle: "Sei pronta, Rachel?"

Sentendo che lei non rispondeva, quasi come se non l'avesse sentito, Mustang pensò ai controlli e alle ricerche che erano state fatte su di lei... gli sembrava tutto un po' fumoso. Stava diventando piuttosto ovvio che Rachel non era il suo vero nome, specialmente in quel momento, dato che non reagiva.

Così allungò una mano all'indietro per sfiorarle un braccio. Lei sussultò, come se l'avesse pungolata con una pistola.

"Scusa. Non volevo spaventarti. Sei pronta a procedere?" le chiese. "Non è troppo tardi per tornare sul ponte di comando. I ponti esterni sono sicuri, dovresti poter salire in tutta tranquillità."

"Sono pronta, ma preferisco stare con voi," rispose lei, a voce bassa ma sicura.

Era un errore, ma Mustang non era pronto a lasciarla andare. Qualcosa gli diceva che aveva ragione lei, che il posto più sicuro per lei era al suo fianco. Specialmente dopo aver visto la sua stanza. Non voleva che i pirati le mettessero le mani addosso.

"Se non fai esattamente quello che diciamo, potresti farci uccidere tutti," le disse Midas.

"Lo so, farò come dite," promise.

"E se ti dicessimo di risalire subito?" le chiese Midas.

Mustang si guardò indietro e vide che Rachel arricciò il naso prima di sospirare. "Ci vado, se mi costringete," rispose lei, dopo un momento.

Mustang tornò a guardare Midas, si fissarono per un lungo momento. Avevano lavorato insieme abbastanza a lungo da riuscire a capirsi al volo piuttosto bene. Midas infine fece spallucce e alzò la mano facendo un movimento circolare con un dito... in pratica era il segnale per dire "andiamo avanti."

Mustang annuì al suo compagno di squadra, poi si girò indietro verso Rachel. Stava guardando in alto, dove credeva fosse la testa di Mustang, con uno sguardo preoccupato. Lui avrebbe voluto distendere le rughe che vedeva nella sua fronte, dirle che sarebbe andato tutto bene, ma sapeva bene che dovevano davvero procedere. La situazione sarebbe diventata assai spinosa, se la nave si fosse incagliata o si fosse avvicinata troppo alle coste di Gibuti.

Bisognava prendere il controllo della sala macchine, per

poter tornare sulla *USS Paul Hamilton* e consentire all'equipaggio dell'*Asaka Express* di tornare a condurre un'esistenza normale. C'erano delle vittime, dei corpi da recuperare, l'azienda di trasporti avrebbe dovuto organizzare il rientro degli altri membri del personale negli Stati Uniti.

In altre parole... c'era da fare. Starsene in piedi in un corridoio buio per fissare una donna che lo intrigava in maniera pazzesca era una perdita di tempo.

"Stammi vicina," disse Mustang a Rachel. "Fai il meno rumore possibile."

Lei annuì, ovviamente sollevata dal fatto che non le stavano chiedendo di andarsene.

Midas li sfiorò passando vicino, mentre si dirigeva alla porta da cui erano arrivati. Dovevano accedere alla sala macchine.

I pochi minuti successivi sarebbero stati molto tesi, i tre avrebbero dovuto scendere le scale ed entrare nell'enorme sala macchine. C'erano tubi e condotti ovunque, la luce era inquietante, c'erano luci di emergenza sparse qua e là, accese, che illuminavano degli angoli, proiettando delle ombre in altri punti. Quelle luci interferivano con gli occhiali a visione notturna, quindi Mustang e Midas furono costretti a toglierseli.

Rimasero così in piedi contro un muro a guardare i motori per un lungo momento, nell'attesa che i loro occhi si abituassero. Rachel non disse una parola per tutto il tempo.

Mustang studiò la disposizione degli ambienti. C'era una passerella che partiva dal livello su cui si trovavano, attraversando i grandi ponti inferiori. Ovviamente serviva agli operatori macchine per poter raggiungere facilmente tutti i tubi e i condotti della sala macchine.

Sporgendosi da quella passerella, si poteva vedere fino in fondo, quattro ponti più sotto. Secondo quanto aveva detto loro Rachel, nei tre piani inferiori si ramificavano altri corridoi e stanze di servizio, piene di macchine e contenitori per immondizie, acqua, olio, carburante e tutta una serie di attrezzature necessarie a mandare avanti una nave di quella stazza. Perlustrare tutti quegli ambienti sarebbe stata una vera impresa; più Mustang ci rifletteva, più capiva che avevano bisogno di aiuto. Potevano fare una ricerca preliminare, ma per una perlustrazione approfondita servivano rinforzi.

"Merda," mormorò.

"Ci servono dei rinforzi," confermò Midas. "Qualunque colpo di arma da fuoco in questi ambienti è tremendamente pericoloso."

Mustang annuì. "Non andiamo troppo vicini alla passerella. Se c'è qualcuno in piedi di sotto, ci possono vedere e prendere di mira troppo facilmente."

Midas annuì, aveva capito. "Andiamo dove possiamo, vediamo se possiamo trovare alcuni degli uomini che mancano. Poi aspettiamo i rinforzi."

Mustang sapeva che stava parlando agli altri della squadra, più che dire a lui cosa fare. Loro si erano già capiti al volo. La speranza era stata quella di completare la perlustrazione da soli, ma le mappe da sole non rendevano l'idea delle dimensioni della sala macchine, dell'enorme numero di nascondigli presenti.

I tre si avvicinarono alla parete e percorsero il perimetro di quell'ambiente, cercando di stare sempre ben lontani dalla passerella. Così raggiunsero il lato di sinistra, dove trovarono una stanza piena di tubi che si diramavano in ogni direzione. All'interno, sulla destra, trovarono anche una piccola centrale di controllo, con la porta completamente spalancata. Solo la luce di emergenza sul soffitto era accesa, più che fare luce, le ombre che produceva confondevano un po' tutto.

"Rimani qui," Mustang ordinò a Rachel.

Mustang sentì per un attimo le dita di Rachel che si stringevano alla cintura dei suoi pantaloni, poi lei annuì e lo lasciò andare, spostando il fucile che portava a tracolla e portandoselo davanti, tenendolo in posizione pronta per puntare. Sarebbe stata un'immagine molto carina, se non fosse che quelli erano proiettili veri in un'arma vera, e non si trovavano nel mezzo di un incontro di paintball.

Mustang annuì verso Midas, poi i due si divisero e cominciarono a perlustrare quell'ambiente. La ricerca non portò a trovare né pirati né uomini del personale navale. Così i due passarono alla camera interna, più lontana dalla sala macchine e dal punto in cui avevano lasciato Rachel.

Proseguirono la perlustrazione in un altro locale, per poi passare all'ultima stanzetta in fondo al ponte. In quella stanzetta trovarono finalmente un membro dell'equipaggio. Si era nascosto dietro un enorme condotto.

"Marina degli Stati Uniti," disse Midas.

"Oh, grazie al cielo!" esclamò l'uomo.

"Come si chiama e che incarico ha sulla nave?" chiese Mustang.

"Sono Manuel, il cuoco in seconda."

Mustang fu contento di trovare qualcuno vivo e vegeto, ma sperava di trovare qualcuno degli ingegneri.

"Quando ci hanno detto che la nave era stata occupata, avevo troppa paura per scendere in sala macchine," spiegò quell'uomo. "È sicuro tornare su, adesso?"

"No, non ancora. Il nostro consiglio è tornare nel nascondiglio. La nostra squadra si sta segnando i punti in cui siete nascosti, quando tutto sarà finito faremo un annuncio," gli disse Midas.

"Va bene," confermò Manuel. "Oh, sentite, avete trovato Rachel? È la cuoca, si stava nascondendo al livello della cambusa."

"Sì, l'abbiamo trovata," rispose Mustang, senza dare ulteriori spiegazioni.

Manuel sospirò sollevato. "Meno male."

"Ora stai qui," gli disse Mustang ancora una volta, mentre guardava l'assistente di Rachel che si infilava di nuovo dietro il condotto, dove si era nascosto anche prima.

Midas e Mustang tornarono dalle stanze laterali al grande ambiente d'ingresso. Rachel era ancora là in piedi, nel punto in cui l'avevano vista l'ultima volta, fucile in mano, occhi spalancati, labbra strette, era molto determinata.

"Avete trovato qualcuno?" sussurrò a voce così bassa, che Mustang quasi non riuscì a sentirla.

"Sì. Abbiamo trovato Manuel."

"Sta bene?"

"Sì. Spaventato, ma è ben nascosto."

"Grazie al cielo."

Mustang allungò una mano per prendere quella di Rachel, che poi tirò per rimettersela alla cintura dei pantaloni. Senza dire una parola, proseguirono intorno all'enorme ingresso, per raggiungere il blocco successivo di stanze.

Ispezionarono rapidamente la prima stanza e tutte le altre meglio che poterono, poi scesero al livello successivo della sala macchine. Il rumore diventava sempre più forte, nello scendere. Anche se l'elettricità era staccata e il motore era spento, le pompe e gli altri macchinari erano ancora in funzione. Anche la temperatura aumentava, più scendevano nei meandri di quell'ambiente.

Quando Midas e Mustang ebbero terminato di controllare rapidamente in via preliminare i tre livelli superiori alla sala macchine principale, dovettero decidere se proseguire o se fermarsi per aspettare i rinforzi. Non erano stati in grado di approfondire la ricerca quanto volevano, ma una volta ripristinate le luci e arrivati i rinforzi, sarebbe stata fatta una perlustrazione più intensa.

Avevano trovato altri quattro membri dell'equipaggio, erano tutti nascosti in stanze diverse, su uno dei tre ponti superiori. C'erano ancora tante altre persone da trovare. L'ultima cosa che Mustang voleva era essere vittima di un'imboscata da parte degli uomini dell'equipaggio, convinti che lui e Midas fossero dei pirati. Per non parlare del fatto che non avevano trovato nessuno degli altri pirati rimasti.

Per un attimo, Mustang si chiese se non stessero seguendo dei fantasmi. Magari *non c'erano* altri pirati a bordo. Ma allontanò subito quel pensiero. Le autorità avevano ascoltato le registrazioni di quanto accadeva sul ponte di comando e avevano calcolato la presenza sulla nave di almeno sei uomini. Quindi c'erano almeno altri tre pirati da trovare.

Mustang e Midas erano in piedi alla base delle scale che conducevano ai livelli superiori. Avevano alle spalle una mezza parete, oltre la quale c'erano tre grandi cisterne. Mustang fece un cenno con la testa a Midas, che perlustrò rapidamente quell'ambiente. Quando tornò, Mustang si voltò verso Rachel. "Rimani qui, torniamo subito."

Lei aprì la bocca per protestare, ma poi strinse di nuovo le labbra, annuendo.

Mustang avrebbe voluto rassicurarla, dirle che sarebbe andato tutto bene, che *lei* sarebbe stata bene. Ma non c'era tempo. L'afferrò per un braccio e l'accompagnò alla parete bassa, poi la spinse delicatamente dietro a quella parete. Là sarebbe stata al sicuro. Almeno così doveva credere, altrimenti non ce l'avrebbe mai lasciata; per completare la perlustrazione che lui e Midas dovevano effettuare laggiù, non poteva portarsela dietro.

Lei lo guardò, anche se erano nella penombra, lui poté riconoscere la paura negli occhi di lei. Aveva qualche capello che le copriva la fronte; prima ancora di rendersi conto di cosa stava facendo, Mustang allungò una mano e le spostò con garbo i capelli all'indietro. Poi, sempre senza dire una parola, si rialzò e tornò al fianco di Midas.

"Quanto tempo prima che arrivino i rinforzi?" domandò Mustang ai suoi compagni di squadra.

"Meno di cinque minuti," gli rispose Aleck.

"Possiamo venire giù noi ad aiutarvi, prima che arrivino gli altri," propose Jag.

"No, dovete rimanere lassù, nel caso i pirati cerchino di fuggire dalla nave," disse sottovoce Mustang. "Daremo un'occhiata rapida qui intorno, poi aspetteremo i rinforzi."

"Guardatevi le spalle," disse Slate.

Mustang annuì verso Midas, pensò un'ultima volta alla donna coraggiosa che si nascondeva dietro quella mezza parete, poi i due si mossero in cerca degli altri pirati.

Elodie rimase appollaiata dietro quella mezza parete, impugnando il fucile ben stretto. Non osava mettere il dito vicino al grilletto, era molto nervosa e spaventata, l'ultima cosa che voleva era sparare per sbaglio con quell'aggeggio.

Avrebbe voluto protestare, quando Scott e il suo compagno le avevano detto di rimanere lì nascosta, ma aveva promesso di fare tutto ciò che le dicevano, e il pensiero di aggirarsi furtivamente nella sala macchine non era certo in cima alla classifica dei suoi divertimenti preferiti.

Quindi rimase lì dov'era, pregando che i SEAL trovassero i pirati, o che i soccorsi arrivassero presto, per potersene andare da quell'inferno il prima possibile.

Elodie si chiedeva quali potessero essere i suoi prossimi passi. Aveva cercato quel lavoro, perché sembrava più sicuro che rimanere negli Stati Uniti, voleva stare alla larga da Paul Columbus. Aveva letto storie di pirati, ma a lei sembrava un rischio molto remoto, credeva fosse improbabile che la sua nave venisse dirottata. Di recente non aveva sentito alcuna storia di attacchi di pirati.

Lei cercava solo di rimanere nell'ombra, invece si era ritrovata di nuovo al centro dell'attenzione. Questo dirottamento avrebbe fatto notizia, ne era certa. Il capitano e gli ufficiali erano morti, tutti i notiziari ne avrebbero parlato. La presenza a bordo di una donna era molto rara, tutti i giornalisti l'avrebbero cercata per farsi raccontare la sua storia e cos'era successo.

Lei non poteva permetterlo: bastava che una sua foto fosse pubblicata per condannarla a morte.

Poteva scendere dalla nave in Sudan e sparire di nuovo? Merda, non sapeva nemmeno se la nave avrebbe proseguito per Port Sudan, comunque. Poi non era riuscita a vedere alcunché, quando si era fermata fuori dalla sua stanza, ma dalla tensione che aveva sentito in Scott, aveva capito che era messa molto male. Si chiese se i suoi documenti, quelli con la sua vera identità, che aveva nascosto in un condotto di areazione, fossero stati trovati dai pirati. Era stata un'idea stupida portarseli dietro, ora lo capiva. Scott li aveva visti? Era per quello che era teso?

Aveva l'impressione che ai SEAL non sfuggisse molto, sapeva anche che almeno in un'occasione non aveva risposto, quando l'avevano chiamata per nome. Sospettavano già che non fosse chi diceva di essere? Avrebbero fatto saltare la sua falsa identità?

Forse la marina l'avrebbe presa in custodia, una volta salita a bordo. Magari tutti i membri dell'equipaggio sopravvissuti sarebbero stati presi e interrogati. Elodie non aveva la minima idea di cosa potesse succedere, una volta catturati o uccisi tutti i pirati. Ma aveva il presentimento che la sua vita sarebbe stata di nuovo stravolta.

Sospirando, appoggiò la testa alla parete e chiuse gli occhi. Era difficile credere che meno di un giorno prima le sue preoccupazioni più pressanti fossero i pasti da preparare, oltre a cercare di convincere Valentino che non aveva intenzione di andare a letto con lui.

Aveva la testa così sovrappensiero che non stava prestando molta attenzione a quel che le succedeva intorno. Il ronzio delle macchine e il calore di quell'ambiente, insieme allo stress, la stavano facendo sentire più assonnata. Considerando che erano stati tutti svegliati nel bel mezzo della notte dalla notizia che la loro nave era presa d'assalto, e che poi era rimasta sveglia tutto il giorno, fino alla notte successiva, non era certo una sorpresa che fosse così esausta e che i suoi occhi non volessero rimanere aperti.

Tuttavia un rumore improvviso lì vicino la fece sussultare, risvegliandola rapidamente.

Si appoggiò meglio al muro, poi arretrò quanto poteva, lentamente, portandosi dietro a una delle cisterne. Fece capolino da dietro la cisterna, tenendo il fucile puntato. Cercò di convincersi che probabilmente erano Scott e Midas che tornavano dalla loro ricognizione, ma aveva il forte presentimento che non fosse così, onestamente non pensava potessero tornare così presto.

Elodie cercò di respirare più lentamente, poi strinse gli occhi per vedere meglio e notò una figura scura che scendeva lentamente dalle scale, le stesse scale da cui lei, Scott e Midas erano scesi poco tempo prima. Non era un uomo dell'equipaggio, lo capì immediatamente. Indossava una maglietta nera, con dei pantaloncini scuri tutti strappati. Ai piedi aveva delle infradito. Nessuna delle persone che lavoravano sulla nave poteva indossare scarpe aperte, quando erano fuori dalle cabine personali, solo le scarpe chiuse erano consentite.

Non aveva mai visto quell'uomo, sentì l'adrenalina crescerle al massimo improvvisamente.

L'uomo si voltò nella direzione in cui si erano incamminati Scott e Midas, ma invece di seguirli si abbassò per nascondersi proprio dietro la mezza parete, dietro la quale anche lei si era nascosta fino a trenta secondi prima. Se non si fosse spostata, l'avrebbe trovata ancora là.

Il cuore di Elodie batteva a mille all'ora, non sapeva cosa fare. Doveva sparagli? Quel pensiero la ripugnava, non aveva mai fatto del male a nessuno in tutta la vita, non voleva certo cominciare in quel momento. Ma quando Scott fosse tornato, si sarebbe diretto proprio nel punto in cui si nascondeva il pirata, pensando di trovarla lì. Sarebbe stato vittima di un'imboscata, sarebbe morto prima ancora di potersi difendere.

Il sudore cominciò a scenderle dalle tempie, ma non osò muoversi per asciugarselo. L'ultima cosa che voleva era attirare l'attenzione su di sé. Elodie poteva sentire l'odore del corpo di quell'uomo dal punto in cui si nascondeva, quel tanfo la faceva star male fisicamente.

Trascorsero vari minuti, Elodie pensò che le sarebbe venuto un infarto.

Poi quell'uomo si spostò, alzando il fucile.

Elodie guardò nella direzione in cui l'uomo stava puntando il fucile e vide del movimento. Scott e Midas stavano tornando... e non avevano idea che qualcuno stesse per sparare.

Deglutendo a fatica, Elodie si mosse senza nemmeno pensarci. Si inginocchiò e alzò il fucile che portava a tracolla.

Probabilmente fece rumore e quell'uomo la sentì, tra il ronzio che facevano le macchine, perché girò la testa... e i due incrociarono i loro sguardi.

Lui aveva gli occhi spalancati, probabilmente perché aveva capito quanto lei gli fosse stata vicino tutto quel tempo. Poi l'uomo cominciò a spostare il fucile per puntarlo contro di lei...

Elodie premette il grilletto della sua arma prima che l'uomo potesse completare quel movimento.

Il suono della raffica di fucile fu sorprendentemente

potente, fece scattare Elodie, che premette il grilletto altre due volte senza pensarci.

L'uomo che preparava un'imboscata per eliminare Scott e Midas guardò in basso verso il proprio petto, poi cadde in avanti, con la faccia a terra.

Elodie ansimò come se avesse appena fatto uno sprint di corsa, non riusciva a togliere gli occhi di dosso all'uomo a cui aveva appena sparato. Una piccola pozzanghera di sangue cominciò a spargersi intorno a quel corpo, facendole venire i conati di vomito.

"Rachel!"

Guardando in alto, Elodie vide Scott in ginocchio al suo fianco. Non aveva idea di quanto tempo fosse passato o di quando fosse arrivato, non sapeva quante volte avesse ripetuto il suo nome, prima che lei capisse che stava parlando con lei. Le sue orecchie ronzavano leggermente, Midas era in piedi vicino alle scale, con l'arma puntata.

"Dobbiamo andarcene da qui," le disse Scott di fretta.

"È arrivato da qua, da sopra," gli disse Elodie, irrigidita, guardando le scale e indicando il livello sopra di loro.

"Merda, va bene. Deve aver fatto il giro, è sfuggito alla nostra ricerca," commentò Scott.

"Stava per spararvi," disse Elodie.

"Lo so."

"Vi aspettava."

"Ci hai salvato la vita. Grazie," le disse Scott.

Elodie si accorse che stava ancora tenendo il fucile molto stretto, avrebbe voluto comportarsi da tosta, rimanere indifferente per quanto aveva appena fatto, ma non era quello il suo carattere.

"Forza, Dobbiamo portarti fuori da qui," le disse Scott, afferrandola per il gomito e tirandola su in piedi. "Abbiamo trovato un gruppo di ingegneri, sono pronti a far tornare la luce appena daremo loro il segnale, ma dobbiamo aspettare che arrivino i rinforzi per proteggere l'equipaggio, per farli andare ai posti di manovra e rimettere in funzione la nave."

Elodie sentì appena tutte quelle parole.

"Rachel? Ma mi stai ascoltando?"

"Sì, sì."

"È sotto choc," disse Midas da lì vicino.

"Lo so," rispose Scott al suo amico. "Avrei dovuto farla rimanere di sopra."

Elodie a quel punto si concentrò su di loro. "Ma così vi avrebbe sparato."

"Forse," replicò Scott. "Forza, gli ingegneri ci hanno indicato una scala di emergenza sul retro della sala macchine, possiamo usarla per risalire a prua della nave e da lì tornare al ponte di comando."

Qualcos'altro venne in mente a Elodie. "Se non fossi stata qui, non avreste dovuto tornare a prendermi... e non sareste stati in pericolo."

Scott si abbassò e le prese la faccia tra le mani, indossava ancora i guanti. Le fece girare la testa verso l'alto per costringerla a guardarlo negli occhi. Aveva la faccia tutta sudata, si vedevano più chiaramente la barba e i baffi. La barba gli arrivava fino alla parte alta del petto, ma non era trasandata, incolta.

Elodie avvertì l'istinto improvviso di passare le dita su quella barba, per sentire se era morbida o ispida. Non era mai stata vicina a qualcuno con una barba come quella. C'era una ruga profonda tra gli occhi di Scott, che la guardava dall'alto, con espressione molto seria.

Era un uomo decisamente affascinante. Fu quasi un trauma capirlo in quel momento, dopo avergli parlato tutto il giorno e dopo averlo seguito per la nave, al buio.

"Avevi ragione. Il posto più sicuro per te era stare con noi, il fatto che questo tipo ci seguisse, il fatto che ci aspettasse ne è la prova. Avresti potuto imbatterti in questo pirata, mentre risalivi al ponte di comando. So che spararegli è stato difficile, ma ci hai salvati, per questo saremo per sempre in debito con te. Va bene?"

Lei annuì. Cos'altro poteva fare?

"Adesso dobbiamo proprio andare," li avvertì Midas.

Senza dire altro, Scott prese Elodie per mano e se la tirò dietro, girando attorno all'uomo morto che giaceva sul pavimento, per tornare negli intricati passaggi della sala macchine.

Elodie gli strinse forte la mano, ben sapendo che non le aveva fatto afferrare un passante della cintura. Ora si trovava tra Scott e il suo compagno di squadra, si muovevano rapidamente, spostandosi a zig zag tra pompe e tubi. Arrivarono a una porta, di dimensioni ridotte rispetto alle porte normali della nave. Avrebbe dovuto piegare le ginocchia per riuscire ad attraversare quella porta; dall'altra parte non vedeva una rampa di scale, ma degli anelli di metallo, sembrava una scala di servizio.

Fu spaventata a morte da un movimento alla sua destra, scattò e fece per impugnare di nuovo il fucile che si era rimessa a tracolla, ma Midas le afferrò il braccio, evitando che impugnasse l'arma.

"Va tutto bene, questi sono dalla nostra parte."

Elodie si concentrò per riconoscere quelle forme scure e capì che erano Troy, Ari e Pablo.

Non riuscì a trattenere la propria reazione, si avvicinò a loro, abbracciandoli a uno a uno. "Grazie al cielo state bene!" disse loro.

"Anche noi siamo contenti di vederti," rispose Troy.

"E tutti gli altri?" chiese lei.

"Sono tutti qui intorno, da qualche parte," disse Ari, rimanendo sul vago. "Siamo riusciti a mettere fuori gioco uno dei pirati, ma da quel momento gli altri hanno fatto più attenzione," le spiegò.

"Rachel ne ha eliminato un altro pochi minuti fa," disse Midas; Elodie poté giurare di sentire un certo orgoglio nel suo tono di voce, ma preferiva comunque non pensare a quanto aveva fatto.

"Allora quanti sono, ne sono rimasti due? Tre?" chiese Pablo.

"Qualcosa del genere, magari uno solo," rispose Scott.

"È vero che hanno ucciso il capitano?" chiese Troy.

Elodie annuì. "Anche gli altri ufficiali che erano sul ponte di comando con lui."

"Dannazione."

"Già."

"Devo portare Rachel di sopra," disse Scott, interrompendoli.

"Giusto, scusa," rispose Troy.

"Non abbassate la guardia," ordinò Midas. "Anche se rimane un pirata solo, di sicuro sarà disperato. Aspettate il segnale per riattivare la luce, poi rimarrete nascosti. Ben presto, questi locali saranno pieni dei nostri e tutto sarà finito."

Gli altri tre uomini annuirono e sparirono nell'ombra che li circondava.

"Vado avanti io," disse Midas.

"Noi siamo subito dietro," disse Scott al suo commilitone.

Elodie guardò Midas che piegava le ginocchia e chissà come si stringeva per attraversare quell'angusta apertura.

"Tocca a te," disse Scott.

Lei lo guardò sorpresa. "A me? Pensavo di passare per ultima."

"No, devo proteggerti alle spalle."

"Ma chi protegge le *tue*?"

Lui allora le sorrise, le sembrò quasi che le si avvicinasse un poco, prima di dirle: "Penso tu abbia già dimostrato che sei *tu* a proteggermi. Ora dai, forza, Midas ti sta aspettando."

Senza stare troppo a pensare a quelle parole, a quanto la facevano star bene, Elodie si infilò in quella stretta apertura e spinse verso l'alto. Sentì la brezza di aria fresca prima ancora di arrivare a metà strada, quell'arietta l'aiutò ad affrettarsi. Sentì Midas che apriva la chiusura di sopra, prima ancora di accorgersene, lo trovò che l'aiutava a salire e a uscire da quella scaletta, sbucando in un ponte esterno.

Fuori c'era ancora buio, ma soffiava il vento e l'odore salato dell'aria di mare non le era mai stato così gradito come in quel momento. Prima non si era accorta di quanto l'aria fosse viziata, giù in cambusa e nella sala macchine.

Sentì un rumore alla sua destra e si voltò allarmata, rilassandosi solo quando vide quattro uomini che si avvicinavano, indossando la stessa divisa di Midas e Scott.

"Il ponte è sicuro."

"A bordo ci sono già una ventina dei nostri, ne stanno arrivando altri."

"Piacere di vedervi."

Elodie rimase ad ascoltare quella conversazione a occhi spalancati, era chiaro che la marina non scherzava, quando diceva che arrivavano i rinforzi, arrivavano per davvero.

"C'è almeno ancora un bersaglio nei ponti inferiori, da qualche parte," Midas informò gli altri della squadra.

"Ho sentito che lei ne ha eliminato uno," disse uno dei nuovi arrivati.

Sentendosi strana e fuori posto, Elodie tenne la bocca chiusa, continuando a fissarli.

"Proprio così, ci ha salvato il culo. Il pirata si era nascosto proprio dove avevamo lasciato Rachel, gli stavamo proprio andando addosso, ma lei lo ha eliminato. Ragazzi, vi presento Rachel. Rachel, questi sono gli altri della squadra. Aleck, Pid, Jag e Slate."

Elodie annuì a quegli uomini. Erano in piedi proprio sotto una luce di emergenza, nella parte di prua della nave. Avevano intorno degli enormi argani per gli ormeggi, mentre i container erano accatastati sopra le loro teste. Era stata su quel ponte molte più volte di quante potesse contarne, ma mai di notte, mai con accesa solo una luce d'emergenza. Le sembrava un'atmosfera surreale, quasi come essere su un altro pianeta.

Specialmente vicino a quei sei uomini, che la fissavano come se fosse una creatura speciale.

Era difficile distinguere quegli uomini, dato che erano tutti vestiti di nero e indossavano giubbotti antiproiettile. Scott era l'unico che portava la barba, a lei piaceva come spiccava dal resto della squadra.

Non le piaceva molto essere al centro dell'attenzione, quindi Elodie disse sottovoce: "Ciao."

Tutti sei gli uomini le risposero con una smorfia, facendole pensare subito che c'era qualcosa che mancava.

"Non mi sembra una tipa tanto tosta da aver salvato i vostri culi flosci," disse Slate.

Elodie non poté evitare di rivolgergli un'occhiataccia.

Gli altri risero tutti.

"È pronta?" domandò una voce da dietro la sua schiena.

Elodie scattò di nuovo dalla sorpresa. Ebbe la sensazione che, dopo quell'esperienza, non le sarebbe mai più piaciuta alcuna sorpresa. Si girò e vide un altro gruppo di uomini, che stavano in piedi sul ponte posteriore.

"Sì," rispose Scott per lei.

"Pronta per cosa?" domandò Elodie.

"Rocco e la sua squadra di SEAL ti scorteranno sul ponte di comando, dove sappiamo che sarai al sicuro, mentre noi torniamo ai ponti inferiori per mettere al sicuro la nave una volta per tutte," le spiegò Scott.

Elodie passò lo sguardo da Scott agli altri uomini, poi di nuovo a Scott. "Tornate ancora laggiù?"

"Sì, dobbiamo portare a termine la missione."

Si fissarono per un lungo momento. Elodie voleva dirgli di non andare, di rimanere con lei, lasciando che fossero gli altri SEAL a dare la caccia all'ultimo terrorista, ma non voleva essere maleducata... non le sembrava carino ammettere che preferiva mettere in pericolo la vita di uomini che *non* conosceva, piuttosto che quella di Scott e della sua squadra.

Scott si avvicinò di un passo, quasi come isolandosi in una bolla privata con lei. "Con loro sarai al sicuro," le disse. "Sono tra i migliori della marina, sono di stanza in California, non permetteranno che ti succeda nulla."

"È da là che vieni anche tu?" gli chiese, sapendo che stava cercando di rimandare apposta l'inevitabile.

Scott sorrise. "No, io e la mia squadra siamo di stanza alle Hawaii. Honolulu."

"Ho sempre desiderato andarci. Scommetto che si sta benissimo."

"Sono le Hawaii, Rachel, certo che si sta bene." Fece un ampio sorriso.

Sentire le sue labbra pronunciare quel nome finto riportò Elodie al presente. Cosa stava facendo? Stava flirtando con quell'uomo? Nel bel mezzo di un dirottamento navale? Tra loro non poteva succedere nulla. Lei era una persona in fuga, mentre lui era un militare esperto delle squadre speciali dei SEAL.

Fece un passo indietro. "Giusto. Sono pronta. Prima troverete i pirati, prima potremo tornare alla nostra normalità."

Odiò lo sguardo deluso sul viso di Scott, ma lo ignorò, rispondendogli con un sorrisetto e facendo un cenno con la mano agli altri, che stavano in piedi dietro di lui. Poi si girò dall'altra parte e si diresse verso l'altra squadra di SEAL.

"Rachel..."

"Rachel!"

Ancora una volta, Elodie si ricordò troppo tardi il nome

con cui si faceva chiamare e si voltò. Scott la stava guardando male, ma quando si rese conto di aver catturato la sua attenzione, le disse: “Prima di andar via verrò a controllare che tu stia bene.”

Lei voleva ringraziarlo, voleva sorridere per mostrargli di essere sollevata, ma prima si ficcava in testa che era destinata a stare da sola, meglio era. Non voleva trascinare nessuno nel turbinio di follie che era diventata la sua vita. Non voleva mettere in pericolo nessuno. Paul Columbus un giorno l’avrebbe trovata e l’avrebbe uccisa. Di questo era sicura.

Così si limitò ad annuire, dando di nuovo la schiena a Scott e raggiungendo la seconda squadra di SEAL, che la circondarono e si avviarono per percorrere il ponte esterno, verso il ponte di comando.

CAPITOLO CINQUE

MUSTANG APPREZZÒ che gli uomini della sua squadra non gli dessero il tormento, per la sua breve conversazione con Rachel. Sapeva che avevano sentito tutto dalle radio che indossavano, ma non gli importava. Anche se chiaramente non si erano detti nulla di molto personale, non poteva negare il piacere di sapere che anche lei voleva conoscere qualcosa di lui. Rivelare che la squadra faceva base alle Hawaii non era certo una violazione di un segreto di stato, era una bella sensazione sapere che era interessata.

Ma poi si era chiusa in sé. L'aveva vista nascondere ogni emozione dal viso, come se le avesse detto qualcosa di offensivo. Mustang si scervellava per cercare di capire cos'avesse detto o fatto di sbagliato, ma non arrivava ad alcuna conclusione.

Quello che Mustang *sapeva* di sicuro era che Rachel non era il suo vero nome, e questo dettaglio lo infastidiva più di quanto fosse disposto ad ammettere. L'aveva chiamata per nome due volte, prima che si voltasse; era convinto che quel ritardo non fosse dovuto al fatto che non l'avesse sentito. Era convinto anche che quello pseudonimo fosse piuttosto recente, altrimenti avrebbe reagito a quel nome con maggiore prontezza.

A Mustang proprio non piacevano i misteri. Specialmente se erano legati a una persona che ammirava.

Rachel Walters, qualunque fosse il suo nome, aveva salvato la vita a lui e a Midas. Loro due non avevano né visto né sentito il pirata che era sceso dalle scale, sarebbero caduti dritti nella sua imboscata, senza capire che dietro quel muretto non c'era Rachel ad aspettarli.

A lei non era certo piaciuto ucciderlo, si vedeva chiaramente, ma aveva dovuto. Era un enigma, e Mustang voleva risolvere quel mistero, scoprendo chi fosse realmente e cosa ci facesse su una nave mercantile, nel bel mezzo del nulla.

Ma prima lui e la sua squadra, insieme a Rocco e agli altri SEAL, dovevano trovare ed eliminare gli ultimi pirati.

Dopo un'ora e mezza, l'*Asaka Express* era tornata a funzionare. Erano serviti quaranta minuti ai SEAL per trovare l'ultimo pirata. Si era nascosto in uno dei condotti dell'aria, tentando di risalirlo dall'interno per tornare fuori e scappare. Lo avevano trovato perché il condotto era crollato sotto il suo peso, così lui era caduto praticamente tra le loro braccia. Poi aveva fatto l'errore di cercare di farsi strada sparando ai militari, una pessima scelta, specialmente perché era circondato da sei SEAL della marina armati fino ai denti.

Al sorgere del sole, fu dato l'annuncio che la nave era stata completamente liberata, così gli ingegneri avevano riattivato immediatamente i circuiti elettrici. La nave mercantile era andata molto vicina a incagliarsi nelle secche di fronte alle coste di Gibuti; una volta usciti i SEAL dall'imbarcazione, la nave avrebbe proseguito per Port Sudan con una scorta armata di tre navi della marina degli Stati Uniti.

Una volta arrivati a Port Sudan, Mustang non sapeva cosa sarebbe successo all'equipaggio. Molto probabilmente, la società avrebbe dato a ognuno la scelta di rimanere a bordo, oppure di tornare in patria in volo. Senza dubbio, un equipaggio di rimpiazzo sarebbe stato disponibile quasi subito, stavolta magari con qualche misura di sicurezza in più, specialmente se la nave avesse continuato a operare in quella regione del mondo.

Mustang e la sua squadra sarebbero tornati sulla *USS Paul Hamilton* e poi sarebbero stati rimandati alle Hawaii. Per loro era stato un intervento come un altro.

Tuttavia, lui sperava di riuscire a rivedere Rachel prima di doversene andare da quella nave. Ormai i ponti erano affollati di uomini della marina, probabilmente c'era più personale a bordo in quel momento di quanto ce ne fosse mai stato su quella nave nel passato.

Mustang si diresse verso il ponte di comando con il resto della sua squadra. Volevano tutti riuscire almeno a salutare Rocco e gli altri, prima di tornarsene a casa. Quando arrivarono, sul ponte di comando trovarono una situazione piuttosto caotica. Il corpo del capitano era stato rimosso, come quello degli altri ufficiali. Mustang immaginò fossero stati trasportati in uno dei congelatori... a Rachel non avrebbe fatto piacere.

Cercò con gli occhi tra le persone presenti in quel locale, vide i pochi ufficiali dell'*Asaka Express* che erano riusciti a sfuggire alla carneficina nascondendosi in sala macchine. Ora collaboravano con i marinai provenienti da altre navi mercantili presenti in quella zona, intervenuti in soccorso.

Rocco era in piedi sul lato opposto della sala di comando, con Gumby, Ace, Bubba, Rex e Phantom, stavano semplicemente a guardare cosa succedeva. L'unica persona che non trovò fu quella che più di tutte voleva vedere: Rachel.

Vide Rocco che si faceva strada per venire a salutarlo. "Ciao."

"Ciao," rispose Mustang, stringendogli la mano. "Ben ritrovato, grazie per l'assistenza."

"Ma certo. Eravamo proprio da queste parti," disse Rocco con un gran sorriso. "Andate tutti a casa, adesso?"

"Sì, per quanto ne so. Di sicuro ci saranno un sacco di scartoffie che ci aspettano, dovremo compilare i rapporti per due missioni, dato che per venire qua ci hanno tirato via da un altro incarico."

Rocco annuì. "Sì, anche noi. Avevamo appena finito la nostra missione precedente, ma comunque un doppio rapporto secca sempre."

Mentre i compagni di squadra di Mustang e quelli di Rocco si salutavano, sparando qualche cazzata, Mustang si sentiva combattuto; non sapeva se chiedere o meno di Rachel.

"Sta bene," disse Rocco, quasi come leggendogli la mente.

Senza fingere di non sapere a cosa alludesse il suo commilitone, Mustang domandò: "Sei sicuro? Alla fine mi sembrava piuttosto scossa."

"Sono sicuro," replicò Rocco. "È una forza. Quando abbiamo fatto per toglierle di dosso quel fucile, sembrava davvero volerlo tenere. Solo dopo che siamo arrivati sul ponte di comando, quando ha visto con i suoi occhi che sembrava tutto tranquillo, ha lasciato che Phantom glielo requisisse."

"Sai dov'è adesso?" domandò Mustang.

"Non sono sicuro. Uno degli ufficiali sembrava molto contento di vederla; una volta dato il segnale di via libera, l'ha scortata nei ponti inferiori. Sono andati via qualche minuto fa."

Mustang a quelle parole strinse i denti. Era una reazione ridicola, Rachel aveva una vita tutta sua, probabilmente era molto contenta di vedere qualcuno che conosceva. Lui sotto

sotto sperava che anche lei desiderasse rivederlo, invece probabilmente era sollevata di non doverlo più rivedere. Specialmente dopo tutto quello che era successo.

"Vuoi un consiglio?" gli chiese Rocco.

Mustang scosse la testa, capendo che per un attimo era andato sovrappensiero. "Dal solo e unico Rocco? Ma certo," scherzò Mustang.

Rocco però non abboccò alla provocazione. "Le donne ti possono confondere e incasinare parecchio, dicono una cosa e ne fanno un'altra, possono sembrare timide, ma avere un carattere da guerriere incazzose. Se ho imparato *qualcosa* dal mio matrimonio con Caite, è di presumere mai di sapere cosa pensa."

Mustang annuì, apprezzando il consiglio. Conosceva tutta la storia di come Rocco aveva incontrato sua moglie durante una missione, di come le aveva salvato la vita.

Mustang in genere cercava di mantenere una mentalità aperta, di non presumere che una persona fosse più debole di lui solo perché era del sesso opposto. Diamine, aveva incontrato in marina alcune donne meravigliosamente forti, quindi non era certo il tipo di uomo che pensava alle donne solo come mamme o altri pregiudizi simili. Comunque, Rachel lo aveva colpito parecchio, soprattutto perché aveva ucciso il pirata senza la minima esitazione. Aveva perfino detto che le armi non le piacevano, anche se aveva già sparato in passato.

"Mi intriga. Non so nulla di lei, eppure non riesco a smettere di pensarla. Lo so che è ridicolo, probabilmente starà insieme all'ufficiale con cui è scesa poco fa, o magari è sposata, o lesbica... il pensiero mi fa impazzire."

Rocco fece una smorfia. "Per la cronaca, a giudicare dalla lunga occhiata che ti ha dedicato mentre ce ne stavamo andando, non penso che sia sposata o che le piacciano le donne. Ovviamente potrei sbagliarmi, ma senti un po', Mustang, non sono tante le donne che possono sostenere ciò che facciamo. Quando parti per una missione non puoi neanche dire dove vai o quando tornerai, è parecchio seccante. Devi trovare una donna abbastanza forte da sopportare lo stress inevitabile, in un rapporto con un SEAL.

"Amico, Caite mi ha salvato la vita. Non avrei mai immaginato di trovarmi in una situazione in cui doveva essere un civile a salvare *me*, invece è capitato. Lei è davvero la cosa migliore che mi sia mai capitata. Il mio consiglio è di andare a trovare Rachel, di dirle che ti farebbe piacere rivederla. Non so da dove venga, o se potrà funzionare, ma se ti interessa davvero ti consiglio di fare tutto ciò che puoi per provarci. Almeno dille chiaramente che la vuoi rivedere, altrimenti se non lo farai poi te ne pentirai."

Fu un discorso piuttosto lungo, che sorprese Mustang, ma aveva proprio bisogno di sentirselo dire. Con Rachel, Mustang sentiva un legame sempre più forte, un legame che non aveva mai vissuto con altri in vita sua. L'aveva vista spaventata a morte, eppure non aveva esitato a fare ciò che andava fatto.

"È la cuoca," disse Mustang al suo amico. "Scommetto che sarà scesa a controllare la cucina, o almeno a vedere se i corpi dei suoi amici dell'equipaggio sono stati sistemati nel modo giusto."

"Se qualcuno mi chiede dove sei, risponderò che stai facendo qualcosa di ufficiale, roba da SEAL, così avrai un po' di tempo per parlarle."

"Grazie, Rocco. Sono in debito."

"No, è normale, tra amici."

Si strinsero di nuovo le mani, poi Mustang si girò e si incamminò verso l'uscita.

"Vai a cercarla?" gli chiese Midas, mentre gli passava vicino.

"Sì. Voglio solo assicurarmi che stia bene, dopo tutto quello che è successo," disse Mustang.

"Ringraziala anche da parte nostra," aggiunse Aleck. "Sarebbe stata una seccatura doversi abituare a qualcuno di nuovo nella squadra, se ti facevi ammazzare."

Mustang alzò gli occhi al cielo. Aleck[1] era stato soprannominato così in parte perché di cognome faceva Smart, ma in parte perché *era* un tipo tosto e intelligente.

"Magari farebbe bene a tutti avere un nuovo leader, nella squadra. Chissà, magari si stufa di tutte le tue cavolate," ribatté Mustang.

"Ma dai, lo sai che ci vuoi bene!" intervenne Pid.

"Sì, saresti triste e derelitto se non ci fossimo noi con le nostre cavolate," aggiunse Jag.

Slate si limitò a incrociare le braccia, facendogli una smorfia.

"Torno presto. Non partite senza di me," disse Mustang alla squadra.

"Mai. Se ti lasciamo qua poi chi le compila tutte quelle scartoffie?" domandò Midas.

Mustang ridacchiò mentre usciva dal ponte di comando. Passò vicino ad alcuni marinai della marina che stavano di guardia, dirigendosi verso le scale che portavano ai ponti inferiori. Non sapeva bene cosa avrebbe detto a Rachel, ma sperava di decidere prima di trovarla.

Elodie stava malissimo. Era esausta, le doleva ogni muscolo del corpo. Probabilmente per gli sforzi enormi, a cui non era abituata, per non parlare dello stress e dei continui spaventi, gli alti e bassi di terrore delle ultime ventiquattro ore.

Dopo essere stata ascoltata sul ponte di comando dagli altri SEAL, aveva provato sia sollievo, per essere finalmente uscita dalla sala macchine, che terrore, per il pericolo che correvano Scott e gli altri. Sapeva che dovevano tornare subito nei meandri della nave, per trovare il pirata mancante, o i pirati, perché non era ancora sicuro che non ce ne fossero altri, a girovagare.

Ancora non riusciva a credere di averne ucciso uno. Pur avendo vissuto in prima persona le ultime ore, le sembrava quasi un film, come se fosse successo a qualcun altro. Non era certo il *Soldato Jane*, nemmeno lontanamente, eppure non aveva nemmeno esitato, prima di strappare la vita a quel-l'uomo. E se avesse avuto moglie e figli? Avrebbero mai scoperto cosa gli era successo? No, di certo non era in giro a compiere buone azioni, ma questo la giustificava, le permetteva di ucciderlo?

Sapeva bene, sotto sotto, che il pirata avrebbe ucciso Scott e Midas. L'avrebbe fatto senza esitazione, per questo aveva premuto il grilletto. La scelta era tra lui e gli uomini che avevano rischiato la vita per salvare lei e tutti gli altri a bordo della nave.

Una volta arrivata sul ponte di comando, aveva trovato un gruppo di persone che non aveva mai visto prima, stavano facendo il possibile per cercare di evitare che la nave andasse in secca. Una marinaia stava cercando di far virare la nave a mano, senza l'ausilio dei motori o dell'elettricità. Volavano un sacco di imprecazioni, eppure sorprendentemente era riuscita a riportare la nave in rotta, evitando che andasse a incagliarsi nel bel mezzo dello stretto.

Elodie era rimasta il più lontano possibile dai corpi del capitano e degli altri. Gli uomini dell'altra squadra di SEAL si erano spostati, in modo da trovarsi tra lei e i cadaveri, un gesto che lei apprezzò molto più di quanto non riuscisse ad esprimere.

Aveva mandato un sospiro di sollievo quando era giunta voce sul ponte di comando che Scott e gli altri della squadra avevano trovato anche l'ultimo pirata. Dopo non molto, alcuni degli ufficiali che si erano rifugiati nella sala macchine cominciarono ad arrivare sul ponte... tra questi anche Valentino. Elodie fu contenta di vedere che era ancora vivo, ma non era pronta a lasciarsi gettare le braccia al collo e a farsi abbracciare, cosa che invece Valentino fece subito, come se fosse un oggetto. Aveva dovuto districarsi dalle sue braccia e rassicurarlo che stava bene.

Gli altri ufficiali le avevano detto che erano contenti di vederla, poi si erano messi al lavoro per aiutare i marinai a rimettere in moto tutti gli impianti della nave, ora che era tornata l'elettricità e che si erano riaperte le comunicazioni con gli altri ingegneri sui ponti inferiori.

La squadra di SEAL aiutò gli uomini della marina a spostare le salme. Elodie aveva capito che avrebbero portato quei corpi esanimi giù, nei congelatori. Anche solo il pensiero di entrare nel congelatore che avrebbero usato le dava il voltastomaco. Ora che il pericolo era terminato, l'unica cosa che voleva era andarsene da quella nave, anche se per il momento non era possibile farlo.

Era rimasta sul ponte di comando per un po' di tempo, a guardare le attività che si svolgevano intorno a lei, in uno stato di semincoscienza. Non sapeva bene cosa doveva fare; Valentino si offrì di accompagnarla giù in cambusa per dare un'occhiata, così lei immaginò di dover ripulire quegli ambienti. Le sovvenne il modo in cui i pirati avevano sparato nelle dispense, rompendo vari bicchieri e altri oggetti, facendola sussultare. Senz'altro avrebbe dovuto prendersi cura del vasetto di salsa al pomodoro che il pirata aveva gettato contro un muro, come aveva detto Scott.

Sì, da un lato voleva andarsene da quella nave, ma c'era ancora molto da fare. L'equipaggio doveva pur mangiare, probabilmente erano tutti molto affamati, dato che non mangiavano da molto tempo.

Così accettò l'offerta di Valentino; non era esattamente grande e grosso come i SEAL della marina, ma la sua compagnia era sempre meglio dell'alternativa... cioè andare sottocoperta da sola. Sarebbe passato molto tempo, prima che si sentisse ancora a suo agio ad andare in giro per la nave da sola, se mai ciò fosse successo. Sapeva già che avrebbe sognato i pirati che saltavano fuori da ogni angolo, chissà per quanto tempo.

Arrivati sottocoperta, trovarono la cambusa completamente a soqquadro. C'erano vetri rotti e cibo sparso dappertutto. Elodie cercava di decidere da dove cominciare a pulire, quando Valentino le prese un braccio e la tirò a sé, abbracciandola.

La tenne stretta, un po' troppo perché lei si sentisse a suo agio.

"Sono così contento che tu stia bene," le aveva mormorato nell'orecchio, mentre la stringeva.

Elodie si irrigidì in quell'abbraccio. "Grazie. Altrettanto."

"Ero molto preoccupato per te," proseguì lui. "A un certo punto volevo venire quassù per trovarti, per proteggerti, ma nessuno di noi aveva idea di dove fossero i pirati. Quando ho sentito che avevano sparato agli altri ufficiali, ho capito che mi avrebbero ucciso subito."

Elodie voleva mostrare la sua esasperazione. Non avrebbero certo ucciso solo *lui*. Valentino metteva sempre prima se stesso, rispetto agli altri che lavoravano sulla nave. Raramente parlava agli ingegneri durante i pasti, aveva perfino suggerito orari diversi per il tempo libero degli ufficiali e del resto dell'equipaggio. Era ridicolo, eppure sembrava pensare che essere un ufficiale lo rendesse una persona migliore di tutti gli altri.

Elodie cercò di allontanarsi da lui, ma Valentino strinse la presa.

"Lo so che hai bisogno di conforto. Lasciati andare."

Elodie si stancò, era ora di finirla.

Spinse Valentino più forte che poté, finché finalmente

non la lasciò andare. “Sto bene, grazie,” gli disse. Non voleva fargli una ramanzina, perché non era il tipo a cui piacesse affrontare le questioni di petto, ma non poteva sopportare un secondo di più il suo abbraccio.

“Sai che sono qui per te,” le disse Valentino. “Qualunque cosa ti serva, io ci sono, non devi vergognarti se hai bisogno di qualcuno,” le disse. “Sai cosa si dice, che le situazioni estreme come questa spesso avvicinano le persone, infatti io adesso mi sento molto vicino a te. Avrei anche potuto morire con gli altri, se mi fossi trovato sul ponte di comando.”

Elodie gli lanciò un’occhiataccia. “E perché *non eri* sul ponte?”

“Io... beh... non ero in servizio,” rispose Valentino, esitando.

“Penso che nemmeno Danny fosse in servizio, ma quando il capitano ha fatto l’annuncio agli altoparlanti, lui è salito subito sul ponte,” disse Elodie. Lei conosceva gli orari di quasi tutti gli uomini a bordo, perché doveva sapere quanto cibo preparare e chi avrebbe mangiato, nelle varie fasce orarie.

“Anch'io stavo per salirci,” disse Valentino, ormai sulla difensiva, “ma ho deciso di andare prima a vedere come stavano gli ingegneri.”

Era una stronzata bella e buona. Valentino non aveva mai sentito il bisogno di andare a vedere come stesse *nessuno*, era senz'altro sceso in sala macchine per andare a nascondersi. Il disgusto di Elodie nei confronti di quell'uomo si decuplicò.

Ovviamente Valentino non si accorse dello sdegno di Elodie, infatti le si avvicinò di nuovo, invadendo il suo spazio personale. Poi alzò una mano e le scostò una ciocca di capelli dal viso.

Quando lo aveva fatto Scott, a Elodie era piaciuto. Il tocco di Valentino? Per nulla.

“Posso farti sentire viva di nuovo,” le disse con tono dolce. “Ti offro un modo per sentirti di nuovo parte dell’universo.”

Lei non credeva ai suoi orecchi, non poteva aver appena detto quelle parole... *vero*?

“Il sesso aiuta molto a smaltire lo stress,” proseguì lui. “Un bell'orgasmo rimette in circolo le endorfine, ti garantisco che ti posso far dimenticare tutto quanto è successo, almeno per un po'.”

Elodie fece un passo indietro. Wow. “Non posso credere che ci provi ancora con me! Specialmente *adesso*, quando i tuoi amici sono morti e impilati in un congelatore dall'altra parte della nave! Pensi davvero che io possa cogliere al volo l'occasione di venire a letto con te? Non succederà mai, Valentino,” gli disse fermamente.

Anche solo per un momento, si accorse che il viso di lui si riempiva di rabbia. Valentino fece un passo verso di lei, Elodie non riuscì a capire cosa intendesse fare... e non l’avrebbe *mai* saputo, perché una voce profonda risuonò dalla porta, dietro a Valentino.

“Io fossi in te non mi avvicinerei troppo, ho sentito che è piuttosto brava con i coltelli.”

Elodie guardò oltre le spalle di Valentino e vide Scott in piedi all'ingresso della cambusa. Era entrato attraversando la mensa dell'equipaggio e la dispensa. Ora che le luci erano accese, le sembrava ancora più alto e più forte di quello che pensava, vedendolo al buio.

Elodie divorò con gli occhi i suoi tratti. Era ancora vestito tutto di nero, ma ora lei riusciva a vedergli i capelli, che erano corti sui lati e più lunghi in alto. Sentì di nuovo l’istinto di andare a toccargli la barba, per scoprire se era morbida o ispida. Era più alto di lei di una quindicina di centimetri, vedendolo, le era venuta voglia di gettarsi tra le sue braccia. Fosse stato lui ad abbracciarla, invece di Valentino, si sarebbe accoccolata volentieri in quell'abbraccio, lasciandosi confortare. I suoi occhi castani fissavano l'ufficiale, si vedevano chiaramente i muscoli delle braccia di Scott contratti, anche sotto la maglia nera a maniche lunghe che indossava.

Era un uomo pronto all'azione, come un'agile pantera.

Elodie trattenne il fiato, nell'attesa di capire cosa sarebbe successo.

Valentino tenne gli occhi su Scott, la scelta più intelligente che avesse fatto da quando erano scesi sottocoperta. Ovviamente aveva capito di non poter più scherzare... con quel metro e ottanta e passa che stava all'ingresso.

Scott non attese che Valentino dicesse qualcosa, entrò in quella stanza e si andò a mettere non a caso tra Elodie e l'ufficiale. "Penso che abbiano bisogno di te sul ponte di comando," gli disse Scott. "Serve tutto l'aiuto possibile, credo che sia tuo dovere andare sul ponte; non stare qui."

"Mi stavo solo offrendo di aiutare," mormorò Valentino.

"Aiutare, sì, certo, era proprio quello che sembrava," rispose Scott ironicamente. "Penso che Rachel abbia tutto sotto controllo, questa è la sua cucina, dopo tutto."

Valentino aprì di nuovo la bocca per dire qualcosa, probabilmente qualcosa di stupido, ma Scott non gliene lasciò l'occasione. Si avvicinò all'altro uomo e gli disse, con tono basso e minaccioso: "Lasciala stare, Valentino. Ha detto che non le interessa, anche piuttosto chiaramente, direi. L'ho sentita mentre entravo da quella porta laggiù," disse Scott, indicando la mensa dell'equipaggio con la testa. "Smettila di pensare col cazzo e comincia a usare la testa, sei un ufficiale, comportati come tale," concluse Scott.

Valentino squadrò Scott, poi si girò e si diresse verso la porta che conduceva al corridoio di fianco alla cambusa. Quello con i congelatori e con i vari magazzini. Sbatté una mano sulla porta per aprirla e se andò senza dire una parola.

Elodie tirò un sospiro di sollievo.

"Se quel coglione fa ancora lo stronzo, devi fare rapporto," le disse Scott.

"Lo farò."

"Dico davvero. I tipi come lui fanno fatica a credere che non tutte le donne vogliono andare a letto con loro. Mi sembra ovvio che ti abbia messo gli occhi addosso, tra l'altro sei l'unica donna a bordo, quindi devi fare attenzione."

"Starò attenta. Penso sia solo fuori di testa per tutto quanto è successo," disse Elodie, cercando di minimizzare.

"Giusto. L'uomo che ha abbandonato i suoi compagni ufficiali e che si è nascosto come un codardo in sala macchine, finché non è stato sicuro uscire," commentò lentamente Scott.

"Ma anch'io ho fatto così," replicò Elodie. "Mi sono nascosta qui, nella cambusa."

"Non è la stessa cosa," le disse Scott, avvicinandosi a lei.

Che strano, quando Valentino le si era avvicinato, le aveva dato fastidio, invece con Scott, anche lei voleva avvicinarsi.

"Lascia che indovini, perché sono una donna?" gli chiese, facendo del suo meglio per non mettersi in imbarazzo, correndogli incontro. Non sapeva proprio cosa c'era in quell'uomo che le faceva quell'effetto. L'aveva appena incontrato, santo cielo, eppure lui era riuscito dove nessun altro uomo si era avventurato per molto tempo... le aveva fatto desiderare di appoggiarsi a lui, di confidare in lui.

Eppure non poteva farlo, non sarebbe stato giusto.

"No. Tutto questo non ha nulla a che fare con il tuo genere, solo che lui è un ufficiale, dovrebbe essere una guida per questa nave. Dovrebbe dare l'esempio, mentre fare il codardo non è un comportamento da leader. Non sto dicendo che doveva farsi sparare col sorriso sulle labbra, ma almeno avrebbe dovuto fare quello che *tu* hai fatto... cioè tentare di trovare aiuto per soccorrere l'equipaggio e gli altri ufficiali."

Elodie fissò Scott. "Cosa ci fai ancora qui? Pensavo dovessi andartene subito dopo aver trovato i cattivi."

"Sì, beh, prima di andarmene volevo parlarti," spiegò Scott.

Elodie spalancò gli occhi. "Sei rimasto per me?"

"Sì, Rach, proprio così."

Lei non poté fare a meno di trasalire, sentendo una versione abbreviata di un nome, che non era il suo.

Scott le si avvicinò e le prese la mano, per poi accompagnarla nella zona della mensa dell'equipaggio.

Si era tolto i guanti, la sua mano era calda e dava conforto alla piccola mano di lei. Scott estrasse una sedia da sotto al tavolo, invitandola a sedersi. Lei si sedette, tenendo sempre gli occhi su quelli di lui, che si accovacciò proprio davanti a lei, sempre tenendola per mano.

"Lo so che non ci conosciamo veramente, ma puoi fidarti di me," le disse Scott.

Elodie annuì. Lui non disse altro, sembrava che aspettasse di sentire la sua risposta.

"Ehm... certo."

Scott sospirò, poi si mise una mano nella tasca dei pantaloni ed estrasse un blocchetto per gli appunti. Le lasciò andare la mano e tirò fuori una penna, scribacchiando qualcosa su un foglietto. Poi strappò il foglietto dal blocco e glielo porse.

Elodie guardò giù verso quel foglietto e lo prese senza pensarci. Aveva scritto il proprio nome e un numero di telefono.

"Questo è il numero del mio telefono cellulare personale," le disse. "Se ti serve aiuto, per qualunque cosa, puoi telefonarmi o mandarmi un messaggio."

Elodie rimase a bocca aperta, era sbalordita, confusa. Guardò l'uomo che era ancora accovacciato davanti a lei. "Perché?"

"Perché ti ammiro, perché mi hai salvato la vita e sono in debito con te. Perché so che nascondi qualcosa, anche se hai troppa paura per ammetterlo. So che non ti chiami davvero Rachel, l'unico motivo per cui si cambia nome è per nascondersi, perché c'è qualcosa dietro. Non so cosa sia, nel tuo caso, ma non mi interessa nemmeno."

"E se fossi ricercata? Cioè, se avessi ucciso qualcuno?" gli sussurrò Elodie.

Scott rise. Lasciò andare la testa completamente all'indietro e rise come se gli avesse detto qualcosa di estremamente divertente. Una volta ripreso il controllo, le prese di nuovo una mano. "Tu non hai ucciso nessuno," affermò con fermezza. "Dopo aver ucciso quel pirata, che stava per sparare a me e a Midas, tremavi così forte che non riuscivi nemmeno a camminare bene. No, qualunque sia il motivo per cui stai scappando, non è per sfuggire alla legge."

Elodie deglutì a fatica. Non poteva nemmeno ricordare l'ultima volta che qualcuno si era comportato con lei in modo così... generoso.

"Qualunque sia il motivo per cui ti nascondi, io ti posso aiutare," le disse Scott con tono più morbido. "Immagino che la tua idea fosse lavorare su questa nave per stare lontana dai tuoi demoni, volevi scomparire. Non so cosa aspettarmi, quanto risalto darà la stampa a questo incidente, ma considerando che hanno fatto un film su quanto successo alla *Maersk Alabama,* direi che i giornalisti probabilmente affluiranno a valanga alla nave, appena attraccherà a Port Sudan."

Elodie si morse le labbra.

"Già. Poi sei anche l'unica donna a bordo... sarà difficile tenere lontano dai riflettori il tuo nome e il tuo viso. Magari il nome non sarà un problema, dato che ovviamente non è il tuo vero nome, però..."

La sua voce si affievolì. Aveva ragione. Bastava che una foto di lei fosse pubblicata, Paul sarebbe riuscito senz'altro a rintracciarla. Aveva mantenuto il suo incarico di cuoca perché le piaceva, ma se si fosse saputo che era quello che faceva sull'*Asaka Express*, sarebbe stato fin troppo facile trovarla.

"Io sono con la mia squadra a Honolulu," le ricordò Scott. "Se ti serve un posto dove andare, puoi venire da noi. Noi ti terremo al sicuro."

Elodie stentava a credere alle sue orecchie. Era passato moltissimo tempo da quando qualcuno si era preso un rischio per lei, quest'uomo non la conosceva nemmeno, eppure le stava offrendo supporto senza nemmeno sapere da cosa stesse scappando.

Era incredibile, avrebbe voluto afferrare quell'offerta a piene mani... ma sarebbe stato giusto nei suoi confronti? La famiglia Columbus era una delle famiglie mafiose più grandi e più potenti di New York, lei aveva dovuto scoprire nel modo peggiore fin dove potevano arrivare. Paul poteva fare in modo di mettere nei guai Scott con la marina? Poteva fargli perdere il posto? Lei non era un'ingenua, sapeva bene che Paul non avrebbe mai consentito a qualcuno di aiutarla, senza fargliene pagare lo scotto.

No, lei lo aveva sfidato... nessuno si mette contro Paul Columbus.

"Grazie," gli rispose tranquillamente, dopo un lungo momento.

"Dico sul serio," disse Scott. "Noi possiamo aiutarti. Abbiamo le nostre conoscenze, moltissime. Quando scendi da questa nave, dovrai cercare di capire cosa fare dopo, dove andare... le Hawaii sono un ottimo posto per ritrovarti, io... A me piacerebbe conoscerti meglio, so già che sei coraggiosa, resiliente, immagino anche piuttosto brava in cucina, dato che ti hanno assunta per preparare da mangiare per tutte le persone a bordo." Scott sorrise, per farle capire che la stava solo stuzzicando.

"So che sei una persona determinata, abbastanza intelligente da capire istintivamente dove metterti al sicuro, a giudicare da come ti tenevi stretta alla cintura dei miei pantaloni." Scott alzò una mano e gliela appoggiò alla guancia. "Ti trovo intrigante, Rachel, o qualunque sia il tuo nome. E sappi che a me non è successo... mai."

Elodie avrebbe voluto disperatamente dirgli il suo vero nome, raccontargli la propria storia, invece strinse i denti finché quell'istinto non le passò.

"Almeno mi prometti che ci penserai? Se venire alle Hawaii?" le chiese.

Elodie annuì prima ancora di rendersi conto di cosa stava facendo.

"Ottimo. Starò in pensiero per te," le disse. "Quindi anche se non vuoi più avere nulla a che fare con me o con la mia squadra, se anche decidi di non venire a Honolulu, puoi lo stesso mandarmi un messaggio per farmi sapere che sei in giro, viva e vegeta?"

Cavolo. La stava torturando. "Sì, posso farlo."

"Grazie." Scott non aveva tolto la mano dalla guancia di lei, che ora stava sfiorando col pollice, quasi senza accorgersi di quel movimento. "Sai, ci sono solo altre cinque persone per cui sono disposto a dare la vita. Sono i ragazzi della mia squadra. Mi hanno salvato il culo varie volte, e io ho salvato il loro. Ora le persone sono diventate sei."

Elodie non sarebbe riuscita a rispondere, nemmeno la sua vita fosse dipesa da ciò.

"Usa quel numero," le ordinò, muovendo la testa per indicare il foglietto che lei teneva stretto in mano.

"Lo farò," gli disse lei, tremando.

Elodie avrebbe potuto giurare che Scott si era avvicinato ancora, così trattenne il fiato, chiedendosi se l'avrebbe davvero baciata... ma la porta dietro di loro si aprì, sbattendo.

Scott si spostò immediatamente, alzandosi in piedi e mettendosi tra lei e chiunque fosse entrato.

"Oh, scusate, non volevo spaventarvi!" disse Manuel.

"Sono venuto ad aiutare Rachel a ripulire. Hanno tutti fame, immagino servano delle pulizie, così lei potrà cominciare a preparare qualcosa e nessuno sarà costretto a mangiarsi le unghie."

Elodie si mise rapidamente in tasca il biglietto con il numero di Scott, alzandosi in piedi. Poi appoggiò una mano sulla schiena di Scott, sentendo i suoi muscoli potenti reagire al suo tocco. "Stavo proprio per cominciare," disse a voce bassa, anche se non era proprio la verità.

"Penso che avremo un po' di compagnia in più, almeno fino al porto," aggiunse Manuel. "I ragazzi e le ragazze della marina rimangono sulla nave per proteggerci, anche perché ci serve del personale per manovrare questa baracca."

"Grazie per avermelo fatto sapere," rispose lei al suo cuoco in seconda. Poi cominciò a calcolare a mente quanti pasti doveva preparare. Senz'altro una quantità superiore al normale, anche perché avevano tutti fame. Dovevano recuperare proteine e carboidrati, serviva qualcosa di rapido e semplice, magari un pollo alla parmigiana con un sacco di spaghetti.

Sì era così persa nei suoi pensieri, che quasi si era dimenticata che Scott era ancora lì vicino a lei, in piedi. Manuel si diresse alla dispensa, poi alla cambusa, mentre Elodie tornò a guardare il SEAL che aveva davanti. Sul suo viso c'era un piccolo sorriso.

"Cosa?" gli chiese, un po' imbarazzata.

"Ti piace quello che fai."

"Sì, mi piace," confermò lei. "Rimani tu con la tua squadra, oppure rimane l'altra squadra di SEAL?"

"Purtroppo non rimango," le rispose Scott, Elodie non poté che sentirsi delusa. "Però hai il mio numero, possiamo parlare ogni volta che vuoi," le ricordò.

Elodie avrebbe voluto dargli il proprio numero, ma non aveva un telefono cellulare, non aveva nemmeno un indirizzo e-mail. Aveva vissuto sulla propria pelle quanto fosse facile rintracciarla con quei dati. E poi non aveva nessuno con cui voleva rimanere in contatto. Niente famiglia, niente amici, era veramente sola al mondo.

"Grazie ancora per avermi salvato la vita," le disse Scott.

"Grazie a te per aver salvato la *mia*," ribatté Elodie.

"Su di morale," le disse, facendo un passo verso l'uscita.

"Tu stai attento," gli rispose Elodie.

"Sempre."

Poi le fece un cenno col capo e sparì dalla porta.

Elodie Rimase in piedi nel bel mezzo della mensa dell'equipaggio, fissando per vari momenti quella porta. Nelle ultime ventiquattro ore, la sua vita era stata stravolta, tanto che non ci avrebbe creduto, se non fosse capitato proprio a lei.

"Rachel! Dobbiamo darci una mossa!" le gridò Manuel sollecitandola.

Chiudendo gli occhi per qualche secondo, Elodie si toccò la tasca posteriore, controllando di avere ancora quel biglietto, prima di girarsi per andare in cambusa. Non aveva idea di cosa fare, ma era bello avere almeno una scelta, anche se quella scelta avrebbe messo in pericolo Scott e la sua squadra. Non era convinta di accettare quell'offerta, ma sapere di poterci contare la confortava.

Cercando di togliersi dalla testa i pensieri di quel che sarebbe accaduto una volta arrivati in porto, Elodie si concentrò su ciò che sapeva fare meglio... cucinare.

Qualche giorno dopo, Paul Columbus era seduto nel suo ufficio a New York City, pieno di ansia. Possedeva tutto il cinquantesimo piano del grattacielo residenziale in cui viveva.

Il superattico. Aveva più soldi di quanti potesse spenderne in due vite, tutti lo temevano e lo rispettavano.

Tuttavia era profondamente agitato.

Essere a capo di una delle famiglie mafiose più potenti di New York significava essere sempre sul chi va là. Non era sempre così facile sfuggire alle maglie della legge, non era più come ai vecchi tempi. Suo nonno era abituato a pagare la polizia, che gli lasciava la libertà di fare più o meno tutto ciò che voleva.

Il padre di Paul aveva dovuto fare più attenzione, ma era riuscito comunque a mettere sul suo libro paga alcuni degli ispettori più anziani. Dopo la sua morte, Paul aveva fatto il possibile per coltivarsi delle amicizie nelle forze dell'ordine (anche con ricatti e coercizioni), ma non aveva avuto molto successo. Quindi doveva gestire il suo impero facendo molta attenzione.

Faceva molto affidamento sui suoi uomini migliori e sul suo personale. Qualche mese prima, dopo approfondite ricerche, aveva trovato la persona che riteneva perfetta per completare il suo staff. Quella dannata cuoca non aveva nessuno al mondo. Niente famiglia, pochi amici, non sembrava per nulla smaliziata. Era una donna incredibilmente ingenua... la scelta perfetta per chi doveva entrare nella sua organizzazione.

L'aveva trattata molto bene, aveva fatto di tutto per farla sentire a casa propria, per coltivare la sua fedeltà alla famiglia, aveva creduto di esserci riuscito. Sembrava felice, contenta, sembrava riconoscente.

Proprio ciò che gli serviva.

Senza poliziotti da corrompere, era estremamente difficile eliminare i nemici. Suo nonno aveva avuto vita facile, al confronto. Paul non sapeva nemmeno lontanamente quanti uomini avesse eliminato il nonno, in vita sua, eppure non aveva passato una sola notte dietro le sbarre per le sue azioni, grazie alla schiera di forze dell'ordine che lo proteggevano.

Paul, al contrario, si era circondato di persone fedeli. Persone disposte a tutto, disposte a fare ciò che lui chiedeva loro. Disposte anche a consegnarsi alle autorità, in caso di bisogno. In cambio, ricevevano tutti stipendi generosi, ottimi alloggi in città, entrando a far parte della sua famiglia influente.

Ma la sua cuoca privata...

Paul aveva tantissimi nemici. Sparare a tutti diventava complicato, troppo rumore, troppa confusione. Con tutte le telecamere di sicurezza sparse per la città, qualunque azione per la strada sarebbe stata inevitabilmente registrata.

Ma uccidere qualcuno tra le mura di casa sua? Senza che l'obiettivo nemmeno si ribellasse? Senza che la vittima scoprisse nulla, se non quando era ormai troppo tardi? Era la soluzione ideale. Poteva scaricare i cadaveri nel fiume e far sembrare la loro morte un incidente, come se fossero annegati. Oppure poteva infilare a qualcuno una siringa nel braccio, abbandonando il corpo morto in qualche vicolo della città.

Esistevano infinite possibilità, anche molto creative, per eliminare il corpo di qualcuno morto per avvelenamento.

Paul pensava di aver trovato la persona giusta per aiutarlo a realizzare quel piano.

Si era sbagliato.

Sbagliato di grosso.

Quando aveva avvicinato la sua cuoca, spiegandole ciò che voleva da lei... lei aveva avuto il fegato di dirgli di no! No, a *lui*?!

Era in casa *sua*, sotto la *sua* protezione. Avrebbe dovuto rispondere solo "sissignore" e fare ciò che le aveva chiesto. Quella era l'unica risposta accettabile.

Doveva limitarsi a mettere un po' dell'arsenico che lui le

aveva procurato nella minestra che intendeva servire per cena. Tutto lì. Il suo obiettivo si era già fatto arrestare diverse volte perché vendeva droga, quindi quando la polizia ne avesse trovato il corpo, avrebbe semplicemente presunto che si trattava di una overdose. Era il piano perfetto... peccato che quella stronza aveva scosso la testa, ansimando dal terrore, quando le aveva detto ciò che voleva.

Paul non era riuscito a farle pagare una tale infedeltà sul posto e sul momento; aveva ospiti a cena che lo aspettavano. Ma le aveva fatto capire senza mezzi termini che si era messa in guai seri.

Una volta congedati i suoi ospiti, intendeva assicurarsi personalmente che la sua cuoca capisse senza ombra di dubbio di non potergli dire di no. Mai. Che doveva fare *tutto* ciò che le chiedeva, da quel momento in poi.

Ma lei si era volatilizzata. Non aveva nemmeno preso con sé tutte le sue cose. Anzi, l'unica cosa che si era portata via era una borsina... aveva gettato la bottiglietta di arsenico che le aveva lasciato in cucina, nella speranza che cambiasse idea.

Stupida stronza. Era perfino troppo stupida per portare quella bottiglietta con sé... era l'unica prova.

Però quella donna sapeva troppo su di lui; conosceva il suo piano. Paul Columbus non aveva la minima intenzione di rischiare di essere arrestato a causa di una dannata cuoca timida sulla trentina. Una vera tonta.

Paul si alzò in piedi e cominciò a camminare avanti e indietro nel suo ufficio, mormorando tra sé. Ogni tanto si metteva una mano nei capelli, l'andatura era incerta e irregolare. Dei piccoli segnali che suo figlio avrebbe notato in un batter d'occhio.

Paul sapeva che il figlio maggiore, Jerry, lo riteneva un povero pazzo... ma non lo era. Era solo disposto a fare di tutto, pur di proteggere la sua famiglia e il suo nome. Il fatto che ci fosse una donna in giro che sapeva qual era il piano per i suoi convitati e che avrebbe potuto andare alla polizia a esporre i fatti lo stava rodendo da dentro.

No, Paul non credeva di essere pazzo, sapeva di *essere* paranoico. Chi lavorava per lui doveva stare con lui, altrimenti era contro di lui.

Camminando nervosamente, Paul grugnì dalla frustrazione. Cercava quella dannata cuoca da mesi, in un paio di occasioni pensava di averla trovata, ma erano state due delusioni.

Non aveva detto nulla al figlio, o al suo superiore... lo zio, che era responsabile di alcuni dei soldati[2]. No, quello era il *suo* casino, doveva pensarci lui.

Fintanto che Elodie Winters era al mondo, c'era sempre il rischio che potesse parlare. Poteva aprire la bocca e spifferare ciò che lui le aveva chiesto di fare. Conosceva abbastanza informazioni da fargli rischiare tutto. E solo per questo (e per aver avuto il *coraggio* di dirgli di no), quella stronza doveva morire.

Ma prima avrebbe dovuto trovarla.

L'avevano trovata prima in Pennsylvania e poi a Los Angeles, ma in entrambe le occasioni non era riuscito a farla ammazzare prima che scomparisse. Non aveva una famiglia da usare per minacciarla. Non aveva degli amici a cui poter tagliare le dita per spedirle a Elodie in busta chiusa... non che sapesse dove spedirgliele, comunque.

Quella donna era un fantasma, un fantasma senza amici e senza legami. In passato, erano quelli i motivi per cui la riteneva una perfetta affiliata, ma si era sbagliato. Paul Columbus odiava sbagliarsi.

Un colpo alla porta fece riprendere Paul da quei pensieri. "Avanti!" disse a voce alta.

Andrew entrò nell'ufficio e si chiuse la porta alle spalle. Andrew era uno dei capodecina, anche se non era un parente di sangue. Aveva un rango inferiore a quello dello zio di Paul, era fedele quanto nessun altro, Paul si fidava ciecamente di lui. Era *l'unico* a cui sentiva di poter affidare quel problema; Andrew lavorava da mesi per cercare di trovare Elodie.

Andrew aveva uno sguardo troppo pieno di sé, sembrava eccessivamente contento, per l'umore di Paul, in quel momento.

"Sarà meglio che mi porti buone notizie, altrimenti puoi anche girare i tacchi e andartene. Oggi non sono proprio dell'umore."

"Ho qualcosa," disse subito Andrew, incamminandosi verso la scrivania.

Paul girò attorno alla scrivania e si sedette. Andrew posò una chiavetta USB sulla scrivania e poi fece un passo indietro, sempre tutto sorridente.

"Allora? Che cazzo è questo?" chiese Paul.

"È un video che penso le piacerà."

"Lo voglio guardare solo se c'è quella stronza," mormorò Paul, che poi si allungò sulla scrivania per prendere la chiavetta.

Andrew non rispose, il cuore di Paul cominciò a battere più forte.

Erano riusciti finalmente a trovare una vera pista, da quando quella donna era sparita nel nulla? Gli sembrava impossibile che qualcuno così stupido fosse riuscito a nascondere le proprie tracce così bene come aveva fatto lei.

Inserì la chiavetta nel computer e attese che si aprisse la finestra di navigazione. Poi cliccò sul file video e vide che era l'inizio di un telegiornale. Era in tedesco, con i sottotitoli. Dietro al giornalista c'era una clip, parlava di una enorme nave mercantile, con scritto *Asaka Express* su una fiancata. Paul ricordava di aver sentito quella storia, quel cretino di un capitano si era fatto uccidere, insieme agli altri del suo equipaggio. Non aveva la più pallida idea di come facessero dei pirati del terzo mondo a prendere il controllo di navi mercantili enormi come l'*Asaka Express*, ma non gli interessava abbastanza per approfondire la storia di quell'incidente.

"Guardi bene, capo," disse Andrew. "Guardi quelli dell'equipaggio che scendono dalla nave."

Paul si avvicinò allo schermo per guardare meglio gli uomini che scendevano dalla nave uno a uno. C'erano alcuni ufficiali in uniforme bianca, scortati da militari della marina degli Stati Uniti, Paul sapeva che la marina era stata coinvolta per aiutare a riportare la nave in porto, al sicuro.

L'equipaggio si era radunato alla base della passerella per una fotografia di gruppo. Paul stava per chiedere perché cavolo Andrew gli avesse portato quel video, quando una persona dell'equipaggio catturò la sua attenzione. Era una persona più bassa rispetto agli altri, in piedi appena dietro a uno degli ufficiali.

Paul sforzò gli occhi e si avvicinò di più. Non era un uomo. Era una donna.

Mentre Paul guardava il video, vide che uno degli ufficiali si girava e metteva un braccio intorno alle spalle di quella donna, tirandosela al fianco, prima che il video terminasse, facendo tornare di nuovo il primo piano del giornalista.

Riavvolgendo il video, Paul lo fermò poco prima della fine.

Poi guardò Andrew. "È lei."

"Credo proprio di sì."

"Dove si trova?"

Il sorriso di Andrew si fece meno deciso. "Non lo so. Ma se era sull'*Asaka Express*, dovremmo riuscire a ricostruire i suoi spostamenti. Ho scoperto che la cuoca di bordo si chiamava Rachel Walters."

"Quel cognome non può essere una coincidenza," commentò Paul.

"Sono d'accordo," rispose Andrew al suo boss.

"Ottimo. Scopri chi è quel cretino che le ha messo un braccio sulle spalle. Se riusciamo a trovare lui, potremmo farci dare altre informazioni, magari potremmo trovare un motivo di ricatto da usare contro di lei."

"Ci sto già lavorando, capo," disse Andrew. Poi annuì, si girò e si diresse verso la porta.

Paul era già tornato a concentrarsi sul video. Lo guardò di nuovo, più e più volte. Poi appoggiò la schiena allo schienale della sua poltrona e sospirò sollevato, fissando la schermata leggermente sfocata che aveva appena salvato. A prima vista, non si capiva se quella era la donna che stava cercando, ma l'altezza era quella giusta, così come il colore dei capelli. Inoltre, lavorava a bordo di quella imbarcazione come cuoca.

Elodie Winters doveva morire. Non importava quanto tempo servisse, ma doveva accadere. Nessuno della famiglia poteva sapere il motivo per cui era scappata. Suo figlio non sarebbe stato certo felice di sapere cos'aveva combinato il padre, aveva rischiato di far saltare tutta l'organizzazione, cercando di coinvolgere una cuoca negli affari di famiglia.

Un giorno, Jerry avrebbe preso il posto di comando della famiglia, ma non con Paul vivo e vegeto. O almeno, non avrebbe preso il posto di Paul se non quando Paul *stesso* gli avesse consegnato quel posto. Se suo figlio, smanioso di potere, avesse scoperto che c'era una fuggitiva che poteva creare un danno enorme, scalfiggendo la corazza della famiglia Columbus, avrebbe usato quel pericolo a suo vantaggio, cercando di cacciare suo padre.

Paul non era disposto a correre quel rischio. Il capo era lui, dannazione, gli bastava trovare e uccidere quella stronza di una cuoca, poi avrebbe potuto tornare a rilassarsi e a godersi di nuovo il privilegio del comando.

"Corri, corri pure, non potrai nasconderti per sempre, Elodie," disse Paul, che poi si appoggiò alla poltrona e sorrise, per la prima volta dopo tanto tempo. "Ti troverò... e ti pentirai di avermi detto di no," mormorò.

CAPITOLO SEI

"SONO PASSATI DUE MESI, amico, la devi smettere di andare in giro abbattuto come uno straccio a controllare il cellulare ogni due secondi," disse Slate a Mustang, dopo la corsa di allenamento del mattino. La prima cosa che Mustang aveva fatto, tornati alle macchine, era controllare il cellulare.

Mustang sospirò. "Lo so." Lo sapeva davvero. Ormai sperava che Rachel si fosse già messa in contatto con lui, ma diventava sempre più evidente che lei non aveva intenzione di telefonargli o di inviargli alcun messaggio.

"Mi dispiace, amico. Lo so, pensavi ci fosse un feeling speciale tra voi due," disse Jag.

"Infatti c'era," aggiunse Mustang, insistendo. "Senti, lo so che può sembrare strano, ma quella donna aveva qualcosa di molto intrigante. Si è creato un feeling davvero speciale."

"È vero," confermò Midas. "Cioè, mi piaceva Rachel, ma questi due erano davvero sulla stessa lunghezza d'onda. Quando lei si è attaccata alla sua cintura, è come se fossero diventati... uno solo... qualcosa del genere. Lo so che sembra una storiella sdolcinata, ma è la verità."

Mustang non sapeva se doveva ringraziare il suo amico, o se doveva mandarlo a quel paese.

"Pensi davvero che sia nei guai?" domandò Pid.

"Non so più *cosa* pensare," ammise Mustang.

"Vuoi vedere se riusciamo a coinvolgere Tex?" chiese Slate. "Lo sai che a lui probabilmente piacerebbe tantissimo riuscire a rintracciarla. Per lui sarebbe come una sfida, qualcosa in cui riuscire."

Mustang cominciò a scuotere la testa, negando prima ancora che il suo amico finisse di parlare. "No. Non ho la minima idea del perché abbia accettato quel lavoro, su una nave mercantile, o perché stia usando un nome falso, ma non voglio scavare troppo nella sua storia, col rischio di attirare l'attenzione di chi la sta cercando; finirei per fornire una traccia, la troverebbero per causa mia."

"Prima di tutto, sai benissimo che Tex è molto bravo e non lascia tracce," disse Aleck, scuotendo a sua volta la testa. "In secondo luogo, non siamo certi che Rachel non sia il suo vero nome."

"Non lo è," confermò Mustang. Ne era certo al cento per cento. Aveva fatto troppa fatica ad attirare la sua attenzione, chiamandola per nome più volte. Non riusciva a togliersi di mente quel suo sguardo triste, se lo ricordava da quando l'aveva chiamata Rach, l'ultima volta che avevano parlato. Avrebbe scommesso tutta la sua reputazione da SEAL che Rachel non era il suo vero nome.

"Allora adesso che si fa? Stai qua a sperare, a pregare che si metta in contatto con te, per un anno o che?" gli chiese Slate.

Mustang non fu colpito dall'atteggiamento del suo amico. Slate era sempre quello più impaziente, tra loro. Quando ricevevano delle informazioni su una missione, lui era sempre quello che voleva entrare subito in azione. Gli interessavano i risultati delle ricerche, ma era più un tipo pratico, non certo uno che si metteva seduto a chiacchierare.

"Più o meno," rispose Mustang. "Non so bene che altro fare; non aveva un cellulare, non aveva un'e-mail, quindi non ho informazioni per contattarla."

"Ma chi non ha un'e-mail al giorno d'oggi?" si chiese Midas, mezzo divertito.

"Appunto," disse Aleck. "Quindi Mustang probabilmente ha ragione, quella donna si sta nascondendo da qualcosa, o da qualcuno."

"Dico solo che Tex potrebbe aiutarci," aggiunse Slate.

Mustang sapeva che Slate aveva ragione, aveva già pensato più di una volta di telefonare all'amico, ex SEAL della marina. Tex era un genio dell'informatica. Pid era bravo, ma Tex non aveva pari. Non solo, Tex era un uomo con amicizie molto potenti. Conosceva persone che gestivano squadre al di fuori dell'occhio vigile del governo, uomini che potevano portare a termine missioni pericolose senza doversi preoccupare di coprirsi le spalle... legalmente.

Mustang era infastidito dal fatto che ci fossero ex militari che si riunivano praticamente solo per andare a uccidere qualcuno, ma poi aveva letto la storia di un noto trafficante e sfruttatore in Perù, che era caduto vittima di un'imboscata, così aveva capito. Era stato eliminato da una delle squadre che Mustang di solito disapprovava. Dopo aver letto degli orrori che le vittime di quell'uomo avevano dovuto subire, inclusa la storia di una donna che era stata rapita a Las Vegas e tenuta prigioniera per un decennio, aveva accettato quelle attività.

Girava voce che ci fosse anche una squadra in Indiana che svolgeva le stesse operazioni, bersagliando la peggiore feccia dell'umanità. Mustang sapeva di non essere tagliato per quel tipo di lavoro (preferiva salvare qualcuno, non uccidere), ma aveva capito il valore di quelle persone, disposte a mettere in gioco la propria vita per eliminare quei malvagi dal mondo.

Però non era pronto a telefonare a Tex per interferire con

la vita di Rachel. Non sapeva proprio da cosa lei si nascondesse, ma la morale era che se lei non voleva coinvolgerlo (e ovviamente non voleva, dato che non si era fatta sentire), allora lui non si sarebbe fatto coinvolgere. Non aveva mai dovuto insistere con una donna, in passato, non aveva certo intenzione di cominciare.

Eppure era una situazione seccante, perché lui *sapeva* che si era creato un feeling particolare. Rachel gli piaceva.

"A cosa pensi, laggiù, che sei tutto concentrato?" gli chiese Pid. Erano tutti in piedi, vicino alle loro macchine, nel parcheggio adiacente alla spiaggia, si rilassavano dopo l'allenamento del mattino.

Mustang si accorse che si era fissato a guardare le onde, immerso nei suoi pensieri. Così sospirò. "Nulla di particolare."

"Lo sai che penso?" domandò Midas.

Mustang si approntò ad ascoltare una delle solite pazze idee del suo compagno di squadra. Midas era sempre quello che sembrava farsi venire in mente le attività più eccentriche. Gli piaceva spingersi oltre il limite, amava le botte di adrenalina. Anche per questo era un ottimo SEAL, ma quando non erano in missione, sentiva comunque il bisogno di quel tipo di emozioni forti. Mustang di solito si preoccupava per lui, ma aveva imparato che era più semplice lasciarlo impazzire un po', anche per la stessa salute mentale di Midas.

"Santo cielo, eccoci qua," disse Aleck sospirando.

"Ti prego, non proporre di andare di nuovo in mare a nuotare con gli squali," mormorò Pid.

"O proporre di scalare un vulcano in attività, per prendere dei pezzi di lava," aggiunse Jag.

"No, niente di tutto ciò," spiegò Midas. "Pensavo piuttosto alla pesca in alto mare. Penso che abbiamo tutti bisogno di staccare. Possiamo noleggiare una barca e passare la giornata in mare."

"Già, perché non ne abbiamo abbastanza, di alto mare," scherzò Jag.

Mustang nascose a fatica un sorriso. I suoi compagni lo mettevano sempre di buon umore.

"Oh, andiamo. Sarebbe bello andare per mare non perché dobbiamo, per una missione. Possiamo farci una birretta, ci rilassiamo, magari nel frattempo ci becchiamo un marlin, o un tonno," disse Midas, cercando di convincere tutti gli altri.

"Io ci sto," disse Mustang. Gli sembrava davvero una proposta divertente, non andava a pesca in alto mare da tanto tempo, gli piaceva davvero uscire con i ragazzi della squadra.

"Conosco un tipo," disse Aleck, "sono sicuro che ci porterà fuori. Non voglio una delle solite barchette per turisti, con le guide che non sanno distinguere un pesce da un'alga."

"Non sono poi tutti così male," commentò Midas.

"Lo so, però... questo tipo ha la sua barca, c'è abbastanza spazio per tutti noi, così non dovremo sederci uno in braccio all'altro per tutta l'escursione, e poi soprattutto mi fido di lui. Ha una barca all'avanguardia, non dovremo preoccuparci di finire dispersi in mare, o cazzate del genere," disse Aleck.

"Ottimo. Allora... facciamo questo weekend?" insisté Midas. "Che programmi avete?"

"Beh, c'erano quelle due gemelle..." cominciò a dire Pid, abbassando la voce gradualmente.

Jag gli mollò uno scappellotto sulla nuca. "Magari te le sogni," scherzò.

Pid ridacchiò. "Infatti, ma certo che sono libero. Da quando in qua abbiamo degli impegni privati, ultimamente?"

"Siamo stati troppo impegnati per avere altri impegni, una vita sociale," aggiunse Aleck.

"A me sta bene così," commentò Slate.

"Ottimo. Allora, Mustang, tu ci stai?" chiese Midas.

"Mi sta benissimo," confermò Mustang. Poteva benissimo

andare. Non doveva certo rimanersene seduto a casa ad aspettare la telefonata di Rachel.

Tutti gli uomini della squadra si salutarono ed entrarono nelle rispettive macchine. Avevano circa un'ora e mezza, prima di doversi presentare alla base navale; abbastanza tempo per tornare a casa, farsi una doccia, cambiarsi e superare il traffico per la base.

Nel tornare a casa, preparandosi al lavoro, Mustang non riusciva a pensare ad altro che a Rachel... a quell'ultima conversazione sulla nave. Forse non era stato abbastanza chiaro, non l'aveva convinta che poteva fidarsi di lui?

Forse l'aveva spaventata, quando si era avvicinato per baciarla...

Era stato un istinto, un impulso. Se il cuoco in seconda non fosse entrato proprio al momento giusto (o sbagliato?), avrebbe fatto qualcosa che non aveva mai fatto prima.

Cioè baciare una donna poche ore dopo averla incontrata.

Non era certo un moralista, ma il sesso gratuito, senza un significato più profondo, non lo aveva mai interessato. Mustang aveva trentasei anni, non aveva certo cambiato idea. Preferiva conoscere una donna, prima di entrare in intimità con lei. Eppure si immaginava che il pericolo che avevano attraversato fosse sufficiente per farli sentire molto vicini, sia pure in pochissimo tempo. Rachel gli aveva letteralmente salvato la vita, si era comportata benissimo, in tutto quel dramma. Mustang non poteva far altro che ammirarla. Voleva conoscerla, scoprire quali erano i suoi interessi.

Sospirando, rimase in piedi nella cucina piccola ma funzionale del suo appartamento, fissando l'oceano, fuori dalla finestra. Aveva scelto quell'appartamento, perché riusciva a vedere le onde dell'oceano dalla cucina e dalla camera da letto. Nell'appartamento c'erano solo due camere da letto, quella matrimoniale più una stanzetta che al momento utilizzava come piccola palestra. Però poteva sdraiarsi a letto e vedere da lontano l'oceano, un panorama che valeva davvero il prezzo esorbitante di quell'appartamento.

In fondo, nulla era economico, alle Hawaii. Cibo, alloggi, vestiti... costava tutto un occhio della testa.

Sapendo che doveva darsi una mossa, se voleva arrivare in tempo alla base, Mustang bevve tutto d'un fiato il resto del suo bicchierone di caffè e lo posò nel lavandino. Sperava che Rachel, ovunque fosse, fosse felice e al sicuro. Certo, gli seccava che lei non si fosse fatta sentire, ma a lui non era mai capitato di volere un rapporto con una persona non interessata a lui. Aveva visto fin troppi rapporti nella marina, coppie che non funzionavano. Lui voleva trovare una donna che l'amasse e che lo sostenesse, a cui a sua volta si sarebbe dedicato devotamente con tutto se stesso.

Elodie si rotolò nel letto gemendo. Gli ultimi due mesi erano stati estremamente stressanti, quando era arrivato il momento decisivo e aveva dovuto scegliere se rimanere o meno a bordo dell'*Asaka Express*, aveva scelto in modo molto istintivo ed estemporaneo, sperando di non doversi mai pentire.

Ormai si trovava alle Hawaii da un mese e mezzo... eppure non era minimamente vicina al ritrovare Scott, non più di quanto lo fosse il giorno in cui era arrivata.

Forse era stata una scelta stupida, quella di andare a Honolulu. Ma non sapeva davvero dove altro andare... quindi eccola lì. Ora le possibilità di trovare l'affascinante SEAL della marina che l'aveva salvata erano pari quasi a zero.

Era stata davvero una stolta a perdere il foglietto con il suo numero.

I giorni dopo la partenza dei SEAL erano stati una pura

follia, sull'*Asaka Express*. C'erano state molte riunioni con funzionari della marina e del governo, avevano dovuto tutti ripetere più volte la stessa storia, a vari gruppi di persone. L'azienda proprietaria della nave aveva concesso a tutti un sostanzioso incentivo... Elodie aveva quasi pensato che l'azienda stesse cercando di pagare il loro silenzio, perché non denunciassero le carenze nella sicurezza, che avevano facilitato l'accaduto. Ma lei aveva bisogno di soldi, quindi li aveva accettati senza alcun problema, se non un leggero senso di colpa.

Elodie e Manuel erano stati molto impegnati a ripulire la cambusa e gli altri locali sotto la loro responsabilità, per non parlare dei pasti da preparare, per tutti gli uomini dell'equipaggio e per gli altri, uomini e donne a bordo.

Dopo una giornata molto lunga, in cui la società aveva chiesto a tutti di scegliere entro ventiquattr'ore se rimanere o meno a bordo dell'*Asaka Express*, se andare su un'altra nave o se lasciare il posto, con un sostanzioso trattamento di fine servizio, Elodie aveva pensato seriamente di accettare l'offerta di Scott di andare alle Hawaii.

Sapeva di non poter tornare affatto sulla costa orientale degli Stati Uniti, dove Paul Columbus era troppo potente. Anche se era un capo mafioso solo a New York, conosceva tantissime persone, ed era spietato e senza scrupoli. Aveva contatti dappertutto. I suoi uomini obbedivano sempre ai suoi ordini senza esitare, anche se si trattava di uccidere un'ex impiegata che sapeva troppo e che si era rifiutata di partecipare al suo famigerato piano.

Era scappata dagli Stati Uniti perché non si sentiva più sicura, ma più ci pensava, più l'idea di andare alle Hawaii le piaceva. Milioni di turisti arrivavano a Honolulu, c'era un continuo viavai, sarebbe stato abbastanza semplice nascondersi nella folla. Dato l'alto numero di impieghi nel settore turistico, avrebbe anche potuto lavorare, senza che nessuno avesse da ridire, qualora avesse deciso di cambiare lavoro dopo qualche mese.

Elodie aveva sperato di riuscire un giorno ad abbassare la guardia almeno un po'. Magari avrebbe potuto sposarsi, avere una famiglia, ma non si sarebbe arrischiata, se non dopo che Paul avesse smesso di darle la caccia. Magari, una volta capito che lei non aveva fatto la spia, che non era andata alla polizia per denunciarlo, Paul avrebbe capito che non era intenzionata ad aprir bocca e si sarebbe dimenticato di lei.

Sospirando, Elodie fissava il soffitto stuccato del suo monolocale. Non era un appartamento vero e proprio, era solo una stanza presa in affitto nella casa di una signora anziana. Sul soffitto c'erano i segni lasciati dall'acqua, da qualche parte doveva esserci una perdita, non c'era l'aria condizionata. A lei non dava fastidio, gran parte del tempo, perché di pomeriggio riusciva a sentire in camera la brezza dell'oceano. Però era difficile abituarsi a tutta quell'umidità, ogni cosa sembrava impregnata, quando si leccava le labbra, sentiva sempre il sapore del sale.

Chiudendo gli occhi, Elodie ricordò quel fatidico giorno sull'*Asaka Express*, quando si era accorta di aver perso chissà come il fogliettino con il numero di Scott. Doveva lavare i suoi vestiti, avrebbe giurato che quel foglietto fosse in un altro paio di jeans. Aveva riempito la sua cesta per portarla nei locali della lavanderia, dove normalmente controllava le tasche prima di mettere i vestiti in lavatrice, ma quel giorno andava di fretta. Nella lavanderia, si era imbattuta in Valentino, che ci aveva provato con lei... *di nuovo.*

Solo dopo un po' di tempo, non riuscendo a trovare l'appunto con il numero di telefono di Scott, Elodie aveva capito che probabilmente l'aveva gettato in lavatrice. Ormai era sicuramente distrutto, nella lavatrice. Naturalmente non aveva imparato a memoria il numero. Sapeva che il prefisso era quello di Honolulu, 808, poi c'era uno zero, alcuni tre e un uno, ma nient'altro.

Sapeva che era una decisione stupida, ma scelse comunque di andare alle Hawaii, pur non avendo modo di contattare Scott. Sperava comunque di riuscire a trovarlo, in qualche modo, magari imbattendosi in lui per caso, per la strada. Ma si era rivelato un sogno. Sull'isola c'erano troppe persone. Molti più militari in servizio di quanti se ne aspettasse. Non poteva certo presentarsi alla base navale e cominciare a fare domande in giro.

Così aveva accettato l'offerta della società di trasporti, aveva ricevuto l'importo di fine rapporto, poi aveva cercato il posto più economico in cui alloggiare in affitto. Ma anche quello si era rivelato più costoso di quanto pensasse. Così aveva cercato lavoro, per non finire senzatetto per strada, insieme agli altri innumerevoli uomini e donne che vedeva regolarmente, ogni giorno.

Pur sapendo di poter trovare probabilmente un lavoro in qualche ristorante, Elodie si era trattenuta. Aveva paura soprattutto che Paul trovasse il modo di notare la sua presenza. Se aveva scoperto il suo incarico di cuoca a bordo dell'*Asaka Express*, ovviamente avrebbe capito che cercava lavoro come cuoca anche da un'altra parte. Elodie temeva che Paul avesse tutte le risorse per trovarla, se avesse continuato a lavorare in una cucina.

E poi... Elodie era stanca di fare la cuoca.

Un tempo aveva amato quel lavoro. Le piaceva inventarsi ricette nuove ed entusiasmanti, ma essere sempre in fuga e doversi sempre guardare le spalle avevano fatto svanire la sua passione per la cucina.

Le erano servite due settimane, ma alla fine aveva trovato lavoro presso un'azienda di pesca su commissione. Non era certo un impiego molto difficile o molto impegnativo intellettualmente, il che in realtà le piaceva. I due uomini proprietari della barca erano sposati, sulla quarantina. Erano entrambi molto cordiali, ma senza esagerare. Dopo aver declinato le *avances* di Valentino e aver fatto tutto ciò che poteva per evitare di trovarsi da sola con lui, le sembrava un cambiamento davvero in meglio.

Nei giorni in cui i turisti affittavano la barca, si partiva al mattino presto, verso le sei. Il suo lavoro era accogliere cordialmente gli ospiti, tenere impegnati i bambini, per liberare un po' i genitori, tenere la barca pulita, controllare che tutti firmassero i documenti necessari, servire un pranzo leggero e degli spuntini, oltre a scattare delle fotografie. La sua paga era appena sufficiente per pagare l'affitto e comprarsi da mangiare.

La barca di solito rientrava in porto nel primo pomeriggio, poi lei faceva le pulizie, rimetteva tutto a posto per il giorno dopo, finalmente aveva il resto della giornata per se stessa. Dal momento che Elodie non aveva una macchina, non poteva esplorare molto l'isola, ma aveva imparato alla svelta come funzionava il sistema dei trasporti pubblici e si impegnava a uscire e andare in giro.

Non avrebbe certo potuto incontrare Scott in giro, se si fosse chiusa in camera ogni giorno. Poi aveva capito che, anche se visitava tutte le attrazioni turistiche legate alla base navale, come il porto di Pearl Harbor e il museo Battleship Missouri Memorial, Scott non sarebbe certo comparso dal nulla per prenderla tra le braccia, sopraffatto dalla gioia di vederla.

Elodie non sapeva bene che piani fare per il lungo periodo. Il suo lavoro le piaceva abbastanza, ma non poteva certo lavorare per sempre su una barca da pesca per turisti. Aveva trentacinque anni, era una cuoca affermata, una persona molto rispettabile, che purtroppo scappava da un boss della mafia impazzito, per il quale aveva purtroppo lavorato.

Quando la sveglia sul comodino suonò di nuovo, Elodie la spense con riluttanza e si diresse verso il bagno. Quel giorno non doveva prendere decisioni importanti sul resto della sua vita. Doveva solo andare a sorridere, essere cordiale con i turisti che avevano deciso di affittare la barca, superare un'altra giornata. Magari dopo il lavoro poteva andare alla spiaggia di Ewa Beach. Ne aveva sentito parlare molto bene, di sicuro non sarebbe stata affollata quanto quella di Waikiki. Era andata in quella spiaggia solo una volta e le era bastato: troppe persone, troppi negozi, pochissimo spazio.

Sapeva bene di non aver nulla di cui lamentarsi. Era già scampata alla morte non una, ma due volte: prima quando era riuscita a scappare da New York, sfuggendo alle grinfie della famiglia Columbus, poi quando l'*Asaka Express* era stata assalita dai pirati. Elodie stava cercando di abituarsi a vivere bene anche un'esistenza più tranquilla. Annoiarsi era sempre meglio che farsi ammazzare.

Tuttavia non poteva evitare di chiedersi spesso cosa stesse facendo Scott. Chissà se pensava mai a lei.

Lei pensava a lui quasi tutti i giorni, da quando se ne era andato dalla nave mercantile. Le era sembrato molto sincero, quando le aveva offerto il suo aiuto. Chissà come aveva fatto a capire che Rachel non era il suo vero nome, lei era stata proprio sul punto di confidarsi con lui, ma non avevano avuto abbastanza tempo.

Non intendeva metterlo in pericolo, trasferendosi alle Hawaii, eppure eccola là. Sapeva che era rischioso, ma del resto aveva paura. Non aveva idea di cosa fare, per questo si era trasferita, benché la sua mossa potesse creare dei rischi anche per Scott.

Elodie si sentiva debole, per la paura di Paul, per la sua solitudine. Scott l'aveva fatta sentire al sicuro. Sperava solo che, qualora fosse riuscita a trovarlo, lui volesse ancora aiutarla, perdonandola di averlo trascinato nelle sue beghe.

La sera tardi, nel suo letto, con la brezza dell'oceano che la raggiungeva, Elodie si lasciava prendere dalle sue fantasie, immaginando come potevano andare le cose. Se non fosse stata in fuga, se avesse potuto stare con lui. In un mondo normale, avrebbero legato come su quella nave? Era stato solo il pericolo, a creare l'illusione di un legame speciale?

Elodie aveva avuto delle alte relazioni, in passato. Con uomini gentili e rispettabili. Uomini d'affari che credevano, dato che lei era una cuoca, che non aspettasse altro che di passare notte e giorno a cucinare per loro. Invece Elodie aveva sempre cercato l'avventura... anche se poi ne aveva trovata molta più di quanta ne cercasse, di sicuro.

Sospirando, indossò il costume da bagno e si dette una mossa. Con Scott probabilmente non avrebbe mai funzionato. Lui era... brillante e pieno di vita. un eroe. Lei invece era una scema che scappava. Avrebbe tanto voluto essere coraggiosa, abbastanza da ribellarsi contro Paul. Poteva andare dalla polizia, fare qualcosa, invece non aveva fatto niente, non era stata coraggiosa.

Non era nemmeno un'idiota. Alla fine avrebbe vinto lui. Paul non combatteva ad armi pari, la prova erano le tante persone finite ammazzate prima di poter testimoniare contro la famiglia Columbus. Le aveva ordinato di prendere parte all'uccisione di un uomo, lei si era rifiutata di mettere del veleno in quel piatto, così la sua vita si era trasformata in una fuga.

Anche in quel momento, pur essendo in un paradiso, circondata ogni giorno da tante persone a cui sorrideva, con cui rideva, si sentiva sempre molto sola.

Elodie fece del suo meglio per scrollarsi di dosso quella malinconia, cercando di vedere il lato positivo. Era viva. Abitava alle Hawaii. Aveva un tetto sulla testa e abbastanza da mangiare. Quindi cosa importava, se non aveva amici? Se non aveva un uomo? Era a posto così... proprio a posto.

Mentre si avviava verso la fermata dell'autobus, una lacrima le attraversò la guancia. Ma chi prendeva in giro, se non se stessa? Venire alle Hawaii era stata una pessima idea. Non faceva altro che pensare a Scott sempre di più, continuava a rimpiangere la stupidità che le aveva fatto perdere il suo numero di telefono. Certo, comunque non sapeva se il loro rapporto si sarebbe o meno sviluppato, ma almeno avrebbe avuto un amico. Non si sarebbe sentita così sola al mondo.

"Magari mi trasferisco in Australia," disse Elodie, respirando profondamente e asciugandosi le lacrime sul viso. I turisti non sarebbero stati contenti di vedere sulla barca un'animatrice triste e con gli occhi rossi.

Elodie sapeva di essere stata assunta non solo perché era disponibile a cominciare da subito e perché non aveva fatto una piega, per la paga molto bassa, ma anche perché in costume da bagno faceva la sua figura, molti dei pescatori che noleggiavano la barca erano uomini. Certo, era un trucco un po' discriminante, magari disgustoso, ma... di necessità virtù. Poi le piacevano i due proprietari della barca, Perry e Kahoni. Non permettevano in alcun modo che gli ospiti la facessero sentire a disagio. Uno dei due proprietari partecipava sempre alle escursioni, insieme all'unico altro impiegato, un giovane ventenne del posto, Kai.

Seduta sull'autobus che si dirigeva al porto, Elodie pensò a dove poteva andare in Australia. Magari ad Adelaide. Non era una città enorme, come Sydney o Perth, una volta aveva lavorato con un tizio che veniva da quella città. Ne aveva sempre parlato con grande entusiasmo, raccontandole quanto fossero meravigliosi i ristoranti. Sarebbe stato troppo pericoloso cercare di rintracciare qualcuno con cui aveva lavorato in passato, perché sapeva che Paul avrebbe senz'altro verificato tutte le sue conoscenze e i suoi contatti. Quel mafioso non avrebbe esitato a far del male o uccidere qualcuno, per avere informazioni su di lei, per rintracciarla. Però poteva andare ad Adelaide, trovare un ristorantino fuori mano, preparare la crostata di mele e gli strudel salati tutti i giorni.

Elodie vide il porto da lontano e cominciò a raccogliere le sue cose. Aveva imparato sulla sua pelle che la crema serale non bastava a proteggersi dal sole delle Hawaii. Così si era sprecata e aveva comprato una maglietta a maniche lunghe con protezione incorporata dai raggi UV. Era una maglietta prodotta con un materiale che si asciugava rapidamente quando si bagnava, con quella protezione, a fine giornata non rischiava di sembrare un'aragosta.

Una volta scesa dall'autobus, si incamminò tra le fila di barche attraccate nel porto, fino a raggiungere la *Fish Tales*, la barca di Perry e di Kahoni.

Perry le fece un cenno di saluto mentre saliva a bordo, Kai le fece solo un leggero cenno col mento. Erano entrambi indaffarati, stavano preparando la barca per l'escursione del giorno. Kahoni avrebbe incontrato i clienti nel baracchino sul molo.

"Aloha, Melody, come ti butta?" le chiese Kai, mentre procedeva coi preparativi.

Elodie aveva imparato la lezione, aveva speso buona parte dei soldi ricevuti dopo aver lasciato l'*Asaka Express* per farsi fare dei documenti nuovi, una nuova identità. Le serviva un nome più simile al suo, così sarebbe stato più semplice ricordarsi di rispondere. Melody era molto simile a Elodie, così non doveva sempre starci a pensare, quando lo sentiva.

"Benissimo, sempre meglio. E a te?" gli chiese. Era il loro saluto tradizionale. Quando la salutava, rispondeva sempre nello stesso modo, ogni mattino.

"Ottimo. Pronto a pescare dei marlin anche oggi!" le rispose Kai. Ovviamente rispondeva così ogni giorno.

Era bello avere una routine. Un'abitudine sicura, proprio ciò di cui Elodie aveva bisogno.

Dopo una ventina di minuti, due coppie si diressero alla barca con Kahoni. Sorridevano, sembrava che non vedessero l'ora di andare a pesca.

Come faceva all'inizio di ogni escursione, Elodie recitò una preghiera, sperando che i clienti non fossero troppo sensibili al mal di mare, perché il suo incarico includeva ripulire e gestire le borse per chi stava male; poi accolse con un sorriso i clienti che salivano a bordo. Dopo un conto alla rovescia di otto ore, sarebbe stata libera di vagare per Oahu, nella speranza che si avverasse un qualche miracolo, che le facesse incontrare per caso l'uomo che non riusciva a togliersi dalla testa.

CAPITOLO SETTE

SABATO MATTINA, Mustang si chiedeva cosa diamine stesse succedendo. In uno dei pochi giorni in cui poteva dormire più a lungo, si era già alzato alle prime luci dell'alba per incontrare i suoi amici, persone che vedeva ogni santo giorno, per passare tutta la giornata in una barca, nel bel mezzo dell'oceano... qualcosa che faceva già da un pezzo, nella vita. All'inizio era stato entusiasta di questa gita in barca, ma poi aveva finito per ripensarci.

Midas però sembrava proprio felice all'idea di catturare un marlin enorme, e Mustang non poteva certo negare che gli piaceva l'idea di cazzeggiare chiacchierando di argomenti che non riguardassero la sicurezza nazionale o attacchi terroristici. Quindi si era trascinato fuori dal letto e si era preparato a incontrare Aleck, che doveva andarlo a prendere.

Aleck arrivò alle sette in punto, poi i due si diressero al porto, dove dovevano incontrare il tipo che Aleck conosceva. Quel tipo aveva una barca grande e molto comoda. Quando tutti gli altri della squadra furono arrivati, la gita cominciò.

Era una bella giornata, c'era il sole, la brezza spirava

leggera. Gli amici ridevano, dopo aver bevuto qualche birra, in generale si stavano divertendo.

Pid aveva catturato un marlin enorme, per issarlo a bordo era servito l'aiuto di tutti. L'amico di Aleck, il proprietario della barca, l'avrebbe sfilettato una volta tornati a riva, in modo da darne una parte a ciascuno di loro. Il resto del pesce sarebbe andato a lui, come regalo di ringraziamento per quella bella giornata in mare.

Quando tornarono in porto era primo pomeriggio. Mustang era seduto a prua e si godeva il sole e la brezza sul viso. Molte barche piene di turisti entravano e uscivano dalla zona di ormeggio. Mustang sorrise, vedendo i bambini che lo salutavano tutti contenti dalle barche dirette in alto mare, per un pomeriggio a fare snorkeling, a osservare le balene o a farsi trainare con il paracadute.

Nonostante l'umore riluttante del mattino, aveva bisogno di una giornata come quella. Un giorno di relax totale, senza preoccuparsi di cosa succedeva nel mondo... senza aspettare che il suo telefono squillasse. Quel giorno, lui era solo Scott Webber, un tipo qualunque, non Mustang, il SEAL della marina.

I suoi commilitoni stavano cazzeggiando dietro di lui, Mustang non faceva particolare attenzione a cosa dicessero, quando a un certo punto qualcosa a riva catturò la sua attenzione. Una barca ormeggiata non molto lontano da dove stavano andando anche loro ad attraccare, con due coppie, chiaramente dei turisti, che uscivano dalla cabina per andare a stringere la mano e a ringraziare le guide. La persona più bassa sulla barca catturò la sua attenzione, costringendolo a guardare di nuovo, con più attenzione.

Aveva i capelli scuri, raccolti in una coda di cavallo, indossava una maglietta bianca a maniche lunghe e un paio di bermuda nere. Solo quando la vide sorridere alle coppie di turisti, Mustang capì chi era la persone che stava osservando.

A quel punto si alzò in piedi di scatto e urlò: "Rachel!"

Non la vide voltarsi, si comportava come se non lo avesse sentito.

"Rachel!" Mustang la chiamò di nuovo.

"Ma che cazzo, Mustang?" gli chiese Aleck, raggiungendolo alle spalle.

"È lei!" esclamò Mustang con impazienza.

"Chi?"

"Rachel! La ragazza dell'*Asaka Express*."

"Lo sai che è alquanto improbabile, vero?" gli chiese Pid, portandosi a prua della barca per capire il motivo di quel baccano.

"Lo so, ma è lei. Sono quasi certo che sia lei!" insisté Mustang, che poi si voltò verso il capitano della barca esclamando: "Accosta la barca!"

"Il nostro punto di ormeggio è proprio qua davanti," gli rispose il pilota, indicando con il mento un punto davanti alla barca.

"Merda!" imprecò Mustang, tornando a guardare avanti e allungando il collo per tenere gli occhi fissi su quella donna, era quasi certo che fosse la stessa donna che aveva incontrato un paio di mesi prima, sulla nave mercantile dirottata.

"Dov'è?" gli chiese Midas, giungendo anche lui alla prua della barca.

"Laggiù," rispose Mustang, indicando la barca che ormai avevano già superato. "Sulla *Fish Tales*."

Midas strizzò gli occhi e guardò la donna che camminava a bordo del piccolo peschereccio, insieme ad altri due uomini. "Non lo so, amico mio," commentò dopo un momento.

"Ti dico che è lei," ripeté Mustang.

"Com'è possibile che sia proprio lei?" chiese Jag.

"E anche se *fosse* lei, come mai non ti ha telefonato?" aggiunse Slate.

"Le ho detto che se aveva bisogno di qualcosa poteva

trovarmi qui, le ho detto che ero di stanza alle Hawaii, che l'avrei aiutata," spiegò Mustang ai suoi amici. L'unico che sapeva di quell'offerta di aiuto era Midas. Gli altri sapevano che le aveva dato il numero di telefono, ma non che l'aveva invitata direttamente a venire a Honolulu. "Non so perché non mi abbia telefonato," ammise Mustang.

"Bello, è su un peschereccio a noleggio. Non credo proprio che farebbe tutta questa strada per prendere un lavoro come quello. Non faceva la chef?" chiese Aleck.

"Sì," rispose Mustang, continuando a scrutare lontano, mentre l'altra barca si allontanava, uscendo dalla sua visuale. Sentiva il cuore battergli forte nel petto. Se quella era la sua Rachel, doveva parlare con lei, anche solo per chiederle se andava tutto bene. Doveva scoprire perché si trovava alle Hawaii e perché non lo aveva contattato.

"Cacchio, di solito sono io quello impaziente," scherzò Slate, mentre Mustang fremeva nell'attesa che la barca attraccasse.

Di solito Mustang aiutava ad ormeggiare la barca e a ripulire, ma in quel momento voleva solo arrivare a riva e scoprire se la donna che aveva intravisto era davvero Rachel. Servirono ancora parecchi minuti, ma finalmente il pilota portò la barca abbastanza vicina al molo, così Mustang poté saltare sulla terra ferma, poi scattò di corsa, sapendo che i suoi amici avrebbero recuperato tutte le sue cianfrusaglie.

Poteva vedere in distanza la barca *Fish Tales* ma per un momento andò nel pallone, non vedendo alcun movimento a bordo.

Guardandosi alle spalle, verso il parcheggio, Mustang vide la donna che aveva intravisto in precedenza camminare insieme a un uomo più alto. Così scattò verso di loro e non seppe trattenersi dall'urlare di nuovo.

"Rachel!"

I due non rallentarono e non si guardarono intorno.

"Cazzo," mormorò Mustang, sapendo che probabilmente in quel momento sembrava un pazzo che correva e urlava, ma voleva disperatamente raggiungere quella donna, prima che scomparisse. Se non era Rachel, era una sua sosia.

"Rachel!" cercò ancora di chiamarla.

Finalmente l'uomo si voltò, guardandolo, poi abbassò lo sguardo verso la donna al suo fianco e disse qualcosa. Quando lei si voltò per guardare chi stesse urlando e perché, sembrò colpita nel vederlo correre verso di loro.

"Rachel?" chiese Mustang con tono più normale, avvicinandosi.

Il viso di quella donna era impallidito, lo guardava con gli occhi spalancati... ma ancora non diceva nulla.

Mustang si fermò a qualche metro di distanza squadrandola da capo a piedi. Non aveva idea del perché non dicesse nulla.

"Perché ti chiama Rachel?" le chiese l'uomo al suo fianco.

Mustang lo ignorò. Tutto sommato, sembrava star bene. Indossava un paio di infradito, i pantaloncini lasciavano intravedere gambe in ottima forma. La maglietta bianca prendeva le sue curve, Mustang non poteva negare che gli piacesse ciò che vedeva. Quando erano sull'*Asaka Express*, non era stato in grado di valutare le sue forme, perché erano nel bel mezzo di un'operazione pericolosa, ma anche perché lei indossava una maglietta molto larga e dei pantaloni da lavoro che nascondevano ogni centimetro del suo corpo.

Aveva i capelli neri tirati all'indietro in una coda di cavallo, la punta del suo naso era rosa, ma si vedeva che aveva preso del sole, da quando era arrivata alle Hawaii, perché la pelle era più scura di quanto se la ricordasse, dal loro incontro in Medio Oriente. Lo guardava coi suoi occhi color nocciola, sembrava incredula, le si vedevano mille emozioni turbinare nel profondo.

Ma a parte le differenze rispetto a due mesi prima, quella

era Rachel, la donna che gli aveva salvato la vita su quella nave mercantile.

"Melody? Perché questo tipo ti chiama Rachel?" le chiese di nuovo l'uomo che stava con lei, spostandosi leggermente davanti a lei, come per proteggerla da Mustang.

Mustang si trattenne, aveva voglia di sbuffare... come se quel tipo da spiaggia potesse tenergli testa. Impossibile. Ma lui non intendeva spaventare Rachel... qualunque fosse il nome con cui si faceva chiamare.

"Scott?" sussurrò Rachel.

"Sì, sono io!" le rispose.

A quel punto lei si mosse verso di lui, facendo scostare l'uomo che aveva vicino. Poi gli si gettò praticamente tra le braccia.

Mustang lasciò andare un leggero *oplà* quando lei gli si buttò contro il petto, poi fece un passo indietro per non perdere l'equilibrio. Le mise le braccia intorno al corpo e la strinse a sé, non si era mai sentito così bene.

"Va bene, allora immagino che tu lo *conosca*," disse l'uomo che camminava con lei.

"Sì, lo conosco," rispose Rachel, annuendo.

"Allora va tutto bene? Hai ancora bisogno di un passaggio a casa?" le chiese.

"Posso prendere l'autobus," rispose Rachel, senza nemmeno alzare la testa dal petto di Mustang.

"La porto io a casa," disse Mustang all'altro uomo.

"Mi chiamo Kaikilaonāoneko'olau," rispose l'altro uomo, porgendogli la mano, che poi sorrise allo sguardo costernato di Mustang. "Ma tutti mi chiamano Kai."

Mustang ridacchiò e tolse una mano dalla schiena di Rachel per stringere la mano che Kai gli stava porgendo. "Mustang, meglio noto come Scott."

"Piacere di conoscerti. Melody non ha parlato molto, da quando ha cominciato a lavorare per noi. Fa piacere sapere che ha qualche amico." Poi annuì, fissando un punto alle spalle di Mustang.

Lui si voltò e vide Midas e Aleck sul molo, si stavano avvicinando.

"Ma certo," confermò Mustang.

"Aloha, Melody. Ci vediamo domani."

"Grazie, Kai," rispose lei, finalmente staccandosi da Mustang.

Lui la strinse; non era ancora pronto a lasciarla andare.

Nel momento in cui Kai fu troppo lontano per sentire, Mustang le domandò: "Melody?"

Lei sospirò tra le sue braccia, un sospiro che lui intuì, più che sentire veramente. "Non mi chiamo Rachel."

"Ti chiami Melody?"

Lei scosse leggermente la testa, sempre senza guardarlo in faccia.

Mustang si mosse lentamente, mettendole un dito sotto al mento e facendole sollevare la testa per farsi guardare negli occhi: "Come ti chiami?"

"Elodie Winters."

Mustang ormai non sapeva più cosa prendere per vero, ma immaginò quello fosse davvero il suo nome. Un nome come Elodie non era molto diffuso; volendosi inventare un nome falso, avrebbe attinto a nomi più comuni, almeno così immaginò lui.

"È una scelta furba, scegliere un nome simile a quello vero. Melody, Elodie... sono quasi uguali."

"Ho imparato la lezione. Come hai visto anche poco fa, ma anche quando ci siamo incontrati, quando mi sento chiamare Rachel il più delle volte dimentico di rispondere."

"Eh sì, me ne sono accorto," rispose Mustang sorridendo.

"Ma non puoi chiamarmi Elodie in pubblico," gli disse lei a voce bassa.

"Ho un'infinità di domande da farti, ma immagino che dovranno aspettare," le disse Mustang.

"Non posso credere di averti trovato qui," gli disse Elodie.

"Mi hai rubato le parole di bocca," ribatté Mustang sorridendo.

"Ehi, Rachel, piacere di ritrovarti!" esclamò Midas, avvicinandosi.

"Diamine, Mustang aveva ragione! Sei *proprio* tu!" affermò Aleck meravigliato.

"Ragazzi, vi presento Elodie Winters," disse Mustang tranquillamente. "Elodie, ti ricordi di Midas e di Aleck, vero?"

"Scott... pensavo di averti appena detto..."

Mustang la interruppe. "Sì, è vero, ma questi sono i miei compagni di squadra. Aiuteranno me... te, *noi*... a scoprire e a risolvere il problema."

"Non sono sicura che si possa risolvere," rispose Elodie sottovoce.

"Elodie. Che nome strano," commentò Midas.

"È un nome francese. In Francia lo pronunciano con una O più rotonda, ma i miei genitori mi hanno detto che è come Melody, solo senza la M," spiegò Elodie, che sembrava aver già spiegato il suo nome molte altre volte, in passato.

"Pensavamo tutti che Mustang stesse impazzendo, quando ha detto di averti vista," le spiegò Aleck. "Avremmo dovuto fidarci, in fondo c'è un motivo se è il nostro caposquadra. È molto acuto."

"Siamo contenti che tu sia venuta da queste parti. Non ha fatto altro che controllare il suo cellulare, sembrava un gatto affamato che gira intorno alla ciotola vuota," disse Midas.

"Cosa?" intervenne Aleck, fissando l'amico come se gli stessero crescendo le corna. "Ma che paragone sarebbe?"

"Ma sì, lo sai che i gatti quando hanno fame si strofinano continuamente, poi girano intorno alla ciotola, sembrano dei nevrotici," spiegò Midas.

"Santo cielo, sei proprio uno scemo," concluse Aleck, scuotendo la testa.

Elodie ridacchiò e Mustang sentì il cuore gonfiarsi fino a diventare sempre più grande. Il suono di quella risata era nuovo, non gliel'aveva mai sentito fare, ma lo voleva sentire più spesso. Sembrava felice, spensierata. Il problema da cui stava cercando di scappare, qualunque esso fosse, non le aveva tolto la voglia di sorridere. "Che programmi hai per il resto della giornata?" le chiese Mustang.

Lei lo guardò, sempre sorridendo, ma lui riuscì a vedere un'ombra di malinconia in quegli occhi. Aveva notato la stessa ombra anche sulla nave mercantile, sperava che i suoi problemi magari fossero stati superati, nel frattempo, invece probabilmente non era così, dato che usava ancora un nome falso.

"Ho il resto della giornata libero," gli rispose.

"Io sono venuto con Aleck. Che ne dici se ci accompagna a casa mia, così posso cambiarmi, poi io ti accompagno a casa *tua*, così ti cambi anche tu? Magari possiamo andare insieme a cena da qualche parte, a parlare."

Lei lo fissò a lungo, Mustang si sentì di nuovo un ragazzino in attesa che la ragazza per cui aveva una cotta gli rispondesse se voleva o meno andare alla festa di fine anno con lui.

"Va bene," disse lei, finalmente.

"Ottimo," replicò lui. La riluttanza con cui gli aveva risposto non gli piacque, ma almeno aveva detto di sì.

Quando tutti gli altri della squadra arrivarono al molo, Mustang rifece tutte le presentazioni.

"Lei è Elodie... l'abbiamo conosciuta come Rachel, ma per ora la chiameremo Melody, quando siamo in pubblico."

"Ciao," disse Jag.

"Piacere di rivederti," aggiunse Pid.

Slate la salutò accennando un movimento con il mento.

"Io... e voi ragazzi siete andati davvero a pesca, oggi?" chiese con un po' di esitazione.

"Sì sì," le rispose Pid. "Il lavoro è stato molto intenso, di recente, avevamo bisogno di svagarci un poco."

"Avete preso qualcosa?" chiese Elodie.

"Sì, un marlin bello grosso. Il capitano è amico di Aleck, ci ha sfilettato un pezzo ciascuno, lui si tiene il resto," spiegò Pid.

"Forte," commentò Elodie.

"Ti piace il pesce?" le chiese Mustang.

"Lo odio," gli rispose immediatamente.

Rimasero tutti spiazzati per un momento, poi Slate disse: "Eppure lavori su un peschereccio charter."

"È vero," confermò Elodie con un grande sorriso. "Non potevo permettermi di essere troppo schizzinosa, avevo bisogno di trovare lavoro. Comunque non devo per forza mangiare ciò che i clienti catturano. Non mi dà fastidio stare vicino al pesce, aiuto a issarlo a bordo, cose così, ma non credo arriverò mai a gustare ciò che proviene dall'oceano."

"E sei una chef?" le chiese Pid, facendosi scettico.

"Proprio così," confermò Elodie. "Ma nel manuale del cuoco perfetto non c'è scritto che ti deve piacere tutto ciò che cucini."

"Su questo ha ragione lei," intervenne Mustang sorridendo. Quando gli altri si erano avvicinati, Elodie si era allontanata da lui, ma Mustang le aveva tenuto una mano dietro la schiena. In parte aveva la sensazione che sarebbe sparita di nuovo, se non l'avesse tenuta a portata di mano. Era una sensazione ridicola, ma era tanto sollevato di averla rivista, di essere di nuovo con lei, che non voleva rischiare di andare contro il suo istinto.

Stava ancora scappando da qualcosa, lui doveva scoprire da cosa, doveva scoprire quali erano i demoni che doveva scacciare; fino a quel momento, le sarebbe rimasto il più vicino possibile. C'era sempre il rischio che si spaventasse troppo e che se ne andasse di nuovo, quindi Mustang avrebbe fatto tutto ciò che poteva per evitare quel rischio.

Nonostante il periodo senza sentirsi, i due mesi passati da quando si erano incontrati la prima volta lo facevano sentire più vicino a Elodie. Non aveva alcun senso, ma Mustang aveva ripercorso mentalmente più e più volte tutti i dettagli del loro incontro sull'*Asaka Express*. Ogni volta che ci ripensava, l'impressione che si faceva di lei migliorava, per come si era comportata. Era pazzesco, ma lui era sempre stato propenso a seguire il proprio istinto, e in quel momento il suo istinto gli diceva che Rachel Walters (o Elodie Winters) era una donna che valeva la pena di conoscere.

"Ce ne stiamo qui tutto il giorno a rosolare al sole o ci muoviamo?" brontolò Slate.

Mustang non riuscì a trattenersi e sbuffò, ridendo. Quello era il modo in cui Slate invitava tutti a darsi una mossa. Chiunque stava al suo fianco doveva avere una pazienza infinita.

Mustang prese Elodie per mano, un gesto che gli venne istintivo e naturale quasi quanto respirare, poi si incamminarono insieme verso la macchina di Aleck. Salutarono tutti gli altri e poi Mustang le aprì il portellone posteriore della Jeep gialla di Aleck. Lo avevano preso in giro per aver scelto quel colore, ma Aleck diceva sempre che gli piaceva il giallo, anche perché impediva agli altri di andargli addosso: era impossibile confonderlo, in mezzo al traffico o anche sul ciglio della strada. Probabilmente aveva ragione lui, ma loro continuavano a rompergli le scatole per quel colore così vivace.

Quando Elodie si fu sistemata, Mustang girò intorno alla Jeep e saltò sull'altro sedile, di fianco a lei.

Dopo aver messo le borse nella zona bagagli, Aleck si mise al volante e brontolò: "Perfetto, adesso faccio anche da autista, nient'altro?"

"A casa, Gustavo," scherzò Elodie, che poi arrossì, accorgendosi che per un attimo si era quasi dimenticata dov'era e con chi era.

Mustang si accorse con grande piacere che lei sembrava molto a suo agio, vicino a lui e ai suoi amici, tanto da scherzare con loro. Sembrava un'altra persona. Con più carattere, più rilassata. Lui aveva sempre creduto che le Hawaii facessero bene all'animo, chiaramente per Elodie era stato così. Era ancora stressata, c'erano ancora dei segreti profondi da scoprire, ma gli piaceva questo aspetto di lei. Il sole e la spiaggia le si addicevano più dell'oscurità malsana dei ponti inferiori della nave mercantile in cui si era rintanata.

Mentre Aleck guidava verso l'appartamento di Mustang, lui non riusciva a trattenersi dal guardare ripetutamente Elodie. Per fortuna, l'amico aveva portato avanti la conversazione, perché lui non riusciva a fare altro che squadrare la donna al suo fianco.

Quando arrivarono a casa sua, Mustang non aveva idea di cosa avessero parlato, ma dato che Elodie sembrava rilassata e felice, a lui il resto non importava.

"Mustang? Possiamo parlare un attimo?" gli chiese Aleck.

Mustang non voleva lasciare Elodie da sola nemmeno per un secondo, ma annuì comunque.

"Io ti aspetto laggiù," disse Elodie, indicando l'ombra di un albero vicino all'ingresso del complesso residenziale.

"Va bene. Elodie?"

"Sì?"

"Non preoccuparti."

Lei sbuffò. "Scott, sono piena zeppa di preoccupazioni ormai da mesi. Non mi spaventa certo ciò che vi direte tu e il tuo amico. Mi spaventa di più pensare che uno di voi (*ognuno* di voi) sia coinvolto nei miei problemi e che questo coinvolgimento vi si possa ritorcere contro."

Quelle parole non fecero altro che alimentare altra ammirazione. Tantissimi avrebbero approfittato al volo di poter affidare a una squadra di SEAL della marina la soluzione dei loro problemi, ma non Elodie. Mustang ebbe la sensazione che Elodie avrebbe fatto di tutto per minimizzare ciò che le succedeva, nel tentativo di tenere loro al sicuro.

Che cazzata.

Elodie non gli lasciò il tempo di rispondere, si voltò verso Aleck, lo ringraziò per il passaggio e poi si incamminò verso l'albero ad aspettare.

Appena fu abbastanza lontana da non poter sentire, Aleck si voltò verso Mustang, facendo sparire il suo sorrisetto facile. "Vuoi scoprire che cazzo le succede?" gli chiese.

"Sì." La risposta di Mustang fu tanto immediata quanto decisa.

"Ottimo. Perché mi piace."

Quando Mustang si fece serio, Aleck ridacchiò.

"Non in quel senso. È chiaro a chiunque vi veda che voi due vi piacete. A me piace la sua intraprendenza. Non so perché non ti abbia mai contattato, ma scommetterei che c'è un buon motivo. Scopri tutto ciò che puoi, Pid potrà darti una mano per scovare quel che c'è sotto. Se ci sarà bisogno, contatterà anche Tex."

Mustang alzò le mani. "Aspetta un attimo, vacci piano. Penso che non dovremmo invadere la privacy di Elodie il giorno dopo averla incontrata di nuovo."

"Non lo faremo, ci pensa Pid," replicò Aleck, totalmente serio.

"Dammi un po' di tempo, lascia che le parli," disse Mustang con tono inflessibile.

Aleck sospirò. "Va bene. Ma sai che Slate vorrà avere più informazioni... già da ieri."

"Lo so. Ma credo proprio che sia meglio andarci piano. È spaventata."

"Vero," concordò Aleck. "Anche se fa di tutto per nasconderlo. Va bene, d'accordo. Scopri dov'è stata negli ultimi due mesi, perché non ti ha telefonato, dove vive, se è rimasta in contatto con qualcun altro della nave, o con chiunque altro. Dobbiamo capire quanto è stata brava a nascondere le proprie tracce. Se *sta* scappando, prima o poi dobbiamo aspettarci di avere compagnia."

Mustang era contentissimo di sapere che i suoi amici non avevano problemi ad affrontare la situazione di Elodie. Lui si era preoccupato molto per lei, negli ultimi due mesi; ora che l'avevano trovata, si sarebbero dedicati al cento per cento a risolvere ogni suo problema, qualunque fosse.

"Vedrò cosa posso scoprire," Mustang rispose ad Aleck.

"Ottimo."

"Ma devi darmi un paio di giorni, oggi e domani. Vi racconterò tutto lunedì, agli allenamenti."

"Bella storia," sbottò Aleck. "Dobbiamo aspettare così tanto?"

"Lo sai che parli come Slate, ti sei accorto?" gli rispose Mustang facendo una smorfia.

"Cavolo, è vero. Insomma, se se l'è cavata finora, un altro paio di giorni non faranno certo la differenza," ammise Aleck sospirando.

"Parlane agli altri, ti va?" domandò Mustang.

"Ma certo. Mustang?"

"Sì?"

"La vedo bene, con te."

Mustang sbatté le palpebre, sorpreso. "Per quanto tempo l'hai frequentata, in tutto, venti minuti?"

"Forse, ma sappiamo tutti cos'ha fatto su quel mercantile. Non ha esitato a salvare la vita a te e a Midas. Non è da tutti. Poi è divertente. Mi sembra evidente che anche lei era *contenta* di vederti, almeno quanto tu eri contento di vedere lei. Non capita tutti i giorni, che scatti una scintilla come la vostra. Io ti consiglio di seguire il tuo istinto. Vedi dove ti porta."

"Se poi salta fuori che ha commesso qualche reato, se scopriamo che è una vedova nera, o qualcosa del genere?" domandò Mustang.

Aleck alzò gli occhi al cielo. "Quella donna non è una criminale. Assolutamente impossibile."

Anche Mustang ne era convinto. Altrimenti non l'avrebbe invitata a casa, nel suo appartamento. In genere era piuttosto bravo a farsi un'idea delle persone. Elodie Winter aveva bisogno di qualcuno che la difendesse, ne aveva bisogno più di chiunque altro Mustang avesse mai incontrato. Lei non gli aveva chiesto di assumere il ruolo del paladino per lei, lui lo sapeva bene. Ma il destino di Elodie era segnato dal momento in cui aveva premuto il grilletto del fucile, sull'*Asaka Express*. Salvandogli la vita, si era guadagnata la gratitudine e il rispetto della squadra. Potendola aiutare, in cambio, l'avrebbero fatto.

"Sono d'accordo," concluse Mustang.

"Però senti, se c'è qualcosa di molto grave, chiamami anche prima di lunedì, va bene?"

"Lo farò," promise Mustang. Grazie per aver organizzato la giornata col tuo amico, oggi. Mi sono divertito. Avevo dimenticato quanto mi piace la pesca... quanto mi piace stare in mare aperto senza alcun dovere da compiere."

"Anch'io mi sono divertito. Ci vediamo lunedì."

"Ci sentiamo."

Mustang si diresse verso Elodie, che stava in piedi all'ombra, dando la schiena alla macchina; osservava la striscia di oceano che si vedeva, dietro l'angolo del complesso residenziale.

"Sei pronta?" le chiese, avvicinandosi.

Lei si girò, il timore era evidentemente tornato nei suoi

occhi. Mustang fece un passo indietro, istintivamente, per darle un po' di spazio.

"Non è una buona idea, Scott," disse lei, sottovoce.

Diamine, mentre lui parlava con Aleck, lei aveva avuto il tempo di mettere in discussione le proprie intenzioni, agitandosi per ciò che poteva succedere. Mustang fece lentamente un passo verso di lei e si rilassò, vedendo che almeno non la stava facendo agitare di più, non la stava facendo allontanare. "Perché sei venuta alle Hawaii, El?"

Lei lo fissò senza parlare.

"Personalmente, penso che questa sia l'idea migliore che tu abbia avuto da tantissimo tempo. Non so perché non mi hai contattato subito, appena arrivata, ma sono proprio contento di averti vista, oggi. Magari stai cercando di scaricarmi con grazia, o forse è solo una coincidenza, che tu sia qui. Potresti anche avere marito, otto figli, e sei scappata da loro, non lo so... ma quello che *so* è che non sono riuscito a smettere di pensare a te, negli ultimi due mesi. Quando ti ho vista su quella barca, mi sono dovuto sforzare per non saltare in acqua e raggiungerti a nuoto, per evitare che svanissi nel nulla prima che potessi parlarti."

La vide deglutire a fatica. "Non sono sposata e non ho figli," disse rapidamente.

Non erano certo informazioni esaurienti... ma Elodie gli si avvicinò e gli appoggiò la fronte sul petto, facendogli capire tutto ciò di cui lui aveva bisogno di sapere.

Mettendole un braccio intorno alle spalle, Mustang la tirò più vicina. "Andiamo, puzzo di pesce e devo cambiarmi. Poi ti sistemi anche tu, prendiamo qualcosa da mangiare, così potremo parlare. Ti va?"

"Non dovrei essere qui," gli disse, ma quando lui cominciò a camminare verso l'ingresso dell'edificio, lei non si oppose.

"Però sei qua," rispose Mustang.

Lei annuì e non disse altro.

Andarono verso l'ascensore; anche se non si dicevano nulla, Mustang sentiva che stavano comunque comunicando. Poteva sentire che i muscoli le si stavano sciogliendo, si stava rilassando, mentre gli si appoggiava, ancora più stretta.

Sarebbero serviti pazienza e tempo, per guadagnare la fiducia di quella donna; ma lui ebbe l'impressione che quella fiducia sarebbe stata una delle ricompense più soddisfacenti di tutta la vita.

CAPITOLO OTTO

ELODIE ERA in piedi nella cucina di Scott e guardava fuori dalla finestra sopra il lavandino. Da quel punto riusciva a vedere l'oceano; amava guardare l'oceano. Dalle sue finestre vedeva solo il vialetto asfaltato e a volte il sedere del suo vicino di casa, che se ne andava in giro mezzo nudo. Ma non poteva lamentarsi, era contenta di essere riuscita a trovare un posto alla sua portata.

Sentì il rumore della doccia dalla camera da letto di Scott, con sua grande sorpresa si sentì confortata. Per la prima volta, da tantissimo tempo, non si sentiva più così sola. Però sapeva che avrebbe fatto meglio ad andarsene. Non avrebbe dovuto coinvolgere nei suoi problemi anche Scott e il resto della sua squadra.

Paul la stava ancora cercando? Stava scappando, usando un nome finto, per nulla? Non vedeva persone sospette da mesi. Aveva adottato ogni trucco a cui potesse pensare, per non dare nell'occhio.

Non avrebbe mai dimenticato la rabbia di Paul, quando gli aveva detto che non avrebbe messo del veleno nella zuppa che stava preparando. Avrebbe potuto anche ucciderla seduta stante, immaginò che lo avrebbe anche fatto, non fosse stato per il salone pieno di gente che aspettava la cena a quattro portate che lei stava preparando. Se Paul l'avesse uccisa proprio in quel frangente, l'attenzione sarebbe stata tutta su di lui. Quindi era dovuto tornare dagli ospiti e far finta di nulla.

Elodie era scappata nel momento stesso in cui aveva finito di impiattare i dolci. Sapeva che, rimanendo, probabilmente non avrebbe più rivisto il sorgere del sole.

Ma ormai, dopo tutto quel tempo, dubitava di ogni cosa. E se si fosse mossa in modo troppo impulsivo? Sì, Paul se l'era presa, ma voleva davvero dire che l'avrebbe *uccisa*?

Sospirando, Elodie bevve un altro sorso dell'acqua che Scott le aveva dato una volta entrati nel suo appartamento. A dire il vero, lei si sentiva abbastanza al sicuro, alle Hawaii. Non c'erano collegamenti di alcun tipo con il continente. Era impossibile che Paul scoprisse dov'era. Anche se avesse visto i servizi del telegiornale che parlavano dell'*Asaka Express* girati il giorno in cui il mercantile era entrato a Port Sudan, anche se l'avesse riconosciuta, lei era comunque riuscita ad andarsene senza far capire a nessuno dove stesse andando. Aveva persino mentito all'ufficio del personale, dicendo che stava andando a Parigi per far visita a un'amica.

Allora perché si sentiva ancora così vulnerabile?

"A guardarti, sembra che tutti i pesi del mondo ricadano sulle tue spalle."

Elodie scattò spaventata e si voltò di scatto, vendendo Scott in piedi all'ingresso della cucina. Era appoggiato al muro, con uno sguardo un po' troppo penetrante. Un po' troppo furbo.

"Scusa, non volevo farti prendere paura. Pensavo di aver fatto abbastanza rumore, entrando."

"No, figurati, va bene. Ero sovrappensiero," rispose Elodie.

Lui la scrutò per qualche momento. “Senti, ho un’idea... che ne dici se passiamo il resto della giornata a parlare del più e del meno, nulla di importante? Così possiamo conoscerci senza preoccuparci troppo di come e quando affrontare l’argomento fantasma che aleggia tra noi.”

Elodie fissò Scott. Indossava un paio di bermuda che gli arrivavano al ginocchio. Aveva le gambe abbronzate e aveva i piedi nudi, una visione particolarmente intima. Indossava una maglietta blu marino con scritto Leonard’s Bakery sul davanti. Aveva le braccia muscolose, dalla manica sinistra della maglietta faceva capolino un tatuaggio. Lei si sentì intrigata, si chiese cos’altro non sapesse di lui.

A prima vista, sembrava un po’ in disordine, la barba, i baffi e i muscoli gli davano anche un aspetto un po’ inquietante, ma Elodie lo aveva conosciuto un pochino, a bordo della nave mercantile, abbastanza da non avere paura di lui.

Le piacque l’idea di non sentirsi sotto pressione, di non dover decidere dove, quando o se gli avrebbe raccontato tutto di Paul Columbus. Per una volta, anche se solo per un po’ di tempo, voleva far finta di essere una donna normale.

“A cosa stai pensando?” le chiese Scott, dato che lei non rispondeva.

“Che mi piace la tua idea,” gli rispose Elodie.

“Anche a me,” ammise Scott. “Cioè, io voglio aiutarti, se me lo permetterai, ma voglio anche conoscerti senza darti l’impressione che voglio solo estorcerti delle informazioni. Ma non dubitare, *voglio* sapere cosa ti sta succedendo, perché usi nomi falsi, ma per un po’ posso mettere da parte la mia curiosità. Sono proprio felicissimo che tu sia qui.”

“Ho perso il tuo numero,” sbottò Elodie.

Scott sbatté le palpebre. “Cosa?”

“Ho perso il bigliettino su cui hai scritto il tuo numero. Ricordavo a memoria solo il prefisso e qualche cifra. Volevo contattarti, ma non potevo. Allora ho deciso di venire qui, per scoprire se potevo trovarti. Una scelta totalmente da scema, me ne sono accorta praticamente subito, appena ho messo piede fuori dall'aeroporto. Ma ho deciso di rimanere comunque, sperando con tutto il cuore di trovare qualcuno che lavorasse nella tua stessa base della marina e che ti conoscesse."

Scott si staccò dal muro e le si avvicinò. Elodie continuò a fissarlo negli occhi e spostò la testa all'indietro, man mano che lui si avvicinava. Scott si fermò proprio di fronte a lei e le prese di mano la bottiglia d'acqua, mettendola sul mobile della cucina, vicino a lei. Poi aprì le braccia.

Elodie non esitò. Con lui si sentiva molto a suo agio. Altrimenti non sarebbe mai andata alle Hawaii. Appoggiò la testa sulla sua spalla e si sentì abbracciata. Anche lei gli portò lentamente le braccia intorno al corpo, rimasero così per un po' di tempo.

Scott profumava di sapone e... di uomo. Elodie non capiva bene il perché, ma la sua presenza la confortava. Non si era mai sentita così, in tutta la vita. Al sicuro. Le sembrava di poter essere chi voleva, di poter fare ciò che voleva, senza che nessuno osasse ostacolarla.

Era un pensiero anche strano, scomodo, solo perché sapeva bene che avrebbe dovuto sentirsi così anche per conto suo, non solo perché c'era un uomo al suo fianco. Si era fatta in quattro per dimostrare di essere una donna forte e indipendente. Ma ormai era quasi al lumicino. All'esterno sembrava una persona a posto, sicura di sé, ma nel profondo aveva una paura folle.

Voleva sperare che Paul avesse lasciato perdere, soddisfatto di averla fatta fuggire da New York City, ma aveva la sensazione che il capo assetato di sangue della famiglia Columbus non avrebbe mai rinunciato alla vendetta, non avrebbe mai smesso di cercarla, per fargliela pagare, perché lei gli aveva detto di no... per quanto sembrasse pazzesco a qualunque persona di buon senso.

"Pensi un po' troppo," le disse Scott; lei sentì il suo petto tremare ad ogni parola.

Elodie lo guardò.

"Hai fame?"

Elodie fece spallucce. "Un pochino."

"Ottimo. Sei mai stata da Helena?"

"Da chi?"

Scott ridacchiò. "Helena's Hawaiian Food. È un ristorante, uno dei migliori. Si può mangiare anche dentro, ma è sempre pieno zeppo. È specializzato in cucina tradizionale hawaiana. Pensavo che magari potremmo prenderci qualcosa da mangiare mentre torniamo da questa parte dell'isola, al Barbers Point Beach Park. Ora che ci arriviamo, moltissimi turisti staranno già tornando da dove sono venuti, sai che di solito si affollano sempre su questo lato dell'isola. Il parco è un luogo pubblico, ma non sarà troppo affollato."

"Mi sembra un'ottima idea. Non sono ancora riuscita a vedere molto l'isola," rispose Elodie.

"Non hai ancora avuto il tempo di andare in giro a vedere l'isola?"

"Non è che non abbia avuto il tempo. Non ho una macchina e mi muovo coi mezzi pubblici. Non conosco dei bei posti da visitare. Sono andata una volta a Waikiki, ma c'era troppa gente in giro per i miei gusti."

"Eh sì, Waikiki non è male, ma se cerchi delle spiagge incontaminate e non troppo affollate, non è quello il posto migliore. Se vuoi, sarò più che felice di mostrarti alcuni dei miei posti preferiti, dove vado a passeggiare. Un giorno potremmo andare alla North Shore, la spiaggia a nord, se ti interessa."

Elodie stava per accettare all'istante, ma cercò di trattenere l'entusiasmo. Prima doveva raccontargli per chi aveva lavorato, doveva svelargli tutta la storia, il motivo per cui usava nomi diversi, poi magari lui avrebbe cambiato idea, sull'uscire insieme.

Dopo aver preso un bel respiro profondo, Elodie arretrò; Scott lasciò cadere subito le braccia, lasciandole tutto lo spazio di cui aveva bisogno. Lei sentì lo stomaco brontolare proprio in quel momento.

Lui sorrise. "Va bene, questo è il segnale che è ora di muovere il culo. Fammi prendere delle scarpe così possiamo andare. Facciamo una fermata da te, poi andiamo in città, prendiamo la pappa e poi andiamo in spiaggia. Ti piace il piano?"

"Ottimo. Scott?"

"Sì, El?"

Le fece piacere sentirsi chiamare con il suo vero nome, per quanto abbreviato. Era passato tanto tempo, da quando aveva smesso di essere Elodie, solo in quel momento capì quanto le fosse mancato. "Grazie." Non sapeva bene per cosa lo stesse ringraziando. Perché si poteva fidare di lui? Perché sembrava entusiasta di vederla? Perché le stava offrendo una giornata normale, invece di farle subito mille domande per scoprire ogni suo segreto? O forse solo perché stava rendendo tutto molto più semplice.

Lui allungò le braccia come a volerla abbracciare, ma poi si fermò a metà strada e si rimise la mani ai fianchi. "Prego, non c'è di che." Poi si voltò e si diresse verso il salottino del suo appartamento.

Elodie attese appena dentro la cucina; vedendolo tornare fu costretta a sorridere: non si era messo delle scarpe da ginnastica, indossava dei semplici infradito. Lei cercò di nascondere il sorriso, ma evidentemente non ci riuscì, dato che lui le chiese: "Cosa c'è?"

"È solo che... non ti facevo un tipo da infradito."

Scott rise insieme a lei. "Non lo ero, prima di trasferirmi

da queste parti. Portavo sempre degli stivaletti, sai, per essere sempre pronto a tutto. Ma qua fa caldo. Porto sempre gli stivaletti da combattimento quando sono al lavoro, le scarpe da ginnastica quando faccio allenamento. Ogni tanto fa bene lasciare respirare i piedi. Comunque, sappilo, queste sono infradito hawaiane super-autentiche, sono comodissime."

Elodie si guardò i piedi, poi ne tirò su uno. "Queste sono infradito super-autentiche del negozietto all'angolo, fanno schifo, ma mi piacciono lo stesso."

Scott rise. "Va beh, anche i negozietti sono molto comodi, sull'isola, ci trovi tutto ciò che cerca ogni turista, ma devo portarti nel negozio dove faccio acquisti io, così potrai sentire la differenza tra quegli aggeggi di plastica che indossi e i prodotti di qualità."

Elodie ci sarebbe andata anche subito, ma doveva spendere i suoi soldi in modo molto oculato. In fondo non aveva risorse all'infinito. Purtroppo non sapeva se e quando, a un certo punto, avrebbe dovuto fare le valigie e scappare di nuovo. Poteva dover scappare, al primo segnale che Paul l'aveva rintracciata.

"Ecco che parte di nuovo," mormorò Scott, che poi le prese la mano e gliela strinse, tirandola verso la porta. "Basta pensare," le ordinò. "Oggi si pensa solo a mangiar bene e a conoscere un vecchio amico."

Stava solo esagerando un po' la loro conoscenza, ma Elodie apprezzò comunque il pensiero. In fondo, a lei *Scott* sembrava quasi un vecchio amico. Anche se si conoscevano da pochissimo tempo, erano usciti da una situazione molto intensa, quindi si sentiva legata a lui più di quanto si sarebbe sentita vicina a un qualunque conoscente di passaggio.

Era un po' in imbarazzo, a far sapere a Scott dove viveva, ma se ne fece una ragione. In fondo non c'era niente di male. Certo, lei non aveva la vista sull'oceano, aveva un monolocale, una camera in affitto nella casa di una signora anziana, ma era esattamente ciò che cercava, quando era arrivata sull'isola.

Scott le aprì la portiera e l'aiutò a salire sul lato passeggero del suo vecchio pick-up ammaccato, poi girò intorno al veicolo per mettersi al volante. Per fare un po' di conversazione, Elodie disse: "La tua... macchina è... carina."

Lui sbuffò. "È una vecchia carcassa, ma il motore è perfetto e non ho alcuna paura che si possa guastare. L'ho comprata da un tale che ho incontrato tramite un ex SEAL che vive alla North Shore. Quel tipo ha costruito il motore dal nulla, funziona alla perfezione. E poi non mi devo preoccupare che qualcuno cerchi di rubarmela... nessuno sano di mente darebbe una seconda occhiata a questo coso."

Quando il motore si fu avviato, Elodie dovette concordare che sembrava funzionare molto bene, a giudicare dal suono che faceva. Non che lei si intendesse di auto, o di motori. Poteva preparare un risotto ai quattro formaggi con gamberi arrosto da guida Michelin, ma non aveva la minima idea di dove cominciare, per cambiare una gomma. Forse era un bene, che non avesse una macchina.

"Perché voi ragazzi parlate sempre della macchina come se fosse una donna?" chiese a Scott, che faceva manovra per uscire dal parcheggio e andare verso casa sua.

"Immagino perché la macchina è piuttosto importante, per noi uomini. Ogni macchina ha un carattere, noi ci passiamo molto tempo. Mi piace coccolare la mia auto, farla andare al meglio delle sue possibilità, quindi la tratto come se fosse mia moglie... anche se adesso, spiegandolo, riconosco che sembra ridicolo."

Elodie inarcò un sopracciglio. "Io direi che parlare sempre di un veicolo come se fosse una donna promuove lo stereotipo a cui noi donne siamo sempre soggette, cioè siamo sempre viste come oggetti. un effetto inconscio, magari non è qualcosa a cui ogni uomo pensa, ma non fa altro che riaffermare questa visione della donna oggetto che alla lunga è solo dannosa."

Scott rimase in silenzio a lungo, dopo aver ascoltato quelle parole.

Elodie arricciò il naso e si schiaffeggiò mentalmente: cavolo, fare discorsi così aulici a Scott non era il modo in cui voleva cominciare a conoscerlo meglio.

"Hai ragione," rispose lui. "Io senz'altro non considero le donne come oggetti di proprietà, e posso capire perché, alla lunga, è un atteggiamento dannoso."

Elodie lo fissò, non sapeva bene cosa rispondere.

"Che c'è?" le chiese Scott.

"È solo che... io non sono una femminista sfegatata, ma ho subito anch'io la mia quota di discriminazioni, nel mio settore. Fin troppo spesso ci si aspetta che una donna possa fare l'assistente, e non essere la responsabile di una cucina. Ho dovuto farmi largo a fatica, per far valere la mia opinione sullo staff a maggioranza maschile, è irritante da morire. Non volevo avviare un discorso filosofico, niente del genere. Tu puoi chiamare la tua macchina come ti pare."

"Tu come la chiameresti, questa bestia?" le chiese Scott, niente affatto turbato.

Elodie rifletté un poco su quella domanda, le piaceva non essere messa sotto pressione; lui non le faceva fretta per farla parlare per forza, preferiva il silenzio a conversazioni insignificanti.

"Ben," disse lei, dopo un paio di minuti.

Scott scoppiò a ridere. "Ben?"

"Sì. Ben è un nome perfetto per qualcuno che non ha un aspetto particolarmente speciale. Un tipo che si confonde facilmente nella folla, uno che non si nota. Ma sotto sotto potrebbe essere un genio della scienza. Ci sono molti esempi: Benjamin Franklin, Benny Hill, Benjamin Harrison... e poi quando ero piccola avevo un vicino di nome Ben. A guardarlo, sembrava un nerd, il tipico secchione, magari lo era davvero, infatti era anche nella squadra di scacchi, che poi è uno stereotipo pazzesco, specialmente dopo la filippica che ti ho fatto sul non trattare le persone come oggetti."

"Comunque, era anche una delle persone più generose che abbia mai conosciuto. Organizzava spesso eventi per raccogliere fondi in beneficenza, per chi ne aveva bisogno, per buoni pasto ai meno abbienti, cose così. Era uno che piaceva a tutti. Piaceva agli sportivi, agli intelligentoni, perfino agli amanti del teatro. Quindi penso che Ben sia il nome perfetto per la tua macchina. Fuori sembra un po' scalcagnata, ma sotto al cofano c'è il cuore di un gentiluomo perfetto, che ti porterà ovunque avrai bisogno di andare."

Scott non replicò subito, così Elodie cominciò a sentirsi in imbarazzo. Merda, ecco, si comportava ancora in modo strano.

Ma poi Scott si voltò verso di lei con un enorme sorriso in volto. "Ben. Mi piace."

Così lei sospirò sollevata. "Oh, scusa! Devi svoltare alla prossima," gli disse, indicando una stradina sulla sinistra. Poi gli spiegò come orientarsi nei vicoli stretti che serpeggiavano tra gli edifici più recenti della zona vecchia del quartiere. Le case erano molto vicine tra loro, erano anche molto piccole, ma in fondo l'avevano accolta tutti molto bene. Alcuni vicini la provocavano chiamandola Haole. Elodie aveva appreso che un *haole* era una persona non nata alle Hawaii. Spesso era usato come termine negativo, ma ogni volta che la chiamavano così le sorridevano sempre (le sorridevano molto anche quando le portavano da mangiare dei piatti speciali tradizionali hawaiani), quindi lei non si offendeva. Era l'unica persona straniera del quartiere, in fondo era normale che si distinguesse.

In un certo senso, così si sentiva anche più al sicuro. Se Paul o i suoi scagnozzi l'avessero scovata e si fossero infiltrati nel quartiere, appostandosi per rapirla, i vicini se ne sarebbero senz'altro accorti.

Scott parcheggiò davanti alla casa in cui viveva Elodie, che disse: "Non ci metto molto. Dico a Kalani che sei mio amico, così non si preoccupa."

"Fai con calma, El. Io ti aspetto qua."

"Va bene. Ti inviterei a salire, ma..."

"Non preoccuparti," rispose Scott interrompendola.

Ma Elodie voleva comunque spiegargli. "Sai, ho solo una stanza. Sì, c'è il bagno, ma la stanza è molto in disordine. Cavolo, penso che ci sia quasi più posto nella tua macchina che nella mia camera."

"Ho detto che non c'è problema," ripeté Scott tranquillamente. "Non ti devi difendere, spiegandomi dove vivi."

A lei sembrava di doversi spiegare, ma poi lasciò perdere. "Va bene, torno subito."

"Niente fretta. Ti fidi se ordino qualcosa da mangiare anche per te? Posso telefonare a Helena's per ordinare, così quando arriviamo sarà già pronto da mangiare."

"Sì. Però ricordati che non mangio pesce."

"Me lo ricordo. Prendo un misto di varie specialità, quindi anche se c'è qualcosa che non ti piace, non morirai di fame."

"Grazie." Elodie avrebbe potuto aggiungere che, al di là del pesce, non aveva gusti difficili su ciò che le piaceva mangiare. Anche lei aveva mangiato la sua buona razione di schifezze, nella vita; inoltre, sarebbe stato difficile per uno chef essere schizzinoso sul cibo. Ma le interessava scoprire cosa avrebbe scelto lui, cosa pensava potesse piacerle.

Così uscì dalla macchina e si affrettò alla porta laterale, per andare in camera sua. Si fermò per bussare alla porta che dava sull'atrio comune della casa. Disse a Kalani di Scott, spiegandole che era un militare della base vicina e che l'accompagnava. Poi andò alla svelta in camera sua per farsi una doccia e per cambiarsi.

Una quindicina di minuti più tardi, Elodie era pronta. Aveva i capelli ancora bagnati, ma si sarebbero asciugati rapidamente con l'aria calda del pomeriggio. Si sentiva piena di energie, era entusiasta. L'idea di Scott, di non parlare quel giorno di argomenti profondi e impegnativi, aveva fatto molta differenza. Non vedeva l'ora di conoscerlo meglio, come uomo, non come qualcuno che voleva "salvarla".

Si era messa un prendisole a fiori che aveva comprato in uno dei negozietti economici del centro. Era fatto con del cotone molto economico, l'aveva pagato una quindicina di dollari, ma la faceva sentire bella.

Anche se non aveva alcuna illusione sul perché voleva sentirsi bella.

Scott Webber era un uomo bellissimo, lei non poteva certo negare una certa attrazione verso di lui. Se n'era accorta fin dal primo momento in cui si erano sentiti... ancora prima di vedersi. Non l'aveva trattata da incapace. Si era fidato di lei, consentendole di seguire lui e Midas, poi non aveva esitato a mostrarsi grato, dopo che lei gli aveva salvato la vita.

Sì, poteva ben dire di essere attratta da quel SEAL della marina, ed era stata più che lusingata, vedendolo correre verso di lei, quel mattino. L'espressione di sollievo e di eccitazione nei suoi occhi, quando aveva capito che era lei, le facevano venire ancora la pelle d'oca. Nessuno era mai stato tanto contento di vederla, almeno, che lei sapesse.

Per la milionesima volta, Elodie si sentì mortificata, per aver perso il suo numero di telefono. Avrebbe dovuto impararlo a memoria nel momento stesso in cui lo aveva letto, su quel bigliettino.

Elodie uscì per raggiungere la macchina e notò Scott che scrutava il suo cellulare. Pensò che anche lei avrebbe dovuto prendersi un cellulare, ma non ne aveva sentito davvero il bisogno. In camera aveva un telefono fisso, Kalani le metteva a disposizione anche il suo telefono. Se doveva mettersi in contatto con Perry o con Kahoni, poteva sempre farlo; loro sapevano che lei non aveva un cellulare, quindi la chiamavano al mattino o la sera, se avevano bisogno di sentirla.

Scott alzò lo sguardo poco prima che lei afferrasse la maniglia della portiera. Elodie si aprì la portiera e salì in macchina, poi si sistemò sul sedile, senza che Scott dicesse nulla. Chiedendosi se c'era qualcosa che non andava, Elodie si voltò verso di lui: "Cosa c'è?"

"Solo che... stai molto bene. Sei bella. Mi piace come ti dona quel colore."

Elodie sentì che stava arrossendo. Quel vestito aveva un colore deciso, viola scuro con dei grandi fiori, con dei petali rosa sparsi qua e là. "Grazie."

Rimasero a fissarsi per un lungo momento... poi Scott la fece agitare avvicinandosi lentamente.

Elodie sentì come una stretta allo stomaco, ma non poteva certo negare di volerlo... di volere lui.

Scott la toccò con la mano sotto al mento, sollevandolo, per farle orientare il viso direttamente verso di lui, verso la sua bocca. Elodie si sentì un po' pazza, a lasciarsi baciare così presto.

Ma quando le loro labbra si toccarono, non riuscì più a pensare ad altro che a lui.

La sua barba era morbida, affatto ispida, la sensazione di quei peli sulla pelle era nuova, per lei. Il bacio cominciò incerto, le labbra si sfiorarono appena, come per tastare il terreno, per assicurarsi che lei fosse sicura di ciò che stava facendo.

Elodie gli mise la mano dietro la nuca e la strinse leggermente.

Scott reagì come se quello fosse proprio il segnale che stava aspettando. Inclinò la testa per trovare un'angolazione migliore, poi le passò la lingua sulle labbra, cercando di entrarle in bocca. Lei si aprì per accoglierlo, chiudendo gli occhi e inalando quel suo profumo unico.

Lei sentì i capezzoli indurirsi sotto il reggiseno sottile, il cuore le accelerò, finalmente poteva assaporare l'uomo che non era riuscita a togliersi dalla testa per mesi. Aveva un leggero gusto di menta piperita, si era lavato i denti poco prima. Le loro lingue duellarono scherzosamente nel bacio, poi lui arretrò, lei lo inseguì, in un amorevole gioco, avanti e indietro.

Fu lui a terminare il bacio arretrando. Aveva ancora la mano sotto il mento di Elodie, con il pollice che le accarezzava leggermente la guancia. "Pensi che dovrei scusarmi per questo?" le chiese, con voce roca.

"Solo se ti dispiace," gli rispose lei.

"Allora no, non mi dispiace affatto," replicò lui. "Sono mesi che aspetto questo momento. Mi dispiace solo non esserci arrivato quando eravamo sulla nave."

Elodie sentì qualcosa nel cuore che si metteva a posto. Anche lei aveva avuto la stessa fantasia, ma poi aveva pensato che in quel frangente lui era in servizio e che non sarebbe stato giusto chiedergli un bacio quando era in modalità SEAL.

"Sei entrata nella mia vita," ammise lui. "Sono mesi che continuo a controllare il cellulare, nella speranza di avere tue notizie."

"Mi dispiace," gli rispose lei. "Volevo mettermi in contatto. Poi ho pensato che, con un po' di fortuna potevo incontrarti, venendo qui. Un giorno sono anche andata a Pearl Harbor perché sapevo che era dalle parti della base, ma poi ho capito che non era il posto giusto."

"Sì, è un luogo turistico. I nostri uffici sono da tutt'altra parte. Oggi, quando ti ho vista su quella barca, non mi sembrava vero. Che probabilità ci sono che avvenga per caso?"

"Praticamente nessuna," rispose Elodie sottovoce.

"Esatto. Voglio sapere tutto su di te, Elodie. Cosa ti piace, cosa non ti piace. Da dove vieni, la tua famiglia, come sei arrivata a fare il tuo lavoro... a fare la chef, non a lavorare su un peschereccio a noleggio... dove sei cresciuta, come hai trovato lavoro sull'*Asaka Express*, cos'è successo dopo che me ne sono andato... tutto."

"Idem," rispose lei, fissandolo negli occhi. Era tutto troppo veloce, ma non c'era nulla di male. Con Scott sentiva un legame che non aveva mai sentito prima. Era come se fossero destinati a stare insieme.

Elodie sapeva che si stava esponendo al rischio di una delusione di cuore. Una passione così intensa non poteva durare... ma non riusciva a convincersi a rallentare. Non *voleva* rallentare. Voleva vivere la passione che di solito leggeva solo sui libri o vedeva nei film. Magari la fiamma si sarebbe spenta, dopo aver scoperto che erano diversi, ma voleva tanto provare emozioni differenti dalla paura e dal sospetto, almeno per un po'. Amicizia e lussuria erano perfette.

Chissà, con un po' di fortuna, magari anche amore.

"Dietro i tuoi occhi c'è una gran confusione," disse Scott a bassa voce. "Non vedo l'ora di scoprire cosa di stuzzica di più. Tanto per la cronaca, non è normale, per me, trovarmi in questa situazione. Di solito preferisco andarci coi piedi di piombo, uscire con una donna varie volte prima di passare al primo bacio. Ho sempre pensato che andare a letto insieme dopo meno di sei mesi sia troppo presto, ma in questo momento riesco solo a pensare a ciò che indossi (o non indossi) sotto quel vestito. Lo so che è un pensiero nudo e crudo, mi sento un bruto anche solo ad ammetterlo. Ma in te c'è qualcosa che mi fa comportare come normalmente non farei."

Elodie sentì il viso arrossire e strinse forte le gambe. Santo Dio, quell'uomo era veramente un killer. Ma doveva ammettere che le piaceva sapere che anche lui era spiazzato tanto quanto lei.

Elodie portò gli occhi alle labbra di Scott, poi li rialzò rapidamente, tornando a guardarlo negli occhi.

Lui sorrise. "Sì, nel momento stesso in cui ho visto il vestito che indossi, mi è venuto duro. Sembra che il mio lui abbia un cervello tutto suo, ma niente paura, con me sei al sicuro. Te lo giuro."

"Lo so," rispose Elodie. Era vero, sapeva che quell'uomo non le avrebbe mai fatto del male, non avrebbe cercato di prenderle tutto, anche ciò che non era disposta a dargli. Ci volle tutta la sua forza di volontà per non invitarlo a tornare indietro e portarlo in camera sua all'istante.

Lo stomaco le diceva altro, però. Brontolò di nuovo, sonoramente, con insistenza.

Scott ridacchiò. "Sì, va bene, hai bisogno di mangiare." Le accarezzò la guancia col pollice un'ultima volta, si abbassò verso di lei per un rapido bacio a stampo e poi tornò a sistemarsi sul sedile. "Allaccia la cintura di sicurezza, El, decolliamo per la città, intanto ti faccio fare un rapido giretto turistico. Non sono un esperto della storia di questa zona, ma ti dirò ciò che so."

Elodie si preparò e si accomodò tutta contenta sul sedile vicino a Scott, che nel frattempo avviò la macchina e si diresse verso Helena's. A un certo punto, lui allungò una mano e prese quella di lei; le loro dita rimasero intrecciate sulla coscia di Scott per il resto del viaggio. Videro alcuni punti caratteristici, lui le spiegò che il traffico in quel momento non era poi così male, ma che da lì a un'ora e mezza sarebbe stato un disastro in cui non era possibile muoversi.

Per Elodie era difficile credere di essere davvero con Scott, che le stringeva la mano. O era lei a stringere quella di lui? Non importava. Era felicissima di essere con lui, non le importava nemmeno cosa stessero facendo. Era arrivata a

Oahu nella speranza di imbattersi nell'uomo che non riusciva a togliersi dalla mente, quel miracolo si era appena avverato.

Elodie non ricordava di essere mai stata tanto felice come in quel momento. Si aggrappò a quella emozione, pregando con tutta se stessa che Paul Columbus avesse smesso di cercarla, per poter vivere liberamente, senza più alcuna preoccupazione.

CAPITOLO NOVE

MUSTANG GUARDÒ ELODIE E SORRISE. Le aveva ordinato del maiale *kailua* e delle costine *pipikaula* col riso invece del *poi*, sulla strada per Barbers Point non aveva resistito e si era fermato per prendere delle *malasada* come dessert. Era servito più tempo del previsto, gli dispiaceva fare aspettare Elodie, che era chiaramente affamata e voleva mangiare.

Avevano trovato un bel posticino vicino alla spiaggia, lontano dai turisti ancora presenti, gli era piaciuto il modo in cui lei si era tuffata direttamente sul cibo. Si erano messi seduti vicini su una parete di roccia vulcanica, guardando le onde infrangersi sulla spiaggia, mentre erano concentrati su ciò che mangiavano.

Mentre Mustang mangiava, non faceva altro che rivedere mentalmente il bacio che si erano dati. Non l'aveva previsto, ma nel secondo stesso in cui l'aveva vista avvicinarsi alla macchina in quel vestitino carinissimo con stampa hawaiana, si era perso. Si era sentito attratto da lei quando l'aveva vista in scarponcini e pantaloni da lavoro, sulla nave mercantile, l'interesse era cresciuto vedendola sul ponte della barca, ma con i capelli bagnati, che indicavano chiaramente che era appena uscita dalla doccia, in quell'abitino delizioso, non era più riuscito a controllarsi.

Mustang fu contento di aver suggerito una giornata senza pensieri, senza discorsi seri, solo per conoscersi. Sperava di ricordare quel momento per sempre. Elodie sembrava rilassata, come se non avesse alcuna preoccupazione al mondo. Avrebbe sempre voluto vederla così. Odiava vederla stressata, gli sembrava di averla vista sotto stress in ogni momento, da quando si erano conosciuti... fino a quel giorno. Fino a quel momento in macchina, a quel momento sulla spiaggia.

Mustang ricordò le dita di Elodie che gli si affondavano nel collo, dietro la nuca, mentre si baciavano. Quella sensazione si era scolpita nella sua memoria.

La voleva. Non voleva andarci piano. Desiderava quasi disperatamente averla sotto di sé, ma anche sopra, in qualunque posizione.

Non era da lui. Di solito lui ci andava piano, come le aveva spiegato. Gli piaceva essere prudente, con le donne, preferiva conoscerle meglio. Ma quello era proprio il punto... gli sembrava di conoscere già Elodie. Certo, non conosceva tutti i dettagli, ma conosceva *lei*. Sapeva chi era, nel profondo, l'aveva capito forte e chiaro sull'*Asaka Express*.

"Mare o montagna?" gli chiese.

Quel gioco stava andando avanti da una ventina di minuti. Si chiedevano a vicenda cosa preferissero tra due scelte opposte, poi se uno dei due voleva delle spiegazioni, ne discutevano.

"Sul serio?" scherzò lui.

"Sì."

"Mare. Sono un SEAL, ho bisogno dell'acqua."

"Mi sembra giusto," commentò Elodie semplicemente. Le era rimasto dello zucchero sulla guancia dalla *malasada*, lui si avvicinò e glielo tolse col pollice per poi mostrarglielo.

Lei arricciò il naso in modo adorabile, poi gli disse: "Tocca a te."

Per un attimo, Mustang pensò di avere anche lui dello zucchero in faccia, anche se con la sua barba sarebbe stato difficile vederlo, ma poi capì ciò che intendeva veramente, toccava a lui farle una domanda. "Vediamo... parapendio o parasailing?"

"Parapendio," rispose Elodie senza esitare.

"Wow. Hai risposto d'istinto, hai mai provato?"

"No. Ma... e immagino questo sia un punto che potrebbe far incrinare la nostra amicizia... non sono molto appassionata dell'oceano," disse Elodie.

Mustang la fissò confuso. "Come? Non capisco."

"Cosa non capisci? Sabbia, sale, squali, meduse, correnti oceaniche, pesci assassini, mante... basta così o devo andare avanti?"

"Ma aspetta... sei andata a lavorare su una nave mercantile. C'è bisogno che ti ricordi che lavoravi... nell'*oceano*? E adesso lavori per un peschereccio a noleggio... e i pesci si trovano nell'oceano, quindi devi stare un sacco di tempo su una barca... nell'oceano."

Elodie sorrise, nel frattempo Mustang non poté evitare di far cadere gli occhi sul suo petto. Non era superdotata, ma i seni le rimbalzavano leggermente quando si muoveva ridendo; una spallina del vestito continuava a caderle di lato.

"Lo so, ma sono cresciuta in Indiana. Da quelle parti non c'è traccia di oceano a vista d'occhio. L'acqua mi piace in piscina, nella vasca da bagno, mi piace guardare l'oceano, ma stare nell'oceano mi mette paura. Quando ero sull'*Asaka Express*, non ero *nell'*oceano, ero *sull'*oceano, c'è una differenza enorme. Quindi, anche se farmi trainare col paracadute da un motoscafo non è esattamente come nuotare nell'oceano, c'è sempre il rischio che la fune si rompa, facendomi planare nell'acqua. Almeno col parapendio non c'è questo rischio."

Mustang pensò di spiegarle tutti i motivi per cui il parapendio era più pericoloso del parasailing, ma preferì evitare. Col parapendio, bastava un minimo errore per cadere a piombo a terra, ma lei era troppo carina, voleva ascoltarla, saperne di più.

"Hai fratelli, sorelle?"

Elodie scosse la testa. "No, sono figlia unica. I miei genitori insegnavano a un college vicino a casa."

"Sono ancora vivi?" chiese Mustang.

"Purtroppo no. La mamma ha avuto un infarto circa sei anni fa e le è stato fatale. Penso che mio padre abbia sofferto troppo per la sua perdita, gli è venuta una trombosi ed è morto circa un anno dopo di lei."

"Mi dispiace," commentò Mustang.

"Grazie. Mi mancano molto, ma so che non avrebbero mai voluto vivere separati. Si amavano troppo. Facevano tutto insieme. Andavano al lavoro, pranzavano, andavano agli spettacoli, cucinavano. Quando ero piccola ci impazzivo, non capivo perché non volessero avere amici personali, hobby personali. Ma loro stavano bene insieme. Oggi ci ripenso e capisco: erano fortunati."

Rimasero in silenzio per un momento, poi lei gli chiese: "E tu? I tuoi sono ancora al mondo? Hai fratelli o sorelle?"

"Niente fratelli, niente sorelle, sono figlio unico, proprio come te. I miei genitori sono ancora vivi, sono in West Virginia, dove sono cresciuto. Sono dei gran lavoratori, ma non hanno studiato a lungo. Sono felici dove sono, nel nostro paesino, nel fine settimana vanno a giocare a bingo, pensa che si preparano ancora i distillati nel capanno dietro casa, non è certo un segreto."

"Ma stai scherzando, vero?" chiese Elodie ridendo.

"No no. Tradizione marinaresca. Lo sceriffo del posto lo sa benissimo, ma gli danno una bottiglia ogni mese, lui non rompe loro le scatole."

Elodie sbuffò. "Wow, fantastico."

"Sono brave persone," disse Mustang. "Ma non avevano la stessa mia voglia di avventura. Sono contenti così, vivono sempre nello stesso posto, vedono sempre la stessa gente, non vanno da nessuna parte. Io volevo vedere il mondo. Non hanno mai capito come mai mi *piacesse* la scuola. Diciamo che non sono certo dei tipi eruditi. Ma sono persone generose, mi amano fino al midollo. Per vederli devo solo andare in West Virginia."

"Come ti è stato dato il tuo soprannome?" chiese Elodie.

"Te lo racconterei, ma poi dovrei ucciderti," scherzò Mustang. Non raccontava mai a nessuno la storia del suo soprannome, solo alle persone che conosceva molto bene. Non sapeva nemmeno lui bene il perché, era qualcosa di personale, qualcosa che non condivideva facilmente.

Ma non aveva alcun problema a raccontare tutto a Elodie, anche in questo si rendeva conto che lei era diversa. Era speciale.

"Scherzavo," le disse, prima che lei potesse reagire. "Solo che è un po' imbarazzante, ma allo stesso tempo pensavo di fare un favore a un amico."

"Questa la voglio proprio sentire," disse Elodie.

Mustang fu distratto, vedendola leccarsi lo zucchero dalle dita, dopo aver mangiato la malasada, ma cercò di mantenere la concentrazione. "Avevo appena finito l'addestramento, ero pieno di me, mi sembrava di poter conquistare il mondo. In quel momento mi chiamavano Webb, per via del mio cognome. A fine giornata stavo andando in caserma, uno dei ragazzi del mio gruppo, uno con una certa esperienza, mi ha chiesto aiuto. Quella settimana mi ero vantato di saper far partire senza chiave ogni tipo di macchina, lui mi disse che aveva perso le chiavi e che voleva il mio aiuto per far partire la macchina, così poteva tornare a casa.

"Io ero contento che quel tipo mi avesse chiesto aiuto,

considerato che lui era più avanti di me e io ero un novellino, quindi l'ho aiutato volentieri a far partire la sua Mustang. Solo che subito dopo, mentre io ero tutto contento e fiero di me stesso, è arrivata la polizia militare e mi ha ammanettato. Il tipo che mi aveva chiesto aiuto è scappato, e ho scoperto che la Mustang era del comandante, non di quel tipo."

"Santo cielo!" commentò Elodie con gli occhi spalancati. "Hai passato dei guai?"

"Pensavo di beccarmi una bella corte marziale, ma per fortuna il comandante ha sentito la storia e l'ha presa bene, l'ha trovata divertente. Così non ha promosso alcuna azione disciplinare e mi ha lasciato andare. Ma si è sparsa la voce, così hanno cominciato a chiamarmi Mustang."

"L'altro tipo ha passato dei guai?"

Mustang sorrise. "Oh, sì. Il comandante gli ha affibbiato turni straordinari di corvée per sei mesi. Ma anche lui l'ha presa bene; sapeva di essersi spinto troppo oltre con lo scherzo, alla fine siamo anche diventati buoni amici. Ci siamo persi di vista quando sono entrato nei SEAL."

"Che storia divertente," commentò Elodie. "Immaginavo che dietro al tuo soprannome ci dovesse essere una storiella, ma credevo che avesse a che fare con i cavalli, o qualcosa del genere."

"Ah... no. E tu, invece? Tu come sei diventata una chef?" chiese Mustang.

Elodie perse gradualmente il suo sorriso, mentre fissava le onde. Mustang si pentì all'istante di averle posto quella domanda. Non voleva parlare di nulla che la facesse sentire triste o depressa. "Non devi rispondere, se non vuoi."

"No, va bene," replicò subito lei, guardandolo. "I miei genitori cucinavano sempre insieme, quando sono diventata abbastanza grande ho cominciato a partecipare anch'io. All'inizio pesavo solo gli ingredienti, tagliavo le verdure, incarichi facili, ma dopo un po' di tempo ho cominciato a essere più partecipe, ho persino cominciato a sperimentare da sola nuove ricette più complesse. Ho cominciato a guardare molti programmi di cucina, in poco tempo, senza rendermene conto, è diventata una mania.

"Sono andata al college dove lavoravano i miei genitori, dopo le superiori, ho una laurea breve in economia, ma proseguire per il dottorato non mi ha mai interessato, con gran dispiacere dei miei genitori. Così mi sono trasferita a Chicago e sono andata a un'accademia di cucina. L'adoravo. Ho lavorato in *tanti* ristoranti dopo il diploma, sono stata anche *sous chef* di uno chef famoso, per un po' di tempo. Ma poi gli orari sballati si sono fatti sentire, ho sentito il bisogno di cambiare."

Mustang vide che la postura di Elodie stava cambiando mentre parlava, così capì che il cambiamento che aveva fatto l'aveva portata ai problemi da cui stava scappando. Le si avvicinò e le mise la mano dietro la nuca.

Lei lo guardò, sorpresa.

"Non ora," le disse teneramente. "Voglio sentire ogni dettaglio di ciò che ti è successo, quando te ne sei andata da Chicago. Ma per adesso vorrei godermi la serata sulla spiaggia con te. Credimi, voglio sapere cosa sta succedendo, te lo assicuro, ma prima voglio conoscerti."

La vide deglutire a fatica, per poi leccarsi le labbra e concludere: "Va bene."

"Ottimo." Mustang non riusciva a toglierle gli occhi dalle labbra. Voleva sentirne di nuovo il gusto. Voleva mordicchiare quel bel labbro superiore carnoso, improvvisamente vide l'immagine di lei che gli prendeva l'uccello tra quelle labbra lussuriose. Gli venne duro in un attimo.

Merda, non era da lui. Lui non pensava al sesso così presto, quando incontrava una donna. Del resto, ormai pensava a Elodie da mesi. Da mesi si chiedeva dove fosse, se stesse bene.

"Ti va una passeggiata?" sbottò. Aveva bisogno di muoversi, altrimenti rischiava di cedere alla tentazione di prenderla in braccio, mettendosi a pomiciare in modo indecente sulla spiaggia pubblica.

"Sì, mi va di camminare," gli rispose.

Mustang non si staccò da lei a lungo. Era in preda a una lotta interiore. In parte voleva metterle una mano sotto al vestito, in parte sapeva di doversi staccare per riprendere il controllo.

"Scott?" gli sussurrò Elodie.

"Sì?" le rispose con voce altrettanto velata.

A ogni respiro, i seni le si alzavano e si abbassavano, facendogli intravedere che non era lui l'unico a sentirsi fuori controllo.

"Non è pazzesco?" gli chiese.

"Sì," rispose lui. "Ma chi se ne frega."

"Io no di certo," replicò lei, con un sorriso leggero. "Però... io non sono il tipo. Cioè, mi è capitato in passato, quando avevo vent'anni. Mi ammazzavo di lavoro per diventare chef, ero sotto stress, quindi a volte andavo in un locale a incontrare un tipo da portarmi a casa. Ma poi mi sentivo sempre in colpa, ben presto tornavo a sentirmi stressata. Merda... ora sto sparando cazzate, chissà cosa penserai di me, che sono una facile."

"No, non lo penso," intervenne subito Mustang. "È capitato anche a me, qualche volta, però hai ragione: andare a letto con qualcuno che non conosci non è una gran soddisfazione."

"Proprio così."

"Ma tu per me non sei una sconosciuta," le disse Mustang.

Lei annuì. "Lo so. Ma come mai? In tutto ci siamo parlati per meno di un giorno, se contiamo ore e minuti."

Mustang la strinse più forte, sfiorando col pollice la pelle dietro il suo orecchio. Quel tocco la fece tremare visibilmente, facendolo sentire molto potente. Lei sentiva moltissimo i suoi tocchi; Mustang non vedeva l'ora di apprezzare anche il modo in cui reagiva a letto. "Penso sia perché su quel mercantile tra noi si è formato un legame unico. Io ho aiutato te, tu hai aiutato me. Sono stati momenti molto intensi, abbiamo abbassato le difese. Da allora, ti ho pensata ogni giorno. Mi chiedevo dov'eri, se stavi bene, cosa facevi."

"Idem," rispose Elodie arrossendo. "Quando ho scoperto di aver perso il tuo numero mi sembrava di sprofondare. Avevo perso qualcosa di molto prezioso. Poi ho avuto l'idea balzana di venire alle Hawaii nella speranza di trovarti, in qualche modo, ma del resto non sapevo dove altro andare."

"A me sembra che qualche angelo custode ci abbia messo la zampina, non solo nel farci incontrare sul mercantile, ma anche oggi. Midas ha avuto l'idea di andare a pesca, così, all'improvviso. È incredibile che ci siamo ritrovati nello stesso porto in cui lavori anche tu."

"Lo so," rispose lei.

Mustang vide che si leccava le labbra... per poi avvicinarsi leggermente a lui. Così approfittò di quel gesto e le si avvicinò, tenendole una mano dietro la nuca mentre la assaporava.

Lei si sciolse tra le sue braccia, lasciando cadere la testa all'indietro e lasciandogli prendere tutto ciò che voleva. Lui non si rese conto del tempo che scorreva, ma quando sentì che lei gli stava mettendo una mano sotto la maglia... poi dentro la cinta dei pantaloncini... Mustang capì di doversi frenare.

Voleva quella donna tanto che il desiderio quasi lo feriva. Aveva bisogno di stare con lei, nudi, dentro di lei, più di quanto avesse mai avuto bisogno di altro in vita sua. Ma non aveva intenzione di metterla in imbarazzo, non voleva rischiare di farsi arrestare per atti osceni in luogo pubblico.

Staccandosi da lei, Mustang si accorse che anche lui le

aveva messo una mano sotto l'orlo del vestito... e le stava palpeggiando la coscia in modo alquanto indecente, considerato dov'erano. Lei aveva aperto un pochino le gambe, giusto per dargli accesso; lui aveva mosso le dita pericolosamente vicino a sentire quanto fosse pronta per lui. Mustang poteva sentire il profumo dolce della sua eccitazione, dovette chiudere gli occhi per riprendere il controllo.

"Qua si accelera alla grande," commentò Elodie ridendo.

Riaprendo gli occhi, Mustang guardò la donna che teneva tra le braccia. Le sue labbra ora erano ancor più carnose di prima, forse per l'effetto dei baci. Aveva le gote rosa, sembrava respirare in modo affannato.

Entrambi avevano fermato le mani, lei con le dita appena sopra le natiche di lui, sotto i pantaloncini, mentre lui con le dita ancora sull'interno coscia di lei. Lentamente, controvoglia, Mustang le tolse la mano da sotto il vestito. Quando lei gli tolse la mano dai pantaloncini, lui sentì l'uccello che scattava.

"Vuoi ancora fare una passeggiata?" le chiese.

Elodie annuì subito. "Sì, in realtà si, ne ho proprio voglia. Vivo qui da un mese e mezzo e devo ancora vedere il tramonto dalla spiaggia. Almeno mi trattengo e non ti spingo sulla sabbia per saltarti addosso sul posto." Lo disse con il sorriso sulle labbra.

Contento di non vederla imbarazzata, per la vergogna di quella pomiciata bollente, Mustang sorrise. Era soddisfatto di aver trovato una parete rocciosa piuttosto appartata, sulla spiaggia, per mangiare. Si alzò e raccolse i resti del pasto, poi le porse una mano. "Un bel tramonto romantico sulla spiaggia, in arrivo," le disse, sorridendo.

Elodie gli prese la mano e si alzò in piedi. La spiaggia non era molto lunga o larga, non era certo una camminata impegnativa, quindi se la presero comoda, godendosi ogni passo sulla sabbia, ridendo e scherzando.

Passeggiando si conobbero meglio, parlando del più e del meno, di qualunque cosa saltasse loro in mente. Lui le raccontò alcune storie sull'addestramento dei SEAL, le parlò dei compagni di squadra; lei gli raccontò degli aneddoti di quando lavorava come chef in vari ristoranti, di quanto potessero diventare tremendi i clienti, quando qualcosa non era esattamente come se l'aspettavano. Luì scoprì che lei odiava avere freddo, che amava i gatti e i porcellini d'India, che avrebbe preferito avere piedi più piccoli per indossare scarpe più carine, che da quando c'era stato l'incidente sul mercantile non riusciva più a dormire se non con una luce accesa. Lei gli raccontò della sua mania per la pulizia e per l'ordine, della sua passione per i romanzi rosa, del vizio di mangiarsi le unghie, della sua segreta dipendenza dal gelato.

A sua volta, Mustang le disse che non era molto appassionato di animali domestici, che quando era ragazzo gli animali stavano sempre fuori di casa; le raccontò che odiava avere a casa dei tappeti, perché gli sembrava che non servissero ad altro se non ad accumulare polvere e germi. Le disse che il suo colore preferito era il verde foresta, le raccontò di come si era procurato la piccola cicatrice sotto il mento.

Quando il sole cominciò a tramontare, Mustang ebbe ancora di più l'impressione di conoscere Elodie da una vita intera. Avevano vissuto le stesse esperienze, crescendo come figli unici... era stato bello, ma a volte si erano sentiti soli. Entrambi ritenevano che avere tre figli fosse la dimensione giusta per una famiglia, entrambi amavano la vita alle Hawaii.

Lui si mise in piedi dietro di lei e le avvolse le braccia intorno alle spalle, stringendola contro il proprio petto, mentre il sole scendeva pigramente sotto l'orizzonte. "Non sbattere le palpebre," le disse, quando il sole stava per scomparire.

Nessuno dei due disse una parola, guardarono il cielo che

passava dal blu all'arancio, poi al rosa, infine al grigio chiaro, finché il sole non svanì all'orizzonte.

Elodie si girò all'improvviso tra le braccia di Mustang, appoggiandogli la guancia sul petto. Dopo un lungo momento, alzò lo sguardo. "Grazie," gli sussurrò. "È stato perfetto."

"Avrei dovuto scattare una foto," rispose Mustang dispiaciuto.

"Non serve. Rimarrà scolpito nella mia mente per sempre," gli confidò Elodie.

Così si fissarono per un poco, poi Mustang abbassò la testa. Non riusciva a resisterle. In quel momento, nulla gli avrebbe impedito di baciarla, nemmeno sotto tortura. Nemmeno se un intero gruppo di terroristi avesse occupato la spiaggia in quell'istante, a lui non sarebbe importato. Tutta la sua attenzione era concentrata sulla donna che teneva tra le braccia.

Fu un bacio breve; Mustang sapeva che, lasciandosi andare troppo, avrebbe *davvero* finito per prendere Elodie su quella spiaggia, senza più freni.

Elodie gli mise una mano sul petto e alzò lo sguardo, con gli occhi spalancati. "Da te o da me?"

Mustang tirò un gran sospiro di sollievo.

Voleva averla. La voleva tantissimo. Ma non voleva esagerare, invitandola a casa sua.

"Da me," le rispose con voce decisa, poi le prese la mano, si girò e si incamminò verso il parcheggio.

Sentì dietro le spalle Elodie che ridacchiava, non riuscì a trattenere un sorriso. Sembravano sintonizzati anche sul piano intimo, non poteva aspettare un momento di più, per far sua Elodie.

Era proprio così.

Lei era sua.

Forse lei non comprendeva fino in fondo il significato di quell'invito, ma a lui era chiarissimo.

Il loro era un incontro predestinato. Stare insieme era il loro *destino*. Gli era dispiaciuto tantissimo doverla lasciare sull'*Asaka Express*, ma dopo averla ritrovata aveva tutte le intenzioni di tenerla con sé.

"Vai di fretta?" gli chiese scherzosamente, cercando di tenere il suo passo.

Mustang decise che quell'andatura era troppo lenta, ma non volendo rischiare di farla inciampare, non volendo che si facesse male, si girò e le porse rapidamente le infradito che aveva tenuto in mano quando camminavano sulla sabbia. Elodie, sorpresa, prese le ciabatte e lasciò andare un gridolino, quando lui la prese in braccio, sostenendola dietro la schiena e sotto le ginocchia.

Lei gli mise subito un braccio intorno al collo. "Almeno non mi hai presa sulle spalle," gli disse, ridendo.

"Ma ci ho pensato," ammise Mustang.

Così lei rise più forte. "Beh, per la cronaca, così è molto più comodo."

"Me lo ricorderò," le rispose lui.

Mustang amava sentirla tra le proprie braccia. Non era leggerissima, ma nemmeno troppo pesante da prendere in braccio. Lui era abituato, in addestramento doveva trasportare i commilitoni con tanto di divisa e dotazioni di ordinanza. Rispetto a Midas, che era più alto di Mustang di una decina di centimetri, lei era molto più leggera.

Quando arrivarono alla macchina, Mustang le fece abbassare le gambe, si misero entrambi le scarpe, poi le prese la testa tra le mani. "Sei sicura?" le chiese.

"Non sono mai stata così sicura di qualcosa in vita mia," gli rispose Elodie. "Ho avuto dubbi e ripensamenti su tutto, andare o meno all'università per quattro anni, andare all'accademia di cucina, lavorare con l'uno o l'altro chef, accettare quel dannatissimo lavoro a New York, o quello sull'*Asaka Express*? Andare alle Hawaii o da qualche altra parte? Ma questa volta non ci penso due volte. Ti voglio, Scott."

Mustang era un SEAL, non poteva mai dimenticarsene... così si fissò nella mente il dettaglio sul lavoro a New York, ma per quel momento mise da parte anche quel pensiero. C'era qualcosa di più impellente: Elodie doveva essere sua, una volta per tutte.

La baciò sulle labbra con grande passione, poi le aprì la portiera della macchina.

Lei sorrise e si sistemò sul sedile. Quando lui salì dall'altra parte, al posto di guida, avviando il motore, gli disse tranquillamente: "Mi aspettavo qualcosa di più di un bacino veloce."

"Sto per scoppiare," ammise Mustang, facendo manovra per uscire dal parcheggio. "Se ti bacio più a fondo, finiamo a gambe in su in questo preciso istante, qui in macchina, ti tiro su il vestito e ti metto la testa tra le gambe."

"Cacchio," sussurrò Elodie.

Per un attimo, Mustang pensò di aver esagerato, di essere stato troppo esplicito. Ma poi guardò per un attimo Elodie, che si faceva vento con la mano, sorridendo. Non se l'era presa per quelle parole; a giudicare dall'aspetto, sembrava altrettanto eccitata.

"Come vuoi procedere?" le chiese Mustang.

"Procedere in che senso?"

"Quando arriviamo da me, posso versarti un bicchiere di vino, possiamo sederci sul divano e farci una chiacchierata, magari ci guardiamo un film. Posso sedurti con baci lunghi e lenti, mentre facciamo finta di essere interessati a cosa c'è in TV," le spiegò.

"Oppure?" domandò Elodie.

"Posso fare del mio meglio per aspettare a toglierti i vestiti, almeno finché non arriviamo in camera da letto. Ma non so se ci riesco. Posso controllare che tu sia pronta per me, poi posso scoparti a tutta birra, posso farti venire un primo orgasmo, leccartela e magari convincerti a succhiarmelo, per poi fare l'amore di nuovo. Vorrei tanto poter dire che andremo piano, con dolcezza, ma ho la sensazione che servirà un bel po' di tempo, prima che possa andarci piano, una volta entrato nel tuo bel corpo caldo e umido."

"Porca vacca!" esclamò Elodie con un filo di voce. "Questa. Scelgo questa. La seconda. Sento che se non vieni subito dentro di me, rischio di impazzire."

Mustang si agitò sul sedile, poi si portò una mano al pacco per sistemarsi l'uccello. Vide che Elodie si mangiava con gli occhi quel movimento, con un'espressione maliziosa. "Scusami, mi è venuto così duro che quasi non riesco a guidare."

"Guidi sempre meglio di me," scherzò lei.

"Ho dei preservativi," le disse Mustang. "Non perché abbia avuto occasione, da me non viene nessuna da mesi, ma perché fanno parte della nostra dotazione di ordinanza, quando arriviamo alla base. Sono molto comodi per evitare che la bocca delle armi si bagni, hanno centinaia di altri utilizzi. Ne ho comprato un pacchetto proprio la settimana scorsa."

Elodie rise. "Sei proprio un *boy scout*," gli disse.

"Proprio per nulla," replicò Mustang. "Ma non farei mai nulla che ti metterebbe in pericolo. Sono sanissimo, ma per quanto mi senta vicino a te, non ci conosciamo davvero a fondo, non abbastanza da fare sesso non protetto."

"Io non prendo la pillola," aggiunse Elodie. "Ci avevo pensato, ma il mio corpo non reagisce bene agli ormoni. Quindi apprezzo che non ti dispiaccia, indossare un preservativo."

"Come ti dicevo, non farei mai nulla che ti mettesse a rischio, El."

"Io non lo faccio da tanto."

"E quanto sarebbe 'tanto'?" le chiese Mustang.

"Più di un anno."

Mustang respirò profondamente. Non poteva negare che gli facesse piacere. Gli faceva piacere che lei non fosse stata con nessuno per tanto tempo. "Farò in modo che tu sia pronta per me," le disse.

"Non sarà un problema, Scott," gli rispose. "Sto praticamente gocciolando già adesso."

"Cazzo," imprecò lui. "Non puoi dirmi delle porcherie del genere mentre guido." Mustang si agitò ancora sul sedile, cercando di alleggerire la pressione dell'uccello sui pantaloni. Per fortuna aveva dei pantaloncini comodi, non dei pantaloni stretti, come dei jeans o dei pantaloni da lavoro modello cargo. Ma l'uccello gli tirava comunque, quasi a voler uscire dai boxer e dagli *short*.

Quando Elodie gli si avvicinò, mettendogli una mano sulla coscia, mentre lui guidava, la pressione si fece quasi insostenibile. Ma Mustang mise una mano su quella di lei, rifiutando di fargliela tirar via. Voleva sentire quella mano sul proprio corpo in ogni forma, anche se ciò gli provocava un po' di sofferenza, un po' di disagio per l'eccitazione.

Quando entrò con la macchina nel parcheggio, le disse: "Ultima occasione per cambiare idea. L'offerta del vino e di un po' di relax è sempre aperta."

Elodie gli strinse la mano sulla coscia e rispose: "No. Ti voglio. Ti voglio da mesi. Ho vissuto troppo a lungo immaginandomi questo momento, ora non voglio perdere tempo con giochi di seduzione e preliminari. Ho bisogno di te, Scott. Ti voglio tutto."

Mustang tirò con irruenza il freno a mano, poi spense il motore e saltò fuori dalla macchina, girò intorno al veicolo e chiuse la portiera di Elodie, che nel frattempo era già uscita. Non la prese in braccio, ma le mise le braccia intorno alla vita, tenendosela stretta al fianco, mentre si dirigeva verso l'atrio del suo condominio.

Quando arrivarono all'ascensore, in giro non c'era nessuno; Mustang avrebbe tanto voluto tirarle giù le spalline e godersi le sue tette, ma si trattenne. Sapeva che, una volta cominciato a spogliarla, non sarebbe più riuscito a fermarsi. Forse poteva resistere ancora una trentina di secondi. Forse.

Attraversarono il corridoio in silenzio, Mustang aprì la porta, mise una mano dietro la schiena di Elodie, invitandola ad entrare.

Nel momento stesso in cui la porta si chiuse, Mustang girò la chiave, poi fu su di lei.

CAPITOLO DIECI

ELODIE SI RITROVÒ con la schiena contro il muro vicino alla porta d'ingresso della casa di Scott; prima ancora di rendersene conto, la sua bocca fu coperta da quella di lui, che la divorava... non c'era parola migliore per descrivere il suo desiderio, ma anche Elodie dette tutta se stessa.

Non erano baci di seduzione. I loro denti quasi si scontrarono, le loro mani si mossero tentoni freneticamente per esplorare tutto ciò che potevano. Elodie sentì le spalline del proprio vestito spinte da parte e abbassate, poi la bocca di Scott si staccò, quando lui si piegò per andare ad assaporarle il petto. Indossava un reggiseno senza spalline, non fu difficile per Scott tirarlo giù e portarglielo all'altezza della pancia. L'aria fresca aiutò i capezzoli a inturgidirsi, in men che non si dica Scott li prese in bocca.

Tra i gemiti e i fremiti, Elodie fece del suo meglio per slacciare il bottone dei pantaloncini di Scott e abbassarglieli. Poi gli tirò su la maglietta, ma per un attimo ebbe l'impressione che lui non avrebbe staccato la bocca dai suoi seni per lasciarle sfilare la maglia. Invece lui si allontanò, si tolse rapidamente la propria maglia e tornò a occuparsi dei suoi seni.

Elodie vide di sfuggita il tatuaggio che lui portava sul braccio sinistro, prima di tornare a chiudere gli occhi. Il modo in cui la barba di Scott si strofinava sulla pelle era erotico da impazzire; non aveva mai provato una sensazione simile prima di quel momento. Scott non ci stava andando piano: le succhiava forte un capezzolo, mentre con l'altra mano le palpeggiava la carne sensibile dell'altro seno.

"Scott," mormorò Elodie, mentre si slacciava la fibbia del reggiseno, lasciandolo cadere a terra.

Lui fece un verso di gola e cercò di spingerle il vestito sui fianchi, ma il vestito non scendeva. Elodie aveva sempre avuto qualche curva in più sui fianchi, il vestito doveva essere sfilato dalla testa. Tra l'altro, Scott non si era nemmeno curato di aprire la cernierina sul fianco.

Prima ancora che lei potesse aiutarlo, lui aveva semplicemente tirato il tessuto, lo strappo aveva prodotto un suono secco, nell'atrio altrimenti silenzioso.

"Scusa," le disse quasi balbettando. "Te ne prendo un altro."

A ogni movimento, Elodie sentiva lo stomaco stringersi. Ma erano solo all'inizio.

Senza nemmeno alzare la testa, Scott raggiunse le mutandine e spinse giù anche quelle. Elodie si ritrovò col sedere scoperto nell'atrio, proprio come lui aveva previsto.

A quel punto, Scott staccò con uno schiocco la bocca dal capezzolo e si mise in ginocchio davanti a lei.

Poi le fece spostare una gamba di lato, facendola aprire. Elodie gli afferrò la testa e si appoggiò a lui, mentre lui si abbassava. Scott alzò gli occhi e i loro sguardi si incrociarono. Lei non si era mai sentita tanto eccitata prima; vedendolo in ginocchio davanti a sé, sentendo una mano che la stringeva al fianco e l'altra che le palpeggiava il sedere, si sentiva incredibilmente sensuale... e potente.

"Leccami," gli ordinò.

Lo vide sorridere, per poi abbassare di nuovo la testa, ma sempre senza staccare gli occhi da quelli di lei; anche Elodie non riusciva a staccargli gli occhi di dosso. Sentì la lingua che percorreva in lungo tutte le labbra della sua passera, poi lo sentì gemere di gola. Elodie sapeva di essere bagnata, glielo aveva confessato in macchina. Avrebbe dovuto sentirsi in imbarazzo, non era da lei. Certo, le piaceva fare sesso, ma con lui era tutto diverso. Era più intenso, più passionale. Era solo... di più.

Scott si spostò con la testa e andò con la bocca intorno al clitoride. Lei non distingueva più tra la barba di lui e i propri peli pubici. Poteva solo vedere quell'intenso sguardo ricco di desiderio che la fissava in modo penetrante.

Lui cominciò a succhiarla, muovendo il mento.

"Oh buon Dio!" esclamò lei, appoggiandosi alla sua faccia. Non si era mai sentita così, era passata da zero a cento in un baleno, per come la stava stimolando. "Cazzo, Scott, sì... dai, così."

Elodie non riuscì più a tenere gli occhi aperti, li chiuse e si appoggiò con la schiena al muro. Si tenne stretta alla testa di lui, aggrappandosi come a un salvagente, mentre lui la leccava con una foga che nessuno le aveva mai mostrato prima. Le succhiava il clitoride senza alcuna delicatezza, spingendola sempre più verso il culmine.

"Troppo," si lamentò, stringendogli le dita intorno al capo. Scott però non la ascoltò, continuò a stimolarle il clitoride rapidamente, usando la lingua come un vibratore. Lei cominciò a tremare, mentre lui la stringeva più forte sui fianchi.

Elodie voleva spingere, ma non aveva alcun appoggio. Così alzò una gamba e gliela appoggiò su una spalla, sentendolo grugnire in segno di approvazione. Lui le afferrò una coscia e la sostenne, mentre lei cercava l'equilibrio su una gamba sola, davanti a lui.

"Sto per venire," lo avvertì, probabilmente non era necessario. Molto probabilmente lui si era già accorto che Elodie era sul punto di esplodere in un orgasmo mostruoso. La pancia le si strinse, le cosce le tremarono, si sentì fremere, mentre la sensazione di piacere le cresceva dentro. Era quasi spaventoso, quanto era fuori controllo, ma non c'era motivo di aver paura. Era con Scott, avrebbe pensato lui a sostenerla.

Elodie trattenne il fiato e superò la soglia del controllo, sopraffatta dal piacere che le provocava Scott. Forse fu quella posizione nuova (non era mai venuta in piedi, in passato), forse l'equilibrio precario su una gamba, qualunque fosse il motivo, l'orgasmo fu talmente forte che le sembrò di non averne mai avuti prima. Si sentì sopraffatta, esausta, spossata.

Prima ancora che potesse rendersi conto di ciò che stava accadendo, Scott si mosse. La prese in braccio, la portò in salotto e la fece sdraiare supina sul divano. Poi si accovacciò di fianco a lei, srotolando un preservativo sull'uccello grosso.

Elodie era stata con un buon numero di uomini. Uccelli piccoli, dalla forma strana, uccelli tozzi, sottili... ma non aveva mai preso un uccello grosso come quello di Scott. L'eccitazione tornò a crescere in lei. Aprì le gambe più che poté, sdraiata sul divano in pelle, inarcando la schiena in modo sensuale.

Lui osservò ogni movimento che lei faceva, con l'uccello che gli scattava dal desiderio. A lei piaceva molto avere quell'effetto su di lui. Non aveva timore a prenderlo nel proprio corpo. Ormai era più che pronta, e lui lo sapeva. Gocce di eccitazione grondavano sulle sue cosce; nel frattempo le venne la pazza idea che il divano in pelle sarebbe stato molto facile da pulire; poi Scott si abbassò e le appoggiò la grande cappella tra le gambe.

Non si erano detti molto, Elodie notò una vena pulsare alla tempia di Scott.

Lui si portò sopra di lei e introdusse il suo uccello lentamente in quel corpo accogliente.

Elodie sentì un pizzico di dolore, aprì le gambe un poco di più, poi allungò le mani e afferrò il suo sedere, duro come la roccia. Scott era tutto muscoli, avrebbe potuto farle male molto facilmente, ma andava piano, dandole tutto il tempo di adattarsi alle sue dimensioni.

Quando arrivò a penetrarla a metà, Scott gemette come in agonia.

"Di più," lo invitò lei.

"Non voglio farti male," riuscì a dire, a denti stretti.

"Scott, mi hai appena fatto venire, è stato l'orgasmo più potente che abbia mai avuto. Sono così bagnata che sto gocciolando sul tuo cazzo di divano. Adesso prendimi!"

"Che generale," replicò Scott ridacchiando.

"Meno chiacchiere, più fatti," si lagnò Elodie.

Lui si mosse prima ancora che lei finisse di parlare, spingendosi dentro fino in fondo e stimolandola in punti che lei non pensava nemmeno di avere.

"Santo cielo," sussurrò lei, sentendo i peli pubici di entrambi che si univano. Poi sollevò la testa dal divano, guardando i loro corpi congiunti, e vide che erano uniti nel modo più intimo in cui potessero essere un uomo e una donna. Il suo uccello era affondato dentro di lei in profondità, non riusciva a vederne nemmeno una parte.

Poi, proprio mentre lei guardava, lui lo tirò fuori, mostrando quanto era luccicante per i succhi che aveva raccolto.

"Cazzo, che bello," mormorò Scott, poi Elodie perse di vista l'uccello, che si era spinto di nuovo dentro.

La testa le cadde all'indietro, rimbalzando sul cuscino.

"Non so quanto potrò essere delicato. Mi stai eccitando troppo," la avvertì.

"Scopami come avevi promesso," lo pregò Elodie.

Scott si spostò su di lei, muovendo le mani più in alto, portandole quasi all'altezza delle spalle di Elodie. "Tieniti stretta," le disse.

Appena Elodie si fu aggrappata ai suoi bicipiti, lui cominciò a spingere. I seni le sbattevano su e giù a ogni colpo, ogni centimetro della sua passera si ravvivò, Elodie alzò le gambe e lo stimolò spingendo con i talloni contro il suo sedere.

A parte il respiro affannato di entrambi e qualche piccolo gridolino, nessuno dei due disse una parola; si lasciarono semplicemente andare al piacere reciproco.

Elodie perse la sensazione del tempo, ma le sembrò comunque troppo presto, quando lui disse: "Sto venendo." Poi Scott si conficcò più che poteva in lei, gemendo di gola e facendo un suono molto sensuale. Elodie lo vide lasciarsi andare all'indietro, mentre veniva.

Lei si agitò sotto di lui, aveva ancora voglia, ma era troppo imbarazzata per chiedergli di più, o per masturbarsi. Scott sembrò capire: senza tirarsi fuori, si mise seduto e le mise una mano tra le gambe. Lei sentiva dentro il suo uccello che si ammorbidiva; quando lui cominciò a stimolarle il clitoride e un capezzolo allo stesso tempo, lei si sentì esplodere.

"Scusa, non ce la facevo più a resistere. La prossima volta ti aspetto. Vieni ancora, per me. Vieni intorno al mio cazzo, piccola."

Elodie eseguì. Era già molto carica, con la sensazione del suo uccello che la riempiva, con le attenzioni che aveva già ricevuto, che l'avevano resa molto sensibile, venne quasi subito. Lasciò andare un gemito molto lungo, stringendolo forte coi muscoli interni e facendolo scivolare fuori, mentre veniva.

Gemettero entrambi, Elodie notò che Scott guardava fisso tra le sue gambe. "Diamine, che donna sexy che sei, cazzo!"

Poi si mosse di nuovo. Lei non capì cosa volesse fare, in

quel momento... si sentiva come uno spaghetto scotto. Ma lui si abbassò e la prese in braccio con la stessa facilità con cui l'aveva fatto in spiaggia, poi si diresse verso il corridoio.

"Dovremmo pulire il divano," gli disse lei.

"Ci penso io. Adesso ho bisogno di tenerti stretta a me."

Elodie non intendeva certo protestare. La mise sdraiata sul letto e la sistemò sotto le coperte. Poi andò per un momento in bagno, probabilmente a togliersi il preservativo. Prima di tornare a letto, accese le luci nel corridoio, poi lasciò la porta socchiusa.

Elodie sentì il cuore sciogliersi. Si era ricordato di quanto gli aveva detto, cioè che non riusciva più a dormire al buio. Diamine, cosa poteva andar meglio?

Eppure c'era qualcosa. Invece di andare sotto le coperte con lei, per tenerla stretta, scostò le coperte, esponendola ai suoi occhi.

"Scott?"

"Voglio vederti," le disse a bassa voce. Poi cominciò a baciare ogni centimetro del suo corpo. Cominciò dalla testa, scendendo lentamente, baciandola, strofinandosi col naso, leccandola. Elodie godeva di quelle attenzioni e capì in quel preciso momento di essere già pericolosamente e irrevocabilmente innamorata di quell'uomo.

Era inspiegabile. Il contesto era quello di una scappatella di una notte, ma ormai il suo cuore aveva deciso: Scott Webber era suo. Punto. Fine della storia. Non c'era nessun altro come lui, e non ci sarebbe mai stato.

Col cavolo.

Il cuore di Mustang batteva forte, come se avesse appena seminato di corsa venti nemici che gli sparavano alle spalle. Aveva cercato di trattenersi, di rendere la loro prima volta bella per Elodie tanto quanto lo era per lui, ma nel momento in cui si era spinto dentro di lei, la sua testa era riuscita a pensare solo a spingere e a raggiungere l'orgasmo.

Per fortuna l'aveva fatta venire prima di perdere il controllo. Per fortuna non aveva mandato tutto all'aria, era riuscito a darle anche un secondo orgasmo, dopo averla presa così bruscamente, da egoista. Ma l'aveva avvertita. In fondo, lei non sembrava troppo preoccupata di quella mancanza di controllo.

Aveva recuperato, l'aveva coinvolta fino a convincerla a non volersene andare.

Mustang non sapeva proprio come aveva fatto ad innamorarsi così tanto, così alla svelta. Lui era sempre stato molto prudente. Faceva sempre mille domande, per sapere tutto ciò che c'era da sapere, prima di qualunque mossa, sul lavoro. Eppure eccolo, ci si era appena buttato a capofitto, fregandosene delle conseguenze.

Ora doveva per forza far innamorare Elodie, non aveva più alternative. L'avrebbe resa talmente felice da non lasciarle altra scelta se non quella di innamorarsi follemente di lui. Avrebbe cominciato facendosi perdonare per averle strappato i vestiti di dosso, per averla presa sul suo cazzo di divano, per essere venuto con pochi colpi, come un verginello inebetito.

Con lei, si sentiva unito. Non era mai stato con una donna fica, bagnata e stretta come Elodie. Gli aveva quasi strangolato l'uccello col corpo, per un secondo aveva creduto di non poterla penetrare. Eppure c'era riuscito. Erano una combinazione *perfetta*.

Sapeva di doverla far dormire un poco. Aveva lavorato tutto il giorno al sole, in fondo, ma non riusciva a convincersi a coprire il suo corpo affascinante. Non era un corpo snello e perfetto, ma a lui non importava affatto. Ogni ruga, ogni segno, ogni imperfezione lo faceva innamorare anche di più.

Era una donna vera. Una donna adulta e completa che aveva scelto di stare con *lui*.

Le baciò la fronte, poi le guance. Poi una spalla, per poi passare all'altra. Le passò un dito sulla clavicola, per poi seguirlo con la lingua. I capezzoli le tornarono turgidi, lui non riuscì a resistere e le afferrò di nuovo le tette. Non erano enormi, ma nemmeno piccole. Erano proprio perfette.

Mustang si immaginò di scoparla tra le tette, si sentì fremere. No, ora doveva pensare a lei. Avrebbe avuto tempo, più tardi. O almeno così sperava.

Le baciò la pancia e scoprì che soffriva il solletico. Sentì l'odore della sua passera affondando il naso tra le sue gambe, frenò a fatica la voglia di tornare a leccarla. Non aveva ancora finito di dedicarle le sue attenzioni. La baciò sulle cosce, sulle ginocchia, poi sulle caviglie. Le unghie dei piedi non avevano lo smalto, erano dita lunghe, sottili. Aveva i piedi più lunghi di tante altre donne, ma lui trovò anche *quello* carino.

Lentamente cominciò a riportarsi sul corpo, l'eccitazione gli cresceva man mano che si avvicinava al centro. Le spostò una gamba, lei la mosse e si aprì a lui. Gli piacque come faceva volentieri ciò che lui le suggeriva.

Prima non aveva avuto molto tempo di ammirarla. Si era preoccupato troppo di prepararla per accoglierlo. Il suo terrore sarebbe stato guardarla negli occhi e vedere indecisione, qualche segno che gli indicasse che a lei interessava solo perché era un SEAL. Ma aveva visto solo voglia e desiderio.

Giocherellò con le dita sulle sue grandi labbra per un momento, prima di affondare l'indice lentamente dentro di lei. Elodie gemette e sollevò appena i fianchi.

"Ti piace?" le chiese.

"Ma va?" gli rispose.

Lui sorrise. Cazzo, che bello. Quando era stata l'ultima volta che aveva fatto l'amore con una donna divertendosi?

Mai, ecco quando. Si era sempre preoccupato di non fare del male alla sua compagna, si era sempre assicurato di essere desiderato.

Infilò un altro dito nel corpo di Elodie e cominciò a scoparla pian piano.

"Di più," lo pregò.

Lui sentì nuovi succhi che gli ricoprivano le dita, gli piaceva da matti poterla far eccitare così. Voleva vederla venire di nuovo. Con la mano. Si sentiva un grande, perché riusciva a portarla all'estremo. Era meraviglioso, poter controllare quel piacere. Forse erano pensieri da stronzo, ma pazienza.

Le portò una mano tra le gambe e cominciò a giocare, sfregando il pollice contro il clitoride, mentre continuava con l'altra mano a entrare e uscire dal suo corpo.

Quando anche lei cominciò a muoversi, rispondendo alle spinte, lui fermò la mano, con le dita rigide, lasciando che fosse lei a scoparsi.

Elodie aveva i capezzoli turgidi, le sue tette rimbalzavano, mentre lei si agitava sulle lenzuola. Lui si sentì un cavernicolo, perché gli piaceva guardarla, vederla così. Era sotto di lui, nelle sue mani, desiderosa di ricevere ciò che solo lui poteva darle.

"Più forte," gli sussurrò.

"Ogni tuo desiderio è un ordine." In quel momento, Mustang capì di essersi illuso: non era lui ad avere il controllo della situazione... era lei. Era lei ad averlo conquistato fino al midollo; se glielo avesse concesso, lui avrebbe passato il resto della sua vita a fare i salti mortali per darle tutto ciò che lei voleva.

Smise di provocarla e passò all'azione, per farla venire.

Lei perse il controllo rapidamente, lui pensò di non aver mai visto nulla di più bello. Poi lei lo sorprese, sedendosi e spingendolo a sdraiarsi sul letto. Prima che lui capisse cosa stava facendo, lei gli prese l'uccello in mano e abbassò la testa.

"El," mormorò lui.

Ma lei lo ignorò, gli strinse con la mano la base dell'uccello e ne prese il resto in bocca. Era carnoso, proprio come se lo aspettava. Dovette aprire bene la bocca, per prenderlo, per gustarlo, per succhiarlo.

Anche lei non ci andò piano, lo succhiò intensamente, come se stesse cercando di tirargli fuori con forza il seme. Quando lei si portò una mano tra le gambe per recuperare un po' dei propri succhi, per lubrificarlo, lui si sentì quasi venire all'istante.

"Preservativo?" gli chiese, alzando la testa. Con la mano continuò a pomparlo su e giù, Mustang capì che tutto sarebbe finito in pochi secondi.

Lui si voltò, staccandosi dalla mano di lei, prendendosi un momento di tregua, poi tornò a sdraiarsi e indossò un preservativo.

"Non so come fai a entrarci," gli disse Elodie guardandolo, poi si fece coraggio e si mise su di lui a cavalcioni, infine allungò una mano per prenderlo. "Ma se sei entrato una volta, di sicuro ci riuscirai ancora."

"Ma certo che ci riuscirò," le rispose Mustang. "Sembri fatta apposta per prendere il mio uccello."

Lei gli afferrò di nuovo l'uccello, poi gemettero entrambi, mentre lei lo angolava nel modo giusto, per poi scendere lentamente.

Quando fu tutto dentro, Mustang si concentrò sul viso di lei. Sapeva che, guardando in basso e vedendo come erano congiunti, si sarebbe perso un po' troppo alla svelta di nuovo. Le afferrò le tette, mentre lei cominciò lentamente a muoversi su di lui. All'inizio non si mosse in verticale; orientò i fianchi all'indietro e cominciò a sfregarsi col clitoride.

"Cacchio, mi riempi davvero tanto," disse con un filo di voce.

Lui fremette dentro di lei, ma lasciò che fosse lei a prendere il ritmo. Elodie ondeggiava coi fianchi, prima in cerchio, poi avanti e indietro, tenendosi in equilibrio con le mani sul petto di lui. Era tanto sexy da farlo impazzire, i capelli le sfioravano i seni e i capezzoli, mentre si muoveva. Mustang si impresse quel momento nella memoria e intuì che avrebbe fantasticato, ripercorrendolo per molte, moltissime sere a venire.

"Toccati," le ordinò. "Fatti venire sul mio uccello."

Gli piaceva vederla decisa, priva di esitazioni. Elodie si portò una mano tra le gambe e cominciò a massaggiarsi il clitoride. Lui sentì i muscoli interni di lei che gli stringevano l'uccello, fino a farlo gemere. Cazzo, era proprio perfetta.

Ora i succhi le uscivano fino a gocciolargli sulle palle, bagnando anche lui, mentre lei si masturbava.

"Ora non potrò più usare il mio vibratore," gli disse, guardandolo in faccia mentre si avvicinava sempre più al culmine.

"Ottimo. Prendici pure gusto, basta che me lo fai sapere, potrai usarmi così ogni volta che vorrai. Posso riempirti tanto che non sentirai più altro che me." Mustang continuò a provocarla, vedendo che la eccitava. "Mi stringi così bene che finirai per lasciarmi il segno. Cazzo, se mi piace averti sopra, le tue tette sono fatte per farsi toccare dalle mie mani. Dai, Elodie. Cazzo, vieni ancora."

Così fu. Elodie inarcò la schiena e spinse in basso più forte che poté, esplodendo sul suo uccello. Mustang le afferrò i fianchi mentre lei veniva, la sollevò e la sbatté di nuovo giù sull'uccello con forza.

Lei urlò, poi lui rifece tutto di nuovo. Più volte. Così le fece durare più a lungo l'orgasmo, mentre anche lui arrivava al suo. Quando venne, fu così potente e lungo che vide le stelle. Il cuore gli batteva così forte che quasi sembrava volergli uscire dal petto; Mustang pensò che il mattino dopo probabilmente avrebbe avuto dei muscoli indolenziti, quei muscoli che non era abituato a usare.

Quando smisero entrambi di tremare, Mustang fece scendere Elodie lentamente sul proprio petto. Lei gli si coricò addosso come uno spaghetto bagnato. Erano entrambi sudati e affannati, ma Mustang non riusciva a smettere di sorridere.

"Porco cane," mormorò Elodie. "Per fortuna non ho scelto il vino e la seduzione lenta. Non sono mai stata tanto soddisfatta."

"Ti prometto che un'altra volta facciamo anche la seduzione lenta," le disse Mustang.

"No no, mi piace così. Preferisco sempre una bella scopata diretta."

Lui sorrise più ampiamente, mentre con una mano la massaggiava su e giù sulla schiena.

Quando l'uccello finalmente uscì dal corpo di Elodie, entrambi si lagnarono.

"Peccato."

"Eh già, ora mi occupo del preservativo."

"Va bene," rispose lei, scostandosi.

Lui andò in bagno e tornò dopo pochi secondi. Rassettò le lenzuola e coprì Elodie, prima di mettersi a letto con lei. La prese tra le braccia e insieme sospirarono soddisfatti.

Dopo un momento, lei gli chiese: "Ma sei sicuro che non sia tutto un po' troppo strano?"

"Non è strano," le rispose Mustang immediatamente. "È tutto come dev'essere, è tanto perfetto che non è nemmeno divertente."

"È solo che... non sono venuta alle Hawaii per questo. Cioè, volevo trovarti, ma non per fare sesso."

Mustang rise. Non riusciva a resistere.

Elodie alzò la testa. "Cosa ho detto di così divertente?"

"Lo so che non sei venuta alle Hawaii per fare sesso. Sei

davvero meravigliosa. Non ho dubbi che potresti fare sesso dove e quando vuoi, ogni giorno della settimana e due volte la domenica. Sono contento che tu sia qui. Pregavo di rivederti. Ti ho detto la verità, mi è dispiaciuto dovermene andare prima di capire come potevo aiutarti. E voglio *ancora* aiutarti... ma voglio anche di più."

"Di più?"

"Sì. Voglio *te*, Elodie. Voglio fare più passeggiate con te, voglio cucinare con te, voglio che tu mi stupisca in ogni modo, da chef, visto che io sono uno chef scadente. Voglio farti conoscere gli altri della squadra, voglio che tu esca con noi. Voglio svegliarmi con te al mio fianco, voglio trovarti ogni volta che torno da una missione. Voglio tutto... e se ammetterlo rende tutto più strano, allora va bene così."

Mustang trattenne il respiro, in attesa di sentirla rispondere. Aveva esagerato? Sì, il sesso era stato fenomenale, ma forse lei voleva solo quello. Sesso. Forse così avrebbe dimenticato il motivo per cui doveva usare un nome falso.

Ma non dubitava del suo istinto, delle voci interiori che gli dicevano che lei era la donna giusta per lui.

Elodie si lasciò andare completamente contro di lui. Mustang capì solo in quel momento quanto era stata tesa. "Anch'io voglio tutto," gli rispose tranquillamente.

"Ottimo. Allora smettiamola di dire che è tutto strano. Sì, siamo finiti a letto subito dopo esserci ritrovati, sai che dramma! Non abbiamo fatto altro che evitare tutta la storia degli appuntamenti. Ora stiamo insieme, col tempo ci conosceremo ancor meglio e potremo rifare tutto questo ogni sera," le disse stringendole una spalla. "Va bene?"

"Sì. Va più che bene. Però un rapporto esclusivo, chiaro?"

"Ma certo, cazzo, stiamo insieme solo io e te." Il pensiero che lei potesse uscire con qualcun altro lo fece un po' innervosire. Un ulteriore segnale che era davvero innamorato perso.

"Scott?"

"Sì, piccola?"

"Ho paura."

Mustang avrebbe voluto saltar fuori dal letto e risvegliare ogni forza della natura per lei, ma si costrinse a stare calmo. "Di cosa?"

"Ho paura che i miei problemi finiscano per far del male anche a te. O a uno dei tuoi amici. Oppure che tutto possa finire. O che tu pensi che non ne valga la pena, che ti stufi di me. In questi giorni, ho paura praticamente di tutto, a dire il vero."

"I tuoi problemi non faranno male né a me né ai miei amici. Tutto questo *non* finirà. Chiaramente non hai idea di quanto sei attraente, probabilmente dovrò impegnarmi di più per farti cambiare idea, ma spero proprio che tu non scopra che *io* non sono altro che uno scemo che lavora nella marina e che non ti guardi attorno per cercare di meglio."

Lei sospirò e si accoccolò meglio addosso a lui. "Scemo della marina, col cavolo," sbottò.

Mustang sorrise. "Ora dormi. Parleremo meglio domani. Devi lavorare?"

"No, domani è domenica, ho la giornata libera."

"Ottimo. Anch'io. Possiamo passare la giornata insieme, parlare, vedere quali sono le prossime mosse," le disse Mustang.

"Va bene."

"Va bene così? Tutto qua?" le chiese, un po' perplesso.

"Sì. Sono stanca di scappare. Son troppo stufa, non ne posso più di continuare a guardarmi alle spalle. Voglio crederci, smettere di scappare spaventata. Non mi succede nulla da mesi. Non ho motivo di pensare di essere in pericolo... ma, e se poi mi sbaglio? Accetto volentieri il tuo aiuto, perché è proprio ciò che voglio. Voglio *te*, e non posso averti se devo continuamente andar via dopo pochi mesi."

Mustang sentì una fitta al cuore, era addolorato per lei, ma quelle parole lo fecero anche star meglio. Lei lo voleva, e lo aveva. Dalla testa ai piedi. Le apparteneva, proprio come lei apparteneva a lui. Forse lei ancora non ci credeva, ma lui si sarebbe impegnato a fondo per consentirle di tornare a essere Elodie Winters.

Così finalmente avrebbe potuto chiederle di sposarlo, per diventare Elodie Webber.

Non riuscì a trattenere una smorfia sorniona.

"Grazie per aver tenuto la luce accesa per me," gli disse, parlandogli con la bocca contro la spalla.

"Lascerò sempre la luce accesa per te," le rispose, poi si voltò e la baciò sulla fronte. "Dormi, piccola."

"Buona notte."

"Notte."

Mustang si addormentò con un enorme sorriso in volto e dormì più profondamente di quanto non avesse dormito da molto tempo, tutto grazie alla donna che giaceva al suo fianco.

"Cos'hai scoperto?" domandò Paul Columbus ad Andrew, che era appena entrato nel suo ufficio. Era passato fin troppo tempo, da quando avevano guardato il filmato del notiziario con gli impiegati dell'*Asaka Express* che scendevano dal mercantile in Sudan. Paul voleva sapere dov'era Elodie, e lo voleva sapere subito

"È servito un po' di tempo, ma ho trovato il nome del tipo che le tiene il braccio intorno alle spalle. Si chiama Valentino Russo. È italiano."

"Dov'è?" chiese Paul.

"Ho due notizie, una buona e una cattiva," cominciò a spiegare Andrew.

"Sputa il rospo!" gridò Paul.

"Va bene, La brutta notizia è che Russo è ancora in mare. Lo hanno trasferito sulla *Asaka Freedom*."

"Cazzo. Per quanto tempo?"

"Ha un contratto di sei mesi. Ma ho il programma degli attracchi e delle rotte, c'è una buona probabilità che prenda un permesso per scendere a riva, quando attraccano al prossimo porto. Da quanto sono riuscito a scoprire su quel tipo, pensa di essere molto affascinante, uno sciupafemmine, va sempre nei locali, frequenta ogni puttanaio dei porti dove attracca."

"Voglio sapere tutto," replicò Paul.

"Ci arriveremo."

"Vacci tu," ordinò Paul. "Devi occupartene tu, Andrew. Sei l'unico che sa la storia di quella stronza. Se mio figlio scopre cos'è successo, se scopre che me la sono fatta scappare, insisterà per prendere lui le redini della famiglia... ma io non sono pronto a cedere. La devo vedere *morta*."

Anche Paul si accorse di non essere più completamente lucido, ormai uccidere Elodie Winters stava diventando la sua ossessione, ma ormai non poteva più fermarsi. Era una questione d'onore. Sembrava che Elodie non fosse andata alla polizia, almeno non ancora, nessuno gli aveva contestato nulla, ma c'era sempre il rischio che lo facesse e lui doveva assicurarsi che non succedesse.

Non poteva averla vinta lei, ma a quel punto sembrava proprio essere lei in vantaggio. Era sempre un passo avanti e questo faceva *incazzare* Paul.

"Devi occuparti di lei personalmente. Vai a trovare questo bastardo, scopri cosa sa di Elodie."

"Sarà fatto."

"Non mi interessa come devi fare. *Qualunque* informazione è sempre meglio di ciò che sappiamo adesso, cioè niente. Usa una falsa identità, così nessuno potrà risalire alla famiglia. Tutto deve avvenire in sordina, hai capito?"

"Ci penso io. Ci penso io a lui," disse Andrew con uno sguardo famelico negli occhi.

Paul sapeva che il suo uomo era assetato di sangue e che gli piaceva vedere gli altri soffrire; per questo era un ottimo soldato, ora era diventato anche capodecina. Controllava i suoi soldati con pugno di ferro, nessuno osava scavalcarlo. Avrebbe trovato questa specie di Don Giovanni e gli avrebbe tirato fuori tutte le informazioni che aveva su Elodie Winters. Se quel tipo avesse cercato di tacere, per proteggere quella stronza, con l'intervento di Andrew avrebbe cantato come un canarino.

Una delle qualità che Paul apprezzava di più in Andrew era che non aveva paura di torturare qualcuno per ottenere delle informazioni. Era il modo in cui dimostrava la sua fedeltà all'organizzazione, e a Paul.

A Paul non interessava minimamente che quel Russo fosse scampato ai pirati, riuscendo a non farsi ammazzare, per poi finire nelle mani letali di Andrew. La sua unica preoccupazione era trovare il buco in cui si era rintanata Elodie. Non l'avrebbe fatta franca. Lui era Paul Columbus, cazzo! Avrebbe dovuto mostrargli più gratitudine, per averla assunta. Non avrebbe dovuto dire di no. Non avrebbe dovuto scappare. Ma l'aveva fatto, firmando così la sua stessa condanna a morte. Non eliminandola, sarebbe sembrato un debole.

Andrew annuì e uscì dalla stanza in silenzio, così com'era entrato, ma Paul non lo notò nemmeno uscire. Era troppo perso nelle visioni di vendetta che gli offuscavano la mente.

Sempre più spesso Paul si ritrovava ossessionato da cose che non erano andate come aveva previsto. Ripercorreva ogni evento mentalmente, i suoi figli avevano espresso una sottile preoccupazione per il suo stato di salute mentale, ma Paul aveva spazzato via ogni commento. I suoi ragazzi volevano solo prendere il comando. Specialmente Jerry. Paul sapeva che gli davano del paranoico alle spalle... ma gliel'avrebbe fatta vedere lui. Una volta eliminata Elodie, tutto si sarebbe sistemato. Non gli piaceva lasciare delle questioni in sospeso, quella chef era una questione troppo importante.

L'impazienza di Paul stava arrivando all'apice, ma sapeva di poter contare sul suo aiutante, il capodecina Andrew, che avrebbe trovato Valentino e avrebbe ottenuto tutte le informazioni necessarie per trovare quella stronza.

Lei si credeva al sicuro, ma per quanto tempo fosse passato, Elodie Winters non sarebbe *mai* stata al sicuro da lui.

CAPITOLO UNDICI

"Vado a fare una corsa."

Quelle parole furono elaborate a malapena dal cervello di Elodie, che aprì gli occhi a fatica e vide Scott sospeso su di lei. Lui indossava una maglietta senza maniche e un paio di pantaloncini sportivi. Elodie si accigliò. "Ma che ore sono?" gli chiese, mezza assonnata.

Lui sorrise e si abbassò su di lei, baciandola sulla fronte. "È presto. Torna a dormire. Sto via un'oretta, un'ora e mezza al massimo."

"Vai a *correre* per un'ora e mezza? Ma sei fuori?"

Lui ridacchiò. "Sono un SEAL," le disse, come se quella fosse una spiegazione. Poi si voltò e si diresse alla porta. Prima di arrivarci, si girò di nuovo e tornò di fianco al letto. Si abbassò di nuovo e le mise una mano sulla guancia. "Per la cronaca... mi piace averti qui, nel mio letto. Grazie per stanotte." Poi la baciò sulle labbra e se ne andò prima ancora che lei potesse rispondere.

Spostandosi sul letto, Elodie sorrise. Era piacevolmente affaticata in tutti i posti giusti. Ma dopo un'occhiata veloce alla vecchia radiosveglia sul comodino vicino al letto, il sorriso divenne una smorfia di stupore. Le quattro e mezza. Troppo presto per alzarsi, specialmente considerando che quello era il suo giorno libero. Meglio dormire ancora un poco, per poi alzarsi più tardi, farsi una doccia e preparare la colazione per Scott.

Non vedeva l'ora di cucinare, per la prima volta dopo molto tempo. La colazione non era certo un'occasione per sfoderare ricette d'alta cucina, ma le sue uova alla Benedict erano eccezionali, non per vantarsi.

Girandosi nel letto, Elodie sentì il profumo di Scott, si prese il suo cuscino e chiuse gli occhi.

Si svegliò più tardi, intontita, disorientata. Quando guardò di nuovo l'orologio si accorse che erano quasi le nove.

Merda! Aveva dormito troppo. Si mise seduta, così si accorse anche di essere ancora completamente nuda. Alzò il lenzuolo per coprirsi il petto e inalò profondamente. Dall'odore, era chiaro che quel mattino era troppo tardi per impressionare Scott con qualche prodezza in cucina. La stanza era invasa dal profumo di caffè, pancetta e pane fresco.

Elodie saltò giù dal letto e andò nel bagno attiguo. Si fece una doccia veloce, cercando di non bagnarsi i capelli, perché per asciugarseli impiegava sempre un'eternità, poi pensò a cosa mettersi, per andare incontro a Scott.

La sera prima, nella fretta di spogliarla, le aveva letteralmente strappato il vestito a metà. Per non parlare delle sue mutandine, che probabilmente erano ancora nell'ingresso. Pensò se fosse il caso di rovistare tra i cassetti di Scott, concluse che non aveva alternativa. Mai e poi mai sarebbe andata in salotto tutta tranquilla, senza nemmeno uno straccetto indosso.

Dato che le mattine erano un po' fresche, prese una camicia comoda dal suo armadio. Trovò anche un paio di pantaloni della tuta, sarebbero andati bene. Le stavano molto larghi, dovette fare un risvolto per evitare di inciampare, ma almeno tenevano caldo.

Elodie sapeva di sembrare ridicola, ma non le importava. Indossare i vestiti di Scott le dava una sensazione di intimità; dopo la notte che avevano passato, assaltandosi come sciacalli assetati di sesso, immaginò che a lui non importasse.

Guardò a lungo l'oceano, fuori dalla finestra della camera, sospirando. Pensò che quel panorama non l'avrebbe mai stancata. La sera prima non aveva avuto il tempo di apprezzarlo. Poi c'era già buio. Ma se avesse vissuto in quella casa, avrebbe comprato una bella poltroncina imbottita da mettere proprio davanti alla finestra, per vedere le onde serene delle Hawaii ogni volta che alzava gli occhi. Guardare le onde era rilassante; immergersi nelle onde... un po' meno.

In passato, quando le era capitato di dormire nell'appartamento o nella casa di un uomo che non conosceva molto bene, dopo aver fatto l'amore, si sentiva in imbarazzo e cercava di inventarsi una scusa qualunque pur di sgattaiolare via il prima possibile. Invece in quel momento, con sua grande sorpresa, non si sentiva affatto a disagio, per quanto era successo quella notte. Stare con Scott era bello, era facile. Era ansiosa di passare il resto della giornata con lui, pur sapendo di dover vuotare il sacco, raccontandogli tutte le complicazioni della propria vita.

Morendo dalla voglia di rivederlo, Elodie uscì dalla camera per andare nella zona giorno dell'appartamento. Lui era seduto a un tavolino vicino alla cucina, stava bevendo qualcosa, probabilmente del caffè.

Non appena la vide, gli occhi gli si illuminarono, sorrise e si alzò in piedi. "Vieni qui, dormigliona," le disse, porgendole una mano.

Elodie andò verso di lui senza esitare. Lui la prese tra le braccia, si sedette e la fece accomodare sulle ginocchia.

"Buondì," gli disse lei, sottovoce.

“Buondì. Hai dormito bene?”

“Come un sasso. E tu?” gli chiese lei.

“La migliore dormita degli ultimi mesi,” le rispose.

“Com’è andata la corsa?”

“Bene.”

“Non ci credo che hai corso per un’ora e mezza,” gli borbottò.

“A dire il vero, mi sentivo così bene che ho corso due ore,” la informò.

Elodie scosse la testa. “Ecco, allora è meglio che ne parliamo subito. Io non sono una molto sportiva. Cioè, mi piace camminare, fare delle passeggiate, immergermi nella natura selvaggia e incontaminata, ma non sono mai stata una a cui piace fare ginnastica, solo perché fa bene alla salute. Non saremo mai come quelle coppiette che partecipano alle maratone di coppia, o cose di questo tipo. Posso venire a fare il tifo per te, ma non ho intenzione di mettermi un numero al petto e correre per divertimento.”

Scott lasciò andare la testa all’indietro e rise così di gusto, che Elodie pensò stesse per cadere dalla sedia. Quando riprese il controllo, la guardò e le disse: “Me lo ricorderò. Ti piace andare in bicicletta?”

“Solo se non ci sono troppe salite, magari se mi prendi una bici elettrica,” rispose lei, scherzando.

“Nuotare?”

“In piscina, magari con l’idromassaggio, dove posso galleggiare con un bel bicchierino in mano, sì. Sai già come la penso, sull’oceano.”

Lui ridacchiò. “Ma sai nuotare?”

“Ma certo che so nuotare,” gli disse Elodie. “Non sarò una campionessa olimpionica... e poi nuotare avanti e indietro, guardando la linea nera sul fondo della piscina? Una noia mortale.”

“Su questo siamo d’accordo,” disse Scott. “Non voglio farti

fare nulla, con me, che non faresti da sola o che non ti piaccia. Non ci devono piacere le stesse cose, non dobbiamo stare sempre appiccicati."

"Ottimo," commentò lei.

"Ottimo," le fece eco lui. "Adesso che ci siamo tolti *questo* pensiero... c'è qualcos'altro che dobbiamo fare."

"Cosa sarebbe?" gli chiese, inarcando un sopracciglio.

"Darci il buongiorno nel modo migliore," le disse, avvicinandosi.

Elodie gli andò incontro volentieri, alzando una mano e appoggiandogliela alla nuca, mentre lui la baciava. Fu un bacio lungo, lento, senza l'ansia impulsiva della sera prima. Lui aveva un gusto di caffè, che chissà perché le sembrò molto intimo.

Scott arretrò, ma Elodie non gli tolse la mano dalla nuca.

"Buongiorno," le disse, con voce roca.

"...'giorno."

"...nel caso non ti ricordi quanto ti ho detto, quando mi sono alzato stamattina... la notte scorsa è stata una delle migliori della mia vita. Penso che, se mi sono sentito così bene mentre correvo, il merito sia soprattutto tuo. Semplicemente perché mi fai felice. Sarà pure sdolcinato, ma è così."

Elodie aveva ancora dei dubbi su ciò che stavano facendo, su quanto veloce stavano andando, ma si sarebbe aggrappata a quella felicità, finché poteva.

"Non sarei rimasta, se non avessi sentito un legame speciale con te, Scott. Ammetto di non comprenderlo, ma per il momento non mi interessa. Quando ti ho visto sul molo, è come se mi fosse scattato qualcosa dentro. Qualcosa che mi mancava, da quando te ne sei andato dall'*Asaka Express*."

"Mi sento così anch'io. Mi sembra di conoscerti da sempre... qui." Si mise una mano sul cuore.

Elodie annuì, era d'accordo.

"Bene, quindi smettiamola di dire che andiamo troppo

veloci, che sembra tutto strano. Non è così, né veloce, né strano. D'accordo?"

"D'accordo," confermò lei allegramente.

Scott si allontanò di poco e fece finta di squadrarla dalla testa ai piedi. "Che bel completino, piccola."

Lei rise. "Beh, sembra proprio che il mio bel vestito sia finito a pezzi, ieri sera."

"Ma davvero? Ma che peccato." Scott portò una mano sul bottone in alto della camicia e lo aprì con destrezza. Poi aprì il bottone sotto, rivelando un bel po' di scollatura. "Ma devo dirti che mi piace cosa indossi adesso. Mi piace vederti con i miei vestiti."

"Mi stanno larghissimi. Hai una taglia da gigante, o quasi."

"Ma dai, sono poco più di uno e ottanta. Midas è lo spilungone, più di uno e novanta."

"Insomma, io sono solo uno e sessantacinque, quindi per me siete tutti enormi."

Scott avvicinò il naso alla pelle scoperta del suo petto. "Ti sei fatta la doccia," disse, quasi lamentandosi.

"Si, ho fatto la doccia. Dopo questa notte... beh... diciamo solo che dovevo darmi una ripulita." Parlare di cose così intime poteva essere imbarazzante, ma con Scott era tutto molto naturale.

"Volevo farmi la doccia con te," le disse.

Elodie si accorse in quel momento che anche lui doveva essersi già fatto la doccia, perché di sicuro non puzzava come uno che aveva appena corso per due ore. "Ma tu hai già fatto la doccia," gli disse.

"E allora?" ribatté lui.

"Ah già, dimenticavo che sei un SEAL. Sei praticamente nato nell'acqua."

"Esatto, poi non potrei mai rinunciare a un'occasione di vedere le tue tette."

Elodie scoppiò a ridere. Aveva mai riso così tanto con un

uomo, in passato? Lei non pensava proprio. "Ecco, la verità viene sempre a galla," gli rispose.

Scott le mise le mani intorno al viso e la baciò, velocemente, con passione. "Basta che siano le tue tette, che vengono a galla. Mettiti seduta, ti ho preparato la colazione."

Elodie rimase seduta sulle sue ginocchia cercando di seguire il cambio di argomento; non voleva spostarsi, così lui la prese in braccio e la mise su un'altra sedia. "Stai qui, non ti muovere. Come ti piace il caffè?"

"Nero e forte," gli rispose.

"Ma pensa, avrei detto che eri una da caffelatte con lo zucchero," ribattè lui.

"No no. Con i turni lunghi nelle cucine, ho imparato a prendere la mia caffeina il più concentrata possibile," gli disse.

"Mi piace imparare a conoscere questi piccoli dettagli di te," continuò Scott, mentre andava in cucina. L'appartamento non era grandissimo, la cucina era semplice, ma c'erano un forno a gas e un frigo in acciaio inox. Probabilmente i proprietari del condominio facevano del loro meglio per apportare delle migliorie, dove possibile. Elodie guardò Scott che armeggiava in cucina, tirava fuori dei piatti e apriva il forno, per recuperare qualcosa che ci aveva messo.

"Mi dispiace aver dormito così tanto," gli disse.

"Non è affatto un problema. Non ti avrei mai svegliata, anche perché eri adorabile, accoccolata nel mio letto," le rispose.

"Mi hai guardata dormire?"

"Eh sì. Dopo la corsa, mi sono fatto la doccia nel bagno degli ospiti, poi sono venuto alla porta della camera da letto, mi sono bevuto una tazza di caffè, mentre cercavo di capire come facevo a essere così fortunato ad averti qui con me." Poi si voltò a guardarla. "So di averti incontrata per puro caso, quindi sono davvero riconoscente a chi, lassù in cielo, ci ha messo lo zampino."

Elodie capì che quelle parole erano davvero sincere. Così deglutì a fatica, sentendosi all'improvviso commossa. Si era sentita molto sola per tanti mesi; in quel momento, semplicemente per la presenza di Scott, le sembrava che un timido raggio di sole spuntasse da dietro le nuvole che l'avevano oppressa per così tanto tempo.

"Ecco qua," disse Scott, senza aspettare che lei reagisse. Le mise davanti un piatto, Elodie non poté fare altro che guardarlo, sorpresa.

"Non è fatto in casa," proseguì lui, "non ho il tuo talento, ma mentre tornavo dalla corsa mi sono fermato a prendere dei tortini di carne, c'è un bel posticino non troppo lontano da qui. A te ne ho preso uno col pollo e le verdure. Forse è un po' piccante, ma quel tanto che basta per far esaltare il sapore del pollo. Ho preso anche della frutta fresca, mango e ananas, li ho già affettati. Da bravo maschietto, ho anche grigliata della pancetta come contorno per tutto. Io mangio pancetta solo nel fine settimana, è un po' un contentino."

Elodie fissò il piatto che aveva davanti, non riusciva a riprendersi dalla sorpresa.

"El? Cosa c'è? Se non ti piace, possiamo trovare qualcos'altro," le disse Scott, avvicinandosi a lei, preoccupato.

Elodie scosse la testa. "Non è questo, sembra tutto molto buono."

"Allora cosa c'è che non va?" le chiese tranquillamente.

"È solo che... non ricordo l'ultima volta che qualcuno mi ha preparato la colazione. O la cena, per dire. Quando lavori come chef, tutti si aspettano che sia tu a cucinare. Quando ero a New York, non avevo nemmeno il tempo di uscire con qualcuno, nessuno si preoccupava di che cosa mangiassi. Sulla nave mercantile, era la stessa storia. Il mio lavoro è dar da mangiare agli altri."

Vide Scott sospirare sollevato. "Beh, non posso certo negare che mi gusterò con piacere tutto ciò che vorrai cucinare per me, ma non mi aspetto che sia sempre tu a cucinare per entrambi. Mi piace cuocere alla griglia, ogni tanto faccio anche qualche esperimento. In fondo ho trentasei anni e non ho mai patito la fame. Devo anche ammettere che mi piace prendermi cura di te, occuparmi di te. So che sembra un po' possessivo, e mi dispiace. In fondo tu sai badare a te stessa. Forse avrei dovuto dire 'coccolare'. Mi piace coccolarti, anche se con un gesto molto semplice, come prendere qualcosa per colazione mentre torno a casa."

"Grazie," gli disse Elodie sottovoce.

"Non c'è di che," replicò Scott, che poi si abbassò, le prese il mento con una mano e la baciò, per poi tornare seduto al suo posto.

Mangiarono la colazione con calma, godendosi la mattinata e continuando a conoscersi. Elodie insistette a sparecchiare, dato che lui aveva preparato tutto. Non c'era molto da fare, lui aveva già pulito in cucina, dopo aver grigliato il bacon.

Così lei mise i piatti in lavastoviglie e si voltò; fece partire un *wow* di spavento, scontrandosi con Scott.

"Santo cielo, ti muovi proprio in silenzio. Non avevo idea che fossi dietro di me."

Lui alzò gli occhi al cielo. "Sono un SEAL, piccola, ricordi?"

"Lo so, ma è comunque sbalorditivo. Ti dovrò mettere un campanello al collo, così quando ti muovi non mi spaventi a morte."

Lui le avvolse le braccia intorno alla vita, lei notò che le stava guardando il seno. Elodie non aveva chiuso i bottoni della camicia che lui le aveva sbottonato prima di colazione, non indossava un reggiseno, quindi chiaramente lui si stava godendo il panorama, dal suo punto di osservazione.

Scott spostò le mani sotto l'elastico dei pantaloni che lei indossava. Le accarezzò i fianchi con le dita... poi inarcò un sopracciglio. “Non indossi mutandine, sotto i pantaloni?” le chiese.

“Scott, l’ultima volta che ho visto le mie mutandine e il mio reggiseno, eravamo nell’ingresso. Non ho idea di dove siano, adesso, e poi non li avrei indossati di nuovo, perché sono sporchi.”

“Sono in lavatrice,” ammise Scott. “Volevo lavarti anche il vestito, ma purtroppo lo devo portare da una sarta per farlo riparare, prima che tu lo possa indossare di nuovo.”

Era proprio carino. “Fa lo stesso. Quel vestito mi è costato una quindicina di dollari in un negozietto di quartiere. Costerà meno andare a comprarne uno nuovo.”

Scott scosse la testa. “No no. Devi tenere quel vestito, così ogni anno, per il nostro anniversario (l’anniversario di quando ci siamo ritrovati), lo puoi indossare di nuovo, e io te lo strapperò di dosso ogni volta, appena torniamo a casa, proprio come ho fatto ieri sera.”

Però! Le piaceva quell’idea. Non pensava solo a fare sesso, ma anche ad un rapporto a lungo termine. Quel pensiero le confermò che non si trattava di un’avventura occasionale per nessuno dei due. “Potrei anche ingrassare, in futuro potrebbe non andarmi più,” gli disse, provocandolo.

Lui fece spallucce, sembrando niente affatto preoccupato. “Allora faremo una ricerca su internet per trovare un tessuto identico a quello del vestito, così ne faremo fare uno uguale, su misura per te.”

Cavolo, sapeva proprio cosa dire, aveva tutte le risposte pronte. Elodie gli sorrise.

“Ma adesso non potrò più indossare quei pantaloni,” le disse, distrattamente.

“Come mai? Perché no?”

“Perché so che li hai indossati senza mutandine, con la passera all’aria, quindi il mio uccello non sarà mai più capace di indossarli e di fare il bravo.”

A quel punto Elodie alzò gli occhi al cielo. "Ma dai, mi prendi in giro."

"Io?" le chiese, abbassando lo sguardo e guardandosi il pacco. "Guarda, al solo pensare che non indossi le mutandine sono già bello duro e pronto."

"Penso che dovresti farti visitare," gli disse Elodie tutta seria. "Non sei normale. Dopo tutto quello che è successo stanotte, più la corsa di due ore, stamattina, accipicchia! Dovresti essere esausto."

"Vuoi dire che tu *non* stai pensando a tutto quello che posso farti, con il mio uccello?" le chiese.

"No," rispose Elodie, mentendo a denti stretti.

Scott la fissò per un momento, poi mosse le mani e cominciò a farle il solletico.

Elodie gridò e si agitò, cercando di allontanarsi dalle sue dita, senza riuscirci. Così si staccò da lui e corse verso il salotto. Scott la raggiunse facilmente e la fece cadere sul divano, afferrandola ai fianchi e proseguendo con la tortura del solletico.

"No, no! Basta! Mi arrendo!"

"Di' la verità, se no non mi fermo!" la minacciò.

"Va bene, va bene!" gli rispose tra le risate. "Può anche darsi che mi sia masturbata nella doccia, stamattina, pensando a quanto sei figo e a quanto mi è piaciuto, quello che abbiamo fatto questa notte."

Lui fermò subito le dita e gemette. "Diamine, ma dai?" le chiese. "Dici davvero?"

Elodie annuì timidamente.

"Meno male che abbiamo entrambi la giornata libera," le disse, andando di nuovo con le mani verso i bottoni della camicia che indossava lei.

Elodie fece una smorfia complice e non protestò, mentre lui le toglieva la camicia di dosso e la osservava. Sentendosi potente e sensuale, inarcò leggermente la schiena. Scott si mosse subito, abbassandosi per prendere in bocca uno dei suoi capezzoli, proprio come aveva fatto la sera prima. Elodie gemette e gli mise le mani nei capelli, mentre lui la assaggiava.

Dopo un'ora, erano entrambi sdraiati a letto, sudati e soddisfatti, dopo un altro incontro intimo appassionato. L'attrazione tra loro era davvero potente, non solo sul piano sessuale.

Come leggendole nella mente, Scott le disse: "Parla con me, El, dimmi tutto. È arrivato il momento."

Elodie sapeva che sarebbe arrivato anche quel momento; onestamente, per quanto le fosse piaciuto essere liberata dalla pressione di dover parlare del proprio passato, fu sollevata di togliersi quel peso, di potersi finalmente confidare con qualcuno.

Era ancora nervosa, temeva per la sicurezza di Scott, ma erano mesi che non vedeva nulla di sospetto, mesi che non sentiva il pericolo in agguato dietro l'angolo, quindi cominciava a pensare che forse aveva solo esagerato. Forse Paul era contento che se ne fosse andata e non ci aveva più pensato.

Elodie si voltò per guardare fuori dalla finestra, dall'altra parte della stanza; l'oceano la calmava. Poi respirò profondamente e cominciò a svelare i suoi segreti.

CAPITOLO DODICI

Mustang fece del suo meglio per rimanere calmo, mentre Elodie cominciava a parlare. Si preoccupava per lei da mesi; si chiedeva se fosse al sicuro, quanto grave potesse essere il suo problema, per andare a nascondersi, lavorando su una nave mercantile in Medio Oriente. Aveva fatto ogni tipo di ipotesi... ma nessuna si avvicinava alla verità.

"Lavoravo a Chicago per un famosissimo ristorante stellato Michelin, ma odiavo quel lavoro. Ero stanca, sempre stanca, lo chef era un figlio di buona donna. Non faceva altro che andare a zonzo gridando a tutti i suoi aiutanti, dai *sous chef* all'ultimo dei lavapiatti, inclusi gli chef specializzati. So come vanno le cose, ma poi mi rodeva parecchio, quando si prendeva tutti i meriti, pur non avendo cucinato nulla di sua mano.

"Un amico dell'accademia culinaria mi ha inviato un'email, spiegandomi che c'era una fantastica opportunità a New York City. Era un lavoro un po' misterioso, diventare chef personale di una famiglia molto facoltosa, nel cuore della città. Vitto e alloggio erano inclusi, il che era un plus enorme, visto quanto costa un appartamento a New York. Mi ricordo che quel giorno era stato particolarmente brutto, sul lavoro, quindi mi sono candidata così, d'istinto, senza nemmeno pensare che mi avrebbero considerata. Invece mi hanno chiamata.

"Sono andata in aereo a New York per fare il colloquio, le persone che ho incontrato mi sono piaciute. Per essere valutata ho anche preparato una cena per un piccolo gruppo. Immagino siano stati molto ben impressionati, perché mi hanno assunta. Così mi sono licenziata dal mio lavoro a Chicago e mi sono trasferita immediatamente a New York. Per un po' è stato tutto meraviglioso. Ero responsabile della mia cucina, per lo più lavoravo da sola. La paga era generosa, ho incontrato il capofamiglia varie volte, sembrava una persona gentile..." La sua voce svanì.

"Non lo era?"

Elodie tremò. "No."

"Chi era?" le chiese Mustang, preoccupato di dove andasse a parare il racconto.

"Io non sapevo minimamente chi fosse, quando ho accettato l'incarico," insistette Elodie.

"Shh, va bene." Mustang odiava il tono difensivo della sua voce. Lui non aveva certo intenzione di giudicarla, però doveva sapere per chi diavolo avesse lavorato, per poterla aiutare.

"Paul Columbus." Elodie rimase immobile, tesa, come nell'attesa di essere rimproverata.

"Il nome dovrebbe dirmi qualcosa?" le chiese Mustang, spremendo le meningi per cercare di pensare a chi fosse quell'uomo e al perché Elodie ne fosse terrorizzata.

Lei sospirò, come sollevata. "Davvero non lo conosci?"

"No. Mai sentito quel nome in vita mia," le rispose.

Lei si rilassò, appoggiandosi a lui; per la prima volta, Mustang capì quanto si fosse irrigidita, nel raccontargli la propria storia. “Sembra sia il capo di una famiglia mafiosa di New York.”

“La mafia?” chiese Mustang sorpreso. “Davvero?”

“Sì. Ovviamente io non ne sapevo nulla. Immagino avrei dovuto capire che c’era qualcosa sotto, con uno stipendio così alto.”

“No,” le disse subito Mustang. “Ci sono un sacco di milionari in questo paese, persone non famose al pubblico, il cui nome non è sempre in prima pagina. Specialmente a New York.”

“Sì, immagino sia così.”

“Allora, cos’è successo?”

“Ero in cucina a lavorare, come sempre, quando Paul è arrivato. Non veniva spesso in cucina, io avevo il mio appartamento e da lì accedevo alla cucina, quindi vedevo raramente il resto della famiglia Columbus, o il resto del personale che lavorava per loro, al di fuori di quelli che svolgevano commissioni o mi aiutavano nel servizio. Paul... ha appoggiato una bottiglietta sul bancone della cucina e mi ha detto di aggiungerne il contenuto a una delle zuppiere da servire agli ospiti. Mi fissava con occhi gelidi, severi, mi è sembrato che in cucina fosse scesa la temperatura di dieci gradi tutto d’un colpo. Gli ho chiesto cosa fosse, lui mi ha risposto senza la minima esitazione: era arsenico.

“Ci sono rimasta di sasso. Gli ho detto che non l’avrei fatto, perché era omicidio. Lui mi si è avvicinato così alla svelta che non ho avuto la possibilità di scansarlo. Mi ha fatta arretrare contro il bancone della cucina, si è avvicinato (ricordo ancora che fiato pessimo aveva) e mi ha detto che lavoravo per lui. Che mi *possedeva*.

“Chissà come, ho trovato il coraggio di parlare. Gli ho detto che la zuppa era a base di brodo di manzo, che gli ospiti se ne sarebbero accorti senz’altro dall'odore, gli ho detto che secondo me era meglio celare il veleno in una zuppa di pesce più cremosa, perché la consistenza diversa avrebbe nascosto meglio il sapore, aggiungendo che sarei stata felice di prepararla un'altra sera, con un minimo di preavviso"

"Merda! E lui come l'ha presa?" chiese Mustang, accorgendosi che Elodie era di nuovo tesa.

"Non era certo contento," gli rispose. "Te lo giuro, credevo mi uccidesse sul posto, perché mi ero rifiutata di obbedirgli. Dopo aver fatto una ricerca, in seguito, ho scoperto che l'arsenico è inodore, incolore e insapore. Davvero un veleno perfetto. Lui *doveva* sapere che stavo sparando cazzate... ma chissà perché non mi ha sbugiardata. Forse nemmeno lui ne sapeva molto, sul veleno.

"Comunque, stavo già pensando a cosa cavolo fare, quando mi avrebbe chiesto di nuovo di mettere del veleno nelle pietanze di qualcuno, quando lui si è girato e ha preso uno dei miei coltelli. Poi mi ha sbattuto la testa contro un pensile e mi ha messo il coltello alla gola, dicendo: 'Se mi dici un'altra volta di no, sarà l'ultima cosa che dirai in vita tua.' Poi ha mosso il coltello con forza di fianco alla mia testa, tagliandomi una ciocca di capelli, prima di farsi da parte e andarsene, con un'espressione come se nulla fosse."

"Santo cielo!" esclamò Mustang.

"Eh già. Mi ha spaventata a morte. Per tutto il resto della serata, le mie mani hanno tremato. Nessuno dei miei collaboratori in cucina ha detto niente, penso non volessero dare a Paul l'impressione di schierarsi dalla mia parte. Penso anche che fossero stati minacciati pure loro, in passato, o almeno che sapessero in prima persona quanto fosse pericoloso Paul."

"Allora cos'hai fatto?"

"Ho portato avanti la cena fino alla fine. Ho versato nel lavandino l'arsenico che mi aveva portato, sono tornata nel mio appartamento, ho preparato una borsa con le mie cose e me ne sono andata. Non potevo rimanere, non con il rischio di essere costretta a commettere un omicidio volontario, non dopo essermi sentita dire da Paul che dovevo fare tutto ciò che mi ordinava, altrimenti mi avrebbe uccisa."

"Dannazione, sapevo che eri una donna forte, ma non avevo idea di quanto," le disse Mustang.

Elodie ignorò quel commento. "Non l'ha presa bene. Non sapevo dove andare, quindi per un po' di tempo sono rimasta a New York, per capire cosa fare. Ma un giorno, nella metropolitana, mi è sembrato di essere seguita. Sono scesa subito, alla fermata successiva, ma è sceso anche il tipo che mi seguiva. Mi ci sono voluti venti minuti per seminarlo. Avevo paura ad andare in banca per prelevare del denaro, perché non sapevo se mi stava controllando il conto. Avevo dei contanti con me, per fortuna tengo sempre un minimo per i casi di emergenza.

"Sono partita subito da New York e sono andata a Pittsburgh. Ma quando mi sono presentata in un ristorante per un lavoro, mi hanno detto che c'era stato un malinteso e che non potevano assumermi. Quando ho insistito per sapere il perché, la proprietaria mi ha confidato che non aveva alcuna voglia di inimicarsi la famiglia Columbus. Paul aveva sparso la voce, se qualcuno mi avesse assunta, avrebbe fatto in modo di mandare ispezioni su ispezioni e di far chiudere il ristorante."

Mustang si era molto rilassato quel mattino, dopo i loro giochetti divertenti, ma ora gli sembrava di dover fare un'altra corsa di due ore, per sfogare la rabbia che gli era montata dentro. "Allora cosa hai fatto?"

"Sono andata nel pallone," ammise Elodie. "Ho usato molta parte dei miei soldi per andare in autobus fino a Los Angeles. Ho pensato di andare il più lontano possibile da New York, ma il mio è un nome troppo originale e Paul ha contatti dappertutto. Ho notato di nuovo un tipo che mi seguiva, mentre cercavo lavoro. Poi ho ricevuto un'email da qualcuno che conoscevo a Chicago, mi diceva che un nostro amico comune (proprio quello che mi aveva raccomandata per l'impiego presso la famiglia Columbus) era stato ucciso. Gli avevano sparato da una macchina in corsa. Ero *sicura* fosse un messaggio per me. Quindi ho tagliato i ponti con tutti quelli che conoscevo. Ho cancellato il mio account di posta elettronica e tutti gli account sui social. Ho spaccato il mio cellulare, poi con un po' di fortuna ho trovato un tizio che falsificava documenti e mi sono fatta fare un documento falso."

"È così che è nata Rachel," commentò Mustang.

"Esatto. Il lavoro sull'*Asaka Express* sembrava fatto a pennello per la mia situazione. Era perfetto, all'estero, con un nome falso, facendo ciò che mi piaceva di più. Invece no, immagino che il karma fosse in agguato, perché la nave è stata dirottata, come sai."

"Così ci siamo incontrati," le disse Mustang.

Lei annuì. "È vero."

"Quindi il tuo karma non era poi così malvagio."

"Beh, purtroppo quando abbiamo attraccato a Port Sudan c'erano moltissimi giornalisti che ci aspettavano. Ho cercato di tenermi defilata, ma ci hanno fatto mettere in posa appena sbarcati. Ho rifiutato tutte le interviste, poi ho dovuto decidere cosa fare. Mi hanno offerto un impiego sull'*Asaka Freedom*, ma farmi rinchiudere nel ventre di una nave, nel bel mezzo dell'oceano, non mi sembrava più il porto sicuro che avevo creduto. Ormai avevo già perso il tuo numero, ma ho deciso che valeva la pena venire comunque alle Hawaii; del resto, non avevo altro posto dove andare. Ho comprato una seconda identità, stavolta con un nome più simile al mio, così almeno non rischiavo di non rispondere quando venivo chiamata." Elodie alzò la testa e lo guardò negli occhi. "Ed eccomi qua."

"Sei qui da un mese e mezzo?" le chiese Mustang.

Lei annuì.

"Hai notato nulla di strano? Qualcuno ti ha seguita, sei mai stata nervosa come a Los Angeles o a New York?"

"No. Non ho un conto in banca, Perry e Kahoni mi pagano in contanti... so che non è regolare, ma per fortuna si sono bevuti la storia che qualcuno mi aveva violato il conto, rubandomi tutti i miei risparmi."

"Poi ti hanno trovata carina, il che non guasta," commentò Mustang con un sorriso.

Elodie arrossì. "Mi fa incazzare, dover mentire, ma ero disperata."

"Io non esprimo nessun giudizio nei tuoi confronti, o nei loro," le disse Mustang.

"Lo apprezzo. Sono brave persone, ormai sono la mia famiglia. Mi sembra di metterli in pericolo. Avrei potuto cercare lavoro come chef, da queste parti ci sono un sacco di ristoranti che cercano personale, ma ho pensato sarebbe sempre stato il primo posto in cui Paul mi avrebbe cercata. Puntavo sul fatto che non mi avrebbe trovata, se avessi lavorato come mozzo in un peschereccio privato a noleggio. Ma cosa succede se Paul mi trova? Potrebbe far affondare la barca di Perry e Kahoni? Potrebbe fare del male alle loro famiglie, cose del genere?"

"Guardami," le ordinò Mustang; era schifato, tanta era la paura che Elodie aveva. Eppure non poteva non sentirsi impressionato, perché i primi pensieri di Elodie erano per le persone che la circondavano. Aveva un cuore molto generoso. Il fatto stesso che quel Columbus le avesse chiesto di avvelenare qualcuno lo faceva incazzare di brutto.

La mafia. Porco cane, ma come era possibile? Lui non credeva che la mafia esistesse ancora, in patria. Del resto, al mondo ci sarebbe sempre stato qualcuno disposto a fare di tutto, pur di far soldi.

Quando Elodie alzò di nuovo la testa per guardarlo, i suoi occhi erano pieni di paura e lui se ne accorse. Aveva paura che lui non le credesse? Oppure temeva che la allontanasse? Temeva che lui non volesse più avere nulla a che fare con lei, ora che ne conosceva il segreto? Col cavolo! Semmai, era ancor più impressionato dalla sua esperienza. Se n'era andata subito dopo aver scoperto per chi lavorava, era riuscita a stare sempre un passo avanti a questo bastardo di Paul e ai suoi scagnozzi. "Non ti metterà mai le mani addosso."

Lei accennò un sorriso. "Apprezzo quello che dici, ma non so se esserne sicura."

Nemmeno lui poteva, era quello il problema di fondo. "Lo so, ma posso fare di tutto per far controllare Columbus, quel bastardo, per limitare i pericoli."

"In realtà, qui mi sento piuttosto sicura. Non ho visto nulla di sospetto, non posso essere rintracciata elettronicamente, quindi spero che finalmente mi abbia lasciata perdere."

"Forse sì, o forse no," commentò Mustang. "Ma sono passati solo due mesi da quando sei stata fotografata dai giornalisti. Potrebbe esserci servito tutto questo tempo anche solo per vedere i filmati. Hai detto a nessuno che saresti venuta qui?"

Elodie scosse la testa. "No. Quando l'ufficio del personale ha insistito per avere un indirizzo di riferimento, mi sono inventata una casella postale a Pittsburgh per la posta e ho detto che andavo a vivere con un'amica a Parigi."

"Ottimo. So che sembra difficile da credere, ma io non sono solo un ammasso di muscoli. Posso coinvolgere la mia squadra, per approfondire il problema e scoprire se qualcuno segue le tue tracce."

Elodie gli si avvicinò e gli afferrò il braccio. "Non voglio coinvolgere altre persone, più persone sanno, più Paul potrà minacciarmi."

"Lo capisco," le disse Mustang. Lo capiva davvero, ma lei non sapeva che tipo di contatti avesse lui. L'avrebbe scoperto.

"Dovrai cominciare a fidarti di me, ad ascoltare ciò che penso sia meglio fare. El, devi sapere che faccio questo mestiere da un po' di tempo, sono un SEAL, opero in segreto e sono anche piuttosto bravino."

Al che lei sorrise. "Va bene."

"Va bene? Che cosa... va bene?"

"Va bene, puoi fare il tuo lavoro da super spia segreta con i SEAL. Dillo pure alla tua squadra. Voglio vivere la mia vita senza dovermi sempre guardare alle spalle; se l'unico modo per farlo è lasciarti fare, allora va bene. Però... Scott?"

"Sì?"

"Non voglio rinunciare al mio lavoro e nascondermi tutto il giorno nel tuo appartamento. Ho bisogno di *vivere*. Se Paul deve trovarmi e uccidermi, vorrà dire che mi troverà e mi ucciderà. Ma nei miei ultimi momenti di vita, non voglio rimpiangere di non aver vissuto pienamente."

Sentirla parlare di morte rese Mustang ancor più determinato a fare in modo che non le succedesse nulla. Non poteva morire, specialmente sotto il suo controllo. "Va bene, ma allo stesso tempo non puoi certo andartene a zonzo per l'isola come se niente fosse."

"Lo so."

A Mustang girava la testa, tante erano le cose di cui si doveva occupare; doveva parlare alla squadra, prima di ogni altra cosa. "Senti, che ne dici... posso accompagnarti al lavoro e venirti a prendere. Non sono sicuro sia una buona idea usare dei mezzi pubblici per muoverti, dato che non sappiamo se hanno scoperto dove sei. Posso riportarti qui a casa mia, oppure da te, ma se vuoi andare in giro per l'isola, sono più che contento di accompagnarti. Considerami il tuo assistente personale per andare a fare la spesa. Dovrai solo fare più attenzione, finché non abbiamo capito come stanno le cose."

"D'accordo," gli disse rapidamente Elodie, con voce sicura e senza alcuna riserva.

"Tutto qua?" le chiese Mustang, un po' sospettoso.

"Sì, tutto qua," confermò lei. "Scott, in pratica mi hai detto che mi porterai dove voglio, quando voglio, passando tutto il tuo tempo libero insieme a me. Cosa potrei mai obbiettare?"

"Potresti sentirti soffocata... perché ti piace la tua indipendenza, mentre così assumo io il controllo."

Lei rise beffardamente. "Sono stata da sola per tanto tempo, così tanto che mi sono quasi dimenticata come si sta, con qualcuno al fianco. Non dico che ti lascerò prendere tutte le decisioni al posto mio, ma mi piace stare con te. Voglio conoscerti meglio, sapere tutto di te. Ho più paura che sia tu a stancarti di trascinare in giro il mio culo, piuttosto che sia io a stancarmi *di te*. Oh! Non ci avevo pensato... e il tuo lavoro? Non puoi certo andartene a metà giornata per venirmi a prendere al molo, ogni volta che finisco di lavorare."

"Se non potrò io, farò venire uno dei miei compagni di squadra. Se siamo impegnati noi, se siamo in missione, ci sono alcuni altri SEAL di cui mi fido, qua alla base. Vedremo come fare. Basta che io sappia che non ti opporrai a qualche limitazione, che sarai attenta, così potrò rilassarmi un poco anch'io."

"Sai cosa mi andrebbe di fare, oggi?" gli chiese

"Cosa?"

"Voglio andare alla Dole Pineapple Plantation, è una piantagione di ananas con un parco divertimenti, lo conosci?"

Mustang fu colpito. "Davvero?"

"Sì. Ho sentito che fanno dei gelati all'ananas da fine del mondo."

"Però non possiamo fare i labirinti, specialmente se c'è qualcuno che ti dà la caccia... sarebbe il posto perfetto per fare sparire *entrambi*," brontolò Mustang. Pensò per un attimo di aver esagerato, avanzando l'ipotesi che la mafia le fosse alle calcagna, invece lei rise.

"Giusto, neanch'io mi diverto tanto, nei labirinti. Grazie per avermi creduto, e anche per non avermi chiusa a chiave in bagno, come un cavernicolo."

"Non credere che non ci abbia pensato," la avvertì Mustang. "Finché non scopriamo a che livello è il pericolo, sono disposto ad adattarmi, ma se scopriamo che Columbus sa dove sei, o che c'è qualcuno sull'isola che ti dà la caccia, ti chiudo a chiave così alla svelta che ti faccio girare la testa."

Lei continuò a sorridere. "Va bene."

"Dico sul serio, Elodie. Non ti lascerò diventare una TSPV."

Lei allungò il collo. "Cos'è quella sigla?"

"Significa *Troppo Stupida Per Vivere*. Sai, come nei film, quando la protagonista fa qualcosa di incredibilmente stupido e si mette in pericolo, per mandare avanti la trama? A te non succederà."

"Sì, come nella pubblicità delle assicurazioni, quella con i ragazzini che scappano dal serial killer e devono decidere dove andare a nascondersi tra le varie opzioni. Cioè, possono andare a nascondersi in cantina, o in altri posti, e una delle ragazze dice: *Perché non andiamo in macchina? Il motore è acceso e scappiamo.* Al che uno dei ragazzi le chiede se è matta e alla fine convince tutti a nascondersi dietro una parete piena di seghe elettriche."

Mustang la guardò con gli occhi persi.

"Ah, va bene, non l'hai mai vista; ma credimi, è proprio divertente, descrive bene quelle persone TSPV di cui parlavi."

"Mi fido sulla parola. Ora, dicevi sul serio, a proposito della piantagione di ananas?"

"Sì."

"Allora dobbiamo alzarci dal letto e darci una mossa. Il traffico sarà una rottura."

"Davvero non ti dispiace portarmi?" gli chiese Elodie.

"No. Farò del mio meglio per portarti dove vuoi, ci sono

anche degli altri posticini fuori mano che secondo me ti piaceranno. Ma terrò presente cosa mi hai detto stamattina, quindi ridurremo le passeggiate per andare a vedere le cascate e i panorami a un massimo di una quindicina di chilometri."

Lei spalancò gli occhi, tanto che Mustang fece fatica a rimanere serio.

"Ma stai scherzando, vero?"

Al che lui scoppiò a ridere.

Lei rise con lui, schiaffeggiandogli il braccio. "Sei proprio cattivo."

"Dai, andiamo, pigrona, ti lascerò fare la doccia per prima."

"Pigrona? Chi era quella che faceva tutto il lavoro, fino a poco fa?" gli chiese, maliziosamente.

A quelle parole, Mustang ripensò a quando l'aveva presa da dietro, lasciando che fosse lei a muoversi... l'erezione fu inevitabile, ripensando al modo in cui lei si muoveva avanti e indietro, facendolo entrare e uscire dal proprio corpo. "Elodie," la avvertì.

"Vado," gli disse, con una smorfia complice. "Allora immagino che la doccia insieme dovrà aspettare?"

"Se vengo in doccia con te, oggi non ci arriviamo, alla Dole Pineapple Plantation. Anzi, non arriviamo da nessuna parte," la minacciò.

"Va bene, allora vado," gli disse, mettendo il muso.

Mustang capì che stava scherzando, gli piacque il gioco. In realtà *voleva* prenderla sotto la doccia, ma ciò che gli aveva appena detto aveva fatto vibrare una corda dentro di lui. Voleva farle vivere la sua vita senza rimpianti, quando sarebbe arrivata la fine. Lui era un militare, nel suo lavoro la fine poteva arrivare in qualunque momento. Ogni missione poteva sempre essere l'ultima, voleva vivere con quella donna più esperienze possibili. Voleva vederla con gli occhi pieni di gioia, mentre assaggiava il primo gelato all'ananas.

Voleva cucinare al suo fianco, guardare altri tramonti sulla spiaggia.

Lei sparì nel bagno, ma fece di nuovo capolino. "Però dobbiamo fermarci da me, devo prendere qualcosa da mettermi."

"Ma certo," le rispose Mustang. "Magari potresti portare qualche vestito anche qua da me, sarebbe una buona idea, nel caso mi eccitassi di nuovo troppo e te li strappassi di dosso." Aveva cercato di parlare con *nonchalance*, ma chiaramente non ci era riuscito.

Lei lo fissò a lungo, prima di sorridere. "Sarà fatto," gli rispose sottovoce, per poi sparire di nuovo in bagno, sempre col sorriso sulle labbra.

Mustang si girò sulle lenzuola. Sentiva il profumo dei loro corpi sulle coperte, sapeva che non l'avrebbe mai dato per scontato.

Elodie era là, con lui, nel suo letto, nel suo cuore. Era un uomo fortunato, avrebbe fatto tutto ciò che poteva per assicurarsi che nessuno gliela portasse via. Lui non era certo perfetto; era un po' troppo intenso, un po' ossessionato dagli allenamenti, cocciuto fino al midollo, ma era disposto a tutto, per farsi amare da lei.

Magari non subito, magari non l'indomani. Ma chissà, magari un giorno lei avrebbe capito che lui non l'avrebbe mai delusa, che sarebbe stato sempre presente, per lei... e che era innamorato di lei dalla testa ai piedi.

CAPITOLO TREDICI

"Allora, hai scoperto la sua storia?" chiese Slate lunedì mattina, quando si ritrovarono tutti intorno al solito tavolo delle riunioni, nell'edificio della base navale in cui lavorava la squadra.

Mustang aveva accompagnato Elodie al molo, incontrando di nuovo Kai, il giovane con cui lei lavorava, e aveva incontrato anche Perry, uno dei proprietari della barca. Era strano sentire che la chiamavano Melody, ora che lui conosceva il suo vero nome. Per lui sarebbe sempre stata la sua El.

Dopo averla salutata, era andato alla base e aveva parlato a lungo con il comandante. Non aveva voluto riferire tutto al suo superiore, perché sapeva che gli avrebbe detto di far gestire la cosa alla polizia; quindi era rimasto sul vago, parlando dei problemi di Elodie, lasciando intuire che avesse un ex molto geloso, che non voleva lasciarle frequentare altri; così Mustang aveva ottenuto il permesso di cambiare l'orario della sua pausa pranzo, in modo da poterla andare a prendere, quando lei terminava il lavoro sulla barca.

Ora gli uomini della squadra erano tutti insieme, pronti ad ascoltare la storia di Elodie. Mustang non fu sorpreso che fosse Slate il primo ad affrontare l'argomento. La squadra era prevedibile, tanto che Mustang quasi ci avrebbe riso sopra, se in quel momento non fosse stato concentrato su altro.

Aveva pensato e ripensato alla situazione di Elodie; più ci rimuginava, più gli bruciava. Lei non aveva fatto niente di male, aveva solo avuto la sfortuna di accettare di lavorare per un uomo senza scrupoli. Se n'era andata appena erano comparsi i guai, eppure non era ancora fuori pericolo.

Nessuno era mai sfuggito ai tentacoli della mafia. Mustang non sapeva quasi nulla sulla criminalità organizzata, ma aveva dei contatti, conosceva qualcuno che ne sapeva molto di più. Qualcuno in grado di scoprire tutto ciò che si poteva sapere su quel Paul Columbus... anche le sue debolezze.

Mustang era un SEAL. Si era guadagnato il tridente, il simbolo delle squadre speciali della marina, che rappresentava onore e coraggio. Aveva giurato di difendere chi non poteva difendersi da solo, la sua fedeltà alla patria e alla sua squadra sarebbe sempre stata inattaccabile. Non poteva certo andare in giro ad ammazzare chi faceva qualcosa che non gli piaceva. Non si sarebbe mai spinto a tanto. Ma se proteggere e difendere Elodie e la sua squadra significava ammazzare qualcuno, allora l'avrebbe fatto.

Aveva il presentimento che Paul Columbus non si sarebbe mai sporcato le mani. Avrebbe incaricato qualcun altro di svolgere quell'incarico losco, quindi, anche eliminando chi dava la caccia a Elodie, ci sarebbe sempre stato qualcun altro pronto in fila per tentare l'impresa in cui quello prima aveva fallito. Tagliare la testa del serpente era l'unico modo per eliminare il nemico. In guerra funzionava così, lo stesso valeva per la famiglia Columbus.

Mustang aveva pensato a quella situazione quasi senza sosta, da quando Elodie gli aveva raccontato tutto. Aveva sorriso, si era divertito, si era goduto il tempo passato con lei, alla piantagione di ananas, ma la sua mente non aveva mai smesso di rimuginare su quel problema. Parlare con la squadra l'avrebbe aiutato anche a schiarirsi le idee, Mustang lo sapeva. Ma sapeva anche che avrebbe esposto i suoi uomini a un pericolo oscuro, che poteva essere in agguato dietro ogni angolo, per abbatterli.

Sì, Elodie era sua, su questo non c'era alcun dubbio.

"Mustang?" chiese Slate, interrompendo i suoi pensieri. "Allora, ci racconti tutto o no?"

"Un briciolo di calma, Slate," si lamentò Midas. "Dagli un attimo per pensare."

Mustang sorrise. Voleva bene ai suoi uomini. Erano praticamente i fratelli che non aveva mai avuto. Aveva riflettuto molto, pensando se fosse il caso di tenersi per sé la storia di Elodie, anche solo per proteggere gli uomini della squadra. Ma se l'avessero scoperto, l'avrebbero di sicuro preso a calci in culo. In fondo erano perfettamente in grado di cavarsela, senza che lui si mettesse a proteggerli. Inoltre, aveva bisogno della loro opinione. Prima di una missione, si trovavano sempre per un confronto, cercando di proporsi reciprocamente scenari diversi e facendo a volte la parte dell'avvocato del diavolo. Cercavano di sviscerare un problema da ogni punto di vista, prima di decidere quale piano seguire, proprio ciò di cui lui aveva bisogno in quel momento.

Così respirò profondamente...e spiegò tutto ciò che Elodie gli aveva raccontato il giorno prima. Parlò della famiglia Columbus, del veleno, di come Paul Columbus avesse minacciato di ucciderla, delle persone che l'avevano seguita, delle minacce al ristorante di Pittsburgh, del suo amico ucciso da una macchina in corsa, fino al suo impiego sull'*Asaka Express*.

Non tralasciò alcun dettaglio; quando ebbe finito, i cinque uomini intorno a lui rimasero a lungo in silenzio.

"La mafia?" chiese infine Pid, interrompendo il silenzio. "La stronzissima *mafia*? Porco cane, Mustang."

"Se è ancora viva... significa che si sta muovendo nel modo giusto," commentò Slate, imperturbabile.

Mustang avrebbe tanto voluto incazzarsi, per quel commento così secco, ma del resto aveva ragione. "È un po' quello che ho pensato anch'io. Ormai sono passati molti mesi, da quando se n'è andata da New York, a parte gli uomini che la seguivano a Pittsburgh e a Los Angeles, poi non ha più notato alcunché di strano."

"Pensi che quei tipi abbiano lasciato perdere?" domandò Aleck.

Mustang sospirò. "Mi piacerebbe tanto pensarlo, ma non credo. Inoltre, anche se lei non ha alcuna prova, la polizia di New York probabilmente salterebbe a piè pari su di lei per farla testimoniare contro quel boss, anche solo per sostenere altre prove contro di lui."

"Infatti, la polizia potrebbe usarla come scusa per indagare su di lui e sulla sua organizzazione per *altre* faccende," disse Midas. "Ma senza prove non possono davvero aiutare Elodie. Sarebbe la sua parola contro quella di Paul Columbus, che di sicuro corromperebbe tutti gli altri testimoni per sbugiardare Elodie, arrivando a dire che lei lo vuole ricattare, o qualcosa del genere."

Mustang annuì. "Sapete che c'è? A me sembra che questo Paul sia un po' pazzo. Cioè, insomma... vuole ucciderla solo perché gli ha detto di no?"

"Potrebbe anche essere mentalmente instabile," concordò Pid. "Può darsi che abbia preso il suo rifiuto sul piano personale. Vuoi che faccia delle ricerche?" gli chiese.

Mustang sapeva che Pid poteva fare delle ricerche approfondite su internet. Non era forte come il mitico Tex, ma era un elemento insostituibile della squadra. "Non voglio fare alcuna mossa che possa dare un segnale e farci individuare da quei mafiosi," disse Mustang.

Pid alzò gli occhi al cielo. "Come se io fossi così scemo."

"Va bene. Allora penso che ci servano maggiori informazioni sulla famiglia Columbus nel complesso. Elodie ha detto che Paul è il capo, ma chi sono i vicecapo? Ha un consigliere?"

"Un capomafia col consigliere?" domandò Jag.

"Sì, è una tradizione che il boss di una famiglia ne abbia uno. Di solito è un amico fidato, un confidente. Il consigliere è il numero tre della struttura, dopo il boss e il vice," spiegò Midas.

Si voltarono tutti a guardarlo.

"Cosa? Guardo molti film," disse Midas in sua difesa.

"Vedi se riesci a scoprire chi sono e quanti sono i capidecina, sono quelli che guidano i gruppi di soldati, i mafiosi semplici. Dobbiamo conoscere il *modus operandi* della famiglia, di cosa si occupano, traffico sessuale, omicidi, oppure riciclaggio di denaro sporco, ricatti? In pratica dobbiamo sapere cosa aspettarci, rispetto alla loro ricerca di Elodie," concluse Mustang.

Slate si sporse in avanti e appoggiò i gomiti al tavolo, fissando gli occhi su Mustang. "Cos'ha questa pollastrella di così speciale, come mai sei così... coinvolto? Ci hai passato un paio d'ore, due mesi fa, da allora ti sei consumato a pensarla; è piuttosto evidente dalla tua espressione da allocco e dalla disperazione con cui vuoi eliminare ogni suo fantasma che questo fine settimana ci sei andato a letto. Cos'è, ha una passera magica o qualcosa del genere?"

Mustang strinse i denti dalla voglia di prendere a pugni il suo amico, ma non poteva certo biasimarlo (né lui, né gli altri) per il suo scetticismo. Aprì la bocca per cercare di spiegare, ma Midas intervenne in difesa di Elodie.

"Non c'è bisogno di andarci giù così di brutto, Slate, e tu lo sai. Io c'ero, quando abbiamo incontrato Elodie, e posso dirti che... è una persona speciale. Ho visto io stesso coi miei occhi il rapporto che ha instaurato con Mustang."

"Quindi, siccome ti ha salvato la vita, hai deciso che lei è 'quella giusta'? domandò Slate. "Davvero, non sto cercando di fare il bastardo, sono solo curioso. Quando l'abbiamo incontrata, mi sembrava molto gentile, ma non la conosciamo tanto bene da poterci fare un'opinione su di lei."

"No, non è per quello. Anche se non posso negare di esserle davvero riconoscente. Mi fa sentire... tranquillo, contento... ma allo stesso tempo anche eccitato. È una donna coraggiosa, lavora sodo ed è diretta, proprio come te, una qualità che apprezzo. Dice quello che pensa e non ci gira attorno con dei giochi di parole. Ha un cuore molto generoso e si preoccupa degli altri, probabilmente più di quanto dovrebbe, ed è anche divertente..."

Mustang abbassò la voce e smise di parlare, accorgendosi che tutti e cinque i suoi amici lo guardavano con una smorfia maliziosa. "Cosa c'è?"

"Abbiamo capito: è la donna più meravigliosa del pianeta," commentò Aleck.

"Allora... è quella giusta per te? Dopo così poco tempo, sei sicuro?" chiese Jag.

"Non posso prevedere il futuro, ma lo spero di tutto cuore," rispose Mustang senza esitare. "Il fatto è questo, ho trentasei anni, sono stato con abbastanza donne; in tutta la vita non ho mai provato per alcuna donna la stessa attrazione che provo per Elodie. Non dico che voleremo domani a Las Vegas per sposarci, ma sì, sono abbastanza sicuro che sia quella giusta. Lo sento nel profondo, è difficile da spiegare. È una... *affinità* difficile da spiegare a parole."

Rimasero tutti in silenzio per un momento, sembrava che tutti rifletteressero su quelle parole.

"Voglio che anche voi ragazzi la conosciate. Così potrete valutare in prima persona. Ovviamente spero che vi piaccia, ma se volete conoscerla per la persona che è, non solo perché sta con me... non so se mi spiego," disse tranquillamente Mustang.

"Sai che è difficile per noi pensare che ci sia una persona giusta per te," disse Jag tutto serio.

"Se ce lo chiedessi, ti seguiremmo anche all'inferno. Cavolo, anche se non ce lo chiedessi," aggiunse Pid. "La donna che sta con te dev'essere davvero impressionante."

"Vi chiedo solo di darle una possibilità. Non fate gli stronzi con lei, sta sostenendo uno stress insopportabile," disse Mustang, con un tono di voce un po' più duro.

"Pensavo che ci conoscessi un po' meglio," disse Aleck. "Non faremmo mai gli stronzi con una con cui hai una relazione seria. Magari poi ti diciamo quello che pensiamo, se ci convinciamo che non sia alla tua altezza, insomma, la nostra opinione, ma non la faremmo mai stare di merda."

"Lo apprezzo. Vedrete, vi piacerà, non ho alcun dubbio," disse Mustang con una certa sicurezza. "È una persona adorabile. Però ricordatevi che l'ho vista prima io!"

Risero tutti.

"Allora... faccio una ricerca sulla famiglia Columbus, vedo se riesco a trovare qualcosa da usare contro di loro, nel caso decidano di portare le loro brutte facce in questo paradiso. D'accordo, si può fare," disse Pid.

"La tieni chiusa in casa?" domandò Midas.

Mustang scosse la testa. "No, mi fido del suo istinto. Finora è riuscita a tenersi al sicuro. Ha accettato di farsi accompagnare al lavoro e di farsi venire a prendere, per non usare i mezzi pubblici. Non ha posta elettronica, cellulare, conto bancario, nemmeno una macchina, quindi non c'è nemmeno il rischio che le vadano addosso, cose così."

"Ma possono sempre venire addosso *a te* se è per questo, quando lei è con te in macchina." Commentò Slate.

"Immagino che potrebbero provarci," disse Mustang, quasi desiderando che ci provassero. Alla prima occasione, se avesse incontrato faccia a faccia uno degli scagnozzi inviati dalla famiglia Columbus per uccidere Elodie, si sarebbe assicurato di mandare un messaggio al boss, per fargli sapere che non era più sola e che era ben protetta, per chiarire che ormai Elodie era *off limits* e che avrebbero fatto meglio a dimenticarsela.

"Allora adesso vive da te?" chiese Aleck.

Mustang non percepì alcun giudizio negativo in quella domanda, così rispose onestamente. "Non abbiamo ancora deciso, ma spero di sì."

"Il grande e grosso Mustang, con tutta la sua potenza, non è ancora riuscito a convincerla a convivere?" Jag guardò platealmente l'orologio da polso: "Sono già passate quarantott'ore da quando vi siete ritrovati?"

"Ma stai buono," gli disse Mustang, gettando la penna verso l'amico, dall'altra parte del tavolo.

"Renderebbe tutto più semplice," commentò Slate... al che tutti si voltarono per guardarlo, increduli.

"Ma tu non eri quello che metteva in dubbio la sua improvvisa attrazione nei confronti di questa donna?" gli chiese Pid.

"Sì, ma poi lui si è spiegato, quindi adesso ci sto anch'io," disse Slate, molto concretamente.

Mustang non poté trattenere una smorfia compiaciuta. I suoi amici sapevano essere dei rompiscatole, ma erano molto leali, tanto quanto lui era leale nei loro confronti. Ne avevano passate troppe, per fare i cretini tra loro. A volte non erano d'accordo su tutto, o prendevano posizioni diverse, ma quando era il momento di agire si sostenevano sempre a vicenda.

"Allora ci muoviamo in sordina e aspettiamo di vedere se salta fuori qualcosa?" domandò Midas. "Oppure ci diamo più da fare?"

"Se quelli della famiglia si accorgono che stiamo indagando su di loro, potrebbero capire che lei si trova qui," disse Pid.

"Ma se non troviamo abbastanza informazioni, rischiamo che ci prendano di sorpresa per farle un'imboscata," aggiunse Slate.

"Allora, la domanda è: scaviamo abbastanza a fondo, col rischio che se ne accorgano, oppure stiamo buoni, ci teniamo in guardia, pronti a reagire se e quando serve?" chiese Aleck.

Rimasero tutti in silenzio per un momento, riflettendo sulla decisione da prendere.

"Penso potremmo vedere cosa scopre Pid con la massima discrezione, poi decidiamo. L'ultima cosa che vogliamo è attirare contro di noi l'ira della mafia," disse Mustang. "In ogni caso, abbiamo le mani legate. Paul Columbus non sarà mai così pazzo da venire di persona, e anche se lo facesse, non potremmo certo ucciderlo e pensare di farla franca."

"Esatto," aggiunse Midas, che poi proseguì a voce più bassa. "Ma abbiamo dei contatti, amici di amici. Magari non potremo agire noi direttamente, ma conosciamo qualcuno che si può muovere per noi. Anche su questa stessa isola."

Mustang annuì. Non voleva andare a chiedere favori in giro, ma per Elodie l'avrebbe fatto. Meritava di vivere liberamente, senza più avere paura. Meritava di essere chi voleva essere, di fare ciò che preferiva. Se le piaceva lavorare come mozzo, benissimo, ma se voleva aprire un ristorante tutto suo, con il suo nome a caratteri giganti sulla facciata e anche su internet, lui avrebbe fatto di tutto per permetterglielo.

"Stasera comincio a fare le mie ricerche," disse Pid. "Nel frattempo... quando ci troviamo tutti insieme?"

Mustang sorrise, felice che i suoi compagni di squadra volessero conoscere Elodie, ma allo stesso tempo si sentiva un po' egoista. Per un po' di tempo, la voleva tutta per sé.

"Magari può venire ad allenarsi con noi, al mattino," suggerì Aleck.

Mustang scoppiò a ridere e scosse la testa. "No, mi ha già

detto chiaro e tondo di non essere il tipo di donna che ama allenarsi."

"Potrebbe guardarci mentre ci alleniamo," ribatté Aleck.

"Si alza già presto per andare a lavorare, quando può dormire un po' più a lungo, ne approfitta," rispose Mustang.

"Fa la cuoca, vero? Magari possiamo trovarci a mangiare, così ci cucina qualcosa di buono," suggerì Pid.

Slate gli si avvicinò e gli mollò uno scappellotto sulla nuca. "Non la mettiamo a cucinare per tutti la prima volta che la incontriamo. Santo cielo, sei proprio un idiota."

"Dicevo solo per dire!" rispose Pid. "Non c'è bisogno di usare la violenza."

"Penserò a qualcosa," disse Mustang ai suoi amici.

La porta della sala riunioni si aprì e il comandante fece capolino. "Ragazzi, siete pronti per un aggiornamento sulla situazione in Benin?"

Si fecero tutti seri e annuirono. Il Benin, un paese africano sull'equatore, confinante con la Nigeria, era da tempo afflitto da conflitti interni di varie fazioni locali e sembrava sull'orlo di un colpo di stato. La missione che aleggiava nell'aria prevedeva che la squadra andasse a recuperare cittadini USA e di altri paesi, rimasti bloccati in Benin tra i fuochi incrociati. Tutti gli stranieri presenti nel paese erano stati invitati ad andarsene, ma c'era sempre qualcuno che ignorava gli eventi, nonostante i rischi palesi, pensando di essere al sicuro anche rimanendo.

Non si parlò più di Elodie, ma Mustang si sentì meglio, sapendo che ora i suoi compagni conoscevano la situazione. Per il momento gli bastava sapere che non c'erano pericoli imminenti, ed era contento che Pid si mettesse a indagare sulla famiglia Columbus. Sarebbe stata una bella sorpresa, scoprire che Elodie aveva frainteso e che quella non era per niente una famiglia mafiosa, anche se non dubitava affatto della sua paura o dei suoi timori. Non avrebbe mai abbandonato tutto e tutti, se non ci fosse stata una base di verità nei fatti che gli aveva raccontato.

No, era certo che Elodie temesse per la propria vita. La questione era... quanto era grave la minaccia? L'avrebbe scoperto, poi se ne sarebbe occupato insieme agli altri della squadra, così Elodie avrebbe potuto vivere la sua vita come voleva... magari con Mustang al suo fianco.

Quel pomeriggio, Scott aspettava Elodie, mentre la *Fish Tales* manovrava nel molo. Lei era stata sovrappensiero tutto il giorno, il suo umore altalenava dalla felicità folle al dubbio su che cosa stesse mai combinando. Lei non era il genere di persona che si concentrava sul negativo, ma nell'ultimo anno le sembrava le fosse piovuta addosso fin troppa merda, al punto che che era difficile rimanere ottimista. L'incontro con Scott era stato l'unico raggio di luce, nella sua vita altrimenti buia.

Il fine settimana era stato meraviglioso. Aveva superato la paura di raccontare tutto a Scott, gli aveva detto di Paul e di quanto era successo a New York, senza che lui si spaventasse. Non l'aveva mandata a quel paese, non si era messo a gridare, dicendole che gli stava portando la mafia praticamente alla porta di casa. Non che lei si aspettasse quel genere di reazioni, ma c'era sempre un margine di incertezza.

Per di più, lui non aveva nemmeno cercato di assumere subito il controllo della sua vita. Non le aveva ordinato di mollare il lavoro e di andarsi a nascondere. Non aveva insistito perché andasse alla polizia a denunciare tutto. L'aveva ascoltata, aveva avanzato delle proposte... tutte perfettamente accettabili per lei. Pensava di non aver mai incontrato qualcuno così sulla stessa lunghezza d'onda, qualcuno che comprendesse le sue emozioni e i suoi pensieri tanto quanto Scott.

Poi c'era il sesso. Non poteva certo negare di aver pensato a come sarebbe stato fare l'amore con lui, ma la realtà aveva di gran lunga superato tutte le sue fantasie. Scott era deciso, a volte anche un po' aggressivo, e a lei piaceva molto. Quando era con lui, si sentiva una persona completamente diversa. Certo, c'era molto di più dei soli rapporti sessuali, ma stavano decisamente partendo col piede giusto, almeno così la pensava lei.

"Ci vediamo domani, Melody!" gridò Kai, mentre lei sbarcava e si dirigeva verso Scott, in piedi che l'aspettava a inizio molo. Era pazzesco, erano bastati pochi giorni in cui aveva sentito il suo vero nome pronunciato da Scott, per rendere molto strano il nome falso con cui la chiamava Kai.

Lo salutò con un cenno della mano e gridò: "Aloha!" per poi proseguire verso Scott.

Quando lo raggiunse, lo trovò sorridente. "Ciao, piccola!"

"Ciao," gli disse, entrando nel suo spazio personale e orientando la testa all'indietro. Lui accettò quell'invito piegandosi in avanti e baciandola con profonda passione, proprio davanti a tutti i presenti, turisti o abitanti.

Quando rialzò la testa, dopo vari momenti, Elodie si accorse di avere un sorriso ridicolo in faccia.

"Com'è andata la tua giornata?" le chiese, mettendole un braccio intorno alle spalle e accompagnandola alla macchina.

"Bene, ognuno dei clienti ha pescato un marlin. Erano entusiasti."

"Mi fa piacere."

"E la tua giornata, com'è stata?" gli chiese.

"Più o meno come le altre," le rispose.

"Ma... hai parlato con la tua squadra?"

Lui capì a cosa si riferiva. "Sì, l'ho fatto. È andato tutto bene, ti racconto tutto stasera. Vuoi che andiamo da me o da te?"

Elodie ci pensò su un secondo, poi rispose: "Da me, per favore."

Le fece piacere non sentire alcuna lamentela, non stava cercando di convincerla ad andare da lui. Scott si limitò ad aspettare che lei salisse in macchina, poi le chiuse la portiera quando si fu sistemata. Il viaggio verso la casa in cui affittava una camera passò in silenzio, ma Elodie si sentì un po' meglio quando Scott le prese la mano, mentre guidava.

Dopo aver fatto manovra davanti alla casa, Scott spense il motore e si voltò verso di lei. Lei trattenne il fiato, lo sguardo serio sul suo volto la rendeva estremamente nervosa.

"I ragazzi volevano sapere quando avranno l'occasione di conoscerti. Hanno fatto ogni sorta di proposte... come farti venire con noi agli allenamenti, mangiare tutti insieme... naturalmente ti hanno offerta volontaria per cucinare." Poi alzò gli occhi al cielo e sorrise. "Io ho declinato entrambe queste proposte, sappilo. Non ho alcun problema a farvi incontrare, ma non sono ancora pronto a dividerti con gli altri. È solo che... mi sento egoista e voglio passare ogni secondo in cui non lavoro con te, per conoscerti, non con tutti quelli della squadra."

La tensione di Elodie svanì. "Va bene."

"Lo so che è una follia, e *voglio* farti incontrare la squadra. Penso che andrete molto d'accordo. *Non* ho alcun timore che non ti piacciano, o viceversa."

Lei sorrise. "Anch'io mi sento un po' possessiva, sul tuo tempo, non mi dispiacerebbe conoscerti meglio, prima di essere gettata nella fossa dei leoni, per così dire."

Scott sorrise. "Ottimo. Ho raccontato loro la tua situazione... hanno cominciato a fare ricerche."

Elodie reagì a quell'ultima notizia sentendosi il sangue gelare nelle vene.

"Niente paura," le ordinò Scott. "Pid è molto bravo nel suo lavoro. Non farà nulla che possa far scoprire dove ti trovi. Sa muoversi con discrezione. Dobbiamo solo capire con chi abbiamo a che fare. Quanto seriamente ti stiano cercando, che tipo di pericolo costituiscano. Fidati di noi. Fidati di *me*," le disse con insistenza.

Elodie cercò di ricordarsi che sapeva esattamente cosa stava succedendo, quando si era aperta a Scott. Non c'era dubbio che avrebbe condiviso la sua storia con quelli della squadra, ma non era tranquilla, per il loro intervento nella faccenda. Alla fine, annuì.

"Ci pensiamo noi," le disse dolcemente. "Vedremo di capirci qualcosa e scopriremo come metterci tutto alle spalle, per poi vivere felici e contenti. Va bene?"

Elodie respirò a fondo. "Va bene."

"Purtroppo io devo tornare alla base, oggi pomeriggio abbiamo delle altre riunioni."

"Va tutto bene?" gli chiese. Lei non sapeva minimamente cosa facesse Scott durante il giorno, di solito, ma delle riunioni urgenti non lasciavano presagire nulla di buono per un SEAL.

"Va tutto bene," le disse senza alcun segno di stress. "Teniamo sempre d'occhio ciò che succede al mondo, per rimanere aggiornati sugli ultimi sviluppi, per questo dobbiamo fare molte riunioni. Vuoi che passi a prenderti quando finisco?"

Sì! Ma certo che lo voleva. Ma non voleva nemmeno sembrare troppo ansiosa. "Se sei stanco, a fine giornata, se vuoi rimanere a casa, lo capisco."

All'improvviso, Scott le si avvicinò e le mise una mano dietro la testa, tirandola verso di sé. La baciò con grande trasporto, poi rimase vicino, naso contro naso, dicendo: "Non sarò mai troppo stanco, per vederti."

Lei si sentì le farfalle volare nello stomaco. "Va bene,

allora mi farebbe piacere che mi venissi a prendere. Ti inviterei da me, ma il panorama da casa tua è molto più bello. Anche la tua cucina è migliore. Stasera posso cucinare per te?"

"Sì, ma solo se non ti dispiace."

"Ma no, mi fa piacere," gli ribadì, mentre pensava già rapidamente a cosa poteva preparare.

"Vuoi che andiamo a fare la spesa? Possiamo fermarci al negozio di alimentari intanto che andiamo a casa."

"No, penso di avere tutto," gli disse Elodie, ripensando a ciò che teneva nella dispensa della casa dove aveva la camera in affitto.

"Va bene. Dobbiamo pensare anche a un cellulare per te, ma per ora posso chiamare sul fisso, quando parto per venirti a prendere."

Elodie non voleva discutere a proposito del cellulare. Non voleva che Scott pagasse per farle avere un cellulare, anche perché sapeva che non erano affatto economici; inoltre non si sentiva ancora del tutto sicura di poter avere qualcosa di rintracciabile. Non sapeva se Paul o qualcuno della famiglia avessero i mezzi tecnici per rintracciare qualcuno elettronicamente, ma pensava di sì, e non voleva correre alcun rischio.

"Ottimo, mi sa che sarà proprio difficile convincerti, non è vero?" le chiese Scott sorridendo. "Ci sta. Allora ci vediamo tra qualche ora. El?"

"Sì?"

"Andrà tutto bene. Troveremo il modo, non sarà Columbus ad averla vinta, l'avremo vinta *noi*. Va bene?"

Lei annuì. Che altro poteva fare? Voleva tanto credergli, voleva che avesse ragione, con tutto il cuore.

Lui le si avvicinò, la baciò teneramente sulla fronte, poi tornò ad accomodarsi sul suo sedile. Elodie saltò giù dalla macchina e lo salutò con un gesto della mano, mentre si incamminava verso il vialetto in ghiaia che portava all'ingresso laterale separato della sua camera.

Era passato molto tempo da quando aveva avuto così tanta voglia di cucinare. Non sapeva minimamente se sarebbe stata un'occasione isolata; magari tornando a lavorare davvero in cucina la scintilla dell'entusiasmo si sarebbe smorzata, come era successo fin troppe volte, di recente. Ma anche per questo poteva essere grata a Scott: le stava già cambiando la vita su molti piani, tanti che ormai non li contava nemmeno più. Entrando nel suo appartamento, non poté trattenere un sorriso.

CAPITOLO QUATTORDICI

LE ULTIME TRE settimane erano state meravigliose, stupende. Meglio di quanto Elodie potesse mai immaginarsi.

Aveva pensato che le cose tra lei e Scott sarebbero diventate meno intense, col passare delle settimane, man mano che la novità del loro rapporto svaniva, ma non era andata così. Quando lo vedeva, dopo il lavoro, sentiva ancora le farfalle nello stomaco; continuavano ad avere argomenti di cui parlare, conoscendosi.

Ogni giorno imparava qualcosa di nuovo su di lui. Quando odiasse terribilmente i ragni, pur non avendo alcun problema a prendere in mano un serpente. Quanto avesse un debole per le tartarughe sull'isola, tanto da offrirsi volontario una volta al mese per fare la guardia a Laniakea Beach, nella North Shore, per proteggere le tartarughe marine che spesso risalivano a riva per prendere il sole. Senza i volontari come lui, i turisti si sarebbero avvicinati troppo alle tartarughe, facendo molto probabilmente qualcosa di stupido, come appoggiare i bambini sui carapaci per fare delle fotografie, o altre scemenze del genere. Una domenica era andata con lui, passando tre ore allegre all'ombra, mentre guardava il suo uomo che educava i turisti e proteggeva le tartarughe.

Scott era anche venuto con lei due volte sul peschereccio a noleggio, sempre nel fine settimana. Si era divertito, era stato molto bello, in entrambe le occasioni i turisti erano rimasti molto contenti e soddisfatti delle attenzioni ricevute. A Kai piaceva Scott, gli faceva una miriade di domande sulla marina, persino se si era pentito di esserci entrato.

Kahoni era sulla barca in entrambe le occasioni in cui era venuto anche Scott, dopo la seconda escursione aveva preso Elodie da parte e le aveva detto che si era trovata proprio un uomo con i fiocchi, consigliandola di tenerselo stretto, senza rigettarlo in mare. A parte l'analogia un po' prevedibile con la pesca, Elodie era contenta che il suo capo approvasse Scott.

Le aveva dato ancor più sollievo scoprire che le piaceva cucinare con lui. Poteva dargli delle indicazioni e lui la ascoltava, eseguendo ogni incarico alla perfezione, facendola contenta. Pur sapendo che lei era una cuoca, Scott non aveva mai insistito perché cucinasse sempre lei per entrambi. Molte sere l'aveva fatta accomodare sul divano e le aveva detto di rilassarsi, mentre lui pensava a preparare qualcosa da mangiare.

Era sempre molto attento, affettuoso, inoltre aveva molto chiara la distinzione tra giusto e sbagliato. Una sera stavano guardando il telegiornale (Elodie odiava guardare le notizie in televisione, ma le sopportava perché Scott doveva comunque tenersi aggiornato su quanto succedeva nel mondo), era stata data una notizia su un bambino di cinque anni che aveva rubato la macchina ai genitori. Era stato fermato in autostrada, dove marciava una trentina di chilometri sotto il limite di velocità. Invece di passare dei guai, quel ragazzino era diventato la celebrità del momento, tutti ridevano e consideravano il suo un gesto divertente, per quanto incredibile.

Poi il giornalista aveva detto che un grande campione di

football aveva sentito la notizia, apprendendo che il ragazzo stava cercando di andare in California per incontrarlo, così aveva preso un aereo per andarlo a trovare, portandogli una montagna di magliette e altri oggetti regalo. Scott a quel punto aveva perso le staffe, insistendo su quanto fosse ridicolo: quel ragazzino veniva ricompensato per aver fatto qualcosa di sbagliato. Si era sfogato, inveendo e dicendo quanto fosse stato fortunato a non aver ucciso nessuno, sostenendo che i genitori avrebbero dovuto punirlo pesantemente, invece di accogliere con soddisfazione tutta quella pubblicità e quelle attenzioni positive.

Elodie si era detta d'accordo, notando con quanta passione Scott difendesse ciò che riteneva giusto, rispetto a ciò che riteneva sbagliato.

Col passare delle settimane, anche Elodie si era aperta a lui. Scott ora sapeva che lei si poteva alzare presto la mattina, se doveva andare a lavorare, ma non era proprio una persona mattiniera. Aveva scoperto suo malgrado che lei piangeva guardando film melensi strappalacrime. Un giorno era tornato a casa dal lavoro e l'aveva trovata sul divano che si disperava; Elodie aveva faticato a convincerlo che andava tutto bene, che era al sicuro, che stava piangendo solo per uno spettacolo che aveva visto in TV.

A lei piaceva molto guardare le persone, avevano passato un pomeriggio molto divertente in spiaggia, con lei che si inventava delle storie elaborate sui turisti che passavano nei paraggi. Scott aveva scoperto che lei preferiva mettere da parte qualche risparmio e starsene a casa, invece di spendere venti dollari per andare al cinema (per non parlare degli spuntini... costavano troppo, una vera rapina).

Il loro legame fisico era esplosivo proprio come la prima notte che avevano passato insieme. Non facevano sesso ogni giorno; a volte preferivano entrambi coccolarsi. Alcune sere, Scott arrivava a casa così esaurito dalle riunioni di aggiornamento sugli avvenimenti nel mondo, che doveva rimanere alzato fino a tardi a guardare dei film spensierati, oppure fare allenamento, mentre lei si addormentava da sola, a letto. Ma Elodie si svegliava sempre tra le braccia di Scott, sentendosi così apprezzata, fortunata e felice.

Anche se stavano insieme solo da poche settimane, sembravano passati già dei mesi. Erano totalmente in sintonia, conoscevano sempre lo stato d'animo l'uno dell'altra.

Così, quando Scott arrivò a casa il venerdì sera, Elodie capì subito che era successo qualcosa.

"Cosa c'è?" gli chiese, mentre lui le si avvicinava.

"Come fai a sapere che è successo qualcosa?" le chiese, evitando di rispondere alla sua domanda.

"Perché ti conosco. Hai una piccola ruga tra gli occhi, diventa più profonda quando sei sotto stress, per qualche motivo."

Inaspettatamente, lui ridacchiò. "Se qualcuno mi avesse detto due mesi fa che sarei stato qui oggi, non ci avrei creduto."

"Se ti avessero detto che saresti stato qui in che senso?" gli chiese Elodie confusa.

"Qui in piedi nel mio appartamento, con la mia compagna tutta seria che mi dice di conoscermi abbastanza bene da accorgersi quando ho dei grattacapi, solo guardandomi in faccia." Poi Scott fece un passo verso di lei e se la tirò tra le braccia.

Elodie quasi gli rimbalzò sul petto e lo guardò negli occhi, proprio mentre lui le prendeva il viso con le mani e la baciava. Come sempre lei si concesse, rilassando il corpo, mente la lingua di lui entrava ed esplorava la sua bocca. Non fu un bacio aggressivo, Scott si prese il suo tempo; quando finalmente alzò la testa, Elodie era eccitatissima... ma ancor più preoccupata.

"Dai, racconta," lo implorò. "Pid ha trovato qualcosa di nuovo? Paul mi ha trovata?"

"No," rispose Scott, scuotendo subito la testa. "Niente del genere."

"Allora *cosa*?" gli chiese, afferrandogli forte un bicipite. "Mi stai facendo spaventare."

"La settimana prossima ci mandano in missione," spiegò Scott, fermandosi come in attesa della reazione di Elodie.

"E allora?" gli chiese lei.

Lui sbatté le palpebre. "E allora?"

"È per questo che sei stressato? Perché? È una missione pericolosa?" Poi Elodie scosse la testa. "No, non me lo dire, è ovvio che è pericolosa. Sei un SEAL. Ma è più pericolosa del solito? È per questo che sei tutto agitato?"

"Sono tutto agitato, come dici tu, perché questa è la prima volta che mi mandano in missione da quando stiamo insieme."

Elodie continuava a non capire. "Mi dispiace, ma non capisco. Cioè, sapevo che eri un SEAL fin dal primo momento che ti ho conosciuto. Nelle ultime settimane hai lavorato molto duramente, so che vi sono arrivate molte informazioni su qualcosa che è successo da qualche parte. Non mi sorprende che tu venga inviato a salvare il mondo... allora cos'è che non mi stai dicendo?"

Scott sembrò rilassarsi proprio davanti agli occhi di Elodie, sospirò e abbassò le spalle. Lei poté sentire anche i muscoli delle sue braccia distendersi. La ruga tra gli occhi di Scott (segnale inconfondibile che era in ansia) divenne meno pronunciata. "Ero preoccupato di come l'avresti presa," ammise.

"Scott," disse Elodie, ora completamente esasperata. "Se pensi che io mi disperi ogni volta che devi partire, non è così. Cioè, mi mancherai terribilmente, sarò sempre preoccupata per te, ma sei un uomo adulto e vaccinato, sei un SEAL da tanto tempo. Io ho già passato i trenta da un pezzo, penso di poter sopravvivere senza di te per un po' di tempo. Aspetta... sai quanto durerà la missione? Si tratta di giorni, settimane, mesi?"

Scott aveva in viso un sorriso sornione, Elodie si accorse che si stava arrabbiando con lui. Non capitava spesso, di solito l'irritazione svaniva alla svelta, ma a lui sembrava piacere tenerla sulle spine, in situazioni come quella.

"Non lo so, ma di sicuro non durerà dei mesi," le rispose, sempre col sorriso sornione. "Rimani qui, mentre sono in missione?"

Elodie sbatté le palpebre sorpresa. "Ehm... no? Questo è il *tuo* appartamento."

"Sì, ma tanto hai dormito qui quasi sempre, tranne tre notti, da quando stiamo insieme," la rimbeccò.

"Le hai contate?"

"Ma certo che le ho contate," le rispose Scott. "La prima volta che hai detto che volevi tornare a casa tua per dormire, io ho passato una notte di merda. Mi sono girato e rigirato nel letto, chiedendomi cosa avessi detto o fatto per farti arrabbiare."

"Lo sai che non era quello il motivo. Avevo dei crampi e non volevo rovinarti la nottata," gli ricordò Elodie.

"Lo so. Ma io ti ho detto poi di non farlo più, perché non mi importa un fico secco se hai il ciclo. Cioè, mi dispiace moltissimo per i dolori acuti, ma non è che ogni mese perderò le staffe perché hai il ciclo. Fa parte della vita. La seconda volta è stata quando Kalani è caduta e si è fatta male. Tu non la volevi lasciare da sola, quindi hai dormito sul suo divano, mentre nel frattempo i suoi figli arrivavano da Maui. Chiaramente ho capito la situazione, ma mi è mancato moltissimo poterti abbracciare, mentre mi addormentavo."

Elodie lo fissava sorpresa. Non poteva credere che lui si

ricordasse ogni minimo dettaglio delle occasioni in cui non avevano dormito insieme.

"La terza volta è stata quando hai visto la notizia in televisione sull'incendio in un ristorante di New York. Ho capito che ti ha fatto pensare alla tua situazione e che ti sei spaventata, ti è venuta voglia di scappare. Mi è dispiaciuto moltissimo che tu sia scappata *da* me invece che *verso* di me, quando la paura ha preso il sopravvento, ma ti ho lasciata fare perché sei una persona adulta."

"Ma io ho chiamato un autista di Uber all'una del mattino per farmi riportare da te, perché non riuscivo a dormire e avevo capito di essermi comportata da scema," aggiunse Elodie sottovoce.

"Sei *stata* una scema," concordò Scott, accompagnando quelle parole col sorriso, per farle capire che la stava solo provocando. "Non sono mai stato così arrabbiato e così contento di rivedere qualcuno, tutto insieme."

"La signora che mi ha portata qui, quella di Uber, è stata molto gentile," commentò Elodie.

"Non è questo il punto. Qualcuno poteva approfittarsi di te, potevano portarti in qualche luogo isolato per rapinarti, farti del male, anche violentarti. Vorrei anche ricordarti che hai promesso di non farlo mai più."

"Lo so, non succederà mai più," gli confermò.

"Quindi torno al mio punto di partenza: se vuoi stare qui da me, sei la benvenuta. Tanto stai già praticamente vivendo qui, a parte le poche occasioni in cui devi andare a casa tua dopo il lavoro. Kai ha detto che non ha alcun problema a venirti a prendere e a riportarti a casa, dopo le escursioni; se non può lui, posso chiedere a qualche amico della base."

"Posso guidare Ben. Cioè, sempre che tu ti fidi a lasciarmi la tua macchina," gli suggerì Elodie.

"Io mi fido a lasciarti tutto ciò che ho, ma è meglio se non rimani da sola, è più sicuro. Ne abbiamo già parlato."

Ne avevano parlato, ma Elodie non voleva essere un peso per nessuno. Ormai si era abituata a farsi portare in giro da Scott, ma le sembrava un'imposizione eccessiva, costringere qualcuno a fare deviazioni per lei. "Da quando sono arrivata sull'isola, non ho notato niente di sospetto, nessuno mi ha seguita," spiegò. "Poi hai detto tu stesso che quelli della squadra non hanno scoperto nulla che faccia immaginare che Paul sappia dove sono."

"È vero, ma ciò non significa che non ti possa trovare all'improvviso, proprio mentre noi siamo in missione," controbatté Scott, che poi si abbassò e appoggiò la fronte a quella di lei. "Voglio solo che tu sia al sicuro, mentre sono via," le disse sottovoce. "Ma se vuoi davvero prendere la mia macchina, non ti dirò certo di no."

Ecco, quella era proprio una delle ragioni per cui Elodie si era innamorata di lui. Non era un prepotente, non la soffocava. Diceva la sua e poi lasciava decidere a lei cosa preferiva fare.

"Kai può venirmi a prendere e riportarmi a casa," gli disse.

Scott si rasserenò. "Grazie. Ora avrei un'altra cosa da dirti."

"Un'altra cosa? Che cosa?" gli chiese.

"Domenica, io, tu e i ragazzi andiamo a fare una passeggiata sul sentiero delle Maunawili Falls. So come la pensi sulle camminate, ma credo che ti divertirai. Non è troppo impegnativa, è un giretto ci circa quattro chilometri, io l'ho fatto già tante volte. Partiamo al mattino presto, prima che arrivino tutti i turisti. Però sappi che ci bagneremo, preparati anche al fango. Poi andremo tutti da Aleck: vive in un condominio con una piscina enorme e ci sono anche dei gazebo attrezzati per le grigliate."

Elodie aspettò che Scott finisse di parlare, dato che era chiaramente nervoso e parlava alla svelta per non farsi interrompere. "Mi sembra divertente."

Scott la fissò per un secondo, come cercando di leggerle nella mente. “Dici per dire, o lo pensi davvero?”

“Dico davvero,” rispose Elodie.

Scott sospirò sollevato. “Ottimo. I ragazzi hanno esaurito la pazienza, non posso più tenerti tutta per me. Hanno detto che se non organizzavo qualcosa, mi legavano come un salame e ti rapivano, solo per poterti conoscere.”

Elodie rise, ma si accorse che Scott non stava ridendo con lei. “Aspetta un attimo, stavi scherzando, vero?”

“No, non del tutto.”

Lei scosse la testa. “Beh, ma allora meno male che ho detto di sì, vero?”

“Eh sì. Lo apprezzo, è un bene per me tanto quanto per te, perché se ti rapivano e ti spaventavano, poi dovevo pestarli a sangue.”

Elodie ebbe per un attimo la sensazione che Scott non stesse scherzando nemmeno in quel momento. “È così che ti è venuta l’idea della camminata?”

“Sì. Ho pensato che Aleck poteva comprare la carne da grigliare e tutto il resto. Vive in un posto davvero meraviglioso. Lo abbiamo tormentato, perché pensavamo pagasse un affitto esagerato, ma poi ci ha detto che non paga l’affitto, perché il condominio è di proprietà della sua famiglia. Sembra che stiano messi bene, quando hanno scoperto che sarebbe stato assegnato a questa base, gli hanno lasciato l’appartamento e ne hanno comprato un altro per i parenti, così possono venirlo a trovare sull’isola.”

“Wow,” commentò Elodie.

“Sì. A guardarlo, non si direbbe che la sua famiglia è ricca. Pensa che ce ne siamo accorti solo sei mesi dopo che era entrato nella squadra. Così ho pensato che potevamo approfittare delle comodità annesse al complesso dove vive.”

Elodie era ansiosa di rivedere gli amici di Scott, i suoi compagni di squadra. Non aveva avuto occasione di conoscerli, a bordo dell'*Asaka Express*. Non poteva fare a meno di sperare che anche loro la apprezzassero.

"Non hai nulla di cui preoccuparti," le disse Scott, prendendola per mano e facendole strada per andare in cucina. "Ho parlato tanto bene di te, che ti vogliono già bene. Dai, ho fame. Oggi non ho pranzato, perché ero preoccupato di come avresti preso la notizia della mia partenza. Adesso mi sembra di avere un buco nello stomaco."

"Scott," lo chiamò Elodie con tono di rimprovero. "Non puoi saltare i pasti, non ti fa bene alla salute."

"Lo so. Cosa ti va, stasera?"

Valutarono diverse opzioni e alla fine decisero di preparare dei *taco* con sfilacci di pollo e salsa piccante al peperoncino, una soluzione sana e piuttosto veloce da preparare.

Dato che Elodie il mattino dopo doveva lavorare, andarono a letto presto; dopo che Scott la fece godere due volte e raggiunse lui stesso un orgasmo, rimasero sdraiati insieme, braccia e gambe intrecciate, appagati e rilassati.

"Stai attento, la prossima settimana," gli sussurrò Elodie, parlandogli contro la spalla.

"Sai che sto sempre attento. Ora c'è una donna meravigliosa che mi aspetta a casa. Adesso che ti ho ritrovata , non ho alcuna intenzione di farmi mettere fuori gioco da qualche deficiente."

Lei gli sorrise. "Sarò preoccupata per te ogni secondo," gli confidò.

"Mi sembra giusto, perché ho la sensazione che anch'io sarò sempre preoccupato per te," le rispose.

Elodie alzò la testa e si accigliò. "No, tu non puoi. Tu devi concentrarti su quello che stai facendo. Io starò bene. Sarai tu quello in pericolo."

"Finché non sappiamo esattamente come stanno le cose con Columbus, non puoi esserne certa."

"Andrò al lavoro, starò fuori in mare per tutto il giorno,

poi tornerò qui. Non ho certo intenzione di bighellonare per tutta l'isola. Mi rintanerò nel tuo appartamento."

"Nostro."

"Come?"

"Nel *nostro* appartamento," le disse semplicemente Scott.

Elodie sorrise. Le piaceva. No, anzi, l'amava.

"Allora, se è il nostro appartamento, mi lascerai pagare metà dell'affitto?"

"Nemmeno per sogno," le rispose Scott.

Elodie non si aspettava certo che lui accettasse. Ormai sapeva bene che tipo di uomo era. Ma poteva trovare facilmente il modo di contribuire alle spese. Anche perché lui mangiava un sacco. Poteva ordinare la spesa, con consegna a domicilio, lo aveva già fatto a casa di Kalani. Lui non era molto attento a cosa c'era in dispensa o nel frigo. Poteva anche pensare che la fatina degli alimentari facesse visita per fare la scorta, a lei non importava.

"Dovresti anche parlare con Kalani del tuo affitto," le disse Scott. "Non c'è motivo di pagare una camera, se vivi qui."

Aveva ragione, ma Elodie non era ancora pronta a rinunciare alla sua camera in affitto. Si era impegnata moltissimo per trovare un posticino carino ed economico. Era solo una camera, ma le piaceva. Era perfetta, per una persona sola. Kalani era una persona gradevole e aveva bisogno di arrotondare. Inoltre, per quanto Elodie pensasse che il suo rapporto con Scott andava bene, qualora gli amici di Scott l'avessero respinta, o lui avesse cambiato idea, almeno lei avrebbe avuto un posto dove andare. Così rispose con un suono gutturale, senza impegnarsi.

Lui sospirò, sotto di lei. "Lo so, non è giusto che io ti chieda di rinunciare a un posto tutto tuo. Ma vedrai che io e te andremo d'accordo, El. Se preferisci tenerlo per essere sicura, va bene."

Ecco, il punto era che lei *era* sicura, ma le sembrava un passo enorme, rinunciare a casa sua. Anche se praticamente già viveva con lui, come Scott aveva precisato, eppure... "Grazie," gli disse, dopo un momento.

Scott la abbracciò, mentre lei gli passava un dito sui tatuaggi, sulla spalla e sulla parte alta del petto. Sembravano dei disegni tribali, un po' come quelli dei nativi americani della costa sudovest. Scott le aveva raccontato di esserseli fatti appena entrato in marina, perché tutti si facevano tatuare. Non gli dispiacevano i disegni che aveva scelto, ma non avevano alcun significato profondo.

"Penso di essere stato più felice nell'ultimo mese di quanto non sia mai stato in passato," le rivelò Scott sottovoce. "So che non sarà sempre tutto rose e fiori, tra di noi, ma ho visto quanto stiamo bene insieme, quindi cercherò con tutto me stesso di non fare il cretino e di non rovinare il nostro rapporto."

Elodie si sentì sciogliere dentro. "Non penso tu possa fare il cretino neanche volendo."

"Ah, sì, certo che posso, ma farò del mio meglio per controllarmi, con te."

Lei ridacchiò. "Comunque sono felice anch'io. Non mi è mai importato molto di avere un uomo, ero contenta anche da sola, sempre impegnata. Ma ormai sei diventato il mio migliore amico, oltre che il mio compagno. Mi piace poterti parlare, sapendo che non mi giudicherai male, che non penserai male di me."

"Beh, a parte quella volta che hai detto che ti piace l'ananas sulla pizza," scherzò Scott.

Lei gli mollò uno schiaffo sulla pancia, al che lui reagì con un esagerato *ahia*. Poi Scott le prese la mano, se la portò alla bocca e le baciò il palmo, intrecciando le dita con quelle di lei e appoggiando entrambe le loro mani sulla propria pancia. "Vivremo felici e contenti, lo so," le disse.

Elodie era davvero soddisfatta, davvero felice, tanto da non riuscire a pensare razionalmente al loro rapporto. Non c'era niente di normale, ma a lei andava bene così.

"Prova a dormire, piccola. Farò in modo di svegliarti in tempo per una bella colazione, prima di uscire per andare al porto."

Non era certo una novità: le preparava spesso una colazione sana, dalla prima notte che avevano passato insieme, nell'appartamento. "Domattina vai a correre?"

"No, non domani. Ci andiamo piano con gli allenamenti, perché la settimana prossima andiamo in missione."

A Elodie non piaceva dover ripensare alla missione, ma cercò di non farsi demoralizzare. Le missioni erano parte del lavoro di Scott, lei lo sapeva fin dall'inizio. "Ok," gli disse, mezza assonnata.

Scott la strinse tra le braccia, poi la baciò sulla testa.

La luce accesa in bagno illuminava un angolo della camera da letto, ricordandole un altro motivo per cui si era innamorata di lui. Scott conosceva le sue paure più profonde e faceva di tutto per aiutarla ad allontanarle, anche se ciò significava dormire con una luce accesa.

Le parole *ti amo* erano sulla punta della sua lingua, ma lei se le tenne per sé. Non le sembrava quello il momento di condividere i propri sentimenti. Così si voltò, lo baciò sul petto, poi gli appoggiò contenta la guancia sulla pelle calda.

Anche se la sua vita non era stata come lei se l'aspettava, non rimpiangeva nulla, dato che ogni momento trascorso l'aveva portata a essere in quel momento lì, con lui.

CAPITOLO QUINDICI

Elodie guardò l'inizio del percorso con una certa sorpresa. Lei e Scott erano partiti presto da casa, non avevano trovato traffico, anche perché avevano tagliato per Oahu, per raggiungere la zona in cui si trovava la partenza del percorso per le cascate di Maunawili Falls.

"Qui è tutto molto diverso, rispetto al continente, vero?" disse Elodie, osservando le case vicine. Si chiedeva se i residenti fossero disturbati da tutte le persone che parcheggiavano nelle strade del loro quartiere, per andare a fare delle passeggiate.

"Eh sì, è un peccato che qualcuno non abbia alcun rispetto," rispose Scott, piegandosi a raccogliere una borsina di plastica piena di rifiuti che qualcuno aveva lasciato per strada. Elodie lo aiutò a raccogliere qualche altro rifiuto e insieme misero il tutto nel bagagliaio della macchina.

A quel punto, sentirono un veicolo avvicinarsi e si voltarono; videro Aleck che accostava sulla sua Jeep gialla. Lui, Midas e Jag saltarono giù dalla Jeep appena parcheggiata dietro la macchina di Scott.

"Ehi!" Scott salutò i suoi amici con un cenno del mento.

"Allora *non è* solo frutto della tua immaginazione," disse Jag a Scott.

"Ah ah... molto divertente. Elodie, nel caso non ti ricordi i nomi di tutti, lui è Jag. Quel mostro giallo è di Aleck, ovviamente ricorderai Midas."

Elodie si ricordava perfettamente di tutti, perché Scott ne parlava in continuazione. Sorrise timidamente e fece un semplice cenno con la mano. Non voleva stringere la mano a tutti, sarebbe stato un po' imbarazzante, un abbraccio le sembrava esagerato, dato che si conoscevano a malapena.

Fu tolta dall'imbarazzo dall'arrivo di un'altra macchina, da cui uscirono Slate e Pid. Furono completate le presentazioni, ben presto erano già in movimento. Elodie aveva scelto di indossare un paio di bermuda con un paio di scarpe da ginnastica da poco, comprate in un altro negozietto economico. Scott l'aveva avvertita, dicendole che quel sentiero era particolarmente melmoso, quindi lei non aveva voluto rischiare di rovinare l'unico paio di scarpe belle che aveva. Indossava un costume da bagno sotto maglietta e pantaloncini, sempre perché Scott le aveva detto che alla fine della camminata avrebbero trovato un posto dove fare il bagno, nei pressi delle cascate. Scott le aveva detto anche che era molto divertente tuffarsi da sopra le cascate nell'acqua, ma lei non era molto convinta di farlo.

Si erano portati dietro un po' di bibite e qualche snack, oltre agli asciugamani e a qualcosa da mettersi dopo il bagno. Scott aveva insistito per portare anche un kit di primo soccorso. Elodie immaginava di doversi abituare a quell'uomo, sempre pronto a ogni evenienza.

"Tutti pronti?" chiese Midas al gruppo.

Tutti si dissero pronti, poi Elodie si spostò per andare dietro al gruppo, ma nessuno degli altri si mosse. Si limitarono tutti a fissarla. "Cosa c'è?" chiese lei, senza pensarci troppo.

"Vai più avanti, puoi camminare dietro a Midas," le disse Aleck.

"Posso andare per ultima, non voglio rallentare il gruppo," rispose lei.

A quel punto, ciascuno degli uomini si mise a ridere. Elodie non sapeva proprio che c'era di così divertente, ma Scott si affrettò a spiegarle.

"Non ci rallenterai. Faremo una passeggiata al tuo passo, piccola. Per la cronaca, oggi non è un allenamento, non abbiamo intenzione di fare una marcia forzata fino alle cascate e ritorno. Se vedi qualcosa mentre cammini e vuoi fermarti a guardare, ci fermiamo. Se hai bisogno di prender fiato, ci fermiamo. Non esiste al *mondo* che ti lasciamo per ultima, senza una minima copertura alle spalle. Rimarrai nel gruppo, così qualunque cosa succeda, se scivoli, se salta fuori dal nulla un orso bruno, noi possiamo intervenire e salvarti, da bravi maschioni della marina che siamo."

Elodie alzò gli occhi al cielo. "Non ci sono orsi, alle Hawaii," rispose ridendo.

"Non che si sappia," commentò Pid. "Ma uno potrebbe sempre scappare dallo zoo."

"Va bene," rispose scuotendo la testa. "Allora cammino tra di voi, ragazzi, ma se vado troppo lenta basta che me lo diciate."

"Ma sì, va bene, te lo diremo," ribatté Scott.

Elodie all'inizio si sentì un po' a disagio, perché era l'unica senza uno zaino sulle spalle, ma subito dopo la partenza ne fu contenta. Il sentiero non era difficile, sembrava seguire un fiume, ma c'era davvero molto fango, come aveva detto Scott. Faceva fatica ad appoggiare stabilmente i piedi, fece qualche scivolone e dopo un po' di tempo fu ricoperta di fango fino alle ginocchia.

Si sarebbe sentita in imbarazzo, perché perdeva continuamente l'equilibrio, ma anche gli altri facevano una certa fatica. Quando Midas, che procedeva davanti a lei, camminò su una roccia e scivolò con entrambi i piedi, lei non poté trattenere una risata. Era divertente da vedere, seduto nel fango, proprio in mezzo al sentiero. Per fortuna, non si era fatto male e si era messo a ridere insieme a lei.

Dopo quella caduta, cominciarono a parlare mentre camminavano; a lei faceva piacere conoscerlo un po' meglio.

"Come te la cavi, dopo quanto è successo sul mercantile?" le chiese.

"Sorprendentemente bene, direi. A volte ripenso al capitano Conger e mi dispiace, però," rispose Elodie.

"Se ti aiuta a sentirti meglio, dopo aver letto il resoconto delle autorità, è risultato ovvio che il capitano si è comportato nel modo giusto. Non ha preso alcuna decisione stupida o sbagliata, che abbia reso l'*Asaka Express* vulnerabile all'attacco. Purtroppo sembra che vi siate trovati nel posto sbagliato al momento sbagliato."

"Hai letto il rapporto?" gli chiese sorpresa Elodie.

"Sì, l'abbiamo letto tutti. Perché?"

"È solo che..." Fece spallucce. "Immaginavo che quel tipo di missione fosse una routine per voi. Se dovete leggere i rapporti ufficiali di ciò che succede in ogni missione, c'è da invecchiare!" Lei non sapeva nulla di come funzionava una squadra di SEAL, di quali fossero le loro procedure standard, ma le sembrava strano che dovessero mettersi tutti a un tavolino a discutere di una missione già terminata.

"Beh, è sempre meglio valutare le nostre azioni in missione, se ci sono degli errori, possiamo evitare di ripeterli, in futuro. E poi... tu ci hai fatto una bella impressione, quindi ci siamo tutti incuriositi sulle circostanze del sequestro della nave mercantile. Cercavamo qualcuno a cui attribuire delle responsabilità, ma non abbiamo trovato colpevoli. In realtà è stata solo una bella sfortuna."

Elodie sentì di rispettare la squadra di Scott anche più di

prima. Sapeva che erano ben addestrati e preparati, erano soldati delle forze speciali, ma onestamente non aveva immaginato quanto fossero impegnati, anche prima e dopo le missioni. "Tu invece che mi racconti di te?" gli chiese. "Cioè, non dovresti essere un giocatore professionista di pallacanestro o qualcosa del genere?"

Midas rise. "Solo perché sono alto? Non mi interessava giocare a basket. Preferivo nuotare. Passavo tutte le estati nella piscina del nostro quartiere, da quando apriva fino a ora di cena. Penso che mio padre si aspettasse da me un interesse diverso, per uno sport più macho del nuoto, ma sai, c'era questa ragazza..." La sua voce svanì, Midas si voltò per fare l'occhiolino a Elodie. "Aveva due anni in più di me, quando ho scoperto che era nel gruppo di nuoto, che potevo frequentarla agli incontri e agli allenamenti (e anche vederla sempre in costume da bagno), mi ci sono fiondato."

"Eri bravo a nuotare?" gli chiese Elodie.

"Me la cavavo," rispose Midas.

"Non ascoltarlo, ti racconta un sacco di balle," disse Aleck alle spalle di Elodie. "Sai da dove viene il suo soprannome? Quando era all'ultimo anno del college ha vinto tutte tre le gare di nuoto individuale e ha partecipato a tre staffette vincenti. Ha vinto così tante medaglie d'oro che tutti hanno cominciato a chiamarlo Midas, come il re Mida."

"Wow, davvero impressionante," gli disse Elodie. "Alla fine sei uscito con quella ragazza?"

Midas fece una smorfia. "No. Ho scoperto che le piacevano le ragazze, ma ho trovato comunque tante altre a cui interessava uscire con un bel nuotatore."

Elodie rise. "Ecco, appunto. Di sicuro nessuna ti squadrava con il tuo costumino da nuoto." Per un attimo, Elodie ebbe paura di ciò che aveva appena blaterato, ma quando tutti gli altri si misero a ridere, si rilassò.

"Preferisco avvalermi del diritto di non rispondere," disse Midas.

"Chiedigli qual era la sua specialità," intervenne Pid da dietro.

Elodie si meravigliò nel vedere una punta di rosso sulle guance di Midas. "Santo cielo, non nuotavi mica a rana, vero?"

A quel punto, gli altri dietro di lei si misero a ridere così tanto che lei si chiese come facessero a stare in piedi su quel sentiero fangoso.

Midas scrollò le spalle. "Nuotavo anche in stile libero, sulla corta distanza," le disse, come per distrarla dalle risate dei suoi compagni di squadra.

Lei decise di dargli tregua e di non provocarlo più, così gli chiese: "Viene utile, essere un campione di nuoto, quando entri nei SEAL?"

"Sì e no. Quando abbiamo missioni in acqua, non siamo lì per nuotare alla svelta. Dobbiamo rimanere in incognito, non farci sentire, o anche nuotare sott'acqua."

Era logico. Arrivarono a un punto del sentiero in cui dovevano attraversare il fiume. In mezzo all'acqua, che scorreva veloce, c'erano dei sassi sparsi strategicamente, ma Midas non cercò nemmeno di usarli. Camminò nell'acqua direttamente, guadando senza esitare.

"Ecco, prendimi il braccio," le disse Aleck raggiungendola da dietro. Guardandosi alle spalle, Elodie vide che Scott era in fondo al gruppetto. Non le dava fastidio, non averlo attaccato al fianco, sapeva per certo, senza nemmeno averci riflettuto, che in caso di imbarazzo, se lei si fosse sentita a disagio, lui si sarebbe avvicinato, camminando con lei; ma apprezzava il fatto che le desse dello spazio per conoscere gli altri della squadra.

Prendendo il braccio di Aleck, anche lei guadò il fiume come aveva fatto Midas, mettendo i piedi nell'acqua fresca, senza nemmeno tentare di non bagnarli. Ormai erano già inzuppati di fango, le fece piacere lavare via un po' della melma che si era attaccata ostinatamente alle sue scarpe da ginnastica.

Proseguirono per il sentiero, Elodie si ritrovò a camminare dietro ad Aleck. "Allora, ho sentito che vivi in un bel posticino, vero?" gli chiese.

Senza sembrare troppo imbarazzato al riguardo, Aleck annuì. "Sì, è proprio carino. Ci sono tre camere da letto, una cucina enorme e una balconata mozzafiato. Si affaccia sul cortile, non sulla piscina... fidati che è una bella differenza. L'ultima cosa che vuoi sentire sono gli schiamazzi dei bambini di giorno e di sera, quando stai cercando di rilassarti dopo una giornata via o dopo una missione."

"Cosa fanno i tuoi genitori? Ti dispiace se te lo chiedo?"

"Puoi chiedermi quello che vuoi. Sono investitori immobiliari. Hanno cominciato tanto tempo fa dando in affitto la loro casa, dopo essersi sposati: si erano trasferiti e non potevano venderla. Hanno cominciato un po' da lì, ora hanno fin troppi immobili, tanti che non me li ricordo nemmeno tutti."

"Io penso che non darei mai in affitto una casa mia, di proprietà," disse Elodie. "Cioè, ho letto e sentito fin troppe storie dell'orrore sui personaggi strani che vengono in affitto."

"Vero? Io la penso allo stesso modo, con gran dispiacere dei miei. So che speravano di farmi seguire le loro orme, ma quando sono entrato in marina penso abbiano capito che ero una causa persa. Però devo dire che, ogni volta che mi addormento con la porta aperta di sera, al suono delle onde dell'oceano, sono proprio contento che abbiano avuto tanto successo."

"Non hai paura a dormire con la porta aperta? Cioè, non hai paura che entri qualcuno?"

Aleck ridacchiò. "Se qualcuno riesce ad arrampicarsi al quarantesimo piano del grattacielo per rapinarmi o uccidermi mentre dormo, tanto di cappello."

"Wow, al quarantesimo piano?"

"Vive nell'attico," disse Pid da dietro.

Elodie spalancò gli occhi. "Sul serio?"

"Già. Quando parla del successo dei suoi genitori, non sta scherzando," disse Midas, davanti a loro.

"Successo?" disse Aleck sbuffando. "Sono ricconi, cazzo. Oh, scusa la parolaccia."

Elodie lasciò perdere le scuse. "Non l'avrei mai immaginato. Cioè, tu sei..." La sua voce svanì prima che potesse dire qualcosa di offensivo nei confronti del compagno di squadra di Scott.

Aleck ridacchiò. "Non sembro un figlio di papà? Non lo sono, i miei genitori mi hanno cresciuto assicurandosi che sapessi quanto sono fortunato. Facevamo molto volontariato in chiesa, aiutando i meno fortunati di noi. I miei genitori si sono fatti il mazzo, per arrivare dove sono adesso. Son contento che non debbano preoccuparsi della pensione, o di altri problemi economici. Si sono guadagnati tutto, fino all'ultimo centesimo."

"Pensa che lui li sta ripagando per il suo appartamento," intervenne Pid. "Nel caso stessi pensando che è un ragazzo ricco che vive coi soldi di papà."

"Ma sono molto testardi," aggiunse Aleck. "Ogni volta che trasferisco dei fondi, loro spostano lo stesso identico importo sul fondo pensione che hanno avviato per me quando ero ragazzo. È quasi irritante."

"Eh, sì, poverino. Proprio irritante," lo provocò Elodie.

"Ehi, stai attenta, sai?" ribatté Aleck.

Elodie pensò che la stesse solo provocando di rimando, quindi alzò gli occhi al cielo. Ma un secondo dopo inciampò su una radice che era cresciuta fuori dal terreno del sentiero, cadendo in avanti. Elodie andò a sbattere contro la schiena di Aleck, facendogli perdere l'equilibrio. Un attimo prima che Elodie gli cadesse addosso, Pid le prese il polso da dietro.

Per un attimo, Elodie non capì cos'era successo... poi faticò molto a non ridere, vedendo il povero Aleck che era caduto a faccia in giù in una zona fangosa del sentiero; quando si alzò, era letteralmente ricoperto dalla testa ai piedi di melma marrone scuro.

"Mi... mi dispiace," gli disse balbettando. "Pensavo stessi rispondendo al mio commento sarcastico. Non avevo capito che stavi cercando di avvertirmi di stare attenta a dove camminavo. Però... santo cielo... hai proprio un aspetto divertente."

A quel punto risero tutti, così Elodie non fu troppo a disagio a ridere con loro.

Poi, prima ancora che lei potesse reagire, Aleck le venne incontro e le mise un braccio intorno al corpo, tirandola a sé in un abbraccio forzato.

"Ah! Che schifo! No!" gridò Elodie, agitandosi e cercando di liberarsi da quella presa. Quando finalmente Aleck la lasciò andare, Elodie si guardò e vide che gran parte del fango ora era appiccicato *su di lei*.

"Ecco. Ora siamo pari," disse Aleck con una smorfia. Aveva i denti molto bianchi, che risaltavano sulla faccia tutta infangata; ma sembrava proprio fiero di se stesso.

Elodie si voltò per guardare anche gli altri, e vide Scott che rideva di gran gusto, proprio come tutti. Così lei cercò di rimanere seria, fingendosi risentita, ma non ce la fece. Cominciò a ridacchiare, ben presto non riuscì più a fermarsi. Sembravano un gruppo di sette pazzoidi, probabilmente, in piedi nel bel mezzo del sentiero, ridendo a crepapelle, ma a loro non importava.

Lei ne aveva proprio bisogno.

Quegli uomini erano proprio persone alla mano. Avrebbe dovuto capire che persone meravigliose erano, da come ne parlava sempre Scott.

"Andiamo," disse Aleck, porgendole la mano. "Pace?"

Lei gli prese subito la mano. Le piacevano gli amici di Scott, la trattavano come una sorella minore, anche se lei sapeva bene di essere più grande di loro.

Aleck le prese la mano e l'aiutò a superare la melma spessa in cui lui era caduto, lasciandola andare una volta passata dall'altra parte; poi la passeggiata proseguì. Elodie rise e scherzò con Midas, Aleck e Pid, mentre continuavano a camminare verso le cascate. Si stava divertendo un mondo, conoscendo quei tre, mentre Jag, Slate e Scott li seguivano, parlando tranquilli tra loro.

Non servì molto tempo, non quanto lei si aspettava, per arrivare alla fine del sentiero e raggiungere le Maunawili Falls. Mentre camminavano, avevano goduto di alcuni panorami splendidi delle montagne circostanti, Aleck aveva indicato da lontano Kailua; Elodie non vedeva da tantissimo tempo nulla di così bello come quelle cascate.

Sentì un braccio che l'avvolgeva intorno alla vita, mentre rimaneva in piedi ai bordi del laghetto alla base delle cascate, ferma a guardare.

"Belle, vero?" le chiese Scott.

"Proprio belle," rispose, sussurrando.

"Dai, se giriamo laggiù in fondo c'è un bel posticino dove possiamo mettere giù le nostre cose, così possiamo farci una nuotata."

Elodie seguì gli altri amici, che avevano chiaramente già fatto lo stesso percorso altre volte. Posarono tutti gli zaini e Aleck fu il primo a incamminarsi per il sentiero che portava in cima alle cascate.

"Ma si tuffa davvero?" domandò Elodie.

"Eh sì," rispose Scott. "Ci tuffiamo tutti."

Elodie scosse la testa. "Vi tufferete *voi*, magari."

"Ma è divertente," insisté Scott.

"È un rito di iniziazione," le disse Pid. "Devi proprio farlo."

"Ma non siamo più ragazzini delle superiori, poi farmi pressione non funziona," rispose a Pid.

"Dai, non sai cosa ti perdi," cercò di persuaderla Midas.

"No, niente da fare. Anche se non è l'oceano, ci sono sempre delle bestioline, probabilmente," spiegò Elodie.

Così Scott si fermò con lei, rimasero a guardare gli altri che salivano fino in cima alle cascate (proprio nel punto più alto) per poi buttarsi urlando a squarciagola.

Elodie sorrise, guardando quelle prodezze. Sembravano dei ragazzini che si divertivano da matti.

"Ti diverti?" le chiese Scott, in piedi dietro di lei, con un braccio intorno alla sua vita e il mento appoggiato alla sua spalla.

Elodie annuì.

"I ragazzi non ti danno fastidio, vero?"

"Proprio per nulla."

"Ottimo, li ho avvertiti di comportarsi bene."

Elodie scosse la testa. "Non dovevi," gli disse.

"Ehm, sì che dovevo. Altrimenti ti avrebbero raccontato un sacco di aneddoti imbarazzanti su di me."

Elodie si girò tra le sue braccia. "Ah sì?" gli chiese, inarcando un sopracciglio. "Forse le voglio sentire, quelle storie."

"No, no, è meglio di no," rispose Scott. "Sei sicura di non volerti tuffare?"

"Sicurissima. Ma tu puoi, se vuoi. So che ti piacerebbe."

Elodie capì esattamente quanto Scott morisse dalla voglia di tuffarsi, nel momento in cui la baciò distrattamente e poi corse su per il sentierino, fino in cima alle cascate.

Elodie si sedette su una roccia e guardò il suo uomo e gli altri della squadra che tornavano di nuovo ragazzini, divertendosi come matti a risalire in cima alle cascate per tuffarsi nell'acqua fredda più e più volte.

A un certo punto, Pid le si avvicinò e le si sedette al fianco. Poi afferrò il suo zaino e lo tirò vicino, estraendone due bottiglie d'acqua e porgendogliene una. Bevvero in silenzio per un poco, poi Pid disse: "Hai fatto la scelta giusta."

Confusa, Elodie lo guardò. "*Pardon*?"

"Hai fatto la cosa giusta," le ripeté. "Di sicuro Mustang te l'avrà già detto, ma io sono l'esperto informatico della squadra e ho fatto delle ricerche sulla famiglia Columbus. Sei stata furba a scappare quando potevi ancora farlo."

Elodie non era sicura di voler ripensare al passato, proprio in quel momento, quando si stava rilassando e divertendo, ma era anche curiosa di sapere cosa avesse scoperto Pid. "Grazie," gli disse.

"Ci sono state molte faide, all'interno della famiglia Columbus, negli ultimi decenni. Tanti voglio assumere il controllo della famiglia e sono disposti a uccidere anche i parenti, pur di ottenere il potere. Traffico di stupefacenti, estorsione, strozzinaggio, questi sono i modi in cui i Columbus si procurano il denaro. Per non parlare dell'omicidio. L'assassinio sembra il loro modo preferito per eliminare le persone che li intralciano, o che non eseguono i loro ordini. Se tu avessi usato il veleno per eliminare le persone ospiti di Paul Columbus quella sera, chiunque fossero, saresti finita nelle loro grinfie per sempre. Ti avrebbero ricattata per farti continuare a uccidere come volevano loro; se ti fossi rifiutata, di sicuro avresti fatto la stessa fine di tutti gli altri che non si sono sottomessi al loro comando."

Elodie rabbrividì e si portò le ginocchia al petto, abbracciandole. "Avrò anche fatto la scelta giusta, ma perché la scelta giusta deve essere così difficile... e spaventosa?"

Pid si avvicinò e la spinse con affetto con la spalla. "L'unico giorno facile era ieri."

Lei lo guardò confusa. "Come?"

"È il motto dei SEAL. Significa che ogni giorno devi lavorare di più, sempre di più del giorno prima. Ma se lavori sodo ogni giorno e guardi cos'hai ottenuto e cosa sei capace di fare e di ottenere, il giorno prima sembra più facile."

"Non so se sentirmi sollevata," gli rispose, sbuffando un poco.

Pid arricciò il naso. "Va bene, beh, vedendola nei tuoi panni, considerato la tua situazione, forse non è la frase migliore da dirti, per tirarti su."

Non era la frase migliore, ma Elodie si sentì meglio lo stesso. Quell'uomo stava solo cercando di aiutarla. Non la conosceva, non aveva alcun vincolo con lei, eppure stava comunque cercando di aiutarla. Allora gli appoggiò una mano sul braccio. "Grazie, Pid."

"Di che?"

"Perché cerchi di aiutarmi."

"Sai che c'è?" le chiese Pid. "Tu stai insieme a Mustang, che è uno degli uomini migliori che abbia mai conosciuto in vita mia. Mi ha salvato la vita tante di quelle volte che ormai non le conto più. Farei qualunque cosa, per lui. Stare con te lo rende felice, più felice di quanto non lo abbia mai visto, quindi voglio che vada avanti così. Noi eravamo già rimasti colpiti da quanto hai fatto sulla nave mercantile, quindi aiutarti non è affatto un peso. Se qualcuno minaccia uno di noi, ci minaccia tutti. È sempre stato così, tra noi, e sempre così sarà."

Elodie era contenta di vedere che Scott aveva un tale livello di amicizia, un legame tanto stretto con quegli uomini. Non le importava che la stessero aiutando solo perché stava insieme a Scott.

"Non ti da fastidio tutto quel fango addosso?" le chiese Aleck, raggiungendola da dietro.

Elodie ebbe un tale sussulto che sarebbe caduta dalla roccia su cui sedeva, se Pid non l'avesse afferrata. Si guardò dietro la schiena e vide l'acqua che gocciolava dai capelli di Aleck. Si era tolto la maglietta e lei non poteva non ammirarne il fisico. Non era attratta da lui sessualmente, ma apprezzava di certo un uomo ben strutturato, vedendolo.

"Sto bene così."

"Non devi per forza tuffarti, ma mi sentirò in colpa, se ti fai tutto il ritorno a piedi con quel fango addosso. L'acqua è fresca, ma ti fa star bene. Per favore?"

Elodie sospirò. Come poteva rifiutare? Aleck aveva ragione, si sentiva appiccicosa, il fango cominciava a farle prudere le gambe. "Va bene, ma se un'anaconda mi trascina sott'acqua mi aspetto che veniate tutti a salvarmi."

"Affare fatto!" esclamò contento Aleck. "Andiamo."

Ancora una volta, gli prese la mano e si lasciò condurre sul bordo del laghetto. Lui saltò immediatamente in acqua, mentre Elodie si abbassò per togliersi le scarpe.

"Tieni le scarpe ai piedi," le disse Jag.

Elodie lo guardò. Jag non aveva detto molto, fino a quel momento, non solo a lei, ma anche agli altri. Lei non lo credeva maleducato, immaginava fosse solo così di carattere. Era il tipo silenzioso, ma letale, del gruppo. Almeno quella era l'impressione che aveva avuto lei. Era anche il più basso, tra gli uomini della squadra, anche se era comunque più alto di lei di qualche centimetro.

"Sul fondo ci sono delle rocce taglienti, camminerai meglio con le scarpe. Poi così le pulirai," le spiegò Jag.

Elodie annuì e decise di andare in acqua anche con i pantaloncini e la maglietta. Certo, indossava un costume da bagno sotto, ma prima decise di lavarsi via il fango di dosso, per poi togliersi i vestiti. In quel momento fu molto grata che Scott avesse portato dei vestiti in più anche per lei, nel suo zaino. All'inizio lei credeva fosse un po' troppo, da portarsi dietro, ma ovviamente lui sapeva ciò che faceva.

Così entrò in acqua facendo attenzione, poi gridò ridendo, quando Scott la raggiunse da dietro e la sollevò con le braccia. Poi lui si abbassò in acqua, tenendola in superficie.

“Non farmi cadere!” gli gridò, attaccandosi con le braccia al suo collo.

Lui le sorrise.

“Dico davvero,” lo minacciò, ma lei stessa si accorse di non essere molto minacciosa nel tono.

Lui uscì dall’acqua, portandola fuori, finché lei non sentì che l’acqua le lambiva il sedere. Così Elodie cercò di inarcare la schiena per allontanarsi dall’acqua fredda, senza riuscirci.

“Aspetta,” le disse Scott.

Lei non aveva certo intenzione di lasciarlo andare, ma chiuse gli occhi, aspettandosi che la lasciasse cadere; invece lui la tenne stretta e si immerse con lei nell’acqua.

Era fredda gelata. Gli altri continuavano a dire che era “fresca” ma avevano mentito spudoratamente.

Dopo aver affondato entrambi, Scott tornò subito in piedi, così Elodie ansimò per respirare. “Porca putrella, è fredda ghiacciata!” gli disse.

Lui rise. “Non è poi così male.”

“Ah già, è vero, dimenticavo che tu sei un omone grande e grosso, un SEAL della marina, impassibile al freddo.”

Lui arretrò, avvicinandosi alla riva, poi si abbassò di nuovo, sedendosi su un masso immerso in acqua. Quando si fu sistemato, l’acqua gli arrivava a metà del petto. “Ti ci abitui in un secondo.” Poi la tirò per farla sedere sulle sue ginocchia, sott’acqua... e partì con una mano per esplorarle il corpo. Le accarezzò una coscia, poi la pancia, infine il petto.

Elodie spalancò gli occhi man mano che quel tocco diventava sempre più intimo.

“Scott?”

“Ti sto solo togliendo il fango,” le disse, con un bagliore di desiderio negli occhi.

Elodie si guardò intorno nervosamente.

“Non ci guarda nessuno,” le disse. “Poi non farei mai nulla

di sconcio davanti ai miei amici, o davanti a chiunque altro, non ti metterei mai in imbarazzo."

Elodie si accorse che, grazie a quel tocco, rimanendo parzialmente immersa in acqua, cominciava a scaldarsi. Così si rilassò, fidandosi della presa di Scott, che la teneva ferma. "Grazie per aver organizzato questa gita. Mi sto divertendo, è bello conoscere i tuoi amici."

"A loro piaci," disse Scott.

Elodie scrollò le spalle. "Cioè, avremo bisogno di tempo per conoscerci, ma è ovvio che siete molto vicini. Sono onorata di essere entrata nel vostro cerchio, almeno un poco, non so se mi spiego."

"Chiarissimo. Ora ti senti più a tuo agio?"

"Con loro?"

"Con loro, ma anche in acqua."

"Sì, entrambi."

"Ottimo." Scott si alzò, lasciandole cadere le gambe, così Elodie si accorse che l'acqua non era poi così profonda. Si alzò anche lei, l'acqua le arrivava appena ai seni. Scott la tirò più vicina, lei si accoccolò contro di lui. Anche lui si era tolto la maglietta, a lei piaceva molto vedere i riflessi del sole sulla sua pelle abbronzata, oltre al suo tatuaggio. La sua barba gocciolava, ancora una volta Elodie si accorse di quanto era bello il suo uomo. Si alzò in punta di piedi, lui abbassò subito la testa. Il bacio fu intimo e profondo, ma si staccarono presto.

Si sentirono altre voci provenire dal sentiero, quando Elodie si voltò per guardare chi fosse, vide che non erano più da soli.

"Eccoli che arrivano," mormorò Scott.

Anche lei fu dispiaciuta, ma sapeva che erano in un luogo pubblico. I turisti avevano il diritto di frequentare quel posto tanto quanto loro.

"Dai, amico! Vieni a fare qualche altro tuffo, prima che questo posto si riempia di gente!" gridò Midas.

"Dai, vai," gli disse Elodie, vedendolo esitare.

"Sei sicura?"

"Ma certo, io sto bene."

Scott le fece una smorfia da maschietto, poi la baciò di nuovo, con trasporto, rapidamente, infine si voltò e si diresse verso la riva.

Elodie si accovacciò, lisciandosi i capelli all'indietro, poi cercò di togliere il resto del fango dalla maglia e dai pantaloncini. Infine risalì a riva verso il punto in cui avevano lasciato gli zaini, togliendosi i vestiti. Si sentiva un po' in imbarazzo, ma per fortuna Scott e gli altri erano impegnati altrove. Aveva notato che loro non si facevano alcun problema a togliersi i vestiti e a rimanere in pantaloncini per giocare in acqua, ma nonostante tutti i complimenti di Scott e il modo in cui apprezzava il suo corpo, quando erano a letto insieme ogni sera, lei non era del tutto a suo agio a spogliarsi in pubblico, soprattutto vicino a una squadra di SEAL, ovviamente in perfetta forma.

Elodie si sedette di nuovo su una roccia vicina ai loro zaini e si crogiolò al sole, mentre gli uomini giocavano. Cominciarono a spruzzarsi acqua con alcuni ragazzi che erano arrivati nel frattempo, poi mostrarono loro come arrivare alle due diverse piattaforme sulle cascate, per tuffarsi. Quando la zona intorno al laghetto e alle cascate si fece troppo affollata, si prepararono a rientrare.

Elodie indossò gli indumenti di riserva che Scott aveva portato per lei, poi si avviarono giù per il sentiero. Slate guidava il gruppo. Tutti lo prendevano in giro per la sua impazienza. Ora che il divertimento era terminato, lui non voleva altro che tornare alle macchine. Elodie non poteva certo biasimarlo, però: camminare con le calze e le scarpe bagnate, oltre al costume, non era proprio comodissimo.

Mentre camminavano, Elodie fissò le spalle ampie di Slate, dividendo la propria attenzione tra lui e il sentiero che percorreva. Quell'uomo enorme la sorprese, quando si voltò per dirle: "Dimmi se vado troppo veloce e fai fatica a tenermi dietro."

"Lo farò, grazie."

"Ti sei divertita, alle cascate?" le chiese.

Elodie fu ancora più sorpresa che Slate avviasse una conversazione. Lui e Jag erano stati piuttosto silenziosi tutto il giorno. "Sì, mi sono divertita. All'inizio non ero sicura di questa uscita, ma è stata molto bella."

"E con tutto il resto come va?"

"Mah, immagino bene. Non che abbia molta scelta."

"C'è sempre una scelta," disse Slate. "Non importa cosa succede, nella vita c'è sempre una scelta. A volta si fa quella sbagliata, ma la scelta c'è."

Elodie si chiese che tipo di scelte sbagliate avesse fatto lui in passato, o magari qualcuno che conosceva, perché l'impressione era che stesse parlando per esperienza, non tanto per dire.

"Hai ragione. Io ho scelto di accettare l'incarico a New York senza guardarci troppo dentro. Avrei dovuto capire che era troppo bello per essere vero, ma ero accecata dal bisogno di andarmene dagli impieghi nei ristoranti, oltre che dall'offerta economica."

Slate grugnì. Non era proprio un grande incoraggiamento per continuare a parlare, ma lei continuò lo stesso. Parlò a voce bassa, in modo da farsi sentire solo da Slate, probabilmente anche da Jag, che camminava dietro di lei. "Poi ho scelto di andare a lavorare su quel mercantile, pensando di andare il più lontano possibile da New York, eppure sono successi ancora dei casini. Adesso sono qui. Non so se la mia scelta di venire alle Hawaii finirà per ritorcersi contro di me, se porterò guai anche a Scott, ma dovete credermi, farò *tutto* il possibile per evitarlo."

"Anche andartene?" le chiese Jag.

Ecco, aveva intuito bene, anche lui poteva sentirla. Elodie si girò verso di lui, annuendo. "Sì."

Anche Jag annuì, come sentendosi dire ciò che voleva.

"Non sarà necessario," commentò Slate, così Elodie tornò a guardare in avanti. "Se qualcuno di quella famiglia riesce a trovarti e ti minaccia, ci pensiamo noi."

"Perché?" domandò Elodie. "Io sono un'estranea, per voi, potrei persino mettere in pericolo un vostro amico."

"Perché a noi non piacciono i bulli," rispose Jag. "Tutta la nostra carriera nella marina è dedicata alla lotta contro degli infami che fanno del male agli altri."

"Inoltre," aggiunse Slate, "ci piaci."

Elodie sbatté le palpebre. Gli piaceva? Eppure lui non le aveva detto che poche parole in tutto il giorno, a parte quegli ultimi minuti. Ma quella rassicurazione fu molto importante, per lei. Poteva immaginare che l'aiutassero per Scott, se lo aspettava. Pid gliel'aveva detto, quel mattino. Ma sentire Slate dire che lei gli piaceva? Le sembrava quasi di aver vinto il primo premio della lotteria. Slate non le sembrava il tipo da ammettere spesso che gli piaceva qualcuno.

"Per la cronaca, sono pronto a squartare chiunque ti metta le mani addosso," aggiunse Jag.

Elodie rabbrividì. Eh sì, era proprio un tipo silenzioso ma letale. Cercò di ricordarsi di non farlo mai arrabbiare.

"Grazie, ragazzi," disse loro. "Lo apprezzo più di quanto non riesca ad esprimere a parole. Però, sono onestamente più preoccupata per Scott che per me, a questo punto. Lui non merita che i miei problemi si riversino su di lui. Non fategli fare nulla che possa metterlo nei guai con la marina, va bene? Lui vive per servire la patria, se succedesse qualcosa per causa mia, se non potesse più essere un SEAL, ci distruggerebbe entrambi."

"Ci pensiamo noi a lui. Anche a te," le disse Slate.

"Santo cielo, ma che fretta avete?" Aleck si fece sentire da dietro.

Elodie si accorse per la prima volta che nel frattempo avevano cominciato a camminare più veloci. Forse era stato un tentativo inconscio di non farsi sentire da Scott.

Senza pensarci, si girò e urlò: "Come? Non ce la fai più, Aleck? Pappamolle!"

Risero tutti, era bello scherzare con loro. Aleck e gli altri affrettarono il passo per raggiungere il gruppetto di testa, dando il via a una gara amichevole tra i ragazzi, per vedere chi riusciva a stare in testa. Elodie si tolse di mezzo, guardandoli con un enorme sorriso. Poi si voltò verso Scott, che nel frattempo l'aveva raggiunta. "Tu non partecipi?"

"Col cavolo," le rispose. Mi sono portato solo un cambio di vestiti, l'ultima cosa che voglio è guidare fino a casa di Aleck tutto infangato."

I ragazzi si sistemarono velocemente e ripresero a camminare verso le macchine. Incontrarono gruppi di turisti ogni tanto, Elodie fu contenta di essersi svegliata presto, perché così non avevano trovato troppa gente. Sentì lo stomaco brontolare e si accorse che era quasi mezzogiorno.

Senza nemmeno che dovesse chiederglielo, Scott tirò fuori una barretta di cereali e gliela passò.

Elodie sorrise e sospirò, sollevata. Era davvero felice. La sua vita non era perfetta, c'era ancora un'ombra piuttosto pesante che incombeva, ma in quel momento... mentre camminava nel fango con quei sei uomini, che la trattavano come una di loro... era felice.

CAPITOLO SEDICI

Mustang era in piedi sotto al gazebo e guardava Elodie, che aiutava Jag a cuocere gli hamburger alla griglia. Si era comportata davvero bene, quella mattina, sembrava essersi divertita parecchio, e questo lo faceva star meglio. Quella passeggiata era stata un po' un rischio, anche se relativamente corta e affatto impegnativa; ma gli era piaciuto il modo in cui lei aveva riso e scherzato con tutti.

"È una brava persona," disse Midas, in piedi vicino a Mustang con una bottiglietta d'acqua in mano.

Lo era davvero, senz'ombra di dubbio. "Pensi che starà bene, quando partiamo, la settimana prossima?" gli chiese Mustang.

"Sì," rispose Midas senza esitare.

Quella risposta immediata fece rilassare Mustang per un attimo.

"Pid sta controllando Paul Columbus e tutti i suoi scagnozzi, sono tutti al loro posto, a New York."

"Non vuol dir nulla, possono sempre assumere un sicario o inviare un soldato a fare il lavoro sporco," spiegò Mustang. Ne avevano già parlato in passato, era un pensiero che lo tormentava costantemente.

“È vero. Ma per il momento sta già annaspando abbastanza per rimanere boss della famiglia. Sembra che sia fin troppo impegnato a contrastare Jerry Columbus che cerca di scalzarlo. Non dico che si sia arreso, perché uno come lui non dimentica mai chi lo tradisce. Non vorrà nemmeno ammettere che Elodie gli è sfuggita di mano, perché lo farebbe sembrare più debole. Ma penso che per il momento non sia ancora riuscito a scoprire dove trovarla.”

“Elodie non lo ha tradito,” disse Mustang un po’ seccato.

“Non intendevo in quel senso. Lo so che non lo ha tradito, ma lui la vede diversamente. Lavorava per la famiglia Columbus, il boss si aspetta che i suoi ordini vengano sempre eseguiti. Lei lo ha sfidato direttamente, rifiutando di avvelenare quella pietanza. Lui non vorrà certo lasciar perdere.”

Mustang annuì e respirò a fondo. “È vero. Lo so.”

“Ottimo. Abbiamo un’idea di quanto potrà durare questa missione?”

“Una settimana. Al massimo dieci, dodici giorni.”

“Vedrai che starà bene, Mustang,” gli disse Midas. “È furba, non corre rischi inutili, è stata capace di scappargli da sola per mesi.”

Mustang annuì di nuovo. Il suo amico aveva ragione, Elodie non era una stupida. Era una persona estremamente attenta e aveva fatto tutto il possibile per rimanere irreperibile. A lui dispiaceva doverla chiamare “Melody” quando erano in pubblico, ma capiva che era una precauzione necessaria. Avevano passato molto tempo insieme, nel suo appartamento. Avevano guardato film, cucinato insieme, fatto l’amore, semplicemente si erano goduti la reciproca compagnia. Lei non sembrava una persona bisognosa di molte uscite sociali, il che l’aiutava a stare al sicuro.

"È pronto da mangiare!" urlò Jag dalla postazione del barbecue.

Mustang si avvicinò, insieme agli altri suoi commilitoni, ognuno si riempì il piatto. Poi Mustang morse il suo hamburger... e chiuse gli occhi preso dal piacere.

"Porco cane, Jag, è troppo buono!" disse Aleck con la bocca piena.

"Proprio così, cosa ci hai messo?" chiese Midas.

Jag scrollò le spalle e indicò Elodie con la testa. "Non chiedete a me. Quando sono andato dentro a prendere la carne, Elodie stava rovistando in cucina e quello è il risultato."

Mustang sorrideva ampiamente, mentre gli altri lodavano Elodie e la imploravano di dir loro come avesse fatto per dare agli hamburger un sapore così delizioso. Mustang le aveva dato spazio tutto il giorno, voleva che conoscesse i suoi amici e che loro conoscessero lei. Naturalmente era sempre pronto a intervenire, in caso qualcuno esagerasse o la mettesse a disagio, ma si era accorto con grande piacere che Elodie sapeva tener testa alle provocazioni, anche quando diventavano più forti.

"Ragazzi, da come vi comportate sembra che non abbiate mai mangiato degli hamburger decenti prima d'ora, capperi!" disse Elodie, scuotendo la testa.

"Io pensavo di essere piuttosto bravo, alla griglia," disse Pid tra un morso e l'altro, "ma questo è panino da ristorante a cinque stelle, davvero!"

Elodie rise. "Beh, io *sono stata* nella cucina di un ristorante a cinque stelle, tanto tempo fa," gli disse.

"Diamine, Mustang, farai meglio a stare attento, se no ti soffio la ragazza," gli disse Aleck.

"Neanche per sogno, Aleck," replicò Mustang, decidendo che era ora di rivendicare la propria donna.

Così si avvicinò al punto in cui stava Elodie, vicino a un

tavolo pieno di salse e snack. Appena le si avvicinò, lei gli mise un braccio intorno alla vita e gli si appoggiò, facendolo stare benissimo.

"Ragazzi, se volete conoscere i segreti di un hamburger alla griglia perfetto, è molto semplice. Una leggera pressione del pollice al centro della svizzera, condire *solo* con sale e pepe, fuoco alto, evitare *decisamente* di schiacciare la carne durante la cottura. La carne va girata solo una volta; bisogna lasciare che il calore faccia il suo corso e smettere di tormentare la carne sulla griglia. Quando l'hamburger è cotto, va fatto riposare, perché i succhi si devono ridistribuire nella carne. Se si taglia subito, o se si morde subito, i succhi si perdono e diventa tutto acquoso. Oh... i formaggi vanno mescolati. Vari tipi di formaggio cheddar vanno bene, ma io ho usato un Monterey, è un formaggio più dolce, che dà alla carne un po' più di consistenza, poi ci ho messo del formaggio Muster."

"Aleck aveva del formaggio Muster nel frigo?" chiese Midas, fingendosi sbalordito.

"Sì, ce l'avevo, coglione," gli disse Aleck. "Anche se mi piacciono i panini con il tonno e il burro di noccioline, sappi che sono cresciuto nei *country club* e ho sviluppato un gusto raffinato per il buon cibo. Non sono un maniaco delle porcherie che mangiate sempre voi."

Mustang sorrise mentre il battibecco rimbalzava avanti e indietro tra i suoi amici. Poi si abbassò per baciare Elodie sulla testa. "Ti stai divertendo?" le chiese tranquillamente.

"Tantissimo," gli rispose. "I tuoi amici mi piacciono davvero."

"Ottimo. Anche perché, dopo questa grigliata, ho la sensazione che la tua presenza sarà sempre richiestissima a ogni incontro in cui sia previsto del cibo. Non che ti vogliano invitare solo per farti cucinare o... cioè, perché sei una chef, ma... insomma, cazzo. Adesso non parlo più, perché se no peggioro solo la situazione."

Elodie ridacchiò. "Ma dai, ho capito cosa intendi. Onestamente, è divertente cucinare per gli amici o per te. Per un po' di tempo, avevo perso l'amore per la cucina. Preparare da mangiare per una ciurma di venti marinai e per i clienti di un ristorante non è la stessa cosa. La monotonia diventa presto troppa."

"Me lo immagino. Hai pensato a cosa vuoi fare, quando la questione Columbus sarà risolta e alle tue spalle?" le chiese.

"No."

Fu una risposta breve... dal sapore quasi amaro.

"El?"

Lei sospirò e lo guardò.

"Cosa c'è che non va?"

"È solo che... non riesco a pensare che all'oggi. Non ho idea di cosa mi riservi il futuro, l'ultima cosa che voglio è fare dei programmi, per poi rimanerci male perché devo rinunciare a tutto e a tutti per tornare a scappare, a nascondermi."

Mustang posò il suo piatto sul tavolo e si girò verso Elodie. Poi le tolse il piatto di mano e le fece ruotare il capo per guardarla negli occhi. "Ascoltami bene, piccola, vuoi sapere cosa ti riserva il futuro?" Non le lasciò il tempo di rispondere, proseguì dicendo: "Me. Questo, relax con gli amici nel fine settimana, senza doverti guardare alle spalle; potrai fare tutti i programmi che vuoi, per noi, cosa faremo tra una settimana, tra un mese, tra un anno."

Elodie gli afferrò i polsi e lo guardò con gli occhi pieni di dolore, di preoccupazione, di speranza, tanto che quasi lui si sentì morire dentro. "Non puoi esserne certo."

"Posso essere sicuro e sono sicuro," ribatté lui.

"Elodie, questo Paul non l'avrà vinta," aggiunse Pid tranquillamente.

Mustang aveva quasi dimenticato dov'erano, gli altri della

squadra potevano sentire ogni parola della loro conversazione. Quasi. Sapeva di avere il loro supporto... doveva convincere Elodie che avrebbero fatto tutto ciò che potevano per accertarsi di tenerla al sicuro, per farle vivere la sua vita.

"Ma neanche per sogno," aggiunse Jag.

"Adesso sarà anche il boss della famiglia, ma è un bastardo idiota, il suo vicecapo prenderà presto le redini della famiglia. Segnati le mie parole," aggiunse Slate.

"Hai mai parlato a Jerry Columbus?" le chiese Midas.

Mustang inspirò e lasciò andare il viso di Elodie, ma le prese le mani e gliele strinse, mentre lei si voltava per guardare gli altri.

"Il figlio di Paul? No. Cioè, sapevo chi era, ma non è mai venuto in cucina, non ha preso parte alla mia assunzione," spiegò Elodie.

"Esatto. Ebbene, sembra un tipo molto più accorto del padre. Dà meno di testa. Ma tra tutti quelli della famiglia Columbus, è anche il più pericoloso," spiegò Midas.

"E questo dovrebbe farmi sentire meglio?" chiese Elodie, con un filo di voce.

"In realtà sì," intervenne Aleck. "Perché a quanto pare lui non sa nulla di te. Non gli interessi. Lui è più preoccupato di Paul e delle stronzate che commette. Si è espresso più volte contro le... scenate del padre. Abbiamo la sensazione che non sia un segreto, nella famiglia, che il paparino sta cominciando a dare i numeri. Noi ne abbiamo parlato, abbiamo la sensazione che Jerry prima o poi farà una mossa per assumere il controllo della famiglia; quando questo avverrà, è probabile che i tuoi problemi finiranno."

Elodie sospirò. "È tutto così *stupido*," commentò. "Cioè, me ne sono andata... è ovvio che non andrò alla polizia, l'avrei già fatto; e anche se l'avessi fatto, non ho alcuna prova di quanto mi è stato chiesto di fare."

"Agli uomini come Paul Columbus non interessa nulla di

tutto ciò, loro vogliono solo averla vinta," disse tranquillamente Slate. "Specialmente se Paul ha qualche rotella fuori posto."

"Beh, stavolta non l'avrà vinta," disse Mustang con decisione. "Ci pensiamo noi, El. Pid sta monitorando tutti i suoi capidecina, sono come dei comandanti che gestiscono dei soldati, i mafiosi della famiglia, quelli che fanno il lavoro sporco. Per quanto ci risulta, sono tutti a New York e si occupano delle loro malefatte. Non ti stanno cercando."

Mustang la sentì sospirare di sollievo.

"Se pensi che lasceremo a uno stronzo qualunque di metterti le mani addosso, sei una matta," le disse Aleck. "Mustang è cambiato un mondo, nell'ultimo mese, adesso è più gentile e alla mano. L'ultima cosa che vogliamo è che torni a fare il duro con noi, che torni a fare il capo rompiscatole e uggioso che è stato nei mesi successivi al vostro incontro sull'*Asaka Express*, prima che vi incontraste di nuovo."

"Ma vaffanculo," disse Mustang al suo amico. "Detto questo, penso che lunedì faremo un bell'allenamento, una corsetta con gli zaini d'ordinanza."

Tutti gli uomini brontolarono.

Elodie ridacchiò. Era il suono più bello che Mustang avesse mai sentito. Aleck non aveva tutti i torti, nel modo in cui aveva descritto il suo temperamento. Stare insieme a Elodie l'aveva ammorbidito sotto vari aspetti. Probabilmente era anche l'effetto del sesso regolare, ma lui non avrebbe mai ammesso quel particolare così volgare... specialmente non davanti a Elodie.

"Se lunedì dobbiamo farci il culo, adesso mi voglio rimpinzare a dovere, per prepararmi. Ci sono altri hamburger?" chiese Pid.

"Ne volete altri?" chiese Elodie sorpresa. "Ne abbiamo già fatti almeno una dozzina."

"Hanno sempre fame," le disse Mustang, stringendole di

nuovo le mani, per poi riprendere il suo piatto.

"Io me ne farei volentieri un altro, ma mi interessa di più guardare come fa Elodie a cuocerli," disse Jag.

"Idem," aggiunse Midas.

"Va bene, ve lo faccio vedere a una condizione," disse Elodie con la faccia completamente seria.

"Qualunque cosa."

"Ma certo."

"Dipende dalla condizione," disse Slate, sospettoso.

Lei gli sorrise. "Ah, meno male che c'è uno furbo nel gruppo," scherzò. "Uno che vuole sapere cosa sta accettando, prima di dire di sì. Volevo solo chiedervi di promettermi che tornerete sani e salvi dalla missione della prossima settimana."

A quella richiesta, rimasero tutti zitti.

Dopo un silenzio ormai imbarazzante, Mustang capì di dover intervenire per spiegarle il motivo che impediva a tutti di accettare immediatamente.

"Piccola... ti spiego. Per quanto siamo bravi, per quanto programmiamo e ci prepariamo, la missione può sempre riservare delle sorprese. Noi siamo preparati ad affrontare ogni evenienza, ma... dal primo giorno in cui abbiamo cominciato a lavorare insieme, ci siamo ripromessi che alle nostre ragazze, alle nostre mogli, non avremmo mai promesso di tornare sani e salvi. Facciamo tutto ciò che possiamo perché vada tutto bene, ma non possiamo prometterlo."

Vide Elodie che deglutiva a fatica, poi la vide annuire. "Capisco, non avrei dovuto chiedervi nulla. È solo che... voi ragazzi siete gli unici amici che ho. Adesso che vi conosco, ora che vi conosco *davvero*, non solo per quanto mi ha riferito Scott di voi, non posso immaginare di non rivedervi tutti qui. Siete uniti, siete una squadra, è chiaro che siete molto vicini."

Stranamente, fu Slate ad avvicinarla; prese Elodie tra le braccia e la strinse a lungo, sentitamente. "Non possiamo prometterti di non morire, ma *possiamo* prometterti di non fare delle stupidaggini, di non metterci in situazioni tutt'altro che ideali."

Elodie ridacchiò contro il petto di Slate. "Tutt'altro che ideali, eh sì, è proprio un modo in codice SEAL per dire FUBAR[1], di sicuro."

Slate allentò la presa e la guardò sorpreso. "Come fai a sapere cosa significa FUBAR?"

"Ma mi avete presa per un'idiota?" scherzò. "So come si usa internet; potrei anche avere adoperato il cellulare di Scott per cercare delle sigle usate in ambito militare. Dato che ora sto con un militare, devo imparare quella roba, così posso capire cosa dice Scott quando parla. A parte le sigle normali, come i gradi della gerarchia e robe come COMNAVSEASYSCOM[2] (ma chi cavolo la usa questa sigla?) ne ho cercate anche di più divertenti, come FUBAR, FARP, BLT, BOHICA, DILLIGAFF e SWAG[3]."

Mustang e gli altri non riuscirono a trattenere una risata. A quel punto, Slate passò Elodie a Pid, che l'abbracciò a lungo; poi fecero lo stesso anche Aleck, Midas e per ultimo Jag. Mustang non si fece alcun problema nel vedere i suoi amici che confortavano Elodie. Si fidava di loro ciecamente, era pronto ad affidare a loro la propria vita e quella di Elodie; se potevano farla star meglio abbracciandola, a lui faceva solo piacere.

Un po' gli dispiaceva sentirla dire che quelli erano i suoi unici amici; avrebbe voluto risolvere anche quel problema, ma non sapeva come, senza metterla in pericolo.

Forse per la milionesima volta, maledì mentalmente Paul Columbus. Certo, non avrebbe mai incontrato Elodie, se quel perfido non l'avesse costretta a scappare per salvarsi la vita; ma il fatto che ora fosse da sola era davvero odioso. Elodie aveva persino paura di legarsi troppo a qualcuno, per non rimanerci male nel caso avesse dovuto scappare come un fulmine di nuovo.

Mustang rimase a guardare Elodie che si divertiva con gli altri, mostrando loro come lasciare un segno col pollice in mezzo alle svizzere, dando uno schiaffo sul braccio di Jag, che cercava di raggiungere la carne con una spatola.

"Ho detto che non si tocca," lo riprese. "Lascia che il calore faccia effetto."

Mustang pensò fosse divertente che la sua donnina avesse davvero il coraggio di prendere a schiaffi Jag, che non era esattamente un comico nato; ma lei sapeva che non le avrebbe mai fatto nulla di male.

Quando il pomeriggio si apprestava a terminare, Mustang capì che Elodie era esausta. Non se ne meravigliò: avevano fatto una bella passeggiata, nuotato, camminato ancora, poi lei aveva cucinato e si era intrattenuta in conversazione senza sosta con tutti. Certo, doveva essere brava a conversare, anche per il suo lavoro sul peschereccio, ma poteva essere stressante avere a che fare con degli estranei ed essere sempre "attiva".

Dopo aver ripulito la zona del gazebo e aver aiutato a riportare utensili e cibo rimasto in casa di Aleck, tornarono tutti al parcheggio. Elodie abbracciò a lungo ciascuno di loro, raccomandandosi che facessero attenzione. Mustang amava passare del tempo con i suoi compagni di squadra, ma fu più che felice di poter restare un po' da solo con Elodie.

Così tornarono all'appartamento di Mustang, sembrava piccolo, rispetto a quello di Aleck. Anche solo per un attimo, Mustang ebbe timore che quanto aveva da offrire a Elodie non fosse nulla, al confronto, ma lei si voltò verso di lui, come avesse percepito quella sua preoccupazione. Poi lo abbracciò forte e gli disse: "L'appartamento di Aleck è bellissimo, a chi non piacerebbe? Ma il tuo è molto più accogliente."

Oddio, era proprio perfetta.

"Mi sembri stanca," le disse.

"Perché sono stanca," gli rispose sorridendo.

"Che ne dici di un bagno?"

"Mi piacerebbe tanto."

"Allora dai, vuoi che ti porti un bicchiere di vino?"

Lei fece una smorfia divertita. "Ogni volta che me lo chiedi, mi torna in mente la prima volta che sono venuta qui, quando mi hai chiesto se preferivo una seduzione lenta, con un bicchiere di vino, o se preferivo che mi prendessi subito e con grande trasporto, appena entrati e chiusa la porta."

L'uccello di Mustang reagì subito. Anche lui non avrebbe mai, mai dimenticato quel momento. "La tua risposta mi ha fatto capire che eri perfetta per me."

Elodie sospirò felice. "Vuoi che ti aiuti con le tue cose, per metterle a lavare?"

"No no, ci penso io. Tu vai pure a prepararti. Arrivo tra poco col vino."

"Grazie, Scott. Per la cronaca... i tuoi amici sono meravigliosi."

"Sì, sono davvero fantastici."

Poi Elodie si alzò in punta di piedi, lo baciò di sfuggita sulle labbra e andò verso la camera da letto.

Mustang la guardò andarsene e capì che, se le fosse successo qualcosa, si sarebbe sentito completamente perso.

Per la prima volta, da quando aveva cominciato la sua carriera in marina, non aveva voglia di andare in missione. Voleva restare con lei, a casa, al sicuro. Certamente Elodie gli avrebbe detto di non rendersi ridicolo, ma il pensiero che potesse avere bisogno di lui quando lui non c'era lo faceva stare malissimo.

Dopo un lungo e profondo sospiro, afferrò lo zaino che aveva portato in casa. I loro vestiti erano bagnati e andavano lavati, poi doveva preparare un bicchiere di vino per la sua donna, assicurarsi che fosse rilassata e il più possibile a suo agio. Una volta rilassata, dopo un bel bagno caldo e un po' di vino, l'avrebbe portata a letto e le avrebbe mostrato quanto era importante per lui.

Sorridendo al pensiero di quando avrebbero fatto l'amore, più tardi, Mustang andò nella piccola lavanderia appena fuori dalla cucina. Mancavano ancora alcuni giorni, prima di partire per l'Africa, avrebbe approfittato di ogni minuto per trascorrerlo con Elodie.

Quel mercoledì, Elodie cercò con tutta se stessa di non lasciarsi andare, mentre Scott la accompagnava in auto verso il porto. La stava portando al lavoro, poi sarebbe partito per la missione. Elodie aveva paura per lui, ma era determinata a mostrarsi coraggiosa. Era così che si comportavano le donne sposate o impegnate con dei militari. Facevano in modo che i compagni potessero partire per servire la patria, senza doversi preoccupare di chi rimaneva a casa. Poteva farlo anche lei. Ormai era stata da sola tanto tempo.

Scott accostò e saltò fuori dalla macchina senza dire una parola, lei fece lo stesso. Si incontrarono davanti alla macchina e lui le prese subito la mano. Aveva in spalla uno zainetto con un cambio d'abiti per lei; Elodie non poteva nascondere l'orgoglio, tanto era bello, con la sua uniforme mimetica blu della marina.

"Stai bene?" le chiese tranquillamente, mentre camminavano verso la *Fish Tales*.

"Io sì, e tu?"

"Sto pensando a quanto mi mancherai," ammise.

"Anch'io. Ma sarai impegnato e il tempo passerà alla svelta." Non aveva idea se fosse vero o meno, che il tempo sarebbe volato, ma lo sperava, anche per lui.

"Kai ha detto che può venirti a prendere e riportarti a casa, ma se si ammala o se non può, chiama uno dei due tipi di cui abbiamo parlato. Lavorano con me alla base, hanno detto che non c'è nessun problema, ti possono accompagnare a casa mia."

"Andrà tutto bene, Scott."

"Se vuoi tornare a casa tua, se ne hai bisogno, ricordati di chiudere a chiave e non lasciare aperte di notte le finestre. So che ti piace l'arietta fresca, ma non è sicuro, anche perché stai al piano terra."

"Scott..."

"E non dimenticare i cellulari usa e getta che ti ho comprato, portane sempre uno con te. Anche se vai a fare la spesa, anche se abbiamo impostato la spesa online per la consegna a domicilio direttamente da me, quindi non dovresti aver bisogno di uscire."

"Scott..." Elodie cercò ancora di catturare la sua attenzione, ma lui continuava a parlare.

"Vorrei tanto sapere quanto rimarrò in missione, ma non lo so. L'impressione è che si tratti di un paio di settimane, ma potremmo tornare anche prima; però se le cose non vanno come previsto, potremmo dover star via anche un mese. Fai attenzione, se noti qualcosa di strano, qualcosa di sospetto, chiama il mio comandante. Gli ho spiegato cosa sta succedendo, gli ho detto tutto anche su Columbus. So che non ti fa piacere che se ne parli, ma lui deve saperlo, per poter intervenire se succede qualcosa mentre sono in missione."

"Scott!" Elodie lo chiamò per la terza volta, spostandosi per mettersi proprio davanti a lui, così lui si dovette fermare per evitare di andarle addosso. "Andrà tutto bene. *Io* starò bene."

Lo vide respirare a fondo. "Lo so," le rispose sottovoce.

"Grazie, lo so che ti preoccupi per me. È passato tanto tempo da quando qualcuno si preoccupava di ciò che facevo."

"Io mi preoccupo per te," le disse, con un tono quasi indecifrabile.

"Mentre sei via, non ti sarà permesso distrarti, pensando a cosa faccio io. Tu *sai* cosa farò: mangerò, dormirò e lavorerò. Tutto qua. Non è che un giorno mi sveglio e decido di farmi una passeggiata in spiaggia alla Waikiki Beach, o di andare a fare un giro all'Ala Moana Mall o cose di questo tipo. Tu devi concentrarti sulla tua missione e sugli altri. Non sarebbero felici di prendersi una pallottola nel culo, solo perché tu ti sei distratto chiedendoti se stavo bene."

Elodie fu sollevata nel vedere Scott sorridere. "Lo so."

"Bravo. Adesso baciami con convinzione e vai a prendere a calci nel culo i cattivi."

"Non ti ho dato abbastanza baci, stamattina?" le chiese, con una smorfia maliziosa.

Elodie non riuscì a trattenere il rossore. Scott l'aveva svegliata un'ora prima che suonasse la sveglia, mostrandole senza bisogno di parlare quanto gli sarebbe mancata. Dopo il sesso fantastico che avevano fatto la sera prima. L'aveva presa con tanta foga, rapidamente, tanto che poi lei si era sentita come una pila di carne frolla, poi le aveva fatto cambiare posizione, quasi torturandola, tante volte l'aveva portata al limite dell'orgasmo, lei l'aveva pregato di farla finalmente venire. Avevano riso, poi lei aveva pianto un poco, pensando a quanto le sarebbe mancato, sentendolo quasi ancor più vicino, dopo quegli intensi incontri amorosi.

"Non mi stancherò mai di farmi baciare da te," gli disse sinceramente.

Il sorriso di Mustang sparì quando si abbassò verso di lei. Pomiciarono un poco proprio nel bel mezzo del molo, chissà per quanto tempo, probabilmente avrebbero continuato e si sarebbero messi in imbarazzo, se Kai non fosse arrivato e non avesse fischiato verso di loro.

"La barca non si prepara da sola," scherzò verso Elodie, mentre continuava a camminare verso la *Fish Tales* per prepararla all'uscita della giornata.

Scott la fissò per un lungo momento. Nessuno dei due parlò, non ce n'era bisogno. "Stai attenta, mentre sono via," le disse infine.

"Lo farò. Stai attento anche tu."

Lui annuì, poi le prese la mano e l'accompagnò alla barca. Elodie voleva piangere, ma si sforzò di trattenere le lacrime. Scott in quel momento aveva bisogno di farsi forza, non di vederla crollare. Era la prima volta che partiva in missione, da quando stavano insieme, ma non sarebbe certo stata l'ultima. Poteva farcela. *Poteva.*

"Puoi dire a Midas che lo prenderò a calci in culo se non ti protegge e ti fai del male," gli disse scherzando.

Scott non sorrise. "Lo farò."

Capendo che doveva essere lei ad andarsene per prima, Elodie mise una mano dietro la nuca di Scott e lo fece abbassare un'ultima volta. Poi lo baciò velocemente sulle labbra. "Ci vediamo appena torni."

Scott si leccò le labbra e annuì.

Elodie respirò a fondo e poi gli lasciò andare la mano, voltandosi e andando alla passerella che portava alla *Fish Tales*.

"Ciao, Melody, sei pronta per oggi? Quattro bambini e due adulti, speriamo che non siano troppo vivaci," disse Kai sorridendo.

Sentirsi chiamare con il nome falso ormai era diventato estremamente sgradevole, specialmente dopo essersi sentita chiamare con il suo nome vero da Scott e dai suoi amici così a lungo. "Adesso vedrai che ci porti pure iella, ottimo," gli disse scherzando. Il suo cuore non era pronto, ma stava facendo del suo meglio.

Si voltò per guardare un'ultima volta Scott, vide che era già a metà strada, sul molo, stava andando al parcheggio.

"Andrà tutto bene," le disse Kai sottovoce.

"Cosa?" gli chiese Elodie, guardandolo.

"Al tuo ragazzo, andrà tutto bene. È un tipo tosto, tornerà

prima che tu te ne accorga."

Elodie sorrise. Kai era una brava persona. Era giovane, aveva appena vent'anni, stava ancora decidendo cosa fare nella vita, ma era molto educato e rispettoso, poi lavorava sodo. A lei piaceva lavorarci insieme, sulla barca, anche perché poteva capitarle molto peggio, come collega. "Grazie."

"Sai già che mi ha chiesto se ero disposto a venirti a prendere al mattino e a portarti a casa dopo il lavoro... ma lo sai che mi ha richiamato per farmi praticamente una ramanzina, dicendomi di guidare con calma, di rispettare i limiti, di allacciare sempre la cintura di sicurezza, di non mettermi al volante con te in macchina se bevevo anche solo un goccio di alcol in barca?"

"Davvero?" gli chiese Elodie.

"Eh già. Quell'uomo è preso dalla testa ai piedi, Mel. Che strano, è un tipo tosto, muscoloso, con la barba... ma con te sembra un gigante di dolcezza. Posso solo sperare di avere un giorno un rapporto come il vostro."

Elodie sorrise. Eh sì, il modo in cui Kai aveva descritto Scott era davvero esatto. "È davvero fantastico."

"Buongiorno!" si sentì una voce profonda.

Elodie si voltò e vide Perry che si avvicinava.

"Siamo pronti per oggi?"

Elodie non si sentiva pronta, ma sorrise e annuì comunque. Aveva la sensazione che Scott sarebbe stato nei suoi pensieri ogni secondo di ogni giorno, fino a vederlo tornare sano e salvo. Non gli aveva chiesto di prometterle nulla, dopo i discorsi che avevano fatto con gli altri della squadra, ma avrebbe tanto voluto chiederglielo. Doveva solo sperare, pregare che tutto andasse come previsto, durante la missione, per vederlo tornare il prima possibile.

Tanto per cambiare, almeno era bello doversi preoccupare di qualcun altro, invece di dover pensare a cosa stesse facendo Paul Columbus.

CAPITOLO DICIASSETTE

Paul era seduto alla scrivania e tamburellava con le dita sul tavolo. Andrew era partito già da diverse settimane per andare a rintracciare quel tipo, Valentino, quello che lavorava sull'*Asaka Express* con la sua ex chef. Il suo amico, il suo capodecina di fiducia, usava un'identità falsa e aveva a disposizione tutti i soldi che voleva per corrompere, per estorcere informazioni e rintracciare quel tipo.

Ma in tutto quel tempo, Andrew aveva rincorso di porto in porto la nave su cui probabilmente si trovava quell'uomo, l'*Asaka Freedom*, senza alcuna fortuna.

Paul stava perdendo la pazienza. Ogni giorno che passava, quella stronza era libera di andarsene in giro e poteva rovinargli l'esistenza. Jerry era sempre più irrequieto, cercava di prendere il controllo della famiglia; se avesse saputo cos'era successo... se avesse saputo che Paul non era ancora riuscito a trovare Elodie, a metterla a tacere, ne avrebbe approfittato per destituirlo.

Andrew si era fatto sentire qualche giorno prima, gli aveva detto che l'*Asaka Freedom* avrebbe attraccato a Tunisi proprio quel giorno. La differenza di fuso orario rispetto a New York era di sei ore, quindi Andrew poteva farsi sentire da un momento all'altro.

Proprio quando Paul stava per agitarsi, gli squillò il telefono. Era un telefono usa e getta che usava solo per parlare con Andrew, non poteva essere rintracciato da nessuno.

"Sentiamo," disse con voce roca, rispondendo.

"Beccato!" rispose Andrew.

"Grazie al cazzo, cos'ha detto?" gli chiese Paul.

"Beh, ancora nulla. Ho pagato una puttana per mettergli una pastiglia nel drink al pub. Quella troia non ha fatto domande, ha solo preso i soldi per andare a bucarsi. Lo tengo nascosto finché non trovo il posto migliore per interrogarlo."

"Non ci mettere troppo, cazzo," brontolò Paul. "Voglio sapere dove si trova Elodie Winters, voglio saperlo prima di subito."

"Mi dirà tutto ciò che sa," rispose Andrew, con un tono di voce chiaramente soddisfatto. "Quando avrò finito con lui, sarà disposto ad ammettere ogni cazzata che ha fatto nella vita."

"Ricordati di non lasciare tracce," lo avvertì Paul.

"Non sono un idiota," ribatté Andrew. "Non è la prima volta che interrogo qualcuno."

"Non voglio dovermi ritrovare a dare la caccia anche a *questo* tipo, quando avrà vuotato il sacco, per controllare che non faccia la spia."

"Nessun problema, non farà la spia su niente e nessuno, quando avrò finito con lui."

"Ottimo," rispose Paul. "Devi tornare il prima possibile. Qua cominciano a chiedere dove sei, la nostra storia di tua sorella che si è ammalata non reggerà troppo a lungo."

"Un giorno, al massimo due, boss," disse Andrew. "Poi torno e possiamo organizzare i prossimi passi. Questo stronzo ci dirà tutto ciò che vogliamo sapere, me lo sento."

"Fammi sapere," gli ordinò Paul, che poi chiuse la conversazione senza aggiungere altro. Odiava la situazione che si era creata. Non riusciva a credere che una donnina come Elodie fosse riuscita a stargli sempre un passo avanti. Era una cazzo di *cuoca*, mentre lui era il capo di una famiglia mafiosa temuta e rispettata.

Se Jerry avesse scoperto per quanto tempo era riuscita a sfuggirgli, Paul sarebbe stato un uomo morto. Oltre a Jerry, tutti gli altri avrebbero perso il rispetto per lui, quasi certamente lo avrebbero eliminato.

Per un momento, Paul valutò se andare di persona a trovare quella stronza, ovunque fosse, per eliminarla di proprio pugno, ma scartò l'idea immediatamente. Doveva rimanere a New York, tenere le redini della famiglia, tenersi stretto il comando. Andandosene, si sarebbe fatto fregare. Doveva aspettarsi che Andrew facesse ciò che andava fatto, sia con quel Valentino che con Elodie.

Andrew era vicinissimo a trovare le informazioni necessarie per porre fine a tutta la faccenda.

Pensando a quanta paura avrebbe provato quella stronza, capendo che sarebbe morta, Paul chiuse gli occhi soddisfatto. Magari poteva chiedere ad Andrew di filmare l'omicidio. Era pericoloso, ma poteva sempre cancellare il video, subito dopo averlo guardato. Voleva vederla soffrire. *Doveva* vederla soffrire.

Sorrise al solo pensiero.

"Adesso hai intenzione di parlare?"

Valentino strizzò verso l'uomo che aveva davanti l'unico occhio che riusciva a tenere aperto, perché l'altro era troppo gonfio e rimaneva chiuso. Non aveva idea di dove fosse, né di chi fosse l'uomo che lo stava pestando a sangue. L'ultimo suo ricordo era nel bar di Tunisi, con una tipa fica da morire. Era rimasto al largo troppo tempo, aveva bisogno di passera se no l'uccello rischiava di cadergli del tutto.

Dato che era l'ultimo ufficiale arrivato sulla nave, gli era stato negato il permesso di scendere a terra negli ultimi due porti di attracco, quindi era stato contentissimo di ricevere il permesso, quando la nave aveva attraccato a Tunisi; aveva ignorato qualunque allarme ed era andato subito nel quartiere della città in cui proliferavano le prostitute.

Aveva cominciato quasi subito a parlare con una donna che gli stava addosso volentieri. Poi lei era andata in bagno, lui aveva deciso di andare al sodo quando era tornata. Voleva scopare, non aveva bisogno di tutte quelle moine e della seduzione. Non voleva certo uscire con quella donna, voleva solo sfogarsi per poi mandarla a quel paese. Aveva pensato anche di trovare una che glielo succhiasse, più tardi.

Doveva solo sfogarsi quante più volte poteva, prima di dover tornare a bordo della nave, il pomeriggio del giorno dopo. Sarebbe rimasto bloccato a bordo della nave, piena di uomini, per chissà quanto tempo, prima di poter scendere al porto successivo.

Ma a un certo punto, dopo che quella donna aveva accettato di portarlo a casa sua per scopare, qualcosa era andato di traverso, molto di traverso.

Si era risvegliato in una stanza che non riconosceva, con un uomo mai visto prima in vita sua. Quel tipo non gli aveva detto perché lo stava picchiando a sangue; lo picchiava e basta.

Valentino era seduto su una sedia, aveva le mani ammanettate dietro la schiena, mentre le gambe erano legate aperte. Non indossava più i pantaloni e la camicia, non aveva più gli stivali e le calze. Era seduto con indosso solo le mutande.

Ma la preoccupazione maggiore in tutta quella situazione

era l'enorme telo di plastica disteso sotto la sedia... oltre al fatto che l'uomo che aveva davanti non cercava minimamente di camuffarsi.

Valentino avrebbe potuto descriverlo nel dettaglio alla polizia. Aveva capelli lunghi e neri, unti, legati dietro la testa con una fascia elastica. Non aveva alcun tatuaggio visibile, ma indossava una maglia nera e un paio di pantaloni neri. Aveva i denti giallastri e il naso era storto, di sicuro se l'era rotto, in passato. In quel momento, quell'uomo aveva le nocche insanguinate e graffiate, per le botte che gli aveva dato; Valentino non poté fare a meno di notare con terrore il coltello che quell'uomo portava in una fondina, al fianco.

"Penso che tu sia pronto," disse l'uomo, rispondendosi da solo.

"Chi sei e cosa vuoi?" gli chiese Valentino, odiando il suono della propria voce, troppo debole, impastato.

"Chi sono io non è importante, ma quello che voglio... sì, quella è la domanda giusta."

Al che l'uomo si avvicinò a Valentino, che avrebbe voluto sputargli addosso, oppure prenderlo a calci tra le gambe per andarsene di filato da quella camera. Ma quell'uomo sembrava leggergli nella mente, così gli sferrò un diretto in faccia, così forte che per qualche secondo non gli consentì di respirare.

"Voglio sapere dove si trova Elodie Winters."

"Chi?" La domanda gli uscì senza pensarci.

L'uomo che lo picchiava non esitò un attimo, si voltò e andò dall'altra parte della stanza, per prendere qualcosa che aveva già preparato, appoggiato alla parete. Valentino non aveva notato prima quell'oggetto.

Era una lunga asse di legno. Senza dire una parola, quell'uomo alzò l'asse di legno e la fece cadere di colpo contro uno stinco di Valentino. Poi fece lo stesso sull'altra gamba.

Valentino gemette per il dolore che gli inondò le gambe, facendole irrigidire e facendogli venire i conati di vomito.

L'uomo che lo aveva colpito semplicemente rise e lo colpì di nuovo.

"Dove si trova? Così non fai altro che farti del male da solo," gli disse.

"Non conosco nessuna con quel nome!" protestò Valentino.

"Proteggerla è un atto nobile, ma stupido," gli disse il suo torturatore, che abbassò l'asse di legno all'altezza delle sue cosce.

"Non so di chi stai parlando!" urlò Valentino, sperando disperatamente che quell'uomo gli credesse.

Per fortuna quel tipo smise per un attimo di picchiarlo. "Dunque, forse potrei anche crederti. Potrebbe aver usato un altro nome. Era con te sull'*Asaka Express*. Avevi un braccio appoggiato alla sua cazzo di spalla quando avete attraccato in Sudan, dopo che la nave era stata dirottata. Ti viene qualcosa in mente?"

Valentino sbatté le palpebre. "Vuoi dire *Rachel Walters*?"

L'altro uomo sorrise, come se Valentino gli avesse appena detto che aveva vinto un milione alla lotteria. "Ah, Rachel Walters. Sì, proprio lei. Me lo ricordo, è proprio il nome che hanno usato al telegiornale. Dove si trova?"

Valentino sentì il cuore a pezzi. Quel tipo non aveva fatto altro che prenderlo per i fondelli. Se sapeva il vero nome di Rachel, perché lo picchiava cercando di farglielo dire? Non aveva alcun senso; Valentino soffriva così tanto che non riusciva nemmeno a pensare. Aprì la bocca per dire a quello stronzo che non aveva idea di dove si trovasse quella dannata cuoca, ma prima che potesse parlare, sentì un dolore lancinante alla coscia.

Urlando, Valentino tirò di scatto le mani, dimenticandosi di averle legate dietro la schiena. Guardando in basso, vide il manico del coltello che prima era nella fondina, al fianco del suo torturatore; ora sporgeva dalla sua coscia.

"Ops, mancato," disse l'uomo, che poi si allungò per riprendere il coltello.

"No! Basta!" urlò Valentino, ma era troppo tardi. L'uomo gli tirò fuori la lama dalla gamba e Valentino vomitò di nuovo.

"Tutto questo può finire, basta che tu mi dica cosa sai di Rachel e dove si trova. Sembravate tanto amici quando siete scesi dalla nave. Non mentire, dicendomi che non sai dov'è andata. Lavora su un'altra nave?"

Valentino sentiva la testa vorticare. Avrebbe fatto di tutto, per porre fine al dolore, avrebbe consegnato anche Rachel. Non aveva alcun obbligo nei suoi confronti. Proprio per nulla. Ma il problema era che non sapeva proprio dove fosse. Aveva provato in ogni modo a portarsi quella stronza frigida a letto, ma lei gli aveva resistito. Tanto da fargli pensare che fosse lesbica... finché non l'aveva vista con quello stronzo della marina, con quel SEAL delle squadre speciali. Si era incazzato a tal punto da provarci ancora, tentando di scoparsela, ma lei l'aveva fulminato dopo che le aveva messo un braccio intorno alle spalle, a quella conferenza stampa. Che troia.

Evidentemente aveva taciuto troppo a lungo, perché il coltello scese ancora una volta, ma pericolosamente vicino al suo uccello. Valentino urlò, poi si sentì tremare. Aveva freddo, un freddo tremendo. Era stanchissimo.

Chiuse gli occhi, ma li riaprì quando sentì che il coltello veniva di nuovo estratto dalla coscia. Ormai non gli faceva quasi più male. Il sangue gli scorreva sotto al sedere, sulla sedia, Valentino sapeva di essere nei guai fino al collo.

"Dimmelo e mi fermo," gli ripeté l'altro uomo, quasi gentilmente.

"Non lo so," sussurrò Valentino.

"Risposta sbagliata," aggiunse quel pazzo scatenato.

Poi il dolore venne dalla spalla di Valentino. La testa gli cadde di lato, vide l'impugnatura del coltello a pochi centimetri dal volto, gli usciva da un braccio.

"Dove si trova?" continuò a chiedergli quell'uomo, mentre lentamente gli estraeva di nuovo il coltello dalla carne.

"Non lo so!" rispose Valentino con più forza. "Dopo la conferenza stampa, non l'ho più rivista!"

"Devi pur sapere *qualcosa*," insisté l'altro. "L'hai sentita parlare con qualcuno dei funzionari? Ha telefonato a qualcuno? Non può essere sparita così. Dimmi tutto quello che sai, cazzo!"

Valentino cercò di spremersi le meningi. Doveva tirar fuori qualcosa da dire a quel tipo, altrimenti quello avrebbe continuato a torturarlo e il dolore non sarebbe mai terminato.

Poi gli venne in mente qualcosa che aveva tutt'altro che dimenticato.

"Il numero!" gridò.

"Che numero? Sarà meglio che cominci a parlare, altrimenti col prossimo colpo ti taglio via il cazzo."

"Ho cercato di beccarla da sola in lavanderia,." Valentino quasi si mangiava le parole, tanta era la fretta di parlare, prima che quel pazzo gli accoltellasse l'uccello. "È scappata via, ma c'era un bigliettino di carta. L'aveva lasciato cadere! Le sarà uscito dalla tasca dei pantaloni, non lo so. C'era un numero."

"Che cazzo di numero?" disse il suo torturatore, che poi pensò bene di mollargli un pugno in faccia.

Valentino sentiva il sangue che gli colava dal mento, ma non capiva da dove venisse. Forse dal naso? Da qualche taglio sulla faccia? Cercò di sentire con la lingua in bocca e capì di aver perso due denti. Merda, aveva sempre avuto i denti a postissimo, senza nemmeno dover usare degli apparecchi.

"Diamine, sei stupido, o sei uno *stronzo* stupido," mormorò quell'uomo, abbassandosi davanti a lui.

Valentino non aveva idea di cosa stesse facendo... finché non sentì dal piede il dolore più atroce che potesse immaginare.

L'uomo si alzò tenendo in mano trionfante un dito del piede di Valentino.

"Questo bel ditino adesso è sul mercato..." canticchiò, gettando poi il dito per terra, come gesto di disprezzo. "*Parla*!" gli ordinò.

Gli occhi di Valentino caddero sul suo dito, per terra; cominciava a capire che non avrebbe potuto sopravvivere a lungo a quelle torture. Quel tipo era un pazzo patentato, era chiaro che più tempo ci metteva a ottenere informazioni, più si divertiva a torturarlo.

"Un numero di telefono. Non me lo ricordo tutto, ma il prefisso era otto zero otto. Gliel'aveva dato quello stronzo di un SEAL. C'erano dei tre nel numero, un uno, penso. Volevo restituirglielo, ma ho deciso di non farlo, perché con me si era comportata da stronza."

Valentino parlò rapidamente, non preoccupandosi del pericolo in cui stava mettendo Rachel. Lei lo aveva respinto. Lui non sapeva minimamente chi fosse quel tipo, o perché volesse trovare quella brutta troia, ma se la poteva anche prendere. Tutto quel dolore era colpa *sua*. Avrebbe detto a quel tipo tutto ciò che voleva sapere, pur di fargli smettere quella tortura.

"Lei ci è rimasta male. Quando qualcuno le ha chiesto perché era giù, lei ha detto di aver perso un bigliettino importante, che doveva essere nella tasca dei suoi jeans. Ma non l'ha perso, l'ho bruciato io, per farlo sparire," disse Valentino, con la voce sempre più confusa.

"Otto zero otto, vero?" gli chiese l'altro uomo.

Valentino annuì.

"Era il numero di un SEAL della marina?"

"Sì, sì. Uno di quelli saliti a bordo per eliminare i pirati. A lei piaceva, voleva infilarsi nei suoi pantaloni, immagino la cosa fosse reciproca. Se avesse avuto più tempo, scommetto che l'avrebbe scopato senza aspettare, sulla nave, ma lui è dovuto andar via, è tornato alla sua nave e noi siamo andati in porto."

Valentino si lasciò andare sollevato, quando l'altro uomo si alzò in piedi e si allontanò di un passo.

"Non mi stai mentendo, vero?" gli chiese.

Valentino scosse la testa più forte che poté. "No!"

"Sai che c'è? Ti credo."

"Grazie al cielo."

"Dato che finalmente sei stato furbo e mi hai detto ciò che volevo, ti ucciderò alla svelta."

Valentino aprì la bocca per implorare di avere salva la vita, ma non ebbe il tempo di dir nulla, perché l'altro gli si gettò contro di scatto, affondando la lama del coltello nella parte alta del petto, verso sinistra.

Guardando in basso, Valentino vide l'impugnatura del coltello oscillare e tossì.

"Dritto al cuore. Morirai dissanguato in qualche secondo. Non cercare di resistere," gli disse l'altro uomo, togliendogli il coltello dal petto.

Valentino avrebbe voluto urlare. Avrebbe voluto piangere per l'ingiustizia che stava subendo. Ma non ne aveva le forze. La sua testa cadde lentamente all'indietro e i suoi occhi si chiusero, mentre il suo cuore smetteva di battere nel petto.

Andrew faceva del suo meglio per ripulire la stanza, con una smorfia compiaciuta in viso. Odiava quella parte. Preferiva di gran lunga torturare qualcuno, lasciando ai soldati il compito di lavare per terra. Ma doveva eliminare il corpo di quello stronzo, in modo che la polizia tunisina non lo trovasse. Aveva assunto un uomo e il figlio perché lo portassero al largo, mescolandolo con la pastura che usavano per pescare gli squali.

Valentino Russo sarebbe scomparso dalla faccia della Terra, come molti altri prima di lui. L'oceano, con tutte le creature che vi abitavano, era un luogo meraviglioso in cui far sparire di tutto.

Dopo aver controllato che il dito di Valentino fosse rimasto nel sacco di plastica, Andrew rimuginò su quanto gli aveva detto. Elodie si era infatuata di un SEAL della marina, sembrava un'attrazione reciproca. Non aveva conservato il bigliettino con il suo numero di telefono, Valentino l'aveva distrutto, ma poteva averlo imparato a memoria. Peccato che Andrew non aveva il numero, ma le basi dei SEAL non erano un'infinità, almeno così pensava lui. Non sapeva un bel niente del mondo militare. Non si era mai interessato a cosa faceva il governo, al controllo della legge su cosa si poteva dire o fare, su come si poteva vivere. Conoscere il prefisso era un notevole vantaggio per trovare quel tipo. Se avesse identificato almeno la città in cui viveva, poteva andare a vedere cosa scoprirci.

Andrew non aveva alcuna prova che Elodie stesse con uno dei SEAL, ma non aveva nemmeno trovato altra traccia di lei, da nessuna parte. Probabilmente usava un altro nome falso; ma restringere il campo della ricerca era un grande passo avanti.

Non vedeva l'ora di tornare a New York per fare altre indagini. Paul sarebbe stato molto contento. Andrew era stufo di essere solo un capodecina. Voleva fare carriera nell'organizzazione, magari diventare consigliere di Paul. Diventando il suo consulente, avrebbe avuto molto più potere e più rispetto da tutti gli altri, anche da quello stronzo di Jerry. Jerry era il vicecapo, a cui prudevano le mani per prendere il posto di Paul... se fosse successo, Andrew sapeva di non avere alcuna possibilità di diventare altro rispetto a ciò che era già: un tirapiedi della famiglia.

Rise, ripensando alle grida di dolore di Valentino, poi chiuse bene il telo di plastica avvolto intorno al corpo dell'ufficiale morto. Andrew amava vedere gli altri soffrire. Era pane per i suoi denti.

Se non avesse avuto l'occasione di lavorare per la famiglia Columbus, molto probabilmente sarebbe diventato un serial killer. Invece così poteva uccidere per dovere nei confronti della famiglia. Non era mai stato tanto felice di ciò che faceva, prima di allora.

Lui sapeva cosa aveva fatto Elodie e perché Paul voleva trovarla e metterla a tacere. Persino Andrew poteva ammettere che tutto quel casino probabilmente era basato sul nulla: se lei avesse voluto andare alla polizia, ormai ci sarebbe già andata. Ma a lui non interessava nulla, comunque. A lui interessava solo di vedere il terrore sul suo volto, quando si sarebbe accorta di essere stata trovata e di essere in punto di morte. Il suo piano prevedeva di sorprenderla, presentandosi all'improvviso, senza darle alcun preavviso prima di ucciderla.

"Ti troverò, Elodie. Il tuo incubo peggiore ti sta per raggiungere," disse, lasciando il corpo morto nell'angolo di quella camera, nello squallido motel, dove un padre e un figlio sarebbero andati a prenderlo, quella sera. Era certo che l'avrebbero fatto... perché aveva rapito la moglie di quell'uomo. Gli aveva detto che gli avrebbe fatto sapere dove ritrovarla, dopo aver ricevuto prova della sparizione del corpo di Valentino.

Santo cielo, quanto amava il suo lavoro. Rimpiangeva solo di non poter uccidere quella donna; a volte lasciar vivere le vittime gli dava la stessa soddisfazione di ucciderle. Sapere che qualcuno soffriva per le sue azioni gli dava piacere. Sapeva senza dubbio che quell'uomo e suo figlio avrebbero fatto tutto ciò che lui ordinava loro, per poter riavere quella donna che amavano. Solo un po' consumata dalla paura... e dalla pratica che aveva fatto col coltello, prima di passare a Valentino. Ma si sarebbe rimessa... prima o poi.

Con un ghigno stampato in volto, Andrew si lavò le mani nel lavandino un'ultima volta, per poi uscire dalla camera di quel motel senza nemmeno guardarsi indietro. Doveva prendere un aereo, per continuare la sua caccia.

CAPITOLO DICIOTTO

Mustang era stanco, ma non pensava a dormire. Riusciva a pensare solo ad arrivare al porto per vedere Elodie. La missione in Africa era andata piuttosto liscia. Per fortuna, pur sentendo moltissimo la sua mancanza, la missione non ne aveva risentito. Anzi, si era scoperto più concentrato, molto attento a tutto ciò che poteva andare storto. Il motivo era proprio che voleva essere sicuro di tornare a casa, da Elodie.

Il suo orologio interiore era tutto incasinato dai fusi orari, ma non era una novità, succedeva sempre, al rientro da una missione. Nonostante fosse esausto, aveva fin troppa adrenalina in corpo per dormire. Doveva vedere Elodie. Doveva accertarsi che stesse bene, che non fosse successo niente di male, durante la sua assenza. Pensò di telefonarle, per avvertirla che stava tornando a casa, ma quando si era accorto che era quasi l'ora in cui di solito tornava da un'uscita di lavoro, aveva deciso di andare direttamente al porto.

Così parcheggiò la macchina e vide la *Fish Tales* già ormeggiata. Vide delle persone intorno al molo, non trattenne un sorriso, mentre si incamminava verso di loro.

Kai fu il primo a vederlo, e avvertì Elodie con un colpetto di gomito.

Mustang vide il momento in cui Elodie riconobbe la persona che camminava verso la barca. Elodie si fece sfuggire un grido, poi cominciò a corrergli incontro sul molo.

"Scott!" gli urlò, prima di raggiungerlo.

Mustang aprì le braccia e lei gli fu addosso, facendolo arretrare di un passo per rimanere in piedi in equilibrio; mentre lei lo abbracciava stretto, lui sorrise.

Santo cielo, quanto stava bene. Aveva visto migliaia di momenti in cui i militari tornavano dalle loro ragazze, mogli, figli, ogni volta era stato contento per loro. Ma niente lo aveva preparato a quella sensazione di... sollievo, contentezza, per avere di nuovo Elodie tra le braccia.

Elodie arretrò di pochi centimetri per guardarlo. "Sei tornato!"

Lui ridacchiò. "Sono tornato."

"Sei tutto intero?" cominciò a palpeggiarlo sul petto, sulle braccia, come per controllare che fosse tutto d'un pezzo.

"Sto benissimo, adesso che ti ho vista."

Lei interruppe quell'ispezione frenetica del suo corpo e lo guardò. L'attimo prima, Elodie sorrideva, quello dopo le labbra cominciarono a tremarle.

"Piccola," le disse con una vocina tenera, mentre le lacrime cominciavano a scorrerle sulle guance. Elodie gli appoggiò la testa al petto di nuovo.

Mustang avrebbe voluto mettersi a ridere, ma non lo fece. Non era divertente, vederla sconvolta, ma immaginava che quelle fossero lacrime di gratitudine, più che altro, perché lui era tornato sano e salvo.

Le lasciò un attimo per riprendere il controllo delle sue emozioni, poi la baciò sulla tempia. "Hai finito qui?"

Lei annuì e lo guardò. Elodie aveva il viso rigato dalle lacrime e gli occhi un po' arrossati, ma lui non aveva mai visto niente di più bello. Lei alzò le mani e si asciugò le lacrime, poi disse: "Quasi. Io e Kai stavamo finendo di sistemare la barca, mentre Kahoni finisce i documenti."

Mustang le prese la mano, se la portò alla bocca e ne baciò il dorso, poi si incamminò sul molo verso la barca. "Dai, andiamo a vedere cos'altro bisogna fare, così poi ti porto a casa."

"Aloha! Piacere di vederti," gli gridò Kai mentre si avvicinavano.

"Grazie. È bello essere a casa," disse Mustang. Sia lui che Elodie percorsero la corta passerella di collegamento con il ponte della *Fish Tales*.

Elodie aveva detto il vero, la pulizia della barca era quasi completata. Mustang andò verso la poppa della barca, qui c'erano alcune sedie dove i turisti si accomodavano mentre pescavano. Subito dietro c'era una porta che si apriva verso una zona coperta, con due tavolini e della panchine imbottite. Nella parte anteriore della zona cabinata c'era un cucinotto, con lavandino, frigorifero e zona di servizio. Mustang sapeva che il peschereccio charter offriva anche servizio pasti. Un piccolo bagno di servizio si trovava appena tre gradini sotto, nel retro della zona coperta.

Poi c'erano le scale che portavano alla plancia di comando, dove si trovavano tutti gli apparecchi elettronici per far funzionare e manovrare la barca.

C'era un posto per tutto. Le canne da pesca erano allineate contro una parete, appena dentro la cabina. I giubbotti salvagente andavano sotto le panche. Alcuni kit di primo soccorso erano attaccati alle pareti, molto facili da prendere. La barca era pulita e tenuta bene, Mustang non poteva che rimanere impressionato ogni volta che ci saliva.

"Grazie per aver portato... Melody avanti e indietro tra casa e lavoro." Era molto difficile per Mustang pensare a lei con un nome diverso da Elodie, faceva ancora fatica a usare l'altro nome, ogni tanto si incartava quando parlava con qualcun altro, ma piuttosto che fare qualcosa che la mettesse in pericolo o che la imbarazzasse si sarebbe fatto ammazzare. Dover dare spiegazioni sul perché non la chiamava per nome sarebbe stato senz'altro imbarazzante.

"Nessun problema. Immagino di non doverla venire a prendere, domani?" chiese Kai, sghignazzando.

"No no, ma grazie per la disponibilità," rispose Mustang.

"Ci mancherebbe."

"Nei prossimi giorni abbiamo impegni regolari," disse Kahoni a Elodie e Kai, dopo aver risposto al saluto di Mustang, mentre guardava il telefono, scorrendo il calendario. "Domani abbiamo la barca piena, con sei turisti (sono quattro adulti e due bambini) poi venerdì e sabato abbiamo quattro persone al giorno. Poi ho ricevuto una telefonata da un tipo che sembrava disperato, vuole andare fuori a pesca. È in vacanza con la moglie e con le due figlie, ma a loro non interessa la pesca. Gli ho detto che la domenica non lavoriamo, ma lui è disposto a pagare il doppio. Che ne dici? Pensi di farcela? So che ci siamo sempre io o Perry, per le uscite a noleggio, ma con un ospite solo, penso che dovrebbe essere più facile. Vi pago gli straordinari."

"Io ci sto," disse subito Kai.

Mustang sorrise. Anche lui non avrebbe mai rinunciato alla possibilità di guadagnare qualche soldo in più, quando era un ragazzo, ma anche dopo i vent'anni.

Kahoni si girò verso Elodie. "Lo so che il tuo uomo è appena tornato, ma pensi di potercela fare?"

Elodie annuì. "Ma certo. So che domenica è il compleanno di tua figlia, lo aspettavi con ansia da tempo."

"Grazie, Melody, sei forte. Ti prometto che non diventerà un'abitudine. Voglio essere sicuro che tu e Kai non vi pentiate di lavorare per me e Perry, solo che è difficile rinunciare a un compenso doppio," disse Kahoni.

"Tranquillo."

"È solo un'uscita da quattro ore, stavo pensando, considerato la pesca degli ultimi giorni, potresti andare verso il Pinnacle e magari il cliente sarà fortunato. Se no, puoi sempre andare a Penguin Bank."

Elodie e Kai annuirono insieme.

"Verso il Pinnacle?" chiese Mustang.

Kahoni spiegò. "Sì, è una parte di oceano piuttosto piatta e non bassa, rispetto ai punti in cui si pesca normalmente, verso Kaena Point. Le zone turistiche non sono molto lontane dalle zone di pesca commerciale, dove ci sono i dispositivi esca dello stato delle Hawaii."

Mustang scosse la testa. "Non sono sicuro se chiederti cosa siano quei dispositivi," gli disse. Chiaramente, lui non ne sapeva nulla della pesca di fondo. A lui piaceva uscire a pesca ogni tanto, specialmente con gli amici della squadra, ma non si occupava molto dei dettagli tecnici.

"Sono delle boe che il governo mette per attirare banchi di tonni o di altri pesci. Personalmente, penso che sia un po' come barare, ma insomma, se ci aiutano a trovare il pesce per i clienti, non mi lamento. Non sarebbe certo un bell'affare, se qualcuno pagasse una bella sommetta per noleggiare una barca e poi tornasse a riva a mani vuote," spiegò Elodie.

"Immagino sia così," concordò Mustang.

"Esatto, allora è deciso. Apprezzo la vostra disponibilità a lavorare anche di festa. Vi prometto che vi compenserò," disse Kahoni. "Ma il bello è che almeno dovreste finire entro mezzogiorno, non alle due o alle tre come al solito."

"Mahalo," disse Kai al boss. "Qui ho finito di pulire."

"Io stavo per finire dentro," aggiunse Elodie.

"Voi due andate pure," disse Kahoni con un sorriso sornione. "Melody, sarai senz'altro ansiosa di passare del tempo col tuo uomo; Kai, le onde ti aspettano. Qui finisco io."

"Liberi tutti!" disse Kai, facendo il gesto dello shaka[1] con la mano verso Kahoni. Poi prese la sua borsa e si diresse verso il porto.

"Ci vediamo!" disse Elodie al capo, poi afferrò il suo zainetto. Mustang glielo prese e le mise una mano dietro la schiena, poi scesero entrambi dalla barca.

Era bello essere di nuovo a casa, con Elodie; per Mustang era difficile tenere le mani a posto. Era bellissima, soprattutto dopo due settimane passate in Africa. Indossava un altro paio di infradito economiche acquistate in un negozietto all'angolo (uno dei suoi preferiti), una canotta rosa con un enorme fiore d'ibisco sul davanti, un paio di pantaloncini che le arrivavano al ginocchio. Si era tirata su i capelli neri, raccolti un po' alla rinfusa, tanto che a lui prudevano le mani per liberarglieli.

Elodie alzò il mento per guardarlo, Mustang notò subito le lentiggini che spiccavano sulla pelle del viso, più abbronzata. Probabilmente non se ne sarebbe accorto, se fosse rimasto in missione solo per qualche giorno. Rimanendo lontano aveva potuto notare quei piccoli cambiamenti, rispetto all'ultima volta che erano stati insieme.

"Ti trovo bene," le disse.

Lei gli sorrise. "Eh, sì, tutto il giorno al vento e con gli spruzzi d'acqua salata, di sicuro sono pronta per una bella sfilata di moda."

Mustang le prese un braccio e la fermò. Erano in piedi nel bel mezzo del molo, ma lui non poteva aspettare un secondo di più. Abbassò la testa e la baciò, come se la sua vita dipendesse da quel bacio.

Lei si lasciò prendere subito, spronandolo ancor di più. Gli era mancata terribilmente, sentirla ancora tra le proprie braccia era quasi troppo. Come aveva fatto a vivere così a lungo senza conoscerla? Per lui era difficile da capire, gli bastava stare con lei e tutti i suoi problemi e le sue preoccupazioni diventavano minuzie; eppure era così.

Quando arrivarono entrambi al punto di dover prendere fiato, Mustang la fissò, cercando di memorizzare tutto di lei. I riflessi verdi nei suoi occhi marroni, le piccole rughe ai lati degli occhi. Il modo in cui si leccava sensualmente le labbra, quando si eccitava, o quando voleva baciarlo. "Mi sei mancata," le disse tranquillamente.

"Penso che tu mi sia mancato di più. Il tuo appartamento è troppo silenzioso, senza di te."

"Adesso ci sono."

"Sì, ci sei. A proposito del tuo appartamento, forse avrei dovuto avvertirti che quando sono sotto stress mi metto a cucinare. Prima che tu me lo chieda... no, non è successo niente di strano da queste parti. Non ho mai avuto la sensazione che qualcuno mi seguisse, o cose di questo tipo. Non ho avuto alcuno strano presentimento, ero solo preoccupata per te, per gli altri. Non sono riuscita ad allontanare lo stress, la paura che qualcosa potesse andare storto, nella vostra missione. Quindi adesso nel tuo congelatore c'è abbastanza da mangiare per settimane. Oh! Però potremmo invitare gli altri! Di sicuro a Slate non dispiacerebbe portarsi a casa una casseruola di qualcosa di buono fatto in casa. A Midas piacerà il polpettone che ho fatto."

Mustang si abbassò e la baciò di nuovo. La vide sorridere, gli piaceva sentire quella felicità sulle labbra. Si tirò indietro e le prese la mano, poi si incamminò di nuovo verso la macchina. "Nessuno si prende quello che mi hai cucinato," le disse. "Non sono pronto a condividere tutto il ben di Dio che mi hai preparato, nemmeno con la mia squadra, non ancora."

Elodie ridacchiò. "È solo cibo, Scott, possiamo sempre prepararne dell'altro."

"No no, l'hai preparato tu, è mio."

"Sei proprio egoista, lo sai?" gli chiese, sorridendo compiaciuta.

"Quando si tratta di te e di ciò che cucini... senza dubbio," le rispose senza alcun rimorso. "Che altro hai fatto, mentre ero via?"

Mustang si ricordò di controllare la zona circostante, mentre si avvicinava alla macchina. Nulla gli sembrò sospetto. C'erano gruppi di persone che camminavano sui moli, chi andava e chi tornava dalle barche, un paio di uomini con canne da pesca alla fine di uno dei moli, poi come al solito alcuni senzatetto che passavano il tempo nelle zone erbose sotto gli alberi, nei prati vicini.

Aprì la portiera di Elodie e attese che lei si sistemasse in macchina, poi andò rapidamente dall'altra parte, sul lato di guida.

Mentre si allacciava la cintura di sicurezza, guardò di sfuggita Elodie e vide che lo fissava con un sorriso enorme in viso. "Che c'è?"

"Nulla. È solo che... mi sembri in forma. Stai bene. Ero preoccupata."

"Di cosa?" le chiese Mustang, mentre avviava la macchina.

"Preoccupata che non mangiassi bene, che dormissi male, per terra, che ti sfinissi." Poi fece spallucce. "So che è una stupidaggine, in fondo sei un SEAL, sei addestrato per fare tutto ciò che dovete fare... ma non significa che non mi preoccupi per te."

Prima di uscire con l'auto dal parcheggio, Mustang le si avvicinò e le mise il palmo di una mano sulla guancia. Lei gli si appoggiò subito. "A parte il dormire per terra, anch'io mi sono preoccupato delle stesse cose. Non so come sia successo, ma mi sei entrata dentro fino in fondo, El. E mi piace sentirti dentro così."

"Idem," gli disse, sorridendo.

Mustang le passò il pollice sulle labbra di sfuggita, poi si costrinse ad allontanarsi e a concentrarsi sulla guida. Avrebbe anche potuto stare con lei in macchina a parlare tutto il giorno, ma era meglio tornare a casa.

"Allora... non hai risposto alla mia domanda," le disse. "È successo qualcosa di interessante, mentre ero via?"

"No," disse Elodie scrollando le spalle. "Ho lavorato; alcuni turisti sono stati un po' rompiscatole, ma per il resto tutti ottimi. Ho cucinato, ti ho già detto che hai il congelatore pieno di roba. Potrei anche aver comprato una nuova poltroncina per la camera da letto."

Mustang "Piccola, non voglio che tu spenda i tuoi soldi per me."

"Non l'ho fatto per te," insisté Elodie. "L'ho fatto per *me*. Kai un pomeriggio mi ha portata a quell'enorme mercatino del baratto allo stadio, mi è sembrato di impazzire. Però sono stata attenta e non siamo rimasti a lungo. Ho visto quella poltroncina e non ho saputo resistere. Ci sono dei cuscini comodissimi e quando ti siedi sembra di affondarci dentro. È brutta che fa impressione, te lo dico subito. Devo far cambiare la tappezzeria, far cambiare i fiori arancioni e marroni che la ricoprono al momento, ma ho pensato di farlo più avanti. L'ho messa proprio davanti alla finestra della camera da letto, è meraviglioso sedercisi con la finestra aperta e ascoltare il rumore delle onde dell'oceano. E poi... è abbastanza grande per sedersi in due."

Mustang se la immaginava, seduta a guardare l'oceano, non vedeva l'ora di condividere quel momento con lei. "Quanto ti è costata? Te la voglio pagare."

"Non voglio," gli rispose con forza.

"Ehi," esclamò lui sorpreso, "non volevo mica offenderti."

Lei sospirò. "No, scusami, non volevo saltarti addosso così. È solo che hai già fatto molto per me, Scott. Mi hai fatto sentire desiderata, coccolata, ne avevo molto bisogno... davvero non sai quanto. Un cuoco di solito rimane dietro le scene, si presenta solo quando c'è qualcosa che non va nel cibo che ha preparato. A New York, mi avevano assunta solo come aiuto cuoco. Poi ho dovuto scappare, cercare di rimanere irreperibile.

"Ma tu hai visto me. *Me*. Non hai chiesto niente in cambio, per tutta la tua gentilezza, ma io non voglio avere l'impressione di approfittarmi di te. Quando ho visto quella poltroncina, ho capito che sarebbe stata perfetta per quel punto della camera, vicino al letto. Non voglio che tu ti senta in dovere di pagare per ogni minuzia. Ho badato a me stessa per molto tempo, non voglio e non ho bisogno di fare la mantenuta. Hai capito?"

"Va bene," disse subito Mustang. "Ma devi capire che non è nella mia natura lasciarti pagare per qualcosa, conoscendo la tua situazione precaria. Non lo dico con cattiveria, ci mancherebbe, ma non mi è sfuggito di notare che nella cameretta che hai affittato c'è davvero poco. Io vorrei darti il mondo, El, non voglio che tu spenda il tuo sudato stipendio per me. Se vuoi comprare qualcosa, ci mancherebbe, fai pure, ma sappilo, non sarò mai a mio agio nel farti spendere tanti soldi per me."

"Capisco. Questa poltroncina è sia per te che per me, però. Lo stesso vale per il cibo. Non voglio che ci siano problemi quando torno dalla spesa con dieci borse piene."

Mustang strinse le labbra. Non voleva farle spendere i suoi soldi per comprare ciò che mangiavano entrambi, ma capiva le sue motivazioni. "Allora senti, che ne dici se quando facciamo la spesa insieme pago io, mentre quando sei per conto tuo non mi lamento, se paghi tu?"

"Vuoi dire che mi lascerai andare a fare la spesa da sola quando non sei in missione?" gli chiese.

Era una domanda molto azzeccata, dimostrava a Mustang che Elodie lo conosceva già molto bene. "Sì?"

Lei si mise a ridere. "Sì, va bene. Non dobbiamo stabilire tutto in questo preciso momento, mi basta che tu capisca che ho trent'anni passati e non dodici, che intendo contribuire al nostro rapporto e non dipendere da te in ogni cosa, tutto qua."

Mustang non credeva di voler continuare a discutere su quell'argomento. Avrebbe dovuto essere contento che lei non si aspettasse di farsi pagare tutto da lui. Con qualunque altra donna, sarebbe stato contento di non farsi spremere come un limone, ma con Elodie... voleva solo coccolarla. Voleva essere sicuro che non rinunciasse a nulla. Aveva passato un periodo molto difficile, lui voleva solo farla felice.

Come leggendogli nella mente, Elodie gli disse: "Mi basta stare con te per essere felice, Scott. Non mi serve nient'altro. Sai che mi basta fermarmi al negozietto all'angolo. Qui ne trovi dappertutto di negozietti economici. Se un giorno dovessimo trasferirci, non so cosa farei, senza le mie patatine Maui Onion, senza un negozietto in cui scendere per comprare un paio di occhiali da sole, dell'ananas fresco, della crema solare, un pareo... tutto nello stesso negozio."

"Beh, c'è sempre Walmart," la provocò Mustang.

Elodie arricciò il naso. "Non è la stessa cosa, credimi."

"In un certo senso sì. Sai che quasi tutte quelle cianfrusaglie sono fatte in Cina, vero?"

"Stai buono, mi rovini tutta la mia esperienza delle Hawaii."

Mustang si mise a ridere.

Lei sorrise ampiamente. "Oddio, che bello che sei tornato a casa. Mi sono abituata troppo a parlare da sola. Anche più del solito."

"Quella poltroncina è grande abbastanza per farci sesso?" sbottò lui.

Elodie lo fissò per un secondo, poi allargò il suo sorriso. "Eh sì," gli disse con un filo di voce.

"Ottimo. Perché quella sarà la prima cosa che faremo," la informò.

"A me sta bene. Hai intenzione di spogliarmi ancora all'ingresso, o stavolta cerchiamo di arrivare in camera da letto, prima di spogliarci del tutto?"

"Continui a parlare di spogliarci nudi, ma potremmo non arrivarci neanche, all'appartamento."

"Ti sei fatto la doccia, vero?" gli chiese con nonchalance.

"Come dici?"

"La doccia. Non faccio l'amore con te se hai ancora addosso il sudiciume di dove diamine sei stato."

Mustang si sforzò di non uscire di strada mentre scoppiava a ridere. Santo cielo, Elodie era l'unica donna in grado di renderlo così felice. "L'ho fatta, la doccia, piccola. Altrimenti te ne saresti senz'altro accorta appena mi fossi avvicinato. Non sarebbe stato carino."

"Va bene. Sesso in poltrona, poi ti faccio fare un giro del congelatore e così potrai decidere cosa ti va di mangiare; poi voglio stare sopra, a letto. Ci ho dormito da sola troppo a lungo, fantasticando su come scoparti. Poi magari ci facciamo la doccia insieme, ci sediamo di nuovo in poltrona e guardiamo insieme l'oceano, mentre mi racconti quello che puoi sulla missione."

Mustang quasi si strozzò. "Cacchio, che donna."

Lei sorrise ampiamente. "Ehi, anche una donna può avere voglia, lo sai?"

Per fortuna erano già arrivati all'ingresso della palazzina. Mustang non sapeva quanto poteva aspettare, per tornare dentro di lei.

"Ah, probabilmente dovrei farti sapere un'altra cosa che ho *fatto* mentre tu eri via."

"Cosa sarebbe?" le chiese.

"Ho telefonato a Kalani due giorni dopo che sei partito e le ho chiesto di accompagnarmi dal ginecologo. Lei è venuta a prendermi... ora sono fiera di annunciarti che mi hanno messo un bel dispostivo anticoncezionale sottocutaneo. Ce l'ho nel braccio e dura quattro anni. Se decidessi di avere figli prima della scadenza (il che è molto probabile, perché gli anni passano per tutti), si può sempre togliere."

Mustang parcheggiò la macchina e la fissò a lungo. Gli sorrideva timidamente. Lui riusciva a fatica a comprendere ciò che gli diceva. Che *cosa* cercava di dirgli?

"Mi sono fatta controllare, dato che c'ero," aggiunse Elodie. "Non che avessi motivo di pensare che c'era qualcosa di anomalo, ma volevo farti sapere che sto bene e che quindi possiamo fare sesso senza preservativo."

"Io... tu..."Mustang si schiarì la gola. Merda, doveva tornare un minimo lucido, anche se l'uccello gli pulsava già troppo, tanto che non era nemmeno sicuro di riuscire a camminare. "Anch'io sto bene," riuscì a dire.

"Me l'ero immaginata. Quindi... penso che possiamo anche gettare i profilattici... se vuoi. Se però non te la senti ancora, va bene comunque. So che il nostro è un rapporto ancora fresco e..."

Fu interrotta da Mustang che scese dalla macchina e la raggiunse sul suo lato. Non le lasciò il tempo di chiedergli cosa stesse facendo. Le aprì semplicemente la portiera e la tirò fuori dalla macchina. Poi se la gettò in spalla.

La sentì ridere, mentre si incamminava verso l'ingresso dell'appartamento.

"Allora possiamo anche cominciare a fare sesso nell'ingresso, poi passiamo alla poltroncina e a tutto il resto," gli disse.

Sì, sembrava più probabile. Mustang sapeva che non sarebbe riuscito a trattenersi a lungo, di certo non abbastanza da raggiungere la camera da letto. Proprio come la prima sera, doveva penetrare quella donna. Oltretutto poteva farlo senza preservativo. Sarebbe stata una novità, per lui, non poteva più aspettare.

Nel secondo stesso in cui entrarono nell'appartamento, la rimise a terra e le loro mani cominciarono a muoversi senza freni. Servì molto più tempo di quanto lui si aspettasse a spogliarla, perché Elodie indossava ancora il costume da bagno sotto i vestiti, ma si trovò in ginocchio davanti a lei, con la bocca sulla sua passera, ben prima che lei potesse prender fiato.

"Scott!" esclamò Elodie.

Il sapore pungente dell'eccitazione di Elodie gli esplose sulla lingua, Mustang l'afferrò con forza ai fianchi, sperando di non lasciarle dei segni, mentre gustava la donna che amava. Lei era pronta quanto lui, così nel giro di due minuti Elodie si stava già agitando tra le sue braccia, chiedendogli di più.

Prima che l'orgasmo di lei si completasse, lui si abbassò pantaloni e mutande senza curarsi di toglierseli, poi prese in braccio Elodie.

Appoggiando la schiena alla porta, lei gli strinse le gambe intorno alla vita e lo guardò negli occhi con tutto il suo amore, tanto che Mustang pensò di esplodere prima ancora di entrare in lei. Tenendole il sedere con una mano, con l'altra andò a prendersi l'uccello e lo mise sotto l'ingresso bagnato di lei.

Trattenne il fiato mentre la penetrava lentamente. Ce l'aveva grosso, lei era stretta, ma come sempre la fece sentire benissimo. Ancor meglio, senza la barriera di un preservativo. Lui continuò a guardarla negli occhi, cominciando a scoparla con forza, velocemente, sentendosi vicino a lei, più che mai. Era come se eliminare il preservativo avesse rimosso metaforicamente tutte le barriere che potevano separarli.

"Ti amo," le disse... poi si fermò.

Non aveva deciso di dirglielo, non ancora. Voleva darle più tempo per farsi conoscere. Voleva fare il possibile per farla innamorare allo stesso modo. Pregò di non aver appena rovinato tutto.

Lei spalancò gli occhi, che cominciarono a inumidirsi. Per una frazione di secondo, Mustang andò nel pallone.

"Anch'io ti amo," gli sussurrò.

Mustang spinse dentro di lei ancora una volta, con forza, poi venne. In quel preciso momento, senza alcun altro sforzo. Le riempì la passera con il più grande carico di sperma che avesse mai rilasciato. Gli sembrava non terminasse mai.

Sapere che anche lei lo amava era il massimo dell'eccitazione... e il massimo sollievo che avesse mai provato.

Senza uscire da lei, Mustang tenne Elodie vicina e si voltò, dirigendosi verso la camera da letto. Dovette camminare in modo goffo, perché i pantaloni gli erano scesi alle caviglie, ma non si sarebbe fatto fermare, non l'avrebbe mai lasciata andare. Lei gli si appoggiò e gli fece sentire il respiro caldo sul collo, mentre cercava di riprendere fiato.

Una volta entrati in camera da letto, Mustang si abbassò e prese la coperta dal letto, gettandola sulla poltroncina più brutta che avesse mai visto. Elodie lo aveva avvertito, bisognava rifare la tappezzeria, era stata sincera. Ma se volevano passare tanto tempo seduti lì, non voleva sporcarla tutta, facendoci sesso senza coprirla.

Poi si sedette... e grugnì. Elodie aveva ragione, quella poltroncina era fantasticamente comoda.

Lei gli appoggiò le ginocchia ai fianchi e si alzò in ginocchio, sorridendogli.

"Stai ridendo di me, cara mia?" le disse con tono fintamente risentito.

"Io? No, perché mai dovrei?" gli chiese, con tono non troppo innocente.

Mustang si fece serioso. "Dillo ancora," le ordinò.

Lei gli prese la testa tra le mani e gli tirò la barba. "Ti amo." Glielo disse senza esitare.

L'uccello di Mustang reagì di scatto, ancora dentro di lei, facendola gemere, mentre si muoveva sulle gambe di lui. Con grande meraviglia di entrambi, Mustang era già pronto a ricominciare. Sperava solo di durare di più della prima volta. Si sarebbe imbarazzato per aver già eiaculato, così presto, ma immaginò di poter essere perdonato. L'ultima volta che l'avevano fatto era stato due settimane prima, era dentro di lei senza alcuna barriera per la prima volta in assoluto, la donna che amava più della propria stessa vita aveva appena ammesso di ricambiare il suo amore.

"Aspetta," le disse, voleva che si aggrappasse per bene alle sue spalle, prima di cominciare a scoparla di nuovo.

Più tardi, molto più tardi, dopo aver mangiato, dopo essersi fatti la doccia e aver fatto di nuovo l'amore, Mustang giaceva nel letto con un braccio intorno a Elodie, l'ascoltava russare leggermente contro il suo petto nudo. Lui era più che sfinito, ma più soddisfatto che mai, in tutta la vita.

Così la baciò sulla tempia, poi anche lui chiuse gli occhi, contento di averla ritrovata al sicuro. Si ripromise di tenerla sempre al sicuro.

Andrew guardò arrabbiato l'edificio che aveva davanti. Era stanco, affamato, doveva farsi una doccia. Le Hawaii dovevano essere un paradiso, invece per lui non erano altro che una rottura di palle. Il traffico era orribile, faceva troppo caldo e c'era un'umidità tremenda, gli era servito fin troppo tempo, molto più di quanto sia lui che Paul volessero, per trovare quella stronza di Elodie Winters.

Ma c'era riuscito. *Finalmente*.

Era stato facile scoprire che i SEAL della marina che erano intervenuti per liberare l'*Asaka Express* erano di stanza a Honolulu. Il prefisso del telefono di quel tipo riconduceva direttamente alla base di Pearl Harbor-Hickam. Paul aveva pagato un impiegato che aveva accesso ai file del personale e aveva ricevuto i nomi di tutti i SEAL che erano andati sulla nave mercantile in cui lavorava Elodie. Non era stato difficile pagare qualcun altro per rintracciare i numeri di telefono di quegli uomini. Solo uno di quei telefoni aveva le cifre giuste, quelle che Valentino si era ricordato.

Scott Webber.

Andrew era andato a Honolulu, dopo aver ottenuto la sua descrizione, il suo indirizzo e le informazioni sul suo veicolo. Solo quando era già arrivato sull'isola era stato informato dalle sue talpe che i SEAL erano andati in missione. Poteva essere quello, il momento migliore per prendere quella stronza e toglierla di mezzo una volta per tutte... ma anche se era riuscito a vederla coi suoi occhi, non era mai riuscito ad avvicinarla. Dall'arrivo di Andrew, Elodie aveva lasciato l'appartamento di quel SEAL solo per andare al porto. Un tipo l'era venuta a prendere e l'aveva riportata a casa ogni giorno, tutta la settimana; la sicurezza nel complesso residenziale era troppo intensa, non poteva intrufolarsi all'interno senza essere scoperto. C'erano telecamere dappertutto.

Andrew era riuscito a trovare l'unico punto del parcheggio in cui probabilmente sarebbe stato fuori dal raggio d'azione degli apparecchi di sorveglianza. Era l'angolo più lontano, quello che dava sulla strada. L'auto che aveva preso a noleggio, un'anonima berlina nera, si confondeva a meraviglia, ma non riuscendo ad avvicinarsi a Elodie era stato costretto ad attendere il corso degli eventi, cercando di inventarsi un altro piano.

Sperava di occuparsi di tutto prima che il signor SEAL tornasse dalla missione, ma non aveva avuto quella fortuna. Era rimasto a osservare dal parcheggio sulla banchina del porto, mentre il suo bersaglio e quel SEAL avevano quasi scopato, direttamente sul molo. Aveva riconosciuto lo sguardo lussurioso di quell'uomo, che aveva portato in braccio Elodie nell'edificio, poco prima. Il suo compito era diventato ancor più difficile.

Ma non impossibile. Quel mattino, sul presto, Andrew era

finalmente riuscito a escogitare il piano perfetto, anche se doveva aspettare fino a domenica per metterlo in atto. Sarebbe costato una fortuna a Paul, ma alla fine ne sarebbe valsa la pena. Andrew non vedeva l'ora. Voleva solo tornare a New York. Era stufo di quella puttana.

Così avviò il motore della macchina e uscì dal parcheggio. Non c'era bisogno di sorvegliare tutta la notte l'edificio, ormai il suo piano si era già avviato. Fino a quel momento, era stato estremamente attento nel sorvegliarla, non voleva che Elodie sospettasse minimamente che le erano rimasti pochi giorni da vivere sulla Terra. Il fattore sorpresa era una delle sue armi preferite, lui sapeva senza dubbio che quella stronza si sarebbe sorpresa. Anche un compagno nei SEAL non l'avrebbe salvata dall'ira di Paul. Lei poteva anche pensare di essere finalmente libera, nascosta nel suo paradiso, dove poteva scoparsi il suo SEAL... ma si sbagliava.

La mafia alla fine l'avrebbe avuta vinta. Come sempre.

CAPITOLO DICIANNOVE

ELODIE ERA in piedi alla fine del molo e abbracciò forte Scott. Era domenica, normalmente il suo giorno di libertà, ma non aveva avuto problemi ad accettare di fare un favore a Perry e Kahoni, portando un cliente fuori per un'uscita di pesca. Loro l'avevano assunta, correndo il rischio, perché non aveva tanta esperienza, consentendole di avere un tetto sulla testa e abbastanza da mangiare. Quel lavoro le aveva permesso di rimanere alle Hawaii, imbattendosi così in Scott. Avrebbe fatto di tutto, per i proprietari della *Fish Tales*.

"Vai davvero a lavorare?" domandò Elodie a Scott. Dopo la missione, lui aveva avuto un paio di giorni liberi; per quanto stessero bene insieme, lei aveva capito che anche lui non vedeva l'ora di tornare al lavoro.

"Sì, ma solo per poco. Quando siamo tornati, abbiamo fatto la nostra normale revisione della missione, ma voglio leggere bene i rapporti per controllare che non ci sia sfuggito nulla."

Elodie era impressionata dalla precisione di Scott. Prendeva il suo incarico di caposquadra con la massima serietà, motivo in più per amarlo. "Va bene."

"Però torno verso mezzogiorno per venire a prenderti. Magari oggi possiamo andare a Makapuu. Che ne dici?"

Elodie annuì. Makapuu era una delle spiagge più frequentate dell'isola dai surfisti, ma lei non sarebbe andata in acqua. Mai e poi mai.

Scott ridacchiò. "Lo so che mi accompagni solo per assecondarmi, ma lo apprezzo. Puoi leggere un libro, intanto che io faccio un po' di surf, poi ti porto a Waimanalo e mangiamo allo Smokey Ranch Barbeque. Ti garantisco che sarà la grigliata migliore che tu abbia mai assaggiato."

"Me lo garantisci? Ma ti ricordi che sono una chef e che ho mangiato in alcuni dei migliori ristoranti del paese?" gli chiese Elodie.

"Certo che me lo ricordo, ma ti prometto che questo posto ti piacerà."

"Va bene, ma prima voglio pranzare. Tu a Makapuu ti perderai via, quando avrai finito io starò già morendo di fame."

"Affare fatto," disse Scott sorridendo. "Per la cronaca, ti avrei portato uno spuntino tanto per tirati su, ma possiamo sempre mangiare prima di andare in spiaggia."

"Sei sempre troppo buono," gli disse Elodie.

"Ti amo, è mio dovere essere buono con te."

Non si sarebbe mai stancata di sentirgli dire che l'amava. Elodie ormai non si preoccupava più di cosa fosse "giusto" o "normale" in un rapporto. Nel rapporto che aveva con Scott, non esisteva nulla di normale. Era felice di come andavano le cose, aveva la massima fiducia che il loro rapporto di coppia avrebbe avuto successo. "Ti amo, ci vediamo dopo."

"Divertiti e fai attenzione," le disse Scott.

"Ma certo. Non vedo l'ora di rilassarmi un po', più tardi. Dato che siamo solo io, Kai e l'unico ospite, non dobbiamo allestire l'uscita in modo troppo formale, speriamo solo che sia un tipo a posto."

"Lo spero anch'io, per te." Scott si abbassò e la baciò. Quel mattino, avevano cominciato la giornata con delle coccole morbide, delle semplici carezze a letto. Erano entrambi stanchi, per come avevano fatto l'amore la sera prima, non avevano sentito il bisogno di fare altro che chiacchierare tranquillamente, prima di alzarsi e cominciare la loro giornata.

Elodie abbracciò di nuovo Scott, poi prese il suo zainetto e si avviò sul molo. Si voltò e gli fece un ultimo cenno con la mano, prima di spostare l'attenzione alla *Fish Tales*. Kai era già a bordo, la salutò con il suo solito "aloha!" affettuoso appena la vide salire a bordo.

Elodie passò circa venti minuti a preparare la barca, mentre Kai sbrigava alcune formalità, controllando i documenti necessari prima di andare per mare. L'ultima cosa che volevano era perdersi nel bel mezzo dell'oceano.

Il loro unico ospite della giornata si presentò in perfetto orario.

"Salve?" sentirono una profonda voce maschile.

Elodie uscì sul ponte di poppa e fece un cenno all'uomo, che stava in piedi all'altro capo della passerella.

"Aloha! Il signor Steven Miller?" gli chiese.

"Sì, sono io!" disse allegramente quell'uomo. Indossava un paio di jeans e una maglietta polo, non proprio l'abbigliamento adatto per andare a pesca, ma Elodie aveva visto clienti presentarsi con qualunque abbigliamento, quindi ormai nulla poteva più sorprenderla. Steven aveva i capelli scuri, sembravano tirati indietro e trattati con qualche tipo di lozione, o con dell'olio. Aveva il naso lungo, vagamente adunco, inoltre i suoi denti erano giallastri. Era ben rasato e aveva occhi marroni e accesi, sembrava non veder l'ora di avviare la giornata.

Portava un contenitore di cibo d'asporto. "Ho portato alcune ciambelle e del caffè," disse salendo a bordo.

"Molto gentile," gli disse Elodie, "ma non doveva. Abbiamo da mangiare e anche del caffè, a bordo."

"Eh, non ero sicuro. Per me è la prima volta," disse Steven. "Però sono emozionatissimo."

"Fantastico. Io mi chiamo Melody, Kai sarà il nostro pilota e farà anche da guida, oggi."

Elodie fece sedere Steven e gli consegnò i documenti da firmare per l'assicurazione. Poi gli consegnò un foglio con le regole dell'escursione. C'era il divieto fumare, le spiegazioni su come comportarsi, una volta catturato il pesce, oltre al permesso di pesca per quel giorno. Tutto compreso nel noleggio.

Lui rise e scherzò sia con lei che con Kai, mentre completava la compilazione dei documenti e loro finivano di preparare la barca.

"Allora la sua famiglia non aveva troppa voglia di uscire a pesca?" disse Kai, dopo che Elodie ebbe terminato di spiegare a Steven le misure di sicurezza, mostrandogli dov'erano i giubbotti di salvataggio e come indossarne uno in caso di bisogno.

"Eh no, Margaret e le ragazze dormivano ancora. Non sono molto mattiniere, preferiscono passare il tempo a fare spese a Waikiki, oppure in spiaggia. Sono state felicissime di concedermi questa uscita per conto mio. Non vedo l'ora di beccare un marlin. Gli amici del Massachusetts saranno troppo gelosi!"

Continuarono a chiacchierare, mentre la barca manovrò e si avviò verso il Pinnacle, il punto di pesca che Kahoni aveva suggerito di provare. Kai era in cabina di pilotaggio, Melody intratteneva Steven, passando il tempo, prima che potessero cominciare a pescare.

Sembrava un tipo interessante. Aveva detto di essere un agente delle assicurazioni, lei riconosceva il tipo. Era estroverso, affabile, la faceva ridere spesso. Le raccontò delle storie sulla moglie e sulle figlie, spiegandole che erano alle Hawaii un po' per lavoro, ma anche per una mezza vacanza. Lui aveva dovuto partecipare ad alcune riunioni, conoscendo un po' di persone, mentre la famiglia faceva shopping.

L'unica cosa strana di quell'uomo era che non indossava un anello al dito. Elodie non ci pensò troppo, tanti uomini non indossavano la fede nuziale al dito, per molti motivi. Steven non ci stava provando con lei, quindi non immaginò che nascondesse l'anello per rimorchiare.

Quando raggiunsero il punto in cui avevano già pescato con successo in passato, Kai scese e aiutò Steven a pasturare e a preparare le canne.

La pesca non era tra le attività preferite di Elodie. La trovava piuttosto noiosa, bisognava solo aspettare che il pesce abboccasse. Poi la noia diventava entusiasmo, quando gli ospiti cercavano di recuperare i pesci. Lei rimaneva seduta all'ombra, cercando di non sembrare troppo disinteressata. In genere, durante le uscite di pesca, lei era impegnata a intrattenere i bambini o a chiacchierare con gli ospiti non impegnati attivamente nella pesca. Ma dato che in quell'occasione c'era solo Steven, che era impegnato a parlare con Kai dei vari tipi di pesce che circolavano nella zona delle Hawaii, lei poteva rimanere in disparte coi suoi pensieri. Che naturalmente erano rivolti a Scott.

Avrebbe preferito di gran lunga passare con lui la mattinata, ma non poteva comunque lamentarsi: era alle Hawaii, guadagnava più del solito, la giornata era molto bella.

Quando dopo un po' Kai entrò e si diresse alla scaletta che portava alla plancia di comando, Elodie si accigliò confusa. "Ce ne andiamo?"

"Gli ho detto che potevamo andare alla Penguin Bank e lui si è entusiasmato. Sembra interessato alle acque più profonde; poi gli ho detto che potremmo incrociare degli squali e gli si sono accesi gli occhi." Kai ridacchiò. "Non so perché, ma voi turisti sembrate sempre entusiasti all'idea degli squali."

Elodie fece spallucce. "Io non sono una turista e poi potrei anche invecchiare senza aver mai visto dal vivo uno squalo ed essere felice comunque."

"Tanto non sembra molto interessato alla pesca," proseguì Kai. "Non fa altro che parlare delle differenze tra qui e il Massachusetts. Poi era curioso di sapere come hai fatto *tu* a venire a lavorare su un peschereccio a noleggio alle Hawaii." Kai sorrise. "Devi ammetterlo, è un po' strano, non hai esattamente l'aspetto di una del posto."

"Vuoi dire che ho la pelle troppo chiara, che sono troppo vecchia e che non mi piace il surf?" gli chiese Elodie ridacchiando.

"Precisamente. Ora vai a tenergli compagnia, mentre io cerco un punto in acque più profonde," disse Kai.

"Grazie," mormorò Elodie. Non la preoccupava che Steven avesse parlato di lei con Kai. Chissà perché, in tanti si sorprendevano quando trovavano una donna sulla barca, arrivando, come se una donna non potesse fare la pescatrice o lavorare su un peschereccio. A lei bastava rimanere fuori dalla portata della famiglia Columbus, per il resto non le importava se qualche turista si interessava a lei.

Dopo una trentina di minuti, la *Fish Tales* era ancorata in acque più profonde, lontano dalla costa di Waikiki. Elodie non amava particolarmente allontanarsi così tanto dalla riva, ma era sempre parte del suo lavoro. Almeno l'uscita sarebbe finita presto. Erano rimaste un paio d'ore, prima di dover tornare in porto.

Era persa nei propri pensieri, fantasticava di andare a Makapuu con Scott, più tardi, cercò di ricordarsi che doveva mettere di nuovo la crema solare. La sua pelle si era senz'altro abbronzata un poco, da quando era arrivata alle Hawaii, ma si scottava ancora troppo facilmente e voleva proteggersi il più possibile.

Un suono strano dal ponte di poppa, dove c'erano le canne da pesca, la fece voltare.

Steven era in piedi sul ponte, con le braccia ai fianchi, la fissava con un'espressione difficile da decifrare.

Elodie si sentì attraversare da un brivido; per la prima volta si sentì a disagio. Fece un passo verso la porta che separava la zona interna dal ponte di poppa... poi si bloccò, vedendo cos'aveva in mano Steven.

Una pistola. Con una canna più lunga del normale.

Poi notò Kai, era sdraiato faccia a terra sul ponte, dietro a Steven, non si muoveva.

Elodie si mosse d'istinto, si girò e scattò verso le scale che portavano alla plancia di comando.

Sapeva che la porta non avrebbe fermato Steven troppo a lungo, si trovava letteralmente in mezzo al nulla. Sul piccolo peschereccio non c'erano posti per nascondersi, non come sull'*Asaka Express*, dove aveva trovato un'infinità di nascondigli per sfuggire ai pirati.

"Elodie!" la chiamò Steven, lei tremò di nuovo...

Poi si accorse che l'aveva chiamata col suo vero nome. Non l'aveva chiamata Melody.

Il suo cuore sprofondò.

Cacchio. Paul Columbus l'aveva trovata. Non era venuto di persona, naturalmente, ma Steven era chiaramente un uomo di fiducia della famiglia.

Elodie si sentì attraversare il corpo dall'adrenalina, entrò nella cabina di comando e si guardò intorno. Era impossibile tornare a riva prima che Steven, o qualunque fosse il suo nome, irrompesse in quel piccolo ambiente. L'avrebbe uccisa. Ne era certa, tanto quanto era certa di chiamarsi Elodie.

Le parole minacciose che le disse glielo confermarono.

"Non puoi scappare, Elodie. È finita. Sei stata brava,

finora, ma è arrivata la tua ora. Sapevi che non ti avremmo mai lasciata fuggire."

Elodie guardò l'oblò su un lato della plancia, ne aprì il chiavistello. Non si sarebbe mai arresa senza lottare. Aveva troppo per cui vivere. Aveva Scott e gli amici. Aveva una vita. Qualche mese prima, avrebbe anche potuto arrendersi, ma ora non più.

Riuscì a far passare dall'oblò la parte superiore del corpo, poi anche le gambe e i piedi, senza cadere. Nella parte superiore della barca, c'era una stretta sporgenza esterna su cui lei si appoggiò per fare il giro, cercando freneticamente di ragionare su un piano. Fu solo in quel momento che le tornò in mente il radiofaro d'emergenza installato da Kahoni e Perry sulla barca, era un localizzatore che trasmetteva automaticamente la posizione della nave in caso di affondamento, ma poteva essere attivato manualmente dalla plancia.

Ormai era troppo tardi per tornare indietro. Vide la testa di Steven fare capolino dall'oblò da cui era uscita. Stava ridendo.

"Dove pensi di andare, Elodie? Non puoi andare da *nessuna* parte. Guardati intorno, non puoi scamparla. Torna dentro e ti prometto che la tua morte sarà rapida e indolore."

Elodie si allontanò di qualche centimetro, fino a sovrastare il ponte di poppa. Guardando in basso, vide di nuovo Kai afflosciato sul ponte, con una chiazza di sangue sotto al corpo. Voleva piangere. Era esattamente ciò che non doveva succedere, qualcuno che veniva colpito, qualcuno che moriva, per lei.

Il panico cominciò a farsi sentire. Cosa poteva fare? Le erano rimaste pochissime scelte. Non era armata, Steven poteva facilmente sopraffarla. Non credeva nemmeno per un attimo che l'avrebbe uccisa rapidamente. Lo sguardo nefasto nei suoi occhi tradiva la menzogna delle sue parole.

"Ciao, bella."

Elodie scattò sorpresa e vide Steven che la guardava dal basso, era tornato sul ponte di poppa. Si era mosso velocemente, dalla cabina di pilotaggio al ponte in pochi secondi.

Elodie si spostò di nuovo sulla sporgenza in modo che Steve non la vedesse, nel caso decidesse di spararle direttamente.

Poi guardò verso la riva e riuscì a malapena a individuare Diamond Head. Purtroppo Kai aveva involontariamente fatto il gioco di Steve, portando la barca in mare aperto. Dato che era domenica, non c'erano molte barche in circolazione. Elodie si guardò intorno rapidamente, non riuscendo a vedere nemmeno una barca; la loro era proprio l'unica barca così al largo, così presto.

"Stai rendendo tutto più difficile di quanto non dovrebbe essere," la prese in giro Steven. "Vieni giù, prima che sia costretto a spararti dove sei. Sai che il tuo corpo cadrà direttamente in acqua e andrà a fondo, dove verrà mangiato dai pesci e dagli squali."

Ecco, ora sapeva fino in fondo qual era il suo piano. Voleva gettarla nell'oceano così nessuno avrebbe mai saputo cosa le era successo. Scott si sarebbe chiesto per sempre se era scappata, o se le era successo qualcosa.

No, lui *sapeva* che non se ne sarebbe mai andata senza dirgli nulla. Ma anche sapendolo, la sua scomparsa l'avrebbe devastato.

La mente le andava a mille all'ora, cercando una soluzione a quella situazione precaria, un modo per uscirne viva.

A quel punto, come per incanto, Elodie capì cosa doveva fare.

Anche se l'idea la ripugnava, sapeva che era l'unico modo. L'unica possibilità che aveva di uscirne viva. Era una possibilità remota, il rischio che qualcosa andasse storto era estremamente alto, ma non aveva proprio altra scelta.

Si voltò e vide Steven appoggiato al parapetto posteriore

della barca; la fissava. Avrebbe potuto spararle in qualunque momento, invece si stava godendo quella scena, vedendola nel panico. Ormai i suoi occhi si erano trasformati in male puro, Elodie capì senza ombra di dubbio che, se le avesse messo le mani addosso, si sarebbe divertito a farle un mondo di male.

"Mi dispiace, Kai," sussurrò.

Poi si mosse più che poteva verso la prua della barca, respirò profondamente e saltò.

"No!" sentì l'urlo di Steven, mentre cadeva, poi sentì solo il suono dell'acqua che si richiudeva sopra la sua testa.

Temendo che Steven potesse spararle anche in acqua, rimase sott'acqua trattenendo il fiato più a lungo che poté, mentre cercava freneticamente di allontanarsi il più possibile dalla barca.

Quando non ce la fece più e dovette risalire in superficie per respirare, si girò per guardare la barca. Incredibile, era riuscita ad allontanarsi almeno venti, venticinque metri. Steven era ancora in piedi sul ponte di poppa, non correva in plancia per cercare di manovrare la barca.

Mentre scalciava in acqua, Elodie fece del suo meglio per calmarsi. Il cuore le batteva velocissimo, doveva rallentare le palpitazioni altrimenti rischiava di svenire.

"E adesso?" le urlò Steven. "Lo capisci che stupidaggine hai fatto? Guardati intorno, Elodie. Pensi di nuotare fino a riva?" Si mise a ridere. "Impossibile. Non ce la farai mai. Torna indietro sulla nave, sono disposto a fare un patto con te."

Elodie non si curò nemmeno di chiedere quale fosse il patto. Sapeva che stava mentendo, non era una stupida. Se fosse tornata sulla barca, l'avrebbe uccisa. Lentamente. La sua unica possibilità di salvezza era che Scott capisse che c'era qualcosa che non andava, quando sarebbe venuto a prenderla, non vedendo la barca attraccata al molo.

"Stronza! Ti ho detto di tornare qua! Subito!" gridò

Steven, vedendo che lei non si decideva a tornare verso la barca.

In tutta risposta, Elodie mosse le gambe scalciando l'acqua per allontanarsi.

Vide Steven che camminava avanti e indietro sul ponte, poi lo vide girarsi ed entrare nella cabina dei turisti. Quando lo vide comparire sulla plancia di comando, Elodie cominciò a temere il peggio: poteva facilmente investirla con la barca, avvicinarsi e spararle in acqua.

Sentì il motore della barca che si avviò, video la barca partire e girare in cerchio.

Se la situazione non fosse stata così tragica, si sarebbe messa a ridere. Ovviamente quel tipo non aveva mai pilotato una barca. Lei aveva ricevuto lezioni di nautica da Kahoni, quando era stata assunta; le avevano spiegato anche le peculiarità di quel peschereccio. Chissà perché, quando erano state installate le parti meccaniche, i comandi per le virate erano stati montati al contrario. Quindi per andare a destra bisognava ruotare il timone verso sinistra. Era normale confondersi, ma i proprietari ne avevano riso, dicendo che era un difetto divertente. Lei si era abituata a virare al contrario, anche se per fortuna non aveva dovuto pilotare spesso il peschereccio.

Osservò la barca che ora andava in avanti, la testa di Steven scomparve lontano.

Kahoni e Perry avevano installato un motore molto potente, la manetta andava mossa con estrema delicatezza, altrimenti la barca scattava in avanti, proprio come stava facendo in quel momento.

Steven riuscì a portare la barca un po' più vicina al punto in cui si trovava Elodie, nonostante la sua incompetenza e nonostante lei cercasse di nuotare per allontanarsi. Poi lo vide scendere di nuovo sul ponte di poppa e alzare la pistola; Elodie non sentì il suono degli spari, ma vide gli spruzzi d'acqua a poca distanza dal punto in cui nuotava. A quel punto le fu chiaro il motivo per cui la canna della pistola era così stranamente lunga... aveva montato un silenziatore.

Elodie si immerse di nuovo sott'acqua, facendo del suo meglio per nuotare e allontanarsi, sperava di uscire dalla portata dei proiettili.

Quando risalì in superficie per respirare di nuovo, Steven si sporgeva dal parapetto della barca.

"Sai che c'è? Meglio così! le gridò. "Volevo fare tutto alla svelta, nel modo più facile, ma preferisco così. Anche Paul sarà contento. Puoi startene dove sei. Alla fine ti stancherai... stare a galla diventerà sempre più difficile, sarai disidratata, al sole tutto il giorno, friggerai come una piattola sull'asfalto bollente. Per non parlare del temporale in arrivo per stasera... sempre che tu resista tanto a lungo. Ho sentito che le correnti oceaniche alle Hawaii non scherzano. Per non parlare dei pescecani. Ho pronto un regalino per te... tutte le cazzo di esche che volevate usare per farmi pescare? Te le butto tutte in acqua, così pasturo. Magari uno squalo penserà che quei tuoi ditoni siano dei pesciolini e si farà uno spuntino. Gnam gnam!"

Elodie ormai stava piangendo; non ne poteva più. Era terrorizzata. Quando si era tuffata in acqua, non aveva ben chiaro cosa fare, sapeva solo di dover scappare da Steven. Ma a quel punto si stava rendendo conto della realtà. Era nel bel mezzo dell'oceano, troppo lontana dalla riva per tornare a nuoto, molto probabilmente sarebbe morta, molto lentamente. Proprio come volevano Steven e Paul.

"Io non ho fatto *niente*!" gridò.

"Hai detto di no al boss più potente della mafia di New York!" le gridò Steven di rimando. "Nessuno dice di no a Paul Columbus!"

Subito dopo, Steven tornò nella barca e dopo qualche secondo ne uscì, rovesciando secchi di esche nell'acqua. Ne rovesciò un po' su ciascun lato della barca, qualcuno anche dietro. Elodie sapeva per esperienza che quei secchi erano puzzolenti e sanguinolenti. Molti clienti se n'erano lamentati, ma lei aveva sempre spiegato pazientemente che più le esche puzzavano, più diventavano appetibili per le creature marine.

Guardandosi intorno freneticamente, cercando di nuotare in direzione opposta alla barca (anche per allontanarsi dal pazzo che cercava di ucciderla), Elodie non vide alcuna pinna, ma sapeva che era solo questione di tempo.

Steve alzò la pistola e sparò qualche altra volta, ma ormai Elodie si era allontanata troppo. Ci fu un momento di silenzio, prima che i motori della *Fish Tales* ripartissero e che la barca riprendesse a muoversi, ondeggiando, mentre Steven cercava di tenere sotto controllo il potente motore, per dirigersi verso l'isola di Oahu, appena visibile in lontananza.

Per un secondo, Elodie si limitò a fissare la poppa del peschereccio in preda a un misto di sollievo e orrore. Poi fu presa di nuovo dal panico. Steven l'aveva abbandonata in oceano aperto, era troppo lontana per nuotare fino a riva.

Eppure, almeno era viva. Lui non era riuscito a spararle. Qualcosa di positivo.

"E adesso?" mormorò tra sé e sé, continuando a sgambare in acqua.

Il punto era proprio quello... non aveva idea di cosa fare. Stare ferma? Nuotare verso Diamond Head, la spiaggia che vedeva all'orizzonte? Steven poteva tornare? Per qualche ragione, lei non pensava che sarebbe tornato. Era incazzato, perché non era riuscito a spararle, ma l'aveva visto molto soddisfatto, quando aveva elencato tutti i modi in cui lei poteva morire, in mare aperto. Era certamente un pazzo, ma lo nascondeva molto bene. Le aveva fatto credere di non essere altro che un uomo sposato e con figli, felice di svagarsi per un po' di relax, in vacanza.

Le lacrime tornarono a scorrerle dagli occhi, senza più

fermarsi. Elodie pensò a Scott, pensò a quanto lo amava, a quanto era stata fortunata a trovare quel tipo di amore, anche se solo per poco.

A quel punto si arrabbiò. Poi pianse di nuovo.

Il suo umore sbalzava continuamente, col passare del tempo, sospinta dalle onde, si sentiva sempre più stanca... e disidratata. Il sole delle Hawaii era brutale, le bruciava la testa, le spalle, il viso. Non aveva idea di quanto tempo fosse trascorso, ma intuiva che la sua sofferenza era solo l'inizio dell'inferno che avrebbe dovuto superare.

Elodie non aveva intenzione di arrendersi. Non era sopravvissuta a un dirottamento navale e alla caccia di un boss della mafia per morire così. Avrebbe lottato fino in fondo per sopravvivere. Anche se fosse sopravvissuta, avrebbe dovuto comunque preoccuparsi di nuovo di Paul, che l'avrebbe cercata ancora, o avrebbe inviato qualcuno per ucciderla. Sapeva dove trovarla, sarebbe stato impossibile nascondere alla stampa quell'episodio. Alla gente piacciono le storie tragiche.

Donna sopravvive nell'oceano per giorni. Clicca qui per leggere la storia.

Già si immaginava le notizie su internet. La sua storia sarebbe stata data in pasto ai lettori, ricevendo un sacco di clic, che l'avrebbero costretta di nuovo a scappare. Avrebbe dovuto trovare un altro posto dove nascondersi.

Che senso aveva cercare di sopravvivere, per poi tornare a farsi dare la caccia?

Ma poi la sua mente si immaginò la faccia di Scott, la sua espressione quando le sorrideva. La sensazione della sua barba sulla pelle, quando la baciava, quando l'accarezzava. Lo sguardo orgoglioso che aveva, dopo aver cucinato un soufflé perfetto.

Si sentì percorsa da una rinnovata energia.

Elodie avrebbe lottato per vivere, per Scott.

Lo amava così tanto che avrebbe fatto qualunque cosa per evitargli il dolore di non sapere cosa le fosse successo. Non avrebbe augurato quel dolore nemmeno al peggior nemico... insomma, forse l'avrebbe augurato a Steven o a Paul.

Elodie sapeva di essere ai confini del delirio, ma respirò profondamente, cercando di calmarsi. Poi fissò in distanza la spiaggia di Diamond Head... e cominciò a nuotare in quella direzione.

Poteva sempre incontrare un altro peschereccio, magari non avrebbe dovuto nuotare fino a riva. Chissà, un delfino poteva arrivare e lasciarla attaccare alla pinna dorsale, trascinandola a riva. Oppure una delle famose tartarughe marine delle Hawaii, una tartaruga verde, avrebbe avuto pietà di lei e l'avrebbe fatta salire sul carapace, dandole un passaggio.

Non le interessava il come, ma sarebbe tornata da Scott, a qualunque costo.

CAPITOLO VENTI

MUSTANG GUARDÒ il suo orologio forse per la decima volta. La *Fish Tales* era in ritardo. Non avrebbe dovuto preoccuparsi tanto... ma per qualche motivo non riusciva ad allontanare la sensazione che ci fosse qualcosa di molto sbagliato. I noleggi erano sempre in orario perfetto. In passato, nelle rare occasioni in cui Elodie era in ritardo, lo chiamava sempre. Aveva sempre un cellulare non rintracciabile che le aveva dato, lo portava sempre con sé. A volte il segnale faceva schifo, nell'oceano, ma era sempre riuscita a farsi sentire.

Mustang si era affidato in ogni occasione al suo sesto senso, in passato, così non gli sembrò sbagliato tirar fuori il cellulare e disturbare Kahoni, anche se era il suo giorno libero. In fondo, gli aveva dato il suo numero prima della missione e gli aveva detto di chiamarlo quando voleva. Forse Kai aveva contattato il capo per fargli sapere che c'erano dei problemi ai motori, o qualcosa del genere. Se la barca aveva dei problemi, Kahoni l'avrebbe saputo.

"Pronto?"

"Ciao Kahoni, sono Scott Webber, il ragazzo di Melody."

"Aloha, Scott. Che c'è?"

"Sono qui al molo per prendere Melody, ma la barca non è ancora tornata. Mi stavo chiedendo se avevi sentito Kai, se avevano problemi al motore o di altro tipo? Magari l'ospite ha chiesto di prolungare l'escursione?" domandò Mustang, cercando un motivo logico per cui la barca non fosse ancora tornata nell'orario in cui doveva.

"Davvero? È strano. Aspetta... aggiungo anche Perry alla chiamata."

Mustang attese con impazienza che anche il secondo proprietario della barca si unisse alla loro discussione.

"Perry?"

"Eccomi," disse l'altro uomo.

"Scott, ci sei ancora?" chiese Kahoni.

"Sì."

"Ottimo. Allora, Scott dice che la *Fish Tales* non è ancora tornata. Tu hai sentito Kai?" chiese Kahoni a Perry.

"No. Non oggi. Dammi un secondo che controllo col GPS."

Mustang sospirò sollevato, mentre camminava avanti e indietro davanti alla sua macchina. Non sapeva che i due avessero un rilevatore GPS a bordo, era un modo per rintracciare la barca, in fondo non avrebbe dovuto essere così sorpreso.

Così attese con ansia che Perry lavorasse al computer per rintracciare il segnale della barca.

"Che strano," disse Perry.

Mustang smise di camminare. "Cos'è strano?" chiese.

"Sembra che la *Fish Tales* si trovi al porto di Ko Olina."

Sempre più impaziente, Mustang chiese: "Dove si trova?"

"Beh, si trova a Barbers Point. Tu sei al porto di Ala Wai, dopo Waikiki, giusto?" gli chiese Perry.

"Ma certo, è da qui che è partita la barca, è qui che è sempre tornata."

"Merda, ma che cavolo ci fa la nostra barca a Barbers Point?" chiese Kahoni.

Era esattamente ciò che voleva sapere anche Mustang. Non aveva ricevuto alcuna telefonata da Elodie, nessun messaggio di emergenze o di cambio di programma sulla località di attracco.

C'era qualcosa di terribilmente strano... e lui doveva scoprire che cosa. "Ci vado subito," disse agli altri.

"Anch'io," disse Kahoni. "Però sono dall'altra parte dell'isola, alla festa di compleanno di mia figlia, quindi ci metto un po'."

"Io non posso lasciare da soli a casa i miei figli," disse Perry. "Devo andare dai vicini e vedere se c'è qualcuno a casa che me li può tenere. Ma arrivo appena posso."

"Tieniti in contatto," disse Kahoni a Mustang.

"Lo farò," gli rispose, per poi riattaccare. Saltò su in macchina e compose immediatamente il numero di telefono di Aleck.

"Ehi, che c'è?"

"Ho bisogno di te e degli altri, troviamoci al porto di Ko Olina."

"Perché? Cosa succede?" gli chiese Aleck, entrando subito in modalità SEAL.

"Non lo so esattamente. La barca di Elodie non è tornata al solito porto, sono arrivato e non c'era, quando Perry l'ha rintracciata ha visto che è da tutt'altra parte dell'isola, in un porto in cui non attraccano mai."

"Merda, va bene, chiamo gli altri. Sei riuscito a contattare Elodie?"

"No." La risposta di Mustang fu breve e diretta.

"Cazzo. Non perdere la testa," gli disse Aleck, ma Mustang capì che il suo amico diceva anche a se stesso, anche se stava parlando al caposquadra.

"È Columbus," disse Mustang mentre percorreva un po' troppo velocemente la superstrada.

"Non lo sappiamo ancora."

"Sì, lo sappiamo," ribatté Mustang. "Attiva anche Pid, vediamo cosa può scoprire. Non abbiamo scoperto nulla su Columbus o suoi suoi scagnozzi. Elodie non ha percepito nulla fuori dall'ordinario, nemmeno io. Se è stato lui, o più probabilmente uno della famiglia, sono stati più bravi di quanto ci aspettassimo."

"Ci penso io. Non fare nulla di pazzo, quando arrivi al porto," lo avvertì Aleck.

"Non lo so, vediamo," gli rispose Mustang. "Se hanno fatto del male a Elodie, qualcuno la pagherà cara."

"Poco ma sicuro," rispose Aleck. "Nessuno prende per il culo uno di noi. Ci vediamo presto."

Mustang chiuse il viva voce e afferrò stretto il volante con entrambe le mani. La situazione era molto brutta, lo sapeva. Glielo diceva l'istinto, forse un'intuizione. Ma sapeva che sulla barca avrebbe trovato qualcosa di brutto. Pregò solo che non fosse il corpo di Elodie.

Ci impiegò più del dovuto, anche superando il limite di una ventina di chilometri all'ora. Ma quando Mustang accostò nel parcheggio del porto di Ko Olina, trovò il caos. C'era un'ambulanza parcheggiata malamente in un posto per disabili, proprio davanti ai moli, con sei auto della polizia.

Mustang andò di corsa nel punto in cui i poliziotti bloccavano l'accesso al porto.

Riuscì a vedere la *Fish Tales* proprio in fondo al molo, era legata a un lampione con una cima. Certamente non era la procedura normale per un attracco.

"Quella è la barca su cui lavora la mia ragazza," disse Mustang a uno dei poliziotti. "Cos'è successo?"

L'uomo in divisa lo guardò rattristato, il cuore di Mustang quasi smise di battere. Una barella veniva spinta sul molo verso di loro, Mustang non riusciva a distogliere lo sguardo dal corpo sulla barella. Il poliziotto alzò il nastro giallo e i paramedici spinsero la barella per uscire dalla zona isolata.

Mustang guardò il corpo dell'uomo che giaceva sulla barella. Era Kai. Fu allo stesso tempo sollevato e terrorizzato. "Kai!" lo chiamò, ma i poliziotti vicini gli impedirono di avvicinarsi troppo.

Kai girò la testa e disse qualcosa.

I barellieri smisero subito di spingere verso l'ambulanza e fecero un cenno ai poliziotti, perché lasciassero avvicinare Mustang.

"Dov'è Elodie?" chiese Mustang, dimenticando di usare il nome finto.

"Saltata," disse Kai debolmente. "Steven mi ha sparato alle spalle. Ho finto di essere morto... ho sentito che la minacciava. Ha detto che l'avrebbe uccisa. Lei è saltata in mare. Poi sono svenuto e non so cos'è successo dopo. Mi dispiace..."

Mustang mise una mano sulla spalla di Kai. "La troverò," gli disse. Era un miracolo, Kai era sopravvissuto a uno sparo alla schiena a bruciapelo; Mustang sperò in un altro miracolo: trovare anche Elodie ancora viva.

A quel punto i paramedici decisero che non c'era più tempo per parlare e portarono via il ferito.

"Scusi? Ci servono delle informazioni sulla sua ragazza," gli disse uno dei poliziotti, ma Mustang non ne volle sapere. Gli si era gelato il sangue, al pensiero di Elodie che saltava dalla barca per cercare di scappare all'uomo inviato per ucciderla. Ci era riuscita? Le probabilità che lei sfuggisse a un uomo armato, in una barca come la *Fish Tales*, mentre nuotava nell'oceano, erano estremamente scarse. Ma lui non si sarebbe dato pace, fino a scoprire la verità.

Elodie odiava l'oceano. Ci scherzava molto spesso. Rideva della propria paura degli squali, delle orche, al massimo entrava in acqua con i piedi, camminando sulla spiaggia. Diamine, non scendeva in acqua nemmeno fino alle ginocchia, per quanto Mustang insistesse.

Ma non era quello il momento di pensarci. Doveva

concentrarsi per trovarla. Poi avrebbe pensato all'uomo, o agli uomini che avevano osato prendere ciò che era suo. Su questo non aveva alcun dubbio: Elodie era *sua*.

I poliziotti lo stavano chiamando, volevano che restasse a rispondere alle loro domande, ma Mustang aveva intravisto Midas e gli altri della squadra che arrivavano.

Così non perse tempo e comunicò loro ciò che aveva scoperto. "Hanno sparato a Kai, alle spalle, un'imboscata. Ma è ancora vivo. Mi ha detto che Elodie è saltata in mare per cercare di scappare al killer. È tutto ciò che so."

Jag alzò lo sguardo e annuì. "Telecamere di sorveglianza. Mi metto in contatto con il personale di terra per accedere ai filmati e vedere chi è sceso dalla barca."

"Io chiamo il mio amico che ci ha portati a pesca e vedo se ci può mettere a disposizione la sua barca," disse Aleck.

"Io telefono a Tex," disse Slate, con voce bassa e tesa.

"Cosa può fare?" gli chiese Midas.

"Può trovare un modo per eliminare questo Paul Columbus una volta per tutte," disse Slate. "Sappiamo tutti che ha dei contatti, può fare in modo che, una volta trovata Elodie, queste cazzate non succedano più. Dovevamo pensarci prima, non sarebbe mai successo tutto questo."

Mustang era d'accordo con il suo amico, avevano trattato la sicurezza di Elodie con troppa superficialità. Non che non la credesse in pericolo, solo che credeva che fosse passato molto tempo, senza alcun segnale, alcuna stranezza, si era convinto che la mafia l'avesse lasciata perdere.

Avrebbe dovuto essere più furbo. Un errore che non avrebbe mai più commesso.

Del resto, non avrebbe mai più avuto un'occasione di ripetere lo stesso errore. Se lo scagnozzo di Columbus era riuscito a ucciderla, Mustang avrebbe perso la cosa migliore che gli fosse mai capitata nella vita.

Il telefono di Mustang squillò, lui lo guardò e vide che era

Perry che telefonava. Non voleva parlare con lui in quel momento. Doveva tenersi impegnato, fare qualcosa, non poteva rimanere in quel parcheggio a girare i pollici. Doveva mettersi alla ricerca di Elodie, ma sapeva che Perry era preoccupato per la sua barca, per Kai, anche per Elodie; aveva il diritto di sapere cosa stava succedendo.

"Li hai trovati?" gli chiese Perry, appena Mustang rispose.

Mustang gli riassunse la situazione meglio che poteva, chiudendo con: "A quanto vedo, la barca è a posto."

"Chi se ne frega della barca," sbottò Perry. "Non riesco a credere che quello stronzo abbia sparato a Kai... e che Melody sia saltata giù, nell'oceano! Cosa posso fare?"

"Che vuoi dire?"

"Io e Kahoni non siamo stupidi. Sappiamo che sei in marina, Kai si è lasciato sfuggire che sei nei SEAL. So che ti stai attivando, cosa possiamo fare per aiutare?"

Mustang fu molto impressionato da quell'offerta.

"Chiedigli del GPS," disse Pid.

Mustang mise il cellulare in viva voce e allungò il braccio, mentre gli altri della squadra si stringevano intorno. "Parla tu," disse a Pid.

"La *Fish Tales* è dotata di un sistema GPS di bordo?" chiese Pid.

"Certamente. C'è un sistema che rileva la posizione della barca, è così che ho visto dov'era; poi c'è un navigatore che usiamo in mare, per tenere la posizione e orientarci nella navigazione. Ci segniamo i punti in cui si trova il pesce, o dove hanno avuto successo gli altri."

"Funziona in continuo? C'è traccia di dov'è stata la barca?"

"Senz'altro," rispose Perry. "Posso dare un'occhiata e inviarvi il tracciato."

"Perfetto, prima è, meglio è," gli disse Mustang.

"Farò anche qualche telefonata agli altri armatori e vediamo se sono disposti a uscire in mare, per aiutare nelle ricerche. Se serve altro, qualunque cosa, telefonate a me o a Kahoni. Abbiamo moltissimi contatti sull'isola. Anche se non è arrivata da molto tempo, fa parte della famiglia."

"Grazie," gli disse Mustang, che cercava di rimanere composto, anche se diventava sempre più difficile.

Mustang chiuse la telefonata e si rivolse agli altri della squadra. Non sapeva proprio quale potesse essere la loro prossima mossa.

"Chiamo il comandante e vediamo se può inviare un elicottero per le ricerche. Può contattare anche la Guardia Costiera, possiamo coinvolgere anche loro. La troveremo, Mustang. Te lo giuro su Dio, che la troveremo," giurò Jag.

Mustang annuì e si voltò verso l'oceano. Le onde dell'oceano l'avevano sempre calmato, al solo guardarle, ma in quel momento sembravano prenderlo in giro: Elodie era in acqua, da qualche parte, lui lo sapeva. Non sapeva se fosse ancora viva, se fosse morta, ma era là... e lui doveva trovarla.

Elodie era abituata a stare da sola. Quando lavorava come chef, faceva orari talmente intensi che era difficile crearsi delle nuove amicizie; quando era fuggita da New York, non aveva avuto il coraggio di legare con molte persone. Non stava male, da sola, non aveva problemi a passare il tempo leggendo un buon libro o guardando programmi spensierati in TV.

Ma la sensazione di solitudine che provava galleggiando tra le onde nel bel mezzo dell'oceano era completamente diversa. Le sembrava quasi di essere l'ultima persona rimasta al mondo, una sensazioni orribile.

Era rimasta in acqua tutto il giorno, il sole finalmente cominciava a declinare all'orizzonte, dandole un minimo di tregua dai suoi raggi cocenti; però non le piacevano le nuvole temporalesche che si stavano infittendo nel cielo. Era riuscita a tenere in vista Diamond Head tutto il giorno, il che era confortante, anche se non sembrava avvicinarsi in alcun modo, per quanto nuotasse a lungo o con forza.

Per la prima volta, dopo molte ore, i pensieri negativi cominciarono a farsi strada nella sua mente. Nessuno l'avrebbe trovata, là dov'era. Era letteralmente com un ago in un pagliaio. Anche se Scott avesse scoperto cosa le era successo e fosse venuto a cercarla, Kai aveva deviato dal loro programma, portando la barca in acque profonde.

A lei non piaceva l'oceano, ma non era comunque una nuotatrice scarsa. Infatti era rimasta in vita tutto il giorno. Quando riusciva, nuotava verso la riva, ma per la maggior parte del tempo cercava di conservare le energie, galleggiando sulla schiena. Aveva fame, era esausta, terrorizzata, ma si rifiutava di arrendersi.

Elodie non aveva mai avuto tanta sete come in quel momento. Aveva rigettato un poco, dopo aver deglutito l'acqua salata del mare, ma ormai non aveva più nulla da rigettare, nello stomaco. Il sale le stava risucchiando energie dal corpo con la stessa rapidità dei raggi del sole. Sapeva bene di non dover bere l'acqua che la circondava, ma a ogni minuto che passava, temeva sempre più di cedere alla tentazione.

Nel pomeriggio, avrebbe giurato di vedere una barca, da lontano, aveva alzato un braccio, agitandolo con frenesia mentre chiedeva aiuto urlando, ma poi si era accorta che era stato un miraggio. Non c'era alcuna barca. Non c'era nessuno a salvarla.

A quel punto, se Steven fosse tornato, lei sarebbe risalita volentieri a bordo della barca, pur sapendo che lui le avrebbe sparato nel momento stesso in cui avesse messo piede sul ponte. Qualunque altra fine era meglio che morire in mezzo all'oceano.

Sentì qualcosa che le sfiorava una gamba... e urlò per la

paura, ondeggiando all'indietro più che poteva. Il cuore le batteva a mille all'ora, Elodie cercò di vedere sott'acqua, giusto per avere un'idea di cosa stesse per mangiarla.

Quando vide una pinna caudale che usciva in superficie, a cinque metri da dove galleggiava, cominciò a tremare.

Poi vide un'altra pinna. Poi un'altra ancora.

Era circondata, stava per andare in pasto agli squali. Scott non avrebbe mai nemmeno scoperto cosa le era successo. Di lei non sarebbe rimasto nulla da trovare.

All'improvviso sentì un suono strano, quasi come un lamento acuto, che le fece girare la testa di scatto.

Un delfino la stava fissando a meno di tre metri di distanza.

Come accorgendosi che lo stava guardando a bocca aperta, il mammifero mosse la testa su e giù, poi si tuffò sott'acqua.

Elodie si leccò a fatica le labbra secche e screpolate. Un altro delfino alzò la testa dal pelo dell'acqua e produsse dei suoni simili a dei clic, prima di scomparire di nuovo nel mare. I delfini cominciarono a giocare tutt'intorno a lei, scivolando facilmente nell'acqua, avvicinandosi, senza mai toccarla.

Per quanto la situazione fosse spaventosa, per quanta paura lei avesse di morire, Elodie non poté trattenere la meraviglia, per quello spettacolo magico che la circondava. Non aveva idea del perché i delfini fossero arrivati, né di cosa intendessero fare, ma in ogni caso la facevano sentire meno sola.

Finché non la vide.

Una pinna più grande, a circa una cinquantina di metri di distanza.

Elodie sbatté le palpebre; per un momento non fu sicura se si trattasse di un'altra allucinazione. Ma poi la vide riaffiorare... e capì che senza dubbio non poteva essere un delfino. Così fu di nuovo colta dal panico e cominciò a nuotare più forte che poteva in direzione opposta. I delfini le nuotavano intorno, seguendola da vicino, mentre lei sbracciava nel tentativo di sfuggire al pescecane.

Era un tentativo ridicolo, lo squalo avrebbe potuto raggiungerla in pochi secondi. Non c'era storia. Erano nel mondo marino, dove lei era la preda e lo squalo era il predatore per eccellenza. Elodie pensò che si trattasse di una specie di vendetta, per tutto il pesce che la *Fish Tales* aveva rubato all'oceano. Un pensiero ridicolo, ma in quel momento lei non riusciva a rimanere lucida.

Dopo un po' di tempo, si sentì così stanca che dovette fermarsi a riposare. Si girò intorno più volte per cercare dove fosse lo squalo, ma non ne vide traccia. Poteva essere sotto di lei, pronto a ingoiarla dalle gambe, oppure aveva deciso che lei non era una preda degna di un pasto decente.

In tutta quella fuga dallo squalo, nel panico, i delfini le erano rimasti accanto. Quando alla fine riprese l'orientamento e capì di aver nuotato nella direzione sbagliata, *lontano* da Oahu invece che verso riva, le venne di nuovo da piangere.

La luce svaniva all'orizzonte, il temporale si avvicinava, diventava sempre più difficile vedere Diamond Head. Al buio non avrebbe avuto idea di dove andare, sarebbe stata completamente persa. Non solo, ma avrebbe cominciato a tremare. Le acque vicine alla costa delle Hawaii erano tiepide, ma comunque sotto la sua normale temperatura corporea. Nuotare l'aveva aiutata a scaldarsi, ma il freddo si stava facendo sempre più strada nelle sue ossa.

Uno dei delfini le nuotò più vicino, abbastanza da poter allungare un braccio per poter toccare la sua pelle, liscia e gommosa. Le tornò in mente il pensiero che aveva avuto in precedenza, che un delfino poteva farsi agganciare per darle un passaggio. Si immaginò di fare amicizia con quegli esseri, come il ragazzo del film *Free Willy* con l'orca assassina.

"Trova Scott," si ritrovò a dire al mammifero. "Vai a dirgli dove sono. Ma devi fare alla svelta. Non so per quanto tempo ancora potrò resistere. Ce la sto mettendo tutta, ma odio l'oceano... senza offesa."

Il delfino non le rispose, ma le spinse la mano col muso, prima di scomparire di nuovo sott'acqua.

Elodie si girò a pancia in su per guardare il cielo. Non vedeva alcuna stella, forse perché non faceva ancora abbastanza buio, ma anche perché le nuvole si stavano infittendo sempre più.

Elodie chiuse gli occhi e si lasciò cullare dalle onde, mentre la sua mente si perdeva. Cercò di ricordare ogni momento che aveva passato con Scott. I momenti belli e quelli meno belli. Se doveva morire, l'avrebbe fatto pensando all'uomo che amava.

CAPITOLO VENTUNO

Mustang era in piedi a prua della barca, strizzava gli occhi per cercare di vedere qualcosa. Qualunque cosa. Era passato troppo tempo, prima per ottenere informazioni sul punto da cui cominciare le ricerche, poi per far arrivare la barca dell'amico di Aleck.

Era stata chiamata anche la Guardia Costiera, che aveva inviato alcune barche per effettuare le ricerche, ma fino a quel momento nessuno aveva avuto la fortuna di trovare Elodie. Mustang aveva sentito la storia di Kai: l'uomo che cercava Elodie aveva sparato a Kai e poi a Elodie stessa, dalla barca; era chiaro che le autorità nutrivano pochissime speranze di trovarla. Lui però non si sarebbe mai arreso. Elodie era in mare e contava su di lui, perché la ritrovasse.

La polizia aveva cercato subito di controllare il navigatore satellitare della *Fish Tales*, scoprendo però che era stato distrutto da colpi di pistola. Chi aveva sparato a Kai, l'uomo mandato per uccidere Elodie, non era stupido come sperava Mustang.

Ma Perry era venuto in loro soccorso rapidamente, quando gli avevano telefonato per aggiornarlo. Aveva recuperato i dati di quel giorno dal suo computer, passando le informazioni ai SEAL... ma vedendo dov'era stata la *Fish Tales* quel mattino, Mustang aveva capito che la ricerca di Elodie non sarebbe stata facile o rapida. La zona da perlustrare era ampia, troppo ampia. Saperla smarrita in mare, chissà dove, sapere che Elodie aveva bisogno di lui, era quasi troppo da sopportare, persino per lui.

Era stato Slate a calmarlo, ironia della sorte, considerando che Slate era quello più impaziente di tutta la squadra.

"Vedrai, la troveremo," gli aveva detto.

Cercando disperatamente rassicurazioni, Mustang gli aveva chiesto: "Pensi davvero che sia ancora viva?"

"Sì," gli aveva risposto Slate senza esitare. "Perché non ho mai visto nessuno con un legame così immediato come il vostro. All'inizio ero scettico, ma ora capisco che voi due siete fatti per stare insieme. È impossibile, cazzo, che tu abbia trovato una persona così speciale, così unica, per poi perderla subito."

Quelle parole avevano dato conforto a Mustang, che così si era concentrato completamente e interamente sull'oceano che aveva davanti. La Guardia Costiera aveva consigliato loro di non uscire in mare aperto, per via del temporale imminente, ma la squadra aveva ignorato quell'avvertimento. Erano sempre dei SEAL della marina, non potevano certo aver paura dell'oceano. Inoltre, Elodie *era* in mare da tutto il giorno, sapevano tutti che era improbabile che resistesse tutta la notte.

Mustang aveva una torcia molto potente, del tipo di quelle usate dalla polizia. Jag era al suo fianco e ne teneva un'altra, anche lui impegnato nella ricerca. Illuminavano le onde davanti alla barca, mentre Pid e Aleck controllavano le acque ai lati. Slate faceva altrettanto a poppa. Midas pilotava, fendendo le onde come se non ce ne fossero.

Gli schizzi d'acqua arrivavano alti sui lati, bersagliando la barca e gli occupanti, ma Mustang non li sentiva nemmeno. Era bagnato fino al midollo, ma chiudeva a malapena gli occhi per non perdere di vista il mare.

Avevano studiato le coordinate che Perry aveva recuperato dai dati del satellite, indirizzando le ricerca a una distanza di quasi dieci chilometri da Pinnacle, dove doveva essere la zona di pesca. Poi erano andati a Penguin Bank, dove la barca era rimasta ferma per circa tre quarti d'ora, prima di dirigersi direttamente verso riva... più di un'ora prima di mezzogiorno, l'ora in cui la barca avrebbe dovuto attraccare al molo.

Le telecamere di sorveglianza del porto di Ko Olina avevano registrato un uomo solo che scendeva dalla *Fish Tales* dopo aver attraccato in modo maldestro. Non aveva nemmeno estratto una passerella, aveva solo accostato alla fine del molo, attaccando una corda a un lampione. La polizia stava cercando di rintracciare dove fosse andato quell'uomo, ma Mustang sapeva dove stava tornando: a New York.

Pid lo aveva identificato, era Andrew Ferry, uno degli scagnozzi di Paul. Non c'era traccia della sua partenza da New York, ma era chiaro che viaggiava sotto falso nome. Si faceva chiamare "Steven."

Slate non aveva detto molto della sua telefonata con il famoso Tex, tranne che riferire che "ci stava lavorando".

In quel momento, Mustang poteva pensare solo a ritrovare Elodie. Alla famiglia Columbus avrebbero pensato solo dopo averla salvata. L'alternativa, non riuscire a trovarla, era impensabile, inaccettabile.

Le ricerche proseguivano in una griglia, nella zona delle ultime coordinate mostrate dal GPS della *Fish Tales*, la zona in cui probabilmente Kai era stato ferito e in cui Elodie era saltata in acqua; ma più andavano avanti e indietro, più Mustang si agitava.

"Andiamo, dove sei?" mormorava, sapendo che nessuno poteva sentirlo, per via del rumore del motore, del vento e della pioggia. Cercò di stringere gli occhi per notare il minimo dettaglio fuori posto.

Poi vide qualcosa muoversi alla sua sinistra.

Mustang orientò la torcia in quella direzione e vide un delfino che saltava fuori da un'onda, ricadendo in un'altra. Poi lo vide ripetere lo stesso balzo... o forse era un altro delfino, Mustang non ne era sicuro. Non era insolito, trovare dei delfini nell'oceano, ma non era altrettanto normale che dei delfini si mettessero a saltare davanti a una barca, o nella scia. Quelli sembravano nuotare alla stessa velocità a cui navigava la barca.

Mustang non riusciva a togliere gli occhi da quegli animali. Gli era sempre piaciuto guardare i delfini che giocavano, ma gli sembrava che stessero facendo qualcosa di più, che solo saltare nelle onde create dalla barca. Però poteva sempre essere tutto frutto della sua immaginazione.

Per una frazione di secondo, la barca salì sulla cresta di un'onda, prima di ricadere giù... ma quel movimento bastò a Mustang per vedere qualcos'*altro*. Qualcosa che gli fece quasi fermare il cuore in petto.

Così Mustang colpì con una mano il plexiglass che proteggeva la cabina di pilotaggio, indicando a Midas di andare verso sinistra; aveva visto qualcosa dall'altra parte, oltre al punto in cui i delfini saltavano dentro e fuori dalle onde.

La barca cambiò subito direzione. Ora le onde provenivano più di lato, col pericolo che il peschereccio potesse ribaltarsi, ma a Mustang non interessava. Ovviamente nemmeno Midas era preoccupato, perché si diresse esattamente nella direzione che gli aveva indicato Mustang.

In un primo momento, Mustang credette di aver visto qualcosa che non c'era. Erano circondati solo dalla bianca spuma delle onde; inoltre, si stavano *allontanando* da Oahu, non avvicinando, come immaginavano avrebbe cercato di fare Elodie, se avesse potuto.

Ma poi, quando un'altra onda si schiantò contro la barca, Mustang vide ciò che stava cercando. Ciò che *tutti* stavano cercando.

Una persona che galleggiava a pancia in su nel temporale. Era sdraiata, sembrava fare un sonnellino.

Mustang alzò il pugno chiuso, era il loro segnale di "stop", ma anche Midas aveva già visto e aveva messo i motori al minimo per manovrare.

Si raggrupparono tutti intorno a Mustang, che passò la sua torcia ad Aleck, poi si tolse gli stivali e i pantaloni. Senza curarsi di togliersi la maglietta, Mustang si tuffò dalla barca senza esitare.

Nessuno dei suoi compagni cercò di fermarlo. Sapevano bene che sapeva come affrontare l'oceano, anche quando era mosso. Erano tutti ben addestrati per situazioni di merda come quella, poi nessuno si sarebbe messo tra lui e la sua donna.

Mustang sapeva che i suoi compagni avrebbero manovrato la barca per avvicinarla il più possibile, avrebbero preparato il kit di primo soccorso e tutto l'occorrente per prendersi cura di Elodie, almeno per il tempo necessario a tornare a riva; ormai lui era concentrato solo sulla donna che galleggiava proprio lì davanti. Mustang cominciò a nuotare, muovendo le braccia più veloce di quanto avesse mai fatto in passato... fu da lei in un attimo.

Per una frazione di secondo, Mustang pensò a cosa fare. Doveva afferrarla, oppure avvertirla della sua presenza, per evitare di spaventarla?

Ovviamente, anche il pensiero che potesse essere morta era ancora in un angolo della sua mente. Se toccandola l'avesse trovata rigida e fredda, non si sarebbe mai ripreso.

Ma in tipico stile Elodie, fu lei a prendere quella decisione. Come avendo percepito la sua presenza, aprì gli occhi di scatto e lo fissò.

"Ce ne hai messo di tempo," gli disse, con voce talmente sottile che quasi lui non la sentì.

Mustang voleva ridere e piangere. Cavoli, amava da impazzire quella donna.

Le fece scivolare un braccio intorno al petto e se la tirò più vicina, appoggiandola parzialmente sul proprio corpo, in modo da galleggiare insieme tra le onde. Elodie aveva freddo, un freddo pazzesco. Era molto intirizzita, non si muoveva quasi. Ma Mustang sentì che si rilassava, appoggiandosi a lui.

"Mi dispiace di averci messo così tanto, piccola. Però adesso sono qui."

"Odio l'oceano," borbottò lei.

"Lo so, ma sono pazzamente orgoglioso di te," le rispose.

"Kai..." la voce di Elodie svanì.

Mustang guardò la barca con i suoi compagni di squadra che si avvicinava. "Sta bene, è vivo."

"Davvero? Grazie a Dio! Io sono saltata in mare," gli disse.

"Lo so, me l'ha detto Kai."

"Avete trovato Steven?"

Per fortuna, proprio in quel momento li raggiunse Slate, così Mustang non dovette darle la notizia che l'uomo che si era tanto impegnato per uccidere lei e il suo amico era sfuggito alla cattura... col rischio che cercasse ancora di ucciderla, in futuro.

Slate prese Mustang per le spalle, mentre Pid afferrava Elodie.

"Non ti agitare, El, ti tiriamo fuori dall'acqua in un baleno."

"Non mi piace l'oceano..." ripeté lei.

Proprio come le avevano promesso, dopo una trentina di secondi sia Mustang che Elodie furono issati dalle acque e si ritrovarono sul ponte del peschereccio preso in prestito per le ricerche. Midas fece manovra per tornare a riva, nel frattempo Aleck avvolse Elodie con una coperta termica e Mustang si accoccolò al suo fianco, mentre Jag si inginocchiò dall'altra parte, preparandosi per farle un'iniezione endovenosa.

Non erano certo le condizioni ideali per tentare di infilarle un ago in una vena, ma i SEAL erano intervenuti in condizioni molto peggiori; infatti, nel giro di pochi secondi, Jag l'aveva già collegata a una flebo di soluzione salina.

Mustang tenne gli occhi fissi su quelli di Elodie; aveva un aspetto orribile. Anche alla misera luce della cabina di pilotaggio del peschereccio, si vedeva che aveva la faccia scottata dal sole, a un livello che lui non aveva mai visto prima. Elodie aveva le labbra secche e screpolate.

"Temperatura corporea trentaquattro e sei," avvertì Pid.

Merda. Era evidentemente troppo fredda, appena nei limiti dell'ipotermia, sotto i trentacinque.

"Li avete visti?" chiese Elodie.

"Chi?" replicò Mustang, mentre gli altri si adoperavano per trovare delle coperte e qualunque altra cosa potesse venire utile per scaldarla, o almeno per assicurarsi che non si raffreddasse ulteriormente, per il tempo necessario ad arrivare a riva. Midas avrebbe contattato il Pronto Soccorso, un'ambulanza li avrebbe attesi al molo; probabilmente Midas avrebbe sentito anche Perry, Kahoni e la Guardia Costiera.

"I miei delfini. Hanno fatto scappare lo squalo e sono rimasti con me, quando mi sono stancata."

"Cazzo... comincia a perdere lucidità," mormorò Slate da vicino.

Mustang sapeva bene che, quando una persona diventa troppo fredda, in genere comincia a perdere lucidità prima che il corpo si spenga del tutto; ma non era quello che stava succedendo, lui lo sentiva.

"Li ho visti," disse Mustang a Elodie. Poi si abbassò fino ad avere la faccia appena sopra quella di lei. La sua barba le strofinò il mento, mentre le diceva: "Mi hanno portato da te. Stavano saltando nelle onde, per attirare la mia attenzione; quando ho guardato verso di loro, ti ho vista."

Elodie sorrise a malapena, poi chiuse gli occhi e si fece seria. "Non sarò mai libera."

Mustang sapeva esattamente a cosa faceva riferimento. "Col cacchio che non sarai libera," le disse con forza. "Guardami."

Lei non aprì gli occhi, così lui alzò la voce. "Apri gli occhi e guardami, Elodie."

Poi aspettò che lei facesse come le aveva ordinato.

"Non ho affrontato la cosa in un modo serio, come avrei dovuto. Di questo mi dispiace molto. Ti ho messa io in questa situazione... ma non succederà *mai* più. Ho già smosso gli ingranaggi per porre fine a questa caccia una volta per tutte."

"Dovrò cambiare di nuovo il mio nome," gli sussurrò, riuscendo a fatica a scandire le parole.

"Hai ragione, dovrai," concordò Mustang.

"Come dici?" intervenne Aleck, ma Mustang lo ignorò.

Mustang si appoggiò sui gomiti e prese le guance di Elodie con le mani, costringendola a guardarlo negli occhi. "Cambierai il tuo nome in Elodie Webber. Mi sposerai e vivremo felici e contenti."

Lei scosse la testa. "Non voglio farti questo."

"Ma lo *farai*," insisté Mustang.

"Ti amo troppo..."

"Non dire fesserie," replicò lui. Mustang non aveva idea di quanto Elodie avrebbe ricordato di quella conversazione, una volta rimessasi in salute, ma non gli importava. Lo *avrebbe* sposato, perché lui non poteva vivere senza di lei. Gli era impossibile.

"Le hai appena ordinato di sposarti?" gli chiese Pid. "Ben fatto, Mustang. Davvero ben fatto."

Mustang sentì che il corpo di Elodie si afflosciava sotto di lui e capì che aveva ceduto e stava perdendo i sensi. Se ne accorsero anche gli altri, così raddoppiarono i loro sforzi per scaldarla, almeno fino all'arrivo al molo e all'intervento dei medici.

Mustang si rivolse a Slate. "Sei sicuro che Tex se ne può occupare?"

"Assolutamente," rispose Slate. "Ha detto di conoscere almeno due squadre disponibili a intervenire, per porre fine a questa situazione di merda. Una sta a Colorado Springs, l'altra a Indianapolis. Mi ha detto anche che parlerà con Rawlins."

"Rawlins?" domandò Jag sorpreso. "Dannazione, avrei dovuto pensarci prima, fin dall'inizio, da quando è cominciata questa storia."

Sapendo che Tex si stava occupando della faccenda e che probabilmente avrebbe coinvolto Baker Rawlins (un ex SEAL congedato, misterioso e pericoloso come il demonio, che viveva sull'isola), Mustang si rilassò un poco. Ma si sarebbe preso a calci da solo per tutta la vita, per non aver pensato fin dall'inizio a coinvolgere Tex. Era stato troppo sicuro che lui e la squadra si sarebbero accorti di un'eventuale mossa di Columbus. Invece si era sbagliato, mettendo così in pericolo Elodie. Mai più.

Paul Columbus doveva morire... insieme a chiunque altro volesse far del male a Elodie.

Quando Elodie si svegliò, capì subito di trovarsi in ospedale. Le sembrava ancora di ondeggiare, ma l'odore di disinfettante e di medicinali le confermò che si trovava sulla terraferma.

Ricordava solo alcuni sprazzi, frammenti del salvataggio,

ma sapeva che Scott era intervenuto, con gli altri della squadra. Aveva dovuto aspettare più a lungo di quanto sperava, per un po' aveva anche pensato che non ce la facessero, specialmente quando la pioggia aveva cominciato a cadere e lei si era lasciata trasportare dalle onde; ma si era concentrata sullo strano sollievo che le aveva dato l'attenzione dei delfini... sembrava quasi avessero capito che era sul punto di cedere e non le avevano consentito di arrendersi. L'avevano spinta ogni tanto, facendo in modo che rimanesse sveglia.

Le luci della barca su cui era arrivato Scott all'inizio le erano sembrate un altro miraggio, ma poi Scott l'aveva raggiunta, gettandosi in acqua e arrivando al suo fianco, tenendola stretta, tenendola al sicuro.

Elodie girò la testa, sapendo di trovarlo accanto a lei. Infatti lui era lì. Aveva le braccia incrociate sul petto e la testa appoggiata allo schienale della poltroncina su cui era seduto. Aveva la bocca aperta e sembrava completamente esausto... non aveva mai avuto una visione altrettanto bella in tutta la vita.

Rimase a osservarlo per parecchi minuti. Non capì cosa lo svegliò, ma all'improvviso lo vide aprire gli occhi di scatto, al che lui si accorse che lo stava fissando.

Mustang si alzò dalla poltroncina a una velocità a cui lei non l'aveva mai visto muoversi, le si avvicinò, ma sembrava quasi aver paura di toccarla.

"El?"

Lei cercò di parlare, ma non le uscì che un verso gracchiante. Scott prese subito qualcosa che stava vicino al letto, poi le mise la mano dietro la nuca e l'aiutò ad alzare la testa, per bere un sorso dal bicchiere che le porgeva. Era acqua fresca, naturale, aveva un sapore buonissimo. Lei cercò di berne molta, ma Scott non glielo permise: abbassò il bicchiere e lo rimise sul comodino vicino al letto. Poi tornò in piedi vicino a lei.

Elodie si leccò le labbra, sussultando quando si accorse che erano molto screpolate e secche, per il sale dell'oceano.

Infine, Elodie disse: "Sì, ti sposerò."

Lui sorrise e gli si illuminò il viso. "Lo so che mi sposerai. Non ti ho dato scelta."

"Ma lui tornerà."

Il sorriso scomparve dal viso di Scott, come se non ci fosse mai stato. "No. Non tornerà. Dovrai fidarti di me. La famiglia Columbus non farà più storie su di te. Te lo giuro sul mio onore di SEAL, sarai sempre al sicuro."

Elodie non aveva idea di come Mustang sarebbe riuscito a mantenere quella promessa: non poteva certo mettersi contro la mafia; ma si fidò di lui. Come non poteva, dopo tutto ciò che era successo? "Va bene."

"Va bene?"

Lei annuì.

"Ti amo, Elodie Winters, presto in Webber. Dannatamente tanto."

"Ti amo anch'io," gli sussurrò lei; Elodie sentiva gli occhi estremamente pesanti e fu colta all'improvviso dallo sfinimento.

"Ci sono tantissime persone che vogliono vederti, ma possono aspettare," le disse Scott. "Perry, Kahoni, Kalani, oltre a tutti i ragazzi. Kai sta brontolando perché vuole farsi portare in carrozzina dalla sua camera, che sta qualche piano più su. La signora del mercatino, la famiglia che vive nella stessa nostra strada... diamine, persino la famiglia che ha noleggiato la barca sabato ha sentito che ti eri fatta male e adesso vogliono venire a trovarti, prima di tornare in volo in Australia. Sei amatissima, Elodie, siamo tutti contentissimi che tu ti sia fatta forza, in mare aperto."

Lei avrebbe voluto dirgli che l'unico motivo per cui aveva resistito era lui, ma era troppo stanca.

"Dormi, piccola. Abbiamo tutta la vita davanti per noi," le

disse Scott; Elodie sentì che la baciava sulla fronte, delicatamente.

Poi si addormentò, un sonno rigeneratore, contenta perché sapeva che l'uomo che amava era con lei, e le avrebbe in qualche modo garantito che sarebbero stati insieme, per sempre.

EPILOGO

ERANO TRASCORSE due settimane da quanto Elodie era stata ripescata dall'oceano. Aveva passato tre giorni in ospedale e poi era stata congedata; da allora, era in convalescenza nell'appartamento di Scott e passava un sacco di tempo nella loro comoda poltroncina, in camera da letto. Scott era tornato al lavoro, ma quando non c'era lui al fianco di Elodie, c'era un altro dei suoi compagni di squadra. Anche Kai era andato a trovarla; era stato accompagnato da sua madre, il giorno dopo essere stato congedato dall'ospedale.

Elodie sapeva bene di essere stata fortunata, faceva molta fatica anche solo a pensare di uscire dall'appartamento di Scott. Aveva paura. Anzi, era terrorizzata. Sapeva che Paul Columbus non si sarebbe mai arreso e avrebbe insistito fino a ucciderla veramente.

Ma quel giorno Scott l'aveva stuzzicata, pregata, alla fine l'aveva semplicemente presa in braccio e accompagnata alla macchina. Le aveva detto che era ora di rientrare nel mondo.

Lei non era della stessa opinione, ma non voleva litigare con lui. Si sentiva ancora molto instabile e voleva credergli disperatamente, quando lui le diceva che era al sicuro, che in futuro sarebbe sempre stata al sicuro.

Scott l'aveva portata a casa di Aleck, ora Elodie era là, contenta che Scott avesse insistito. Voleva bene a quegli uomini come a dei fratelli; quando aveva sentito la storia di come si fossero subito attivati tutti insieme, nel momento stesso in cui avevano saputo che lei era scomparsa, il cuore di Elodie si era sciolto per loro ancora di più.

Erano dei burberi, molte volte dicevano le parole sbagliate, imprecavano un po' troppo, ma era evidente che il loro lavoro in qualche modo li influenzava. Ma a lei piacevano esattamente com'erano.

Elodie era seduta sul divano di Aleck, erano tutti lì a ridere e scherzare su nulla in particolare, quando alla porta si sentì bussare. Elodie fu sorpresa: non aveva idea di chi potesse essere. Forse qualcuno aveva ordinato del cibo a domicilio?

Slate andò alla porta e l'aprì. Elodie non riusciva a vedere chi fosse, dal punto in cui era seduta, ma sentì una voce profonda che non riconobbe. Quando Slate tornò nella camera, aveva al fianco un altro uomo.

Elodie non aveva mai visto prima quell'uomo, non poté trattenersi dal guardarlo bene.

Era affascinante.

Sembrava più anziano, forse intorno alla cinquantina. Gli uomini le sembravano sempre invecchiare meglio delle donne, quindi forse la sua stima era del tutto sbagliata. Quell'uomo aveva i capelli neri, con qualche ciocca bianca sparsa qua e là. Aveva i capelli più lunghi degli altri, e proprio mentre lo fissava lui si passò una mano nei capelli, arruffandoli ancor di più. La barba, piuttosto ordinata, era più bianca che nera; lo trovò senz'altro carino. Indossava un paio di jeans neri e una maglia nera. Aveva la pelle molto abbronzata e si vedeva traccia di un tatuaggio che faceva capolino dalla manica destra.

Ma furono i suoi occhi a colpirla più di tutto. Erano di colore verde scuro, quasi come la giada, sembravano vedere fin troppo. Elodie capì, senza che nessuno glielo dicesse, che quell'uomo serbava dei segreti tremendi.

Elodie si sentì tremare e interruppe il contatto visivo con il nuovo arrivato nel momento in cui Scott le mise una copertina sulle spalle.

Era un altro problema, dalla sua cattiva esperienza nell'oceano faceva fatica a non avere freddo. La sua temperatura corporea si era abbassata, i suoi organi interni erano stati sull'orlo del cedimento. Ora le sembrava di avere sempre le dita di mani e piedi fredde. I medici le avevano detto che quel problema sarebbe svanito col tempo.

Lo sconosciuto salutò ogni membro della squadra di Scott con una stretta di mano o con un cenno del mento, poi si mise in piedi a una certa distanza da lei.

"Elodie, lui è Baker Rawlins. È stato un SEAL della marina e ora è in congedo, vive qua sull'isola," le disse Scott.

"Piacere di conoscerti," gli disse Elodie. "Grazie per il tuo servizio." Non sapeva bene perché le stessero facendo conoscere quell'uomo, ma per lei era normale essere educata e accogliere chiunque fosse vicino a Scott e agli altri della squadra.

Quell'uomo era evidentemente benvoluto e rispettato, lo si vedeva chiaramente dal modo in cui lo trattavano i ragazzi, si rapportavano a lui quasi con deferenza.

Baker tirò il bel tavolino da caffè di Aleck più vicino, davanti al divano, poi ci si sedette sopra e la esaminò.

Elodie cominciò a sentirsi a disagio, per la sua vicinanza, così lui non aspettò troppo tempo per farle sapere il motivo di quell'incontro... e il motivo per cui lui era così concentrato su di lei.

"Ho sentito che hai avuto dei problemi con la famiglia Columbus a New York."

Elodie sbatté le palpebre, sorpresa dal modo diretto in cui aveva esordito; guardò rapidamente gli altri, tutti le annuirono per incoraggiarla. Scott le strinse la mano. Se tutti gli amici si fidavano di quell'uomo, anche lei probabilmente non aveva alcun motivo di non fidarsi, così accantonò ogni esitazione e gli rispose: "Sì, se così si può dire."

"Beh, non c'è più alcun problema."

"Eh... come?"

"Non dovrai più preoccuparti che Paul Columbus o uno dei suoi scagnozzi ti dia la caccia."

"Non credo sia così semplice," insistette lei. Avrebbe voluto credergli, ma sapeva in prima persona quanto fosse implacabile quell'uomo.

"È semplice, perché è morto," replicò Baker.

Elodie si fece seria. "È morto?"

"Sì. Una settimana fa. New York è una città pericolosa. Soprattutto per strada. Lui e l'uomo con cui era sono stati uccisi con un colpo di pistola alla testa, i loro corpi sono stati eliminati e la loro Mercedes è stata rubata."

Elodie avrebbe voluto credergli. Ne aveva tanto bisogno. Ma aveva paura di sperare. "Di sicuro chi ha preso il suo posto riprenderà la caccia allo stesso modo," sussurrò.

Baker scosse la testa. "No no. Ti spiego... Paul era un coglione. Molti capi mafia sono così, ma lui aveva esagerato, tanto che persino i parenti lo odiavano. Il suo vice, suo figlio Jerry, adesso è diventato il capofamiglia e non sa nulla del motivo per cui Paul ti dava la caccia."

Elodie non riusciva a staccare gli occhi da quelli verdi di Baker. "Come fai a sapere tutto questo?"

"Perché gliel'ho chiesto."

"Gliel'hai chiesto?"

"Sì. Ho dei contatti, sai, amici di amici, ho fatto un viaggetto in continente quando il mio amico Tex mi ha chiesto di intervenire."

"Tex?"

Baker guardò Scott. "Non sa chi è Tex?"

Scott scosse la testa. "No."

Baker la guardò di nuovo negli occhi. "Tex è un mito. È anche lui un ex SEAL della marina, ma ha perso una gamba e quindi è stato congedato per motivi di salute. È anche un genio informatico che conosce *tutti*. Intendo proprio tutti, letteralmente. Ha contatti dappertutto. Slate gli ha telefonato, lui ha promesso di occuparsi del tuo caso. Si poteva fare anche prima che ti facessi del male."

Elodie vide che Baker guardava Scott, al che reagì di scatto.

"La colpa non è sua," disse chiaramente. "Non è lui il responsabile."

"Stai tranquilla," le disse Scott, stringendole di nuovo la mano. "Ha ragione, avrei dovuto prendere più seriamente tutta la situazione. Avrei dovuto chiamare Tex fin dall'inizio. Solo perché nessuno di noi due ha percepito il pericolo, non significa che non ci fosse. Evidentemente."

"Comunque, mi sono trovato con una squadra dell'Indiana e ho saputo tutti i dettagli dello sfortunato incidente di Paul. Poi ho incontrato Jerry Columbus. Siamo usciti a pranzo."

Elodie faceva molta fatica a capire tutto ciò che Baker le diceva. Si era incontrato con una squadra? Era andato a pranzo con un boss della mafia? Ma chi *era* quel tipo? Però non ebbe modo di fare domande, perché intanto Baker proseguì.

"Ho accennato all'argomento dell'ossessione di Paul nei tuoi confronti e Jerry ha detto di non saperne nulla. Per quanto lo riguarda, tu eri una chef che ha lasciato il lavoro all'improvviso. Ora lui è molto felice con il nuovo cuoco che ha preso il tuo posto."

“Che ci dici del tipo che è venuto per cercare di uccidere Elodie?” chiese Midas.

“Andrew Ferry. È stato ucciso insieme a Paul,” disse Baker. “Si è scoperto che quel tipo era ricercato in tutti gli Stati Uniti per vari omicidi. Il suo DNA è legato a vari assassini a New York, Los Angeles, Miami, Chicago, oltre a un paesino sperduto in Virginia, credo si chiami Fallport. Un gruppo di esperti ricercatori si stava addestrando ai piedi dei Monti Appalachi; si sono imbattuti nei corpi di due uomini torturati e abbandonati. A Fallport ne hanno parlato per un bel po’.

“Comunque, oltre al DNA che lo incastra in patria, è collegato anche a vari omicidi a Londra, Parigi e Berlino. Quel tipo era un vero e proprio serial killer, Jerry Columbus non è affatto dispiaciuto che sia morto.”

“Cosa impedirà a Jerry di dare la caccia a Elodie?” chiese Slate.

Elodie fu contenta di quella domanda, anche lei voleva tanto saperlo.

“Mi ha dato la sua parola,” disse Baker senza esitare.

Tutti gli altri annuirono... ma Elodie non era abbastanza soddisfatta. “Tutto qua? Vi fidate di lui?”

“Non è che mi fidi di lui,” replicò Baker.” Io non mi fido di nessuno, ma adesso sa che sei *off-limits* e che non costituisci alcun problema per lui.”

“Sono *off-limits*?” chiese lei.

“Sì. Sei sotto la protezione di Tex, e la mia. Sotto la protezione di Silverstone e quella di Rex. Questo gli basta per sapere che, se fa qualcosa di tanto stupido come tentare di riprendere da dove aveva lasciato il suo predecessore, tutta la sua famiglia ne subirà le conseguenze. Ma *non è* uno stupido, quindi è disposto a lasciarsi alle spalle il passato. Basta che tu non vada alla polizia a raccontare cos’è successo mentre lavoravi per la famiglia Columbus e non ti succederà nulla. Ognuno per la sua strada. Tutto è bene quel che finisce bene.”

La testa di Elodie piroettava. Lei non conosceva Tex, non sapeva chi fossero lui o Silverstone e non aveva mai sentito nemmeno nominare un certo Rex. Perché mai questo Baker la voleva proteggere?

Non c'era alcuna logica... ma quando guardò negli occhi di Scott, tutte le sue domande svanirono. Lui si fidava di Baker, era chiaro. Tutti gli uomini presenti si fidavano di lui.

Lei voleva solo porre fine a tutto quell'incubo. Pareva proprio che il suo incubo fosse finito, grazie a questo Tex e a Baker; Elodie era molto grata, di sicuro non aveva intenzione di andare alla polizia per raccontare qualcosa che un uomo morto poteva aver combinato. Voleva solo dimenticare tutta la storia.

"Grazie. Vi preparerò la crostata di mele più grande e deliziosa che abbiate mai mangiato. Ogni qual volta vorrete mangiare qualcosa di buono fatto in casa, vi basta chiedere e ci penso io."

"Affare fatto," rispose Baker senza fare alcun complimento. "Ho il tuo numero, mi farò sentire." Poi si alzò e annuì agli altri uomini, infine si diresse alla porta.

"Aspetta!" esclamò Elodie, alzandosi in attesa che il misterioso Baker si voltasse verso di lei.

"Sì?" le chiese lui.

Elodie si mosse senza pensarci. Si incamminò verso Baker e lo avvolse con le braccia prima che le mancasse il coraggio.

Lui esitò per una frazione di secondo, come sorpreso che qualcuno osasse toccarlo. Poi Elodie sentì che anche lui l'abbracciava.

"Grazie. Stavo solo pensando che io sono una cuoca e che tu ti chiami Baker[1], quindi era destino. Qualunque cosa ti serva, in qualunque momento, sono in debito con te," gli disse.

Elodie lo sentì stringere le braccia per un attimo, poi lui si schiarì la gola e fece un passo indietro. Così lei non ebbe scelta e lo dovette lasciar andare. Lui alzò una mano e le passò le dita sulla guancia, prima di voltarsi verso Scott. "Che persona dolce, non se ne trovano più tante. Non fare delle stupidate, non mandare tutto all'aria."

"Non ne ho alcuna intenzione," rispose Scott, avvicinandosi a lei e abbracciandola all'altezza della vita.

Baker annuì a tutti di nuovo, poi si girò e si avviò verso la porta.

Nel momento stesso in cui la porta si chiuse, Elodie si voltò verso gli altri. "E grazie a tutti *voi* per avermi aiutata, per avermi trovata, per aver chiamato questo Tex, per aver coinvolto la Guardia Costiera. Grazie di tutto. Vi sono debitrice."

"Tu non ci devi nulla," rispose Scott.

"Aspetta un attimo," intervenne Midas. "Io un paio di crostate di mele me le farei volentieri."

"Io non ne mangio da un pezzo, quindi ci starei anch'io," aggiunse Aleck.

"Io preferirei che ci cuocessi qualche hamburger," disse Pid.

"Io pensavo invece che saresti in grado di preparare del cibo thailandese da sballo," suggerì Jag.

"Una torta al cioccolato," le disse Slate.

Elodie ridacchiò. "Affare fatto. Magari non tutto insieme, però. Avremo un sacco di occasioni per trovarci, posso preparare tutto ciò che volete."

Poi gli uomini della squadra cominciarono a discutere su chi voleva farsi accontentare prima, mentre Scott si voltò verso di lei, per guardarla negli occhi. "Ti sei messa in un altro bel guaio," l'avvertì.

Elodie rise di nuovo. "Sono felice di cucinare per loro. Sono totalmente in debito, ma senti, da dove viene questo Baker? Che storia ha? Mi fa un po' paura."

"Sì, è un po' così," confermò Scott, "ma è un brav'uomo.

Ha visto un sacco di tragedie, nella vita, adesso vive un po' da eremita. Abita nella zona della North Shore e passa il tempo a fare surf, cercando di sfuggire ai suoi demoni, immagino. Ma sembra che sia un contatto diretto dell'ammiraglio della base. Fa da consulente per molte missioni delicate, poi ha dei contatti molto potenti, come hai scoperto anche tu. Se dice che ci pensa lui, vuol dire che ci pensa lui."

"Allora è davvero finita?"

"Sì, piccola, è finita."

Elodie chiuse gli occhi e si appoggiò al petto di Scott. "Sembra impossibile da credere."

"Credici. Allora, quando hai intenzione di sposarmi?"

Lei aprì di scatto gli occhi. "Davvero?"

"Sì. Pensavo a un matrimonio in spiaggia. Niente di esagerato, qualcosa di semplice. A me non piacciono le cerimonie sfarzose."

"Ne parliamo," gli rispose lei, con la mente che già le era partita a mille, al pensiero delle tante idee per le nozze.

"Ti amo, Elodie. Ti prometto che non ti deluderò mai più così come è successo con il problema dei Columbus."

"Non mi hai delusa," protestò lei.

"Invece sì, ma non succederà più."

Lei decise di cambiare argomento. Lei aveva sempre saputo in fondo al cuore che Paul Columbus l'avrebbe trovata, prima o poi. Era stata *lei* a lasciarsi andare, abbassando le difese. Grazie al cielo nessuno era stato ucciso. Erano stati tutti molto fortunati.

"Posso invitare Baker alle nozze?" gli chiese.

"Puoi invitare chi vuoi, ma fossi in te non conterei sulla sua presenza. È davvero un eremita. Mi sorprende che oggi abbia accettato di venire a parlarti. Penso volesse assicurarsi che tu capissi, che ti terrà d'occhio lui e che sei al sicuro."

"Mi piace. È un tipo un po' burbero e intenso, un po' mi intimorisce... ma comunque mi piace."

Scott la baciò sulla fronte. "Anche a me, piccola. Anche a me."

Elodie non si rese conto di come fosse successo, ma dopo due settimane era in piedi sulla prua dello yacht che Scott aveva noleggiato e aveva appena promesso di amare e rispettare suo marito per il resto dei suoi giorni.

Lui l'aveva convinta a sposarsi in mare aperto, anche se lei era terrorizzata alla sola idea di tornare su una barca. I brutti ricordi avevano minacciato di sopraffarla, quando era salita a bordo, ma poi era stata così impegnata a prepararsi, a vestirsi, a sentire i complimenti di Kalani, ad accertarsi che tutti si divertissero...si era ben presto dimenticata ogni paura.

Lei e Scott si scambiarono le loro promesse sul ponte principale, con alle spalle un tramonto meraviglioso. C'erano tutti... beh, tutti tranne Baker, che aveva declinato l'invito, facendo sapere di essere felice per lei e per Scott.

C'erano Kai e sua madre, Perry e Kahoni con le loro famiglie, gli uomini della squadra di Scott, il quale aveva persino trovato Manuel e l'aveva fatto venire. Elodie non lo vedeva da quando era scesa dall'*Asaka Express*. L'abito della sposa era una replica dell'abito che aveva indossato la prima volta che era uscita a cena con Scott, dopo che si erano ritrovati per caso.

Scott era uscito di senno e aveva comprato tutte le copie di quel vestito che era riuscito a trovare. Non solo, le aveva comprate anche di taglie diverse, dicendo che voleva metterla nelle condizioni di indossarlo anche se in futuro avesse preso o perso qualche chilo. Fu un gesto carino, che la fece innamorare di lui ancor di più.

Il vestito era di color violetto scuro, con dei petali bianchi e rosa fucsia, molto diverso da un normale abito da sposa, ma lei non avrebbe preferito indossare nient'altro.

Scott indossava un paio di pantaloncini neri lunghi fino al ginocchio, con una camicetta in stile hawaiano che si abbinava perfettamente all'abito di Elodie. Indossavano entrambi al collo delle "lei", le tipiche ghirlande fiorite, ce n'era una per ogni ospite. Il clima a bordo era gioviale, rilassato, Elodie amava condividere quel giorno speciale con i suoi nuovi amici.

"Sei felice?" le chiese Scott, abbracciandola da dietro. Elodie non si era mai sentita così sicura come tra le braccia del suo uomo. L'oceano non le sarebbe mai stato congeniale, non più, ma dato che aveva sposato un uomo che quasi aveva le branchie, avrebbe dovuto adattarsi e trovarsi a suo agio anche circondata dall'acqua.

"Molto," gli rispose.

Rimasero lì in piedi ad ascoltare i rumori della festa in corso, godendosi il panorama del sole che cominciava ad affondare all'orizzonte.

Poi Elodie fu sbalordita nel vedere due delfini che saltavano gioiosi tra le onde prodotte dallo yacht. "Guarda!" disse a Scott.

"Li vedo. Lo sapevi che i delfini che nuotano vicino a una barca portano fortuna?" le chiese.

"Quando ero in mezzo all'oceano, uno squalo ha cominciato a nuotarmi intorno. Ero spaventatissima, ma poi sono stata circondata da un gruppetto di delfini che mi hanno tenuto al sicuro. Più tardi, proprio prima che mi trovassi, due delfini sono rimasti al mio fianco. Riuscivo persino a toccarli, tanto erano vicini. Pensi che siano questi?" Elodie sapeva che le probabilità che quelli fossero proprio i suoi delfini erano pari a zero, ma le piaceva sognare.

"Non lo so, ma i delfini sono intelligenti. Molti pensano che siano anche più intelligenti degli esseri umani. Non mi sorprenderebbe scoprire che sapevano esattamente cosa facevano, quando ti hanno salvata, o che sanno che sei tu."

Elodie sospirò soddisfatta e guardò i due delfini che giocavano in acqua. Poi si voltò e disse a suo marito: "Ti amo."

"Anch'io ti amo," le rispose lui. Poi Scott si abbassò e la baciò a lungo, lentamente, profondamente. Era servito un po' di tempo, prima che Elodie recuperasse la sua libido, dopo la tragedia che aveva vissuto, ma pian piano era tornata ancor più vogliosa di quanto lo fosse prima che tutto cominciasse.

"L'unico problema, con un ricevimento sulla barca, è che non possiamo defilarci e andarcene prima," gli disse baciandolo.

Scott sorrise appoggiato alle sue labbra. "Chi ha avuto questa pazza idea?" le disse, quasi lagnandosi.

"Ehm... tu."

Era vero. Scott aveva programmato praticamente da solo ogni aspetto delle nozze. Lei si era incaricata del menu, ma per il resto aveva fatto tutto lui.

"Mi farò perdonare quando arriviamo in hotel."

Avevano una suite prenotata per la luna di miele all'Halekulani Resort, con tanto di televisore gigante e vasca a immersione in bagno. Era fin troppo, del tutto inutile, ma Elodie non vedeva l'ora di provarla.

"Guarda che me lo ricordo," gli rispose sorridendo.

"Ehi ragazzi, venite a tirarvi la torta in faccia così possiamo mangiarcela, finalmente?" gridò Aleck, non molto lontano.

Elodie sorrise.

"Arriviamo, calma, vai piano se no perdi i pantaloni," scherzò Scott.

"Mi hai tolto le parole di bocca," scherzò Aleck prima di sparire.

"Sempre il solito spiritoso, Aleck," ribatté Scott, ma sorridendo.

Elodie rise. "Mi piacciono gli uomini della squadra. Tutti. Sono contenta che vi proteggiate a vicenda."

"È così," confermò Scott. "Andiamo, facciamo questa cosa della torta, poi il primo ballo, così poi posso andare a dare la mancia al capitano perché ci faccia rientrare in anticipo."

Elodie pensò che avrebbe dovuto controbattere, dire a suo marito che voleva che gli ospiti rimanessero più a lungo, facendo festa fino a notte, ma anche lei voleva rimanere da sola con Scott. Non vedeva l'ora di cominciare il resto della loro vita insieme.

"Merda," imprecò Mustang di nuovo, mentre aspettava con gli altri l'arrivo del comandante alla riunione di emergenza che aveva convocato.

"Mi dispiace, amico," gli disse Midas. "Che seccatura, ufficialmente sei ancora in licenza matrimoniale, e ci chiamano per una missione."

Mustang scrollò le spalle. "Fa parte del gioco, immagino. Tanto non facevamo altro che rilassarci a casa mia, comunque. Non avevamo in programma nulla di particolare, niente viaggi."

"Eeeeesatto! Vi rilassavate a casa," scherzò Aleck.

"Stai buono," gli rispose Mustang, gettandogli una matita dall'altra parte del tavolo.

Aspettavano tutti l'arrivo del comandante, con tutte le informazioni sulla missione per cui dovevano partire, il giorno dopo. A volte avevano settimane per prepararsi, altre volte, nei casi di emergenza, venivano inviati quasi all'improvviso.

Midas si appoggiò alla sedia e ascoltò i compagni che prendevano per i fondelli Mustang. In verità, erano tutti entusiasti per il loro capo squadra. Elodie era meravigliosa, divertente, alla mano. Non sembrava risentire troppo del tempo che suo marito passava con loro, poi era una cuoca coi fiocchi.

"Grazie per essere venuti con così poco preavviso," disse il comandante nel momento stesso in cui entrò nella sala riunioni. Cominciò a distribuire cartelle prima ancora di sedersi. "La prossima missione è molto delicata. Come sapete bene tutti, un'operatrice americana e un operatore danese sono stati rapiti in Somalia circa tre mesi fa. I rapitori avevano chiesto dieci milioni di dollari per il rilascio. Il fratello del danese ha raccolto metà dell'importo, ma dice che gli è impossibile racimolare altri soldi. Il Dipartimento di Stato ha provato ad avviare delle trattative con i rapitori, ma senza successo. Hanno inviato vari video per dimostrare che gli ostaggi sono ancora vivi, ma ci sono giunte notizie dai servizi segreti, sembra che il danese stia molto male, il tempo sta veramente per scadere, per entrambi."

"Allora interveniamo?" domandò Pid, con la voce chiaramente accesa dall'entusiasmo.

"Sì. Interverrete col favore delle tenebre per recuperare gli ostaggi e uccidere i rapitori. Le informazioni che abbiamo sugli ostaggi sono nelle cartelle che vi ho passato."

Midas aprì il suo fascicolo e vide un fermo immagine di uno dei video che i rapitori avevano inviato. Vide una donna coi capelli castani, quei capelli sembravano non essere lavati o pettinati da secoli. Quella donna aveva la pelle del viso bruciata dal sole, i suoi occhi nocciola erano pieni di paura. Il danese aveva i capelli biondi e gli occhi azzurri, sembrava arrabbiato e sprezzante, anche in fotografia. Aveva sentito che si chiamavano Dagmar ed Elizabeth, ma era tutto ciò che Midas sapeva. Così cominciò a leggere nel dettaglio... e si bloccò quando lesse le informazioni su quella donna.

Elizabeth Lexie Greene. Trentatré anni, diplomata alla Grant High School di Portland, Oregon.

Cacchio. La *conosceva*.

Lexie aveva frequentato le sue stesse scuole superiori, si era trasferita a Portland all'ultimo anno. Frequentavano persone diverse... Midas faceva parte della squadra di nuoto, era un ragazzo molto popolare, mentre lei era appena arrivata e quindi era sempre rimasta un po' ai margini. Midas aveva ottenuto risultati molto alti, tra i dieci più bravi della scuola, mentre le informazioni che stava leggendo riferivano che i risultati di Lexie erano nel venti per cento peggiore della scuola.

Midas tornò coi ricordi alle lezioni di inglese dell'ultimo anno. In un'occasione, aveva dovuto lavorare con lei; all'inizio gli era dispiaciuto non essere abbinato alla ragazza che gli piaceva, ma poi aveva scoperto che Lexie aveva delle idee fantastiche per portare avanti il progetto, gli era piaciuto lavorare con lei. Di solito lui metteva da parte i progetti di gruppo fino a poco prima della scadenza, ma lei aveva svolto molto del lavoro per entrambi, infatti avevano terminato il progetto con largo anticipo rispetto alla scadenza prevista. Midas non capiva proprio come facesse Lexie ad avere voti così bassi, una ragazza così intelligente, divertente e impegnata.

Non aveva più pensato a lei, dopo il diploma, ma con quel fascicolo davanti non poté fare a meno di confrontare la donna nella fotografia con la ragazza che aveva conosciuto alle superiori.

Perché era andata in Somalia? Com'era stata rapita? Stava bene? Aveva paura?

Ma *certo* che aveva paura.

Midas strinse i denti. Quella missione doveva avere successo per forza. Raramente le missioni diventavano qualcosa di personale, ma lui decise che non avrebbe mai lasciato l'Africa senza di lei. Forse lei non si sarebbe ricordata di lui, ma lui se la ricordava. Midas avrebbe fatto di tutto, pur di riportarla a casa sana e salva.

Elizabeth Lexie Greene era sdraiata sul giaciglio improvvisato che i suoi rapitori le avevano assegnato mesi prima, faceva il possibile per non pensare a nulla. Guardò le stelle che brillavano in cielo, cercando di ricordarsi quale fosse la Stella Polare. Era impossibile; non aveva idea di che nome avessero quelle stelle.

Non era mai andata bene, a scuola, con gran disappunto di suo padre. Ci aveva provato, aveva provato davvero, ma ogni volta che cercava di leggere, le lettere cominciavano a confondersi tra loro. Da grande aveva scoperto di essere dislessica, ma da ragazza credeva solo di essere stupida. Anche suo padre aveva perso la pazienza, si era arrabbiato con lei tante volte, arrivando a darle della "ritardata". Da allora, aveva sempre odiato quella parola. Era ripugnante e discriminatoria.

La sua mente fu catturata dai ricordi spiacevoli del passato, così si guardò intorno, era circondata dalla desolazione. Come ci era finita?

Ah sì, si era offerta volontaria alla banca alimentare a Portland, in Oregon. Tanti anni prima. Aveva sentito due colleghi che parlavano di un'organizzazione umanitaria, la Food For All, che si impegnava per aiutare i meno fortunati. Quindi, dopo qualche ricerca su quell'iniziativa, dopo aver apprezzato il loro impegno e quanto facevano per aiutare gli altri, si era offerta.

Dopo quasi un decennio, era ancora in quell'organizzazione. Era venuta in Somalia, aveva incontrato uno dei pezzi grossi, un danese di nome Dagmar, ma erano stati rapiti proprio in mezzo alla strada, davanti alla sede dell'organizzazione. Li avevano portati nel deserto... dove erano rimasti da allora. Li avevano picchiati e praticamente morivano di fame. La vita nel deserto non era certo divertente, ma ormai lei e Dagmar venivano ignorati, bastava che non facessero nulla di strano.

La richiesta dei rapitori, un riscatto da dieci milioni di

dollari, era un vero scherzo. All'inizio ne avevano chiesti cinque, poi il fratello gemello di Dagmar aveva trovato i soldi, allora il riscatto era improvvisamente salito a dieci milioni. Cinque per ciascuno.

Lexie avrebbe preferito che i cinque milioni per Dagmar fossero stati accettati, così almeno potevano lasciarlo andare, mentre qualcuno cercava di racimolare dei soldi per lei. Dagmar non stava bene, per nulla.

Lei aveva il sospetto che gli fosse venuto un piccolo ictus, il mese prima, da allora non era stato più lo stesso. Parlava quasi biascicando le parole, dimenticava di continuo dove fossero e cosa stesse succedendo. I rapitori stavano perdendo la pazienza; li aveva sentiti discutere, qualcuno voleva passare entrambi gli ostaggi a un altro tipo della zona, qualcuno che odiava gli stranieri.

In quel caso, sarebbero entrambi morti.

Lei non voleva morire. La sua vita non era andata esattamente come aveva previsto, ma aveva ancora dei sogni la speranza di sistemarsi, di farsi una famiglia, di vivere il suo sogno americano.

Balzare da un paese all'altro non l'aiutava certo a trovare la persona giusta, con cui passare il resto della vita. Ma almeno aveva trovato una posizione in cui non si doveva vergognare della sua disabilità, di se stessa. Anche se non era certo la persona più intelligente del mondo, almeno era una persona gentile e leale.

Sospirando, chiuse di nuovo gli occhi. Certo, ora che l'avevano rapita non aveva più tanto tempo per godersi la sua ritrovata pace interiore.

La parte più difficile della prigionia, a parte non aver nulla da mangiare e dover pregare di continuo che qualcuno non si facesse venire in mente di divertirsi picchiandola o stuprandola, invece che ignorarla, era la noia. Non c'era assolutamente nulla da fare, giorno dopo giorno, ora dopo ora, a parte guardare la sabbia che volava via nel vento.

Pregava che la sua organizzazione facesse tutto il possibile per liberarli. Lei e Dagmar non erano persone importanti, non tanto da far intervenire un esercito, ma lei poteva sempre sognare.

Lexie si addormentò pensando al giorno in cui un commando di squadre speciali avrebbe fatto incursione nel loro accampamento, uccidendo tutti i cattivi e liberando gli ostaggi. Era improbabile, ma del resto anche essere rapiti non era molto probabile, però era successo.

Lexie aveva bisogno del suo eroe, e ne aveva bisogno al più presto.

Libro 2, *Trovare Lexie*, pronto per ordinare!

NOTE

CAPITOLO CINQUE

1. Il termine *Alek* o *Aleck* è un'espressione gergale che significa "amicone, forte e intelligente" (in inglese, *smart*). [NdT]
2. Nel gergo mafioso, il "soldato" è l'uomo "d'onore", l'affiliato militante.

CAPITOLO SEDICI

1. La sigla FUBAR sta per Fucked Up Beyond All Recognition, letteralmente "Fottuto oltre ogni possibilità di comprensione" a indicare una situazione che sfugge a ogni previsione e a ogni controllo. [NdT]
2. COMNAVSEASYSCOM sta per "Commander, Naval Sea Systems Command" cioè "Comandante, Comando Navale Sistemi Marini".
3. FARP indica una zona di rifornimento avanzato (Forward Area Refueling Point), BLT è l'addestramento di base per gli ufficiali (Basic Leadership training), BOHICA è un avvertimento come "tutta a terra" (Bend Over, Here It Comes Again), DILLIGAFF significa "ti sembra che me ne freghi?" (Do I Look Like I Give A Flying Flip) e SWAG in questo contesto indica una stima approssimata (Scientific Wild-Ass Guess).

CAPITOLO DICIOTTO

1. Gesto tipico delle Hawaii, soprattutto tra i surfisti, con il pugno chiuso, pollice e mignolo estesi. [NdT]

EPILOGO

1. Baker significa *fornaio, pasticcere.* [NdT]

Also by Susan Stoker

Forze Speciali alle Hawaii

Trovare Elodie

Trovare Lexie (10 Aug 2021)

Trovare Kenna (Oct 2021)

Trovare Monica

Trovare Carly

Trovare Ashlyn

Trovare Jodelle

Mercenari di Montagna

Difendere Allye

Difendere Chloe

Difendere Morgan

Difendere Harlow

Difendere Everly

Difendere Zara

Difendere Raven

Delta Force Heroes

Salvare Rayne

Salvare Emily

Salvare Harley

Il Matrimonio di Emily

Salvare Kassie

Salvare Bryn

Salvare Casey

Salvare Sadie

Salvare Wendy

Salvare Mary

Salvare Macie

Salvare Annie

Armi e Amori

Proteggere Caroline
Proteggere Alabama
Proteggere Fiona
Il Matrimonio di Caroline
Proteggere Summer
Proteggere Cheyenne
Proteggere Jessyka
Proteggere Julie
Proteggere Melody
Proteggere il Futuro
Proteggere Kiera
Proteggere i figli di Alabama
Proteggere Dakota

Ace Security

Il riscatto di Grace
Il riscatto di Alexis
Il riscatto di Bailey
Il riscatto di Felicity
Il riscatto di Sarah

In inglese:

Delta Force Heroes Series

Rescuing Rayne
Rescuing Aimee (novella)
Rescuing Emily
Rescuing Harley
Marrying Emily (novella)
Rescuing Kassie
Rescuing Bryn
Rescuing Casey
Rescuing Sadie (novella)
Rescuing Wendy

Rescuing Mary
Rescuing Macie (novella)
Rescuing Annie (Feb 2022)

Delta Team Two Series

Shielding Gillian
Shielding Kinley
Shielding Aspen
Shielding Jayme (novella)
Shielding Riley
Shielding Devyn (May 2021)
Shielding Ember (Sep 2021)
Shielding Sierra (Jan 2022)

Badge of Honor: Texas Heroes Series

Justice for Mackenzie
Justice for Mickie
Justice for Corrie
Justice for Laine (novella)
Shelter for Elizabeth
Justice for Boone
Shelter for Adeline
Shelter for Sophie
Justice for Erin
Justice for Milena
Shelter for Blythe
Justice for Hope
Shelter for Quinn
Shelter for Koren
Shelter for Penelope

SEAL of Protection: Legacy Series

Securing Caite
Securing Brenae (novella)

Trusting Taylor (Mar 2021)
Trusting Molly (July 2021)
Trusting Cassidy (Dec 2021)

SEAL of Protection Series

Protecting Caroline
Protecting Alabama
Protecting Fiona
Marrying Caroline (novella)
Protecting Summer
Protecting Cheyenne
Protecting Jessyka
Protecting Julie (novella)
Protecting Melody
Protecting the Future
Protecting Kiera (novella)
Protecting Alabama's Kids (novella)
Protecting Dakota

BIOGRAFIA

L'autrice

Susan Stoker è annoverata da *New York Times*, *USA Today* e *Wall Street Journal* quale scrittrice di successo, le cui collane di libri includono Badge of Honor: Texas Heroes, SEAL of Protection e Delta Force Heroes. Sposata con un sottufficiale dell'esercito in pensione, Stoker ha vissuto in ogni dove negli Stati Uniti - dal Missouri alla California e al Colorado - e attualmente vive sotto i grandi cieli del Texas. Quale vera sostenitrice del "vissero felici e contenti", Stoker ama scrivere romanzi in cui una relazione romantica si trasforma in amore.

Per ulteriori informazioni sull'autrice e il suo lavoro, visita il sito web www.stokeraces.com